高校生のための
近現代文学エッセンス

ちくま小説選

紅野謙介
清水良典
編

筑摩書房

はじめに

　小説という世界の豊かさと多彩さを入門者に広く紹介するために、古典的名作から現代の小説まで取り揃えた『ちくま小説入門』が先に上梓《じょうし》され、幸いなことに好評を得た。本書はその発展編として編まれた。

　入門編より少しだけ収録作品の分量が多くなっただけではなく、本書に収めた小説はちょっと手ごわさと、ほろ苦さが増していると感じる読者がいるかもしれない。編者たちの好みの偏りとばかりいえない理由が、ここにはある。

　世の中で読まれる小説の大多数は、描かれる人物もストーリーも違和感のない、親しみやすい作品である。「おもしろさ」を求める読者に応えた感動や興奮が、そこには商品としてパッケージされている。涙や笑いや恐怖で退屈を慰めたり、悩みに分かりやすい答えを与えたり、ファンタジー世界に居場所をこしらえたり、書物があまり読まれなくなったといわれる現代でも、小説は相変わらず人気者である。

　しかし小説は、だれも直面しなかった人生の難局や世界の深層に潜む亀裂に直面したり、既成の「おもしろさ」の価値に異議申し立てをしたり、ときには小説という表現様式そのものを壊すような冒険に赴いたりすることがある。本書に収められた作品の全てとはいわないまでも、小説の既成概念からはみ出た作品が含まれているはずである。分かりやすい安直な娯楽として大多数から愛されることに飽き足りず、そのような小説が書かれるのはなぜだろうか。

　それはまさに小説が人生と世の中の縮図であり、時代の鏡であるからだ。たとえどんなに非現実的な空想世界に埋没している小説であっても、そのような空想を切実に望まずにおれない同時代の欲求と渇きが敏感に反映されている。振り返れば産業革命以来の人間を取り巻く環境は、つねに文明の進歩と生活の変化にさらされてきた。軋《きし》み音を立てるその変貌に、小説はいつも寄り添いつづけてきたのである。いちはやく変化に順応する者と、変わるまいと抵抗する者との断絶は、いつの時代もあった。迫りくる未知なる変動への不安も、絶えることはなかった。本書に収めた作品は、それぞれの時代と切り結んだすぐれた洞察であり、証言だといえる。

　また小説は、語る言葉の力だけで虚構の世界へ読者をいざなう芸術である。その語りの技術もまたつねに進化し、更新を余儀なくされてきた。ひとたび万民を酔わせたスタイルも、すぐに古びてしまう。小説家は読者にお望みの商品を提供する職人であるだけでなく、移り変わる時代と心の予兆を察知し、清新な表現を開拓するクリエイターでもなければならないのだ。

　ここに収められた作品を通して、一世紀以上のあいだに小説が築いてきた創造の成果を味わってもらいたい。

高校生のための近現代文学エッセンス

ちくま小説選

目次

はじめに……2

この本の構成と使い方……6

第一章　日常のほころび……7

ミケーネ　いしいしんじ……8

ピアノ　芥川龍之介……14

わかれ道　樋口一葉……17

最近のある日　G・ガルシア＝マルケス　桑名一博 訳……28

件　内田百閒……33

怒りの大気に冷たい嬰児が立ちあがって　大江健三郎……42

◉近代リアリズムという通過点……52

第二章　気がかりな痕跡 …… 53

指　津島佑子 …… 54
普請中　森　鷗外 …… 61
七話集　稲垣足穂 …… 70
秘密　谷崎潤一郎 …… 75
さよならクリストファー・ロビン　高橋源一郎 …… 84
弓浦市　川端康成 …… 98
◉メタフィクション …… 108

第三章　湧きあがる想い …… 109

歌のふるさと　円地文子 …… 110
絞首刑　G・オーウェル　小野寺　健 訳 …… 115
それから　夏目漱石 …… 123
ボトルシップを燃やす　堀江敏幸 …… 137

歩行　尾崎 翠……150
◉想像力とアーカイヴ……162

第四章　飛翔する言葉……163

ブラックボックス　津村記久子……164
新釈諸国噺　裸川　太宰 治……173
海と夕焼　三島由紀夫……185
どんなご縁で　耕 治人……196
一言主の神　町田 康……204
◉運動体としての小説……223

この本の構成と使い方

『高校生のための近現代文学ベーシック　ちくま小説入門』の発展編にあたる本書では、バラエティに富んだ近現代の作品二十二編を収録し、主題に応じて四つの章に配した。教科書の補助教材や大学入試に向けた準備としても、自由な読書の素材としても利用できるよう、教材の選定には十分な吟味を加えている。本書が、日本近現代文学という伽藍《がらん》に足を踏み入れるための一助となることを願う。

(1)**本文**　近代の古典的な名作から現代の先鋭的な作品にいたるまで幅広い作品を渉猟し、高校生にふさわしく、またそれぞれの書き手の魅力を存分に味わえる小説を選定した。
(2)**リード**　小説の世界にスムーズに入り込むための橋渡しとなるよう、作品の背景や、テーマなどに関する文章を配した。
(3)**脚注**　難解な語句・外来語・固有名詞・方言には番号を付し、解説を加えたほか、適宜図版を掲載した。
(4)**脚問**　本文中に◆で示してある。展開をたどるうえで押さえておきたい表現の意味や、指示語の内容などを問いとした。
(5)**読解**　文末に、作品全体から読み取りたい本文の内容を設問とした。
(6)各章末に、小説の魅力・広がりを理解するための**コラム**を配した。

◉解答編（別冊）

「解答編」は、以下の構成となっている。
【鑑賞のポイント】　本文を読み解く際に、読解の軸となる要素をまとめた。
【注目する表現】　本文から、読解する上で重要な記述、特徴的な表現などを抽出し、着目すべき根拠とともにまとめた。
【作品解説】　本文の構成・展開をたどりながら、その主題が明確になるよう解説した。
【作者解説】　本文に掲載した作者について、その略歴や作風、文学史的な位置づけについて解説した。
【脚問】　本文に付した脚問の解答および解説を示した。
【読解】　本文に付した「読解」の解答および解説を示した。
【読書案内】　本文に掲載した作者の別の作品を、比較的入手しやすいものを中心に複数紹介した。

このほか、翻訳小説については、**【訳者解説】**を付した。

第一章

日常のほころび

いつもと変わらない一日が今日も続いている。そんなふうに私たちの日常は、穏やかな見慣れた顔をしている。しかし、そんな日常にもわずかな裂け目やほころびが潜んでいる。もしかしたら私たちは、不気味なほころびを見ないようにしているだけなのかもしれない。その小さな兆しは、思いがけない異世界への扉の鍵穴かもしれないのに――。

一見のっぺらぼうな日常こそ、無限の可能性への入り口なのだ。

ミケーネ

猫を眺めていると自分の生き方をしっかり心得ているように思える。陽《ひ》だまりで寝ている野良猫でさえ、ある種の気品が備わっている。自己流を貫き、決して無理をせず、ブレない。ある意味ではヒトよりも人間らしいかもしれない。

いしいしんじ

祖父の通夜の席に、猫の面をつけたひとが座っているのかと思い、よくよく見るとそれは巨大な正真の猫である。鼻の両側に白い斑点がある以外、全身真っ黒な黒猫で、布団に座し、弔問客が前を通るたび、黒い尾をへにゃへにゃと上げ下げしている。茶碗へ直《じか》に舌を浸《つ》けることはせず、前脚を濡《ぬ》らし、魚をすくう手つきで素早く口元へもってくるが、見当は始終外れ、髭《ひげ》の生えた白い斑点のあたりはもうとうにびしょ濡れである。

祖父には生前から常識ではかれないところがあった。私は義姉や伯母たちでごったがえす台所から干した小えびを袋ごともってきて紙ナプキンにざらざらあけると、[1]膝行《しっこう》し、猫の正面に座った。小えびを差しだすと猫は顔を向け、曲がりにくいものを曲げたような笑みを浮かべた。

「どうもこの度は。」

猫はひとのことばでいうと小えびのナプキンを脇に置いて深々と礼をした。私も合わせて黙礼する。まわりに猫の姿は見えているのだろうか。弔問客の居並ぶ座敷の隅で、赤ん

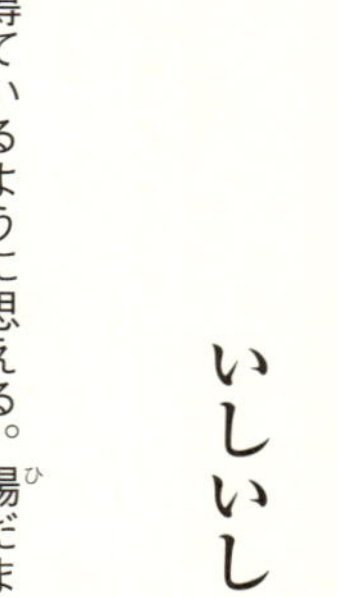

いしいしんじ

一九六六年—。大阪府生まれ。一九九四年に『アムステルダムの犬』でデビュー。幻想的でユーモラスな作風で多くの小説を生み出している。本文は『ひと粒の宇宙』(角川文庫)によった。

1 膝行　膝をつきながら進むこと。

問1　「曲がりにくいものを曲げたような笑みを浮かべた」とはどのような様子か。

坊がひとり、目を見開きポカンとしていることはしている。

「ミケーネと申します。」

「そうですか。」

私はこたえ、もう少しなにかいうべきだろうと思った。

「生前は、祖父がいろいろと……。」

ミケーネは右の前脚を目元に当て、くりくりとこね回しながらンオウと鳴き、

「こんな具合にしていたんですよ。急に目が見えないし、喉は詰まるしで、泡をくいまして。」

「はあ。」

「よく貼りついているでしょう。バッティングセンター[2]の前の舗道。客がぽんぽん吐いて帰るのでまったく難儀しております。子猫はよくあれで駄目んなるんです。」

「チューインガムですか。」

ミケーネはうなずき、祭壇のほうへやおら首をもたげると、

「助けていただいた仲間が、十何匹とおります。あたしは代表というわけでして。」

猫がなにか弄ぶように、両の前脚をすり合わせる。といってミケーネは猫なわけだが。[3]焼香を願うと、少々ためらったあと、四本脚でそろそろと焼香台の前へ進む。じっと遺影を仰ぎ見る。白髪を無軌道に伸ばした鍾馗《しょうき》[4]のような祖父の顔。背を丸め、一礼し、ぺろりと舐《な》めた掌《てのひら》に香をまぶしてはらはらと振ると、それまでにない強い香気が座敷じゅうに立ちこめ、何人か、訝《いぶか》しげに壇を振り返ったが、誰もとりたてて騒ぐことをしない。やはり

問2 「目を見開きポカンとしている」のはなぜだと考えられるか。

2 **バッティングセンター** 機械から自動的に発射されるボールを打つ、野球の練習施設。[和製英語]

3 **焼香** 香をたくこと。特に、死者や仏を供養するために行われる。

4 **鍾馗** 中国の民間伝承に伝わる神。日本では、鬼より強い存在として魔除けなどに用いられる。

見えてはいないのか。それとも喪服のひとがただ背を丸めているぐらいに思っているのか。ミケーネは口を結んで戻ってくると、翌朝の予定を低い声で訊《たず》ねた。そしてストンと庭へ降り、宵闇のなかへ消えていった。

一緒には暮らしていなかったので、ごく幼い頃の記憶しか残っていない。それでも祖父の印象はひとつひとつが強烈で、いまも耳のそばで、声が聞こえてきそうなくらいに生々しい。近隣の大人たちには、敬いというより、畏れをもって迎えられていた祖父が、身を寄せてくる小さなものに対しては、身内が呆《あき》れるほど鷹揚《おうよう》に接していたのを覚えている。祖父の肩や頭上には、蝶《ちょう》や蜂がよくとまった。草履の上では蛙《かえる》や鈴虫[5]が休んでいた。蠅《はえ》や蚊、毒虫が肌を這《は》おうが頓着しなかった。目には見えない、透き通った小鳥や虫まで群れてくるらしく、表で見あげた祖父の顔が、浅い川底に寝ころんでいるかのように、ぐんにゃりねじ曲がって映るようなことも何度かあった。

朝早くから強い陽《ひ》ざしが照りつけた。庭に集う弔い客のなかにミケーネはいた。なんだか懐かしい気がして近づいていき、おはようと声をかけると、ゆうべより緊張の解けた様子でミケーネは会釈を返した。それから少し立ち話をした。ミケーネはほんとうは名前の通り三毛猫だという。ごみ焼却場の窯へはいって全身を染めてきたのだ。鼻の脇に白い斑《ぶち》が残っていることは告げないでおいた。大きさを別にすれば、炭で染めたというよりミケーネは生まれついての自然な黒猫にみえた。

座敷で読経がはじまった。焼香の列は門の外へつながっている。彼らの姿がときどき霞《かすみ》のようにぶれるのは、この場所に、例の鳥や虫も集まってきているためかもしれない。坊

5 鈴虫 スズムシ科の昆虫。体長約二センチメートル。秋の夜、鈴を鳴らすような音で鳴く。

主は一風かわった節回しで経文を読んだ。知っている経かどうかはわからなかった。手が空いた親戚からつぎつぎと座敷にはいってくる。やがて坊主が一礼し、煙を払うような手つきで合図を送った。葬儀屋が棺を庭へおろすと、近所のものたちは、菊[6]や百合《ゆり》[7]をつかみとり、横たわる祖父のからだを怖《お》ず怖ずと飾った。

袖を引かれ、振り返るとミケーネが真後ろにいて、

「拝借していたものをお返ししたいのですが。」

とささやいた。

「お棺に入れて構わないでしょうか。」

「ああ。」

私は周囲を眺め、

「むろん構いません。どうぞ。」

ミケーネは棺の前に歩み寄った。そして背骨を釣り竿《ざお》のように反らし、後ろ足だけで懸命に立った。何度か拝むようにすると、祖父の肩のところに、光り輝くものを両の掌で置いた。白く燃えあがる毛糸玉のように見えた。葬儀屋のものが蓋をし、釘《くぎ》を打ったあと、棺桶《かんおけ》は軽く二度三度とその場で跳ねあがり、近隣からの弔い客がキャアキャアとはしたなく騒いだ。

親戚とともにマイクロバス[8]に乗った。二台目のバスにミケーネは乗っていた。火葬場で坊主が最後の挨拶をした。ガシャンと鉄扉が開き、棺が暗い室へ運び入れられるとき、それまで表情を変えなかった伯母たちが手に手にハンカチを取りだすのが見えた。ミケーネ

6 菊 キク科の多年草。秋に白や黄色などの花が咲き、独特の香りを放つ。

7 百合 ユリ科ユリ属の多年草の総称。初夏、茎の先にらっぱ状あるいはつりがね状の花をつける。

問3 「周囲を眺め」たのはなぜか。

8 マイクロバス 定員が三十名未満の小型バス。[英語] micro bus

も部屋の暗がりで泣いていた。火が入れられると控え室に行き、茶を飲んだりして時を過ごした。

火葬場のひとが呼びにきた。皆で焼き場に戻り、白茶けた祖父の骨を鉄板から壺《つぼ》に納めた。箸で摘《つま》むと非常に軽く、ひとつひとつが、ほのかに輝きを放っているように見えた。ミケーネは震える前脚に箸をはさんだ。頭蓋骨の一片を摘み、壺の上にもっていく。無事作業を終えるや、傍目《はため》にも安堵《あんど》したようだった。ゆうべ練習したのだろうと私は思った。

屋敷に帰ったあと、仕出し[9]の膳が振る舞われたが、座敷にミケーネの姿はなかった。廊下に出ると庭で開けはなした障子ごしに骨壺の置かれた祭壇を見あげていた。私が礼をいうと、大げさなくらい恐縮し、自分のようなものに最後まで見送りをお許しくださって、ほんとうにもったいないことです、そういって深々と黒い頭を垂れた。ゆうべから内ポケットに収めておいた、小えびの包みを手渡すと、大きな顎でくわえ、後ずさりして門から出ていった。私は廊下に立ち、だんだんと薄暗くなっていく庭を眺め、しばらくの間じっとしていた。

膳の並んだ座敷に戻ると、親戚のものたちが気が抜けたような顔でビールを飲んでいた。三つ隣に座った祖母が、私のほうへ首を曲げた。そして、皺《しわ》だらけの口をゆっくり動かしながら、ずいぶんちゃんとした猫だったたね、といった。周りで何人かが頷《うなず》いた。私は少し誇らしい気分で、ええそう思いますと相づちを打った。

問4 「ほのかに輝きを放っている」原因として何が考えられるか。

9 仕出し 注文に応じて料理を配達すること。出前。

読解

1 「なんだか懐かしい気がして」（一〇・12）とあるが、それはなぜか、説明しなさい。

2 「近隣の大人たちには、敬いというより、畏れをもって迎えられていた」（一〇・6）、「近隣からの弔い客がキャアキャアとはしたなく騒いだ」（一一・15）とあるが、この作品の中で「近隣」の人々はどのような存在として描かれているか、説明しなさい。

3 「少し誇らしい気分」（一二・16）とあるが、そのような気分になったのはなぜか、「私」とミケーネとの関係をふまえて説明しなさい。

ピアノ

芥川龍之介《あくたがわりゅうのすけ》

大震災や大災害で人家が廃墟《はいきょ》になった風景を、しばしば私たちは目にする。持ち主のいなくなったおもちゃや楽器には、とりわけ胸が痛む。無言で主人を探しているような気がする。一世紀近く前の関東大震災後の廃屋のピアノが、ここに蘇《よみがえ》る。

ある雨のふる秋の日、わたしはある人を訪ねるために横浜の山手[1]を歩いて行った。◆この辺の荒廃は震災[2]当時とほとんど変わっていなかった。もし少しでも変わっているとすれば、それは一面にスレート[3]の屋根や煉瓦《れんが》の壁の落ち重なった中に藜《あかざ》[4]の伸びているだけだった。現にある家の崩れた跡には蓋をあけた弓なりのピアノさえ、半ば壁にひしがれたまま、つややかに鍵盤を濡《ぬ》らしていた。のみならず大小さまざまの譜本もかすかに色づいた藜の中に桃色、水色、薄黄色などの横文字の表紙を濡らしていた。

わたしはわたしの訪ねた人とあるこみ入った用件を話した。話は容易に片づかなかった。わたしはとうとう夜に入った後、やっとその人の家を辞することにした。それも近々にもう一度面談を約した上のことだった。

雨は幸いにも上がっていた。おまけに月も風立った空に時々光を洩《も》らしていた。わたしは汽車に乗り遅れぬために（煙草《たばこ》の吸われぬ省線電車[5]はもちろんわたしには禁もつだった。）出来るだけ足を早めて行った。

芥川龍之介　一八九二—一九二七年。東京都生まれ。「鼻」が夏目《なつめ》漱《そう》石《せき》に激賞され、作家として本格的にデビューした。本文は、「芥川龍之介全集」第十二巻（岩波書店）によった。

1 横浜の山手　横浜市中区山手町一帯の地名。高台にあり、外国人居留地として開発された。

問1　「この辺」は「震災」によって具体的にどのような状態になっているか。

2 震災　関東大震災のこと。一九二三年九月一日、相模《さがみ》湾沖を震源として発生したマグニチュード七・九の大すると突然聞こえたのは誰かのピアノを打った音だった。いや、「打った」と言うよりもむしろ触った音だった。わたしは思わず足をゆるめ、荒涼としたあたりを眺めまわした。ピアノはちょうど月の光に細長い鍵盤を仄《ほの》めかせていた、あの藜の中にあるピアノは。――しかし人かげはどこにもなかった。

それはたった一音だった。が、ピアノには違いなかった。わたしは多少無気味になり、もう一度足を早めようとした。その時わたしの後ろにしたピアノは確かにまたかすかに音を出した。わたしはもちろん振りかえらずにさっさと足を早めつづけた、湿気を孕《はら》んだ一陣の風のわたしを送るのを感じながら。……

わたしはこのピアノの音に超自然の解釈を加えるにはあまりにリアリスト[6]に違いなかった。なるほど人かげは見えなかったにしろ、あの崩れた壁のあたりに猫でも潜んでいたかもしれない。もし猫ではなかったとすれば、――わたしはまだその外にも鼬《いたち》だの蟇《ひき》がえるだのを数えていた。けれどもとにかく人手を借らずにピアノの鳴ったのは不思議だった。

五日ばかりたった後、わたしは◆同じ用件のために同じ山手を通りかかった。ピアノはあいかわらずひっそりと藜の中に蹲《うずくま》っていた。桃色、水色、薄黄色などの譜本の散乱していることもやはりこの前に変わらなかった。ただきょうはそれらはもちろん、崩れ落ちた煉瓦やスレートも秋晴れの日の光にかがやいていた。

わたしは譜本を踏まぬようにピアノの前へ歩み寄った。ピアノは今目のあたりに見れば、鍵盤の象牙も光沢を失い、蓋の漆も剝落していた。ことに脚にはえびかずら[7]に似た一すじの蔓草《つるくさ》もからみついていた。わたしはこのピアノを前に何か失望に近いものを感じた。

地震で、震源に近かった横浜は甚大な損害を被った。

3 スレート 屋根ふきの素材として用いられる粘板岩の薄板。明治後期からは石綿をセメントで固め、薄く延ばしたものも登場した。

4 藜 アカザ科の一年草。空き地などで見かける雑草の一つ。

5 省線電車 当時鉄道省の管理下にあった電車とその路線のこと。なお、当時から大都市近郊の「省線電車」は禁煙となっていた。

6 リアリスト 現実的に物事を捉える立場の人。現実主義者。[英語] realist

問2 「同じ用件」に相当する箇所を抜き出しなさい。

7 えびかずら ブドウ科のつる性植物の古名。

「第一これでも鳴るのかしら。」

わたしはこう独り言を言った。するとピアノはその拍子にたちまちかすかに音を発した。それはほとんどわたしの疑惑を叱ったかと思うくらいだった。しかしわたしは驚かなかった。のみならず微笑の浮かんだのを感じた。ピアノは今も日の光に白じらと鍵盤をひろげていた。が、そこにはいつの間にか落ち栗が一つ転がっていた。

わたしは往来へ引き返した後、もう一度この廃墟《はいきょ》をふり返った。やっと気のついた栗の木はスレートの屋根に押されたまま、斜めにピアノを蔽《おお》っていた。けれどもそれはどちらでもよかった。わたしはただ藜の中の弓なりのピアノに目を注いだ。あの去年の震災以来、誰も知らぬ音を保っていたピアノに。

問3　「わたしの疑惑」とはどのようなものか。

読解

1　「わたしは多少無気味になり」（一五・5）とあるが、それはなぜか、説明しなさい。

2　「微笑の浮かんだのを感じた」（一六・4）とあるが、それはなぜか、説明しなさい。

3　「あの去年の震災以来、誰も知らぬ音を保っていたピアノ」（一六・8）に「目を注いだ」時、「わたし」はどのような感慨を抱いたのか、説明しなさい。

わかれ道

樋口一葉《ひぐちいちよう》

気の置けない間柄というものが男女間でもある。明治の東京の下町で、貧しい身の上をかこつ者同士、姉弟のように肩を寄せ合っていた二人に、転機が訪れる。離れがたい思いの理由を、彼らは自覚できないほど世間知らずだった。

（上）

お京《きよう》さんいますかと窓の戸の外に来て、ことことと羽目[1]をたたく音のするに、誰だえ、もう寝てしまったから明日来ておくれと嘘《うそ》を言えば、寝たっていいやね、起きて開けておくんなさい、傘屋の吉《きち》だよ、俺だよと少し高く言えば、嫌な子だねこんな遅くに何を言いに来たか、また御餅《おかちん》[2]のおねだりか、と笑って、今あけるよしばらく辛抱おしと言いながら、仕立てかけの縫い物に針どめして立つは年頃二十余りの意気な女、多い髪の毛を忙しい折からとて結び髪[3]にして、少し長めな八丈の前だれ[4]、お召し[5]の台なしな半天を着て、急ぎ足に沓脱《くつぬぎ》へ下りて格子戸に添いし雨戸を開くれば、お気の毒さまと言いながらずっとはいるは◆一寸法師《いっすんぼし》と仇名《あだな》のある町内の暴れ者、傘屋の吉とて持て余しの小僧なり、年は十六なれどもふと見るところは一か二か、肩幅せばく顔小さく、目鼻だちはきりきりと利口らしけ

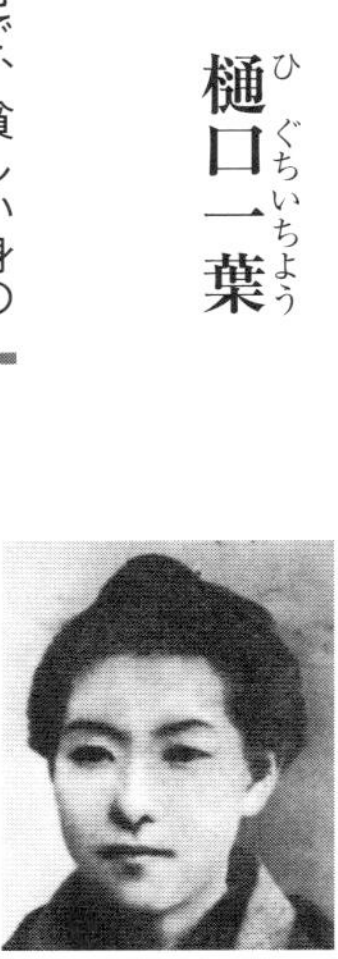

樋口一葉

一八七二―九六年。東京都生まれ。半井桃水《なからいとうすい》に師事して創作を始め、明治を生きた女性を活写した短編を多く残す。本文は「樋口一葉全集」第二巻（筑摩書房）によった。

1 **羽目** 建物の壁にはめ込まれた板。

2 **御餅** 餅の女房ことば。

3 **結び髪** 無造作に頭上に髪を束ねた髪形。

4 **八丈の前だれ** 八丈島産の絹織物で作った前掛け。

5 **お召し** 御召縮緬《おめしちりめん》。縮緬のなかでも上等なもの。

問1 「一寸法師と仇名」されたのはなぜか。

れどいかにも背《せい》の低ければ人嘲りて仇名はつけける。ごめんなさい、と火鉢の傍《そば》へずかずかと行けば、御餅を焼くには火が足らないよ、台所の[6]火消し壺《つぼ》から[7]消し炭を持ってきてお前が勝手に焼いてお食べ、私は今夜中にこれ一つを上げねばならぬ、角の質屋の旦那どのが御年始着だからとて針を取れば、吉はふふんと言ってあのはげ頭には惜しい物だ、[8]御初《おはつ》穂《う》を俺でも着てやろうかと言えば、馬鹿をお言いでない人の御初穂を着ると出世が出来ないと言うではないか、今っから伸びる事が出来なくては仕方がない、そんな事をよその家でもしてはいけないよと気をつけるに、俺なんぞ御出世は願わないのだから他人《ひと》の物だろうがなんだろうが着かぶってやるだけが徳さ、お前さんいつかそう言ったね、運が向く時になると俺に[9]糸織りの着物をこしらえてくれるって、本当にこしらえてくれるかえと真面目だって言えば、それはこしらえてあげられるようならおめでたいのだもの喜んでこしらえるがね、私が姿を見ておくれ、こんな容体で人さまの仕事をしている境界《きようがい》ではなかろうか、まあ夢のような約束さとて笑っていれば、いいやなそれは、出来ない時にこしらえてくれとは言わない、お前さんに運の向いた時の事さ、まあそんな約束でもして喜ばしておいておくれ、こんな野郎が糸織りぞろえを冠《かぶ》ったところがおかしくもないけれどもと寂しそうな笑顔をすれば、そんなら吉ちゃんお前が出世の時は私にもしておくれか、その約束も極めておきたいねと微笑《ほほえ》んで言えば、そいつはいけない、俺はどうしても出世なんぞはしないのだから。なぜなぜ。なぜでもしない、誰が来て無理やりに手を取って引き上げても俺はここにこうしているのがいいのだ、[10]傘屋の油引きが一番いいのだ、[11]どうで[12]盲目縞《めくらじま》の筒袖に[13]三尺《さんじやく》をしょって産《で》てきたのだろうから、[14]渋を買いに行く時[15]かすりでも取って[16]吹き矢

6 **火消し壺**　火の残った炭やたきぎを、密封することで消火する壺。

7 **消し炭**　炭やたきぎの火を途中で消しておいたもの。火をおこしやすい。

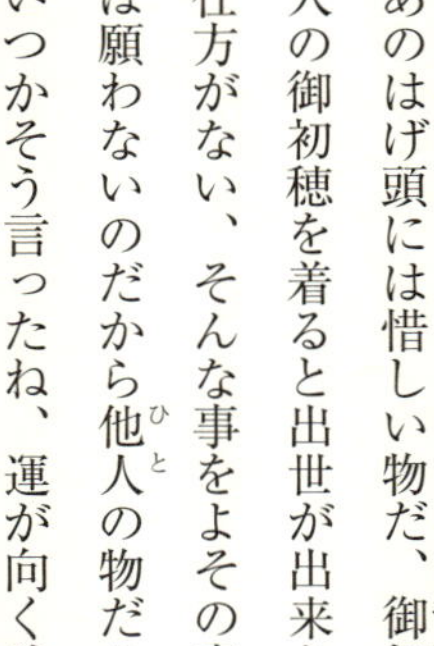

8 **御初穂**　神仏に供える、その年最初に収穫した農作物。ここは、転じて誰も着ていない新しい着物のこと。おはつほ。

9 **糸織り**　絹のより糸で織った上等の織物。絹糸織。

10 **油引き**　番傘の和紙に油を塗る仕事。

の一本も当たりを取るのがいい運さ、お前さんなぞは以前《もと》が立派な人だと言うから今に上等の運が馬車に乗って迎いに来やすのさ、だけれどもお妾《めかけ》になると言う謎ではないぜ、悪く取って怒っておくんなさるな、と火なぶりをしながら身の上を嘆くに、そうさ馬車の代わりに火の車でも来るであろう、随分胸の燃える事があるからね、とお京は尺《ものさし》を杖に振り返りて吉三が顔を守りぬ[17]。

いつものごとく台所から炭を持ち出《い》だして、お前は食いなさらないかと聞けば、いいえ、とお京の頭《つむり》をふるに、では俺ばかり御馳走さまになろうかな、本当に自家《うち》のけちんぼうめやかましい小言ばかり言いやがって、人を使う法をも知りやあがらない、死んだお婆さんはあんなのではなかったけれど、今度の奴《やつ》らと来たら◆一人として話せるのはない、お京さんお前は自家の半次さんを好きか、随分嫌味に出来あがって、いい気の骨頂の奴[18]ではないか、俺は親方の息子だけれどあいつばかりはどうしても主人とは思われない番ごと[19]喧嘩《けんか》をして遣《や》り込めてやるのだが随分おもしろいよと話しながら、金網の上へ餅をのせて、おお熱々と指先を吹いてかかりぬ。

俺はどうもお前さんの事が他人のように思われぬはどういう物であろう、お京さんお前は弟《おとと》というを持った事はないのかと問われて、私は一人娘《ひとりご》で同胞《きょうだい》なしだから弟にも妹《いもと》にも持った事は一度もないと言う、そうかなあ、それではやっぱりなんでもないのだろう、どこからかこうお前のような人が俺の真身の姉《あね》さんだとか言って出て来たらどんなに嬉しいか、首っ玉へかじり付いて俺はそれぎり往生しても喜ぶのだが、本当に俺は木の股からでも出て来たのか、ついしか[20]親類らしい者に逢《あ》った事もない、それだから幾度も幾度も考え

11 どうで　どうせ。

12 盲目縞の筒袖　紺色の綿布でつくられた仕事着。

13 三尺　三尺帯。職人がよく締めた。

14 渋　柿渋。防腐剤や補強剤として番傘作りに使われた。

15 かすりでも取って　代金の一部をかすめ取ること。

16 吹き矢　かつて、街頭で行われた賭博。回転する文字盤の一部を指定し、そこに吹き矢を当てれば賞金がもらえた。

17 守りぬ　見つめた。

問2　「一人として話せるのはない」とはどのようなことか。

18 いい気の骨頂の奴　ひとりよがりがこの上ないやつ。

19 番ごと　ことあるごとに。

20 ついしか　いまだかつて。

ては俺はもう一生誰にも逢う事が出来ないくらいなら今のうち死んでしまった方が気楽だと考えるがね、それでも欲があるからおかしい、ひょっくり変てこな夢何かを見てね、ふだん優しい事の一言も言ってくれる人が母親《おふくろ》や父親《おやじ》や姉さんや兄《あに》さんのように思われて、もう少し生きていようかしら、もう一年も生きていたら誰か本当の事を話してくれるかと楽しんでね、面白くもない油引きをやっているが俺みたような変な物が世間にもあるだろうかねえ、お京さん母親も父親もからっきりあてがないのだよ、親なしで産まれてくる子があろうか、俺はどうしても不思議でならない、と焼きあがりし餅を両手でたたきつついつも言うなる心細さを繰り返せば、それでもお前[21]笹《ささ》づる錦の守り袋というような証拠はないのかえ、何か手懸かりはありそうな物だねとお京の言うを消して、何そんな気の利いた物はありそうにもしない生まれるとすぐさま橋の袂《たもと》の[22]貸し赤子に出されたのだなどと朋輩《ほうばい》の奴らが悪口をいうが、もしかするとそうかもしれない、それなら俺は[23]乞食《こじき》の子だ、母親も父親も乞食かもしれない、表を通る襤褸《ぼろ》を下げた奴がやっぱり俺が[24]親類まきで毎朝きまって貰《もら》いに来る[25]跣跛《びっこ》片眼《めっかち》のあの婆《ばば》あなにかが俺の為のなんに当たるかしれはしない、話さないでもお前はたいていしっているだろうけれど今の傘屋に奉公する前はやっぱり俺は[26]角《かく》兵衛《べえ》の獅子《しし》を冠って歩いたのだからとうちしおれて、お京さん俺が本当に乞食の子ならお前は今までのようにかわゆがってはくれないだろうか、振り向いて見てはくれまいねと言うに、冗談をお言いでないお前がどのような人の子でどんな身かそれはしらないが、なんだからとって嫌がるも嫌がらないも言う事はない、お前は平常《ふだん》の気に似合わぬ情けない事をお言いだけれど、私が少しもお前の身なら[27]非人でも乞食でも構いはない、親がなかろう

21 笹づる錦　笹の細づるに松《まつ》笠《かさ》と小花を配した模様を織り出した錦地。

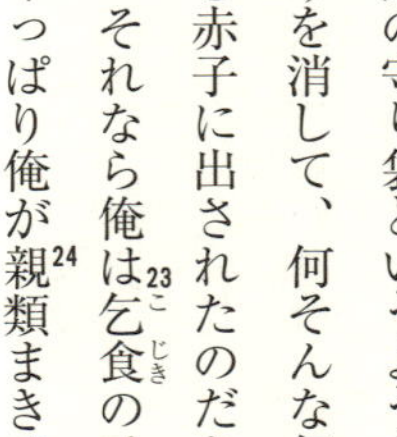

22 貸し赤子　「乞食」が哀れに見えるように貸し出された赤ん坊。

23 乞食　人から物品や金銭をもらいうけ、生活をする人。

24 親類まき　親類一族。

25 跣跛片眼　「跣跛」は足の不自由な状態、「片眼」は視覚障害、またはそのような人のこと。ともに差別的

が兄弟がどうだろうが身一つ出世をしたらばよかろう、なぜそんな意気地なしをお言いだと励ませば、俺はどうしても駄目だよ、なんにもしようとも思わない、と下を向いて顔をば見せざりき。

（中）

今は亡《う》せたる傘屋の先代に太っ腹のお松とて一代に身上[28]をあげたる、女相撲のような老《ば》婆《ば》さまありき、六年前の冬の事寺参りの帰りに角兵衛の子供を拾うてきて、いいよ親方からやかましく言ってきたらその時の事、かわいそうに足が痛くて歩かれないと言うと朋輩の意地悪が置きざりに捨てていったと言う、そんな所へ帰るに当たるものかちっともおっかない事はないから私が家にいなさい、みんなも心配する事はないなんのこの子ぐらいのもの二人や三人、台所へ板を並べてお飯《まんま》を食べさせるに文句がいるものか、判証文[29]を取った奴でも欠け落ち[30]をするもあれば持ち逃げの吝《けち》な奴もある、了簡次第のものだわな、いわば馬には乗ってみろ[31]さ、役に立つか立たないか置いてみなけりゃ知れはせん、お前新網[32]へ帰るが嫌ならここを死に場と決めて勉強をしなけりゃあならないよ、しっかりやっておくれと言い含められて、吉や吉やとそれよりの丹精今油引きに、大人三人前を一手に引きうけて鼻歌交じりやってのける腕を見るもの、さすがに目鏡《めがね》[33]と亡き老婆《ひと》をほめける。

恩ある人は二年目に亡せて今の主も内儀様《かみさま》も息子の半次も気に食わぬ者のみなれど、ここを死に場と定めたるなれば嫌とて更にいずかたに行くべき、身は疳癪《かんしゃく》に筋骨つまってか

な表現であり、今日では使用されなくなっている。

26 角兵衛の獅子　獅子頭をかぶった子供が、笛や太鼓の音に合わせて踊ったり、逆立ちしたりする芸。家々をまわるなどし、金銭をもらい受けた。

27 非人　中世・近世の被差別民。一八七一年の太政官布告によって法制上は廃止されたが、不当な社会的差別はその後も残り続けている。

28 身上をあげたる　財産を築いた。

29 判証文　年季奉公の証書。

30 欠け落ち　逃亡し行方をくらますこと。

31 馬には乗ってみろ　慣用句「馬には乗ってみよ、人には添うてみよ」。何事も実際に経験しなければわからないことのたとえ。

32 新網　現在の東京都港区麻布にあった町名。当時の貧民街。

33 目鏡　人を見抜く力がある。

人よりは一寸法師一寸法師と誹《そし》らるるも口惜しきに、吉や手前《てめえ》は親の日に腥《なまぐ》さを食《やつ》たであろう、ざまを見ろ[34]まわりのまわりの小仏と朋輩の鼻垂れに仕事の上の仇を返されて、鉄拳《かなこぶし》に張りたおす勇気はあれども誠に父母いかなる日に失せていつを[35]精進日とも心得なき身の、心細き事を思うては干し場の傘のかげに隠れて大地を枕に仰向《あおの》き伏してはこぼるる涙を呑《の》み込みぬる悲しさ、四季押しとおし油びかりする盲目縞の筒袖を振って火の玉のような子だと町内にこわがられる乱暴も慰むる人なき胸ぐるしさの余り、仮にも優しう言うてくれる人のあれば、しがみ付いて取りついて離れがたなき思いなり。[36]仕事屋のお京は今年の春よりこの裏へと越して来し者なれど物事に気才の利きて長屋中への交際《つきあい》もよく、大家なれば傘屋の者へは殊更に愛想を見せ、小僧さん達《たち》着る物のほころびでも切れたなら私の家《うち》へ持っておいで、お家は御多人数《ごたにんず》お内儀さんの針もっていらっしゃる暇はあるまじ、私は[37]常住仕事[38]畳紙《たとう》と首っ引きの身なればほんの一針造作はない、一人住居《ずまい》の相手なしに毎日毎夜寂しくって暮らしているなれば手すきの時には遊びにも来て下され、私はこんなながらした気なれば吉ちゃんのような暴れさんが大好き、疳癪がおこった時には表の米屋が白犬を擲《は》ると思うて私の家の洗いかえしをつや出しの小槌《こづち》に、[39]碪《きぬた》うちでもやりに来て下され、それならばお前さんも人に憎まれず私の方でも大助かり、ほんに両為《りょうだめ》でござんすほどにと冗談交じりいつとなく心安く、お京さんお京さんとて入り浸るを職人どもからかいては[40]帯屋の大将のあちらこちら、桂川《かつらがわ》の幕が出る時はお半の背中《せな》に長右衛門《ちょうえもん》と唱《うた》わせてあの帯の上へちょこなんと乗って出るか、こいつはいいお茶番だと笑われるに、男ならまねてみろ、仕事屋の家へ行って茶棚の奥の菓子鉢の中に、今日は何がいくつあるまで知っているのは

34 まわりのまわりの小仏　子供のあそび歌。「まわりまわりの小仏はなぜ背が低い、親の日にとと食うて、それで背が低い」と歌う。

35 精進日　近親者の命日など、肉食を避けて仏道に励む日。

36 仕事屋　仕立屋。

37 常住　いつでも。

38 畳紙　たとうがみ。厚い和紙に渋や漆を塗って折り畳んだもの。衣服や小物を包んだ。

39 碪うち　着物などを槌で打って柔らかくし、つやを出すこと。

40 帯屋の大将のあちらこちら　浄瑠璃「桂川連理柵《れんりのしがらみ》」に登場する帯屋長右衛門とお半の関係とは正反対だということ。長右衛門は四十代、お半は十四歳で、男が年上

恐らく俺の外にはあるまい、質屋のはげ頭めお京さんに首ったけで、仕事を頼むの何がどうしたのとこうるさく入り込んでは前だれの半襟の帯っかわのと付け届けをして御機嫌を取ってはいるけれど、ついしか喜んだ挨拶をした事がない、ましてや夜でも夜中でも傘屋の吉が来たとさえ言えば寝間着のままで格子戸を開けて、今日は一日遊びに来なかったね、どうかおしか、案じていたにと手を取って引き入れられる者が他にあろうか、お気の毒様なこったが独活《うど》の大木は役にたたない、山椒《さんしょ》は小粒で珍重されると高い事をいうに、この野郎めと背をひどく打たれて、ありがとうございますと済まして行く顔つき背さえあれば人冗談とてゆるすまじけれど、一寸法師の生意気と爪はじきしていいなぶりものに煙草《たばこ》休みの話の種なりき。

（下）

十二月三十日の夜、吉は坂上の得意場[41]へあつらえの日限のおくれしをわびに行きて、帰りは懐手の急ぎ足、草履下駄《げた》[42]の先にかかる物は面白づくに蹴かえして、ころころと転げると右に左に追いかけては大溝《おおどぶ》の中へ蹴落として一人からからの高笑い、聞く者なくて天上のお月さまさも皓々《こうこう》と照らしたもうを寒いと言う事知らぬ身なればただここちよく爽やかにて、帰りはいつもの窓をたたいてと目算ながら横町を曲がれば、いきなり後より追いすがる人の、両手に目を隠して忍び笑いをするに、誰だ誰だと指を撫《な》でて、なんだお京さんか、小指のまむし[43]が物を言う、おどかしても駄目だよと顔を振りのけるに、憎らしい当て

であった。

41 得意場　得意先。

42 草履下駄　板付きの草履。

43 小指のまむし　まむしゆび。指の第一関節がマムシの頭部のように曲がっているもの。この指の人は手先が器用だという。

られてしまったと笑い出す。お京はお[44]高僧《こそ》頭巾目深に[45]風痛《ふうつう》の羽織着ていつもに似合わぬよきなりなるを、吉三は見あげ見おろして、お前どこへ行きなすったの、今日明日は忙しくてお飯《まんま》を食べる間もあるまいと言うたではないか、どこへお客様にあるいていたのと不審を立てられて、[46]取り越しの御年始さと素知らぬ顔をすれば、嘘をいってるぜ三十日の年始を受ける家はないやな、親類へでも行きなすったかと問えば、とんでもない親類へ行くような身になったのさ、私は明日あの裏の引っ越しをするよ、あんまりだしぬけだからさぞお前おどろくだろうね、私も少し不意なのでまだ本当とも思われない、ともかく喜んでおくれ悪い事ではないからと言うに、本当か、本当か、と吉は呆《あき》れて、嘘ではないか冗談ではないか、そんな事を言っておどかしてくれなくてもいい、俺はお前がいなくなったら少しも面白い事はなくなってしまうのだからそんな嫌な冗談はよしにしておくれ、ええつまらない事を言う人だと頭《かしら》をふるに、嘘ではないよいつかお前が言った通り上等の運が馬車に乗って迎いに来たという騒ぎだから◆あすこの裏にはいられない、吉ちゃんそのうちに糸織ぞろいをこしらえてあげるよと言えば、嫌だ、俺はそんな物は貰いたくない、お前そのいい運というはつまらぬところへ行こうというのではないか、一昨日《おととい》自家の半次さんがそういっていたに、仕事屋のお京さんは八百屋横町に按摩《あんま》をしている伯父さんが[47]口入れでどこのかお邸《やしき》へ御奉公に出るのだそうだ、何お小間使いと言う年ではなし、奥さまのお側《そば》やお縫い物しの訳はない、[48]三つ輪に結って総《ふさ》の下がった[49]被布《ひふ》を着るお妾さまに相違はない、どうしてあの顔で仕事屋が通せる物かとこんな事をいっていた、俺はそんな事はないと思うから、聞き違いだろうと言って大喧嘩をやったのだが、お前もしやそこへ行くのではな

44 お高僧頭巾　頭から顔までを包む防寒用の頭巾。お高祖頭巾。

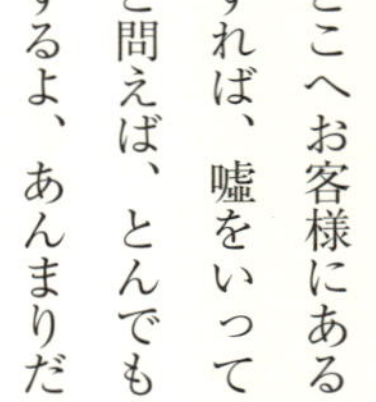

45 風痛の羽織　表と裏に同じ模様が異なった色で表れるように織り出された織物でつくられた羽織。当時流行の高級品。

46 取り越し　期日を繰り上げて行うこと。

問3　「あすこの裏にはいられない」のはなぜか。

47 口入れ　奉公口などを取り持つこと。

48 三つ輪　三つ輪まげ。女師匠や妾などがしばしばこの髪型にしていたとされる。

いか、そのお邸へ行くのであろう、と問われて、何も私だとて行きたい事はないけれど行かなければならないのさ、吉ちゃんお前にももう逢われなくなるねえ、とてただいうことながら萎《しお》れて聞こゆれば、どんな出世になるのか知らぬがそこへ行くのはよしたがよかろう、何もお前女口一つ針仕事で通せない事もなかろう、あれほど利く手を持っていながらなぜつまらないそんな事を始めたのか、あんまり情けないではないかと吉は我が身の潔白に比べて、およしよ、およしよ、断わっておしまいなと言えば、困ったねとお京は立ち止まって、それでも吉ちゃん私は洗い張り[50]に飽きが来て、もうお妾でもなんでもよい、どうでこんなつまらないずくめだから、いっその腐れ縮緬着物で世を過ぐそうと思うのさ。

思い切った事を我知らず言ってほほと笑いしが、ともかくも家へ行こうよ、吉ちゃん少しお急ぎと言われて、なんだか俺は根っから面白いとも思われない、お前まあ先へおいでよと後に付いて、地上に長き影法師を心細げに踏んでゆく、いつしか傘屋の路地を入《い》ってお京がいつもの窓下に立てば、ここをば毎夜訪れてくれたのなれど、明日の晩はもうお前の声も聞かれない、世の中って嫌なものだねと嘆息するに、それはお前の心[51]がらだとて不満らしゅう吉三の言いぬ。

お京は家に入《い》るより洋灯《ランプ》に火を点《うつ》して、火鉢を掻《か》きおこし、吉ちゃんやお焙《あた》りよと声をかけるに俺は嫌だと言って柱際に立っているを、それでもお前寒かろうではないか風邪を引くといけないと気を付ければ、引いてもいいやね、構わずにおいておくれと下を向いているに、お前はどうかおしか、なんだかおかしな様子だね私の言う事が何か疳にでも障ったの、それならそのように言ってくれたがいい、黙ってそんな顔をしていられると気にな

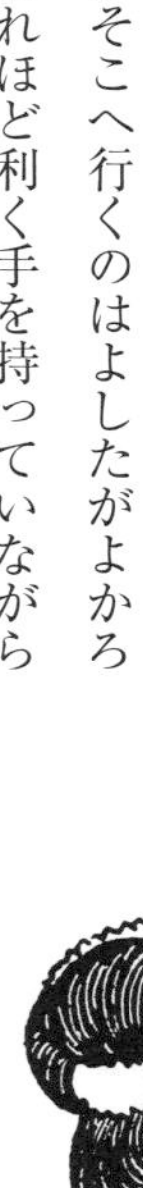

49 被布　着物の上からはおる婦人用の防寒着。

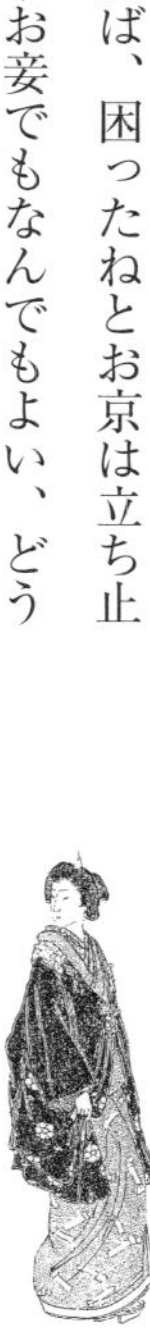

50 洗い張り　着物をほどいて洗濯した後、のりをつけて板に張り、しわを伸ばして乾かすこと。

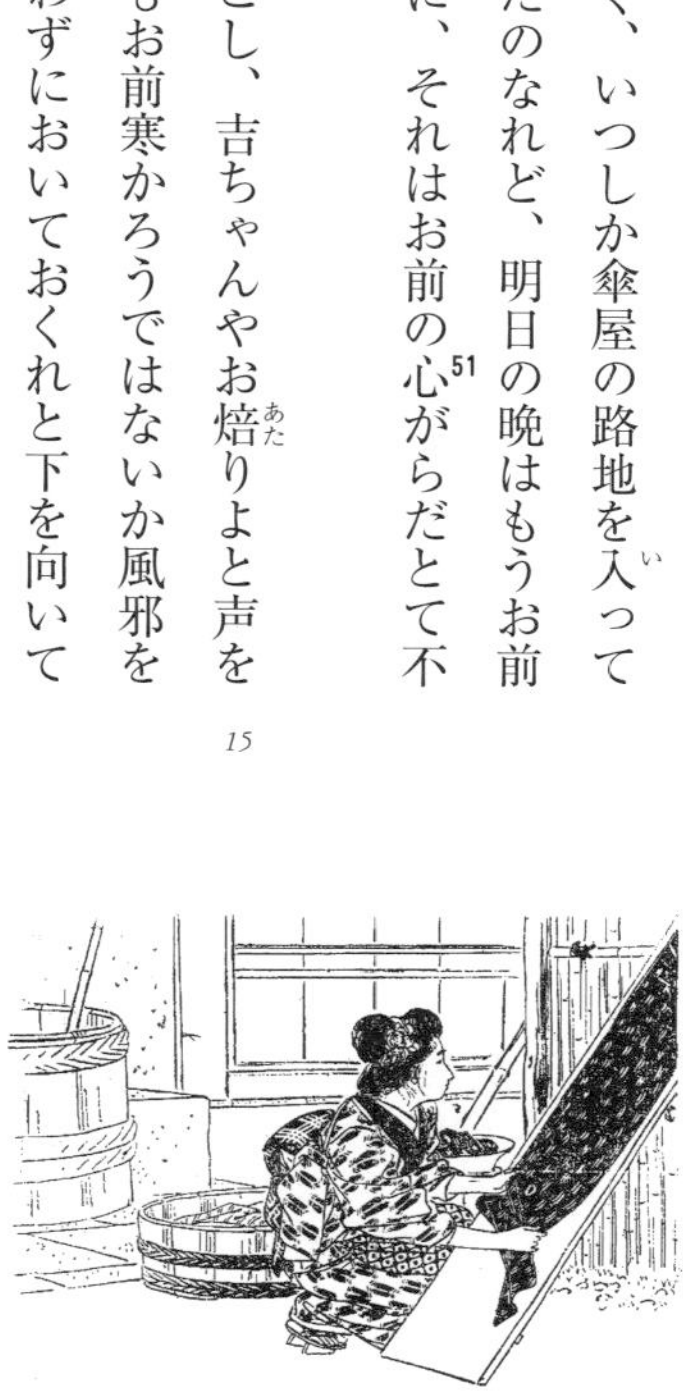

51 心がら　心のあり方。

って仕方がないと言えば、気になんぞ懸けなくてもいいよ、俺も傘屋の吉三だ女のお世話にはならないと言って、寄りかかりし柱に背を擦《こす》りながら、ああつまらない面白くない、俺はほんとになんと言うのだろう、いろいろの人がちょっといい顔を見せてすぐさまつまらない事になってしまうのだ、傘屋の先《せん》のお老婆《ばあ》さんもいい人であったし、[52]紺屋《こうや》のお絹さんという縮《ちぢ》れっ毛の人もかあゆがってくれたのだけれど、お老婆さんは中風[53]で死ぬし、お絹さんはお嫁に行くを嫌がって裏の井戸へ飛び込んでしまった、お前は不人情で俺を捨ててゆくし、もう何も彼もつまらない、なんだ傘屋の油引きになんぞ、百人前の仕事をしたからとって褒美の一つも出ようではなし朝から晩まで一寸法師の言われつづけで、それだからといって一生立ってもこの背が伸びようかい、[54]待てば甘露というけれど俺なんぞは一日一日嫌な事ばかり降ってきやがる、一昨日半次の奴と大喧嘩をやって、お京さんばかりは人の妾に出るような腸《はらわた》の腐ったのではないと威張ったに、五日とたたずに◆兜《かぶと》をぬがなければならないのであろう、そんな嘘っ吐《つ》きの、ごまかしの、欲の深いお前さんを姉《ねえ》さん同様に思っていたが口惜しい、もうお京さんお前には逢わないよ、どうしてもお前には逢わないよ、長々お世話さまここからお礼を申します、[55]人をつけ、もう誰の事も当てにするものか、さようなら、と言って立ちあがり沓脱の草履下駄足に引きかくるを、あれ吉ちゃんそれはお前勘違いだ、何も私がここを離れるとてお前を見捨てる事はしない、私は本当に兄弟とばかり思うのだものそんな愛想づかしは酷《ひど》かろう、と後から羽がいじめに抱き止めて、気の早い子だねとお京の諭せば、そんならお妾に行くをやめにしなさるかと振りかえられて、誰も願うて行くところではないけれど、私はどうしてもこうと決心しているのだ

52 紺屋　染物屋。

53 中風　脳卒中。

54 待てば甘露　「待てば甘露の日和あり」。待っていれば、いつか好機がやってくるという意味。

問4　「兜をぬがなければならない」とは具体的にはどのようなことか。

55 人をつけ　「人をつけにする」。人をばかにして。

からそれはせっかくだけれど聞かれないよと言うに、吉は涙の目に見つめて、お京さん後生だから此肩《ここ》の手を放しておくんなさい。

（脚注図版提供・林丈二）

読解

1 「俺はどうもお前さんの事が他人のように思われぬ」（一九・14）とあるが、それはなぜか、説明しなさい。

2 「何も私だとて行きたい事はない」（二五・1）とあるが、それでも妾になることを承知したのはなぜか、説明しなさい。

最近のある日

G・ガルシア＝マルケス
桑名《くわな》一博《かずひろ》 訳

革命と内戦に明け暮れた国の、あるさびれた集落のもぐりの歯医者。いつもと同じような朝が始まる。しかしその日常には、血塗られた過去と憎しみが奥深く眠っている。短い小説に封じ込められた心の秘密を掘り起こしてみよう。

月曜日は夜が明けると生温かく、雨は降っていなかった。モグリ[1]の歯医者でたいへん早起きのドン・アウレリオ・エスコバールは、六時に診療室を開けた。彼は石膏台《せっこうだい》に載せたままの総入れ歯をガラス戸棚からとりだし、テーブルの上に一握りの器具を置くと、まるでそれらを展示するみたいに、大きい物から小さい物へと並べた。彼は上の方を金色のボタンでとめた、襟のない縞《しま》のワイシャツを着て、伸縮性のあるズボン吊《つ》りで吊ったズボンをはいていた。彼は身のこなしがかたく、痩せていて、まるで聾者《ろうしゃ》[2]の視線のように、稀《まれ》にしかその場にそぐわない目つきをしていた。

歯医者はいろいろな物をテーブルの上に並べ終えると、フライス[3]をスプリング[4]のついた椅子の方に押していき、腰をおろして総入れ歯を磨きにかかった。彼は自分のしていることを考えていないみたいだったが、かたくなに働き続け、フライスを使っていないときでもペダルを踏んでいた。

八時過ぎに窓から空を見ようとひと休みした。そして、隣の家の棟で日なたぼっこをし

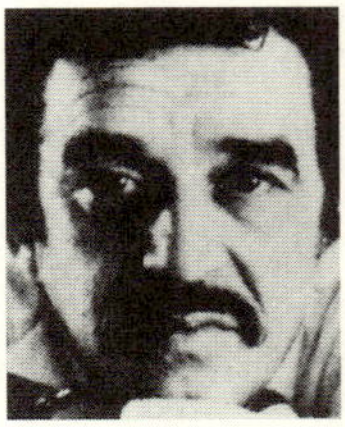

G・ガルシア＝マルケス Gabriel García Márquez 一九二八―二〇一四年。コロンビア生まれ。新聞記者を経て作家となる。一九八二年にノーベル文学賞受賞。代表作の『百年の孤独』は現代ラテンアメリカ文学の傑作と評されている。本文は『悪い時』（新潮社）によった。

1 モグリ 無許可・無免許で業務を行うこと。

2 聾者 聴覚障害者のこと。

3 フライス 回転刃物によって材料を削る金属用の切削工具。［フランス語］fraise

4 スプリング ばね。［英語］spring

ている思いに沈んだ二羽の禿鷹《はげたか》[5]を見た。彼は昼食前にはまた降りだすなと考えながら仕事を続けた。十一歳の息子の調子外れの声で彼は無我の状態からひきだされた。

「お父さん。」

「何だ。」

「村長さんが歯を抜いてくれるかって言ってるよ。」

「居ないと言っておけ。」

彼は金歯を磨いていた。腕を伸ばしてそれを遠ざけると、両眼《りょうめ》を細めて点検した。小さな待合室でまた息子が怒鳴った。

「声が聞こえるから居るはずだと言ってるよ。」

歯医者は依然として金歯を調べていた。彼はそれをテーブルの上の、完成品を並べたところに置いてから言った。

「そうかい。」

彼は再びフライスを使いだした。未完成品をしまっていた小さなボール箱からブリッジ[6]をとりだし、金を磨き始めた。

「お父さん。」

「何だ。」

彼はあい変わらず表情を変えていなかった。

「歯を抜かないと撃つと言ってるよ。」

歯医者はあわてることなく、極端に静かな動作でフライスのペダルを踏むのをやめると、

5 禿鷹 コンドル科やタカ科ハゲワシ類の鳥の俗称。

問1 「無我の状態」とは、どのような状態か。

6 ブリッジ 隣接する歯に金属冠をかぶせて固定する入れ歯。［英語］bridge

それを椅子から押しやり、テーブルの下の引き出しを開けた。そこにピストルがあった。

「よし。」と彼は言った。「撃ちに来いと言え。」

　彼は片手を引き出しの縁《へり》にかけたまま、肘掛け椅子を回転させてドアと向き合った。村長が敷居に現れた。左の頰はひげを剃《そ》ってあったが、腫れあがって痛い反対側の頰には五日間くらい伸ばしっぱなしのひげがあった。歯医者は彼のやつれた目を見て、村長が幾晩も絶望的な思いで過ごしたのを知った。彼は指先で引き出しを閉めると穏やかに言った。

「掛けなさい。」

「おはよう。」と村長は言った。

「おはよう。」と歯医者は言った。

　歯医者が器具を煮沸するあいだ、村長は椅子の小枕に頭をもたせかけていたら、気分がよくなった。彼は氷のような臭いを吸いこんだ。そこは貧弱な診療室だった。古ぼけた木製の椅子、ペダルで動かすフライス、陶器のノブがついたガラス戸棚。椅子の正面には、人の高さまで布製のアコーディオン[7]がついた窓があった。村長は歯医者が近づいたのを感じて、踵《かかと》を踏んばり口を開けた。

　ドン・アウレリオ・エスコバールは村長の顔を光の方に向けた。彼は悪くなっている歯を調べてから、用心深く指に力を加えて顎を合わせた。

「麻酔なしでやらなくちゃならない。」

「どうして?」

「膿瘍《のうよう》があるからね。」

問2 「幾晩も絶望的な思いで過ごしていた」のはなぜか。

7 アコーディオン 蛇腹状になったカーテン。［英語］accordion

村長は歯医者の目を見た。

「よかろう。」と彼は言って、微笑を浮かべようと努めた。歯医者はそれに応えなかった。彼は煮沸した器具の入った平鍋を仕事机に運び、あい変わらず急がずに、冷たいピンセットでそれらをお湯のなかからとりだした。そのあと、痰壺《たんつぼ》を靴の先で押していってから、洗面器で手を洗った。彼はそうしたことをすべて、村長には目をくれずに行った。しかし村長は彼から目を離さなかった。

それは下の知歯《ちし》[8]だった。歯医者は両足を開き、熱いやっとこ[9]でその歯を押した。村長は椅子の腕木を握りしめて全身の力を足にこめた。下腹部に凍《い》てつくような空隙を感じたが、溜息《ためいき》は洩《も》らさなかった。歯医者は手首を動かしただけだった。彼は恨みよりもむしろにがい優しさをこめて言った。

「中尉、あんたはこの歯でわが方の二十名の死者の償いをするんだ。」

村長は顎の骨がきしむのを感じ、目が涙で一杯になった。だが、歯が抜けるのを感じるまで溜息はつかなかった。彼は涙を通してその歯を見た。それは痛みとなんの関係もなさそうに見えたので、この五日あまりの夜の責め苦が理解できなかった。村長は汗みどろで喘《あえ》ぎながら、痰壺の上に身をかがめたまま軍服のボタンを外し、手探りでズボンのポケットのハンカチを探した。歯医者は彼にきれいな布を渡した。

「涙を拭きなさい。」と彼は言った。

村長はそうした。彼は震えていた。歯医者が手を洗っている間に、彼は底が抜けたように晴れ渡った空と、クモの卵や死んだ昆虫がついた埃《ほこり》だらけのクモの巣を見た。歯医者が

問3 「村長には目をくれずに行った」のはなぜか。

8 知歯 親知らず。

9 やっとこ 先の合わせを平たくして、物をはさんで持つようにした手工具。

問4 「にがい優しさ」とはどのようなものか。

手を拭きながら戻ってきた。「寝るんですな。」と彼は言った。「そして塩水でうがいをしなさい。」村長は立ちあがると、軍隊式のつっけんどんな敬礼で別れを告げた。そして軍服のボタンをはめないまま、足を伸ばしながらドアの方に向かった。

「勘定をまわしてくれ。」と彼は言った。

「あんたにですか、それとも役場の方に？」

村長は彼の方を見なかった。村長はドアを閉めると金網越しに言った。

「どっちだって同じさ。」

読解

1 「片手を引き出しの縁にかけたまま」（三〇・3）であったのはなぜか、説明しなさい。

2 「麻酔なしでやらなくちゃならない。」（三〇・17）という発言には、歯の状態からの判断のほかにどのような意図があったと考えられるか、説明しなさい。

3 「それは痛みとなんの関係もなさそうに見えた」（三一・13）という箇所から、村長はドン・アウレリオ・エスコバールの行動をどのように捉えたと考えられるか、説明しなさい。

件《くだん》

内田百閒《うちだひゃっけん》

人偏に牛を書いて「くだん」と読む。字のままの人牛合体の怪物の伝承が古くから残っている。牛から生まれて数日で死ぬが、そのあいだに作物の豊凶、疫病や戦争など、重大事を予言するという。さて、あなたが突然「件」になってしまったら。

黄色い大きな月が向こうに懸かっている。色ばかりで光がない。夜かと思うとそうでもないらしい。後ろの空には蒼白《あおじろ》い光が流れている。日が暮れたのか、夜が明けるのかわからない。黄色い月の面を蜻蛉《とんぼ》が一匹浮くように飛んだ。黒い影が月の面から消えたら、蜻蛉はどこへ行ったのか見えなくなってしまった。私は見果てもない広い原の真ん中に立っている。からだがびっしょりぬれて、尻尾の先からぽたぽたと雫《しずく》が垂れている。件の話は子供の折に聞いた事はあるけれども、自分がその件になろうとは思いもよらなかった。からだが牛で顔だけ人間の浅ましい化け物に生まれて、こんな所にぼんやり立っている。何の影もない広野の中で、どうしていいかわからない。なぜこんなところに置かれたのだか、私を生んだ牛はどこへ行ったのだか、そんな事はまるでわからない。

そのうちに月が青くなってきた。後ろの空の光が消えて、地平線にただ一筋の、帯ほどの光が残った。その細い光の筋も、次第次第に幅が狭まっていって、とうとう消えてなくなろうとする時、何だか黒い小さな点が、いくつもいくつもその光の中に現れた。見る見

内田百閒　一八八九—一九七一年。岡山県生まれ。東京帝国大学ドイツ文学科在学中に夏目漱石門下となる。独特な幻想世界を描いた短編小説を数多く発表した。本文は『内田百閒集成3　冥途』（ちくま文庫）によった。

問1　「黒い小さな点」とは何か。

るうちに、その数がふえて、明かりの流れた地平線一帯にその点が並んだ時、光の幅がなくなって、空が暗くなった。そうして月が光り出した。その時初めて私はこれから夜になるのだなと思った。今、光の消えた空が西だという事もわかった。からだが次第に乾いてきて、背中を風が渡る度に、短い毛の戦《そよ》ぐのがわかるようになった。月が小さくなるにつれて、青い光は遠くまで流れた。水の底のような原の真ん中で、私は人間でいた折の事を色々と思い出して後悔した。けれども、そのしまいの方はぼんやりしていて、どこで私の人間の一生が切れるのだかわからない。考えてみようとしても、まるで摑《つか》まえどころのないような気がした。私は前足を折って寝てみた。すると、毛の生えていない顎に原の砂がついて、気持ちがわるいからまた起きた。そうして、ただそこいらをむやみに歩き回ったり、ぼんやり立ったりしているうちに夜が更けた。月が西の空に傾いて、夜明けが近くなると、西の方から大波のような風が吹いてきた。私は風の運んでくる砂のにおいを嗅ぎながら、これから件に生まれて初めての日が来るのだなと思った。すると、今までうっかりして思い出さなかった恐ろしい事を、ふと考えついた。件は生まれて三日にして死し、その間に人間の言葉で、未来の凶福を予言するものだという話を聞いている。こんなものに生まれて、いつまで生きていても仕方がないから、三日で死ぬのは構わないけれども、予言するのは困ると思った。第一何を予言するんだか見当もつかない。けれども、幸いこんな野原の真ん中にいて、辺りに誰も人間がいないから、まあ黙っていて、このまま死んでしまおうと思う途端に西風が吹いて、遠くの方に何だか騒々しい人声が聞こえた。驚いてその方を見ようとすると、また風が吹いて、今度は「あすこだ、あすこだ。」という人の声が聞こえた。しかもその声が聞き覚えのある何人かの声に似ている。

それで昨日の日暮れに地平線に現れた黒いものは人間で、私の予言を聞きに夜通しこの広野を渡ってきたのだという事がわかった。これは大変だと思った。今のうち捕まらない間に逃げるに限ると思って、私は東の方へ一生懸命に走り出した。すると間もなく東の空に蒼白い光が流れて、その光が見る見るうちに白けてきた。そうして恐ろしい人の群れが、黒雲の影の動くように、こちらへ近づいているのがありありと見えた。その時、風が東に変わって、騒々しい人声が風を伝って聞こえてきた。「あすこだ、あすこだ。」というのが手に取るように聞こえて、それがやっぱり誰かの声に似ている。私は驚いて、今度は北の方へ逃げようとすると、また北風が吹いて、大勢の人の群れが「あすこだ、あすこだ。」と叫びながら、風に乗って私の方へ近づいてきた。南の方へ逃げようとすると南風に変わって、やっぱり見果てもないほどの人の群れが私の方に迫っていた。もう逃げられない。あの大勢の人の群れは、皆私の口から一言の予言を聞くために、ああして私に近づいてくるのだ。もし私が件でありながら、何も予言しないと知ったら、彼らはどんなに怒り出すだろう。三日目に死ぬのは構わないけれども、その前にいじめられるのは困る。逃げたい、逃げたいと思って地団太《じだんだ》をふんだ。西の空に黄色い月がぼんやり懸かって、ふくれている。昨夜のとおりの景色だ。私はその月を眺めて、途方に暮れていた。

夜が明け離れた。

人々は広い野原の真ん中に、私を遠巻きに取り巻いた。恐ろしい人の群れで、何千人だか何万人だかわからない。その中の何十人かが、私の前に出て、忙しそうに働き出した。

問2 「途方に暮れていた」のはなぜか。

材木を担ぎ出してきて、私の周りに広い柵をめぐらした。それから、その後ろに足代《あししろ》[1]を組んで、栈敷《さじき》[2]をこしらえた。段々時間が経《た》って、午頃《ひる》になったらしい。私はどうする事も出来ないから、ただ人々のそんな事をするのを眺めていた。あんな仕構えをして、これから三日の間、じっと私の予言を待つのだろうと思った。なんにも言う事がないのに、みんなからこんなに取り巻かれて、途方に暮れた。どうかして今のうちに逃げ出したいと思うけれども、そんな隙もない。人々は出来上がった栈敷の段々に上っていって、栈敷の上が、見る見るうちに黒くなった。上り切れない人々は、栈敷の下に立ったり、柵の傍《そば》にかがんだりしている。しばらくすると、西の方の栈敷の下から、白い着物を着た一人の男が、半挿《はんぞう》[3]のようなものを両手で捧《ささ》げて、私の前に静々と近づいてきた。辺りは森閑と静まり返っている。その男はもったいらしく進んできて、私のすぐ傍に立ち止まり、その半挿を地面に置いて、そうして帰っていった。中にはきれいな水がいっぱいはいっている。飲めという事だろうと思うから、私はその方に近づいていって、その水を飲んだ。

するとにわかに騒がしくなった。「そら、飲んだ飲んだ。」という声が聞こえた。

「いよいよ飲んだ。これからだ。」という声も聞こえた。

私はびっくりして、辺りを見回した。水を飲んでから予言するものと、人々が思ったらしいけれども、私は何も言う事がないのだから、後ろを向いて、そこいらをただ歩き回った。もう日暮れが近くなっているらしい。早く夜になってしまえばいいと思う。

「おや、そっぽを向いた。」とだれかが驚いたように言った。

「事によると、今日ではないのかもしれない。」

1 足代 足場。

2 栈敷 祭礼の見物などのために設けられた仮設の席。

3 半挿 洗面などに使うたらいの小さいもの。

問3 「男」のようすから、件をどのようなものとして扱っていることがわかるか。

「この様子だとよほど重大な予言をするんだ。」

そんな事を言ってる声のどれにも、私はみんなどことなく聞き覚えのあるような気がした。そう思ってぐるりを見ていると、柵の下にかがんで一生懸命に私の方を見ている男の顔に見覚えがあった。初めは、はっきりしなかったけれども、見ているうちに、段々わかってくるような気がした。それから、そこいらを見回すと、私の友達や、親類や、昔学校で教わった先生や、また学校で教えた生徒などの顔が、ずらりと柵の周りに並んでいる。それらが、みんなほかを押しのけるようにして、一生懸命に私の方を見つめているのを見て、私は嫌な気持ちになった。

「おや。」と言ったものがある。「この件は、どうも似てるじゃないか。」

「そう、どうもはっきりわからんね。」と答えた者がある。

「そら、どうも似ているようだが、思い出せない。」

私はその話を聞いて、うろたえた。もし私のこんなけものになっている事が、友達に知れたら、恥ずかしくてこうしてはいられない。あんまり顔を見られない方がいいと思って、そんな声のする方に顔を向けないようにした。

いつの間にか日暮れになった。黄色い月がぼんやり懸かっている。それが段々青くなるに連れて、周りの桟敷や柵などが、薄暗くぼんやりしてきて、夜になった。

夜になると、人々は柵の周りで篝火《かがりび》をたいた。その炎が夜通し月明かりの空に流れた。人々は寝もしないで、私の一言を待ち受けている。月の面を赤黒い色に流れていた篝火の煙の色が次第に黒くなってきて、月の光は褪《あ》せ、夜明けの風が吹いてきた。そうして、また夜が明け離れた。夜のうちにまた何千人という人が、原を渡ってきたらしい。柵の周りが、昨日よりも騒々しくなった。しきりに人が列の中を行ったり来たりしている。昨日よりは穏やかならぬ気配なので、私はようやく不安になった。

間もなく、また白い着物を着た男が、半挿を捧げて、私に近づいてきた。半挿の中には、やはり水がはいっている。白い着物の男は、うやうやしく私に水をすすめて帰っていった。私は欲しくもないし、また飲むと何か言うかと思われるから、見向きもしなかった。

「飲まない。」という声がした。

「黙っていろ。こういう時に口を利いてはわるい。」と言ったものがある。

「大した予言をするにちがいない。こんなに暇取るのはよほどの事だ。」と言ったのもある。

そうして後がまた騒々しくなって、人がしきりに行ったり来たりした。それから白衣の男が、幾度も幾度も水を持ってきた。水を持ってくる間だけは、辺りが森閑と静かになるけれども、その半挿の水を私が飲まないのを見ると、周囲の騒ぎは段々にひどくなってきた。そしてますます頻繁に水を運んできた。その水を段々私の鼻先につきつけるように近づけてきた。私はうるさくて、腹が立ってきた。その時また一人の男が半挿を持って近づいてきた。私の傍まで来るとしばらく立ち止まって私の顔を見つめていたが、それからまたつかつかと歩いてきて、その半挿を無理矢理に私の顔に押しつけた。私はその男の顔にも見覚えがあった。だれだかわからないけれども、その顔を見ていると、何となく腹が立ってきた。

その男は、私が半挿の水を飲みそうにもないのを見て、忌ま忌ましそうに舌打ちをした。

問4 「こういう時」とはどのような時か。

「飲まないか。」とその男が言った。

「いらない。」と私は怒って言った。

すると辺りに大変な騒ぎが起こった。驚いて見回すと、桟敷にいたものは桟敷を飛び下り、柵の周りにいた者は柵を乗り越えて、恐ろしい声を立てて罵り合いながら、私の方に走り寄ってきた。

「口を利いた。」

「とうとう口を利いた。」

「何と言ったんだろう。」

「いやこれからだ。」という声が入り交じって聞こえた。

気がついてみると、また黄色い月が空に懸かって、辺りが薄暗くなりかけている。いよいよ二日目の日が暮れるんだ。けれども私は何も予言することが出来ない。だがまた格別死にそうな気もしない。事によると、予言するから死ぬので、予言をしなければ、三日で死ぬとも限らないのかもしれない、それではまあ死なない方がいい、とにわかに命が惜しくなった。その時、駆け出してきた群衆の中の一番早いのは、私の傍まで近づいてきた。すると、その後から来たのが、前にいるのを押しのけた。その後から来たのが、また前にいる者を押しのけた。そうして騒ぎながらお互いに「静かに、静かに。」と制し合っていた。私はここで捕まったら、群衆の失望と立腹とで、どんな目に合うかしれないから、どうかして逃げたいと思ったけれども、人垣に取り巻かれてどこにも逃げ出す隙がない。騒ぎは次第にひどくなって、彼方此方《あちらこちら》に悲鳴が聞こえた。そうして、段々に人垣が狭くなって、私に迫ってきた。私は恐ろしさで立っても居てもいられない。夢中でそこにある半挿の水を飲んだ。その途端に、辺りの騒ぎが一時に静まって、森閑としてきた。私は、気がついてはっと思ったけれども、もう取り返しがつかない、耳を澄ましているらしい人々の顔を見て、なお恐ろしくなった。全身に冷や汗がにじみ出した。そうしていつまでも私が黙っているから、また少しずつ辺りが騒がしくなり始めた。

「どうしたんだろう、変だね。」

「いやこれからだ、驚くべき予言をするにちがいない。」

そんな声が聞こえた。しかし辺りの騒ぎはそれだけであまり激しくもならない。気がついてみると、群衆の間に何となく不安な気配がある。私の心が少し落ちついて、前に人垣を作っている人々の顔を見たら、一番前にはみ出しているのは、どれもこれも皆私の知った顔ばかりであった。そうしてそれらの顔に皆不思議な不安と恐怖の影がさしている。それを見ているうちに、段々と自分の恐ろしさが薄らいで心が落ちついてきた。急に喉が乾いてきたので、私はまた前にある半挿の水を一口飲んだ。するとまた辺りが急に水を打ったようになった。今度は何も言う者がない。人々の間の不安の影がますます濃くなって、皆が呼吸をつまらしているらしい。しばらくそうしているうちに、どこかで不意に、

「ああ、恐ろしい。」と言った者がある。低い声だけれども、辺りに響き渡った。

気がついてみると、いつの間にか、人垣が少しずつ後しさ[4]りをしているらしい。

「俺はもう予言を聞くのが恐ろしくなった。この様子では、件はどんな予言をするかしれ

問5 「もう取り返しがつかない」とはどのようなことか。

4 後しさり 「後ずさり」に同じ。恐れなどのために前を向いたまま少しずつ後退すること。後じさり。

ない。」と言った者がある。

「いいにつけ、悪いにつけ、予言は聴かない方がいい。何も言わないうちに、早くあの件を殺してしまえ。」

その声を聞いて私はびっくりした。殺されてはたまらないと思うと同時に、その声はたしかに私の生み遺《のこ》した倅《せがれ》の声にちがいない。今まで聞いた声は、聞き覚えのあるような気がしても、何人の声だとはっきりはわからなかったが、こればかりは思い出した。群衆の中にいる息子を一目見ようと思って、私は思わず伸び上がった。

「そら、件が前足を上げた。」

「今予言するんだ。」というあわてた声が聞こえた。その途端に、今まで隙間もなく取り巻いていた人垣がにわかに崩れて、群衆は無言のまま、恐ろしい勢いで、四方八方に逃げ散っていった。柵を越え桟敷をくぐって、東西南北に一生懸命に逃げ走った。人の散ってしまった後にまた夕暮れが近づき、月が黄色にぼんやり照らし始めた。私はほっとして、前足を伸ばした。そうして三つ四つ続けざまに大きな欠伸《あくび》をした。何だか死にそうもないような気がしてきた。

読解

1 件である「私」の心理の変化を、最初に意識をもった夜、翌日、三日目の三つに分けて整理しなさい。
2 件を取り巻いた群衆の心理の変化を、二日間に分けて整理しなさい。
3 人々にとって件とはどのような存在であったか、考えなさい。

怒りの大気に冷たい嬰児《えいじ》が立ちあがって

大江《おおえ》健三郎《けんざぶろう》

脳に重い障害を持って生まれた「僕」の息子は、家族の温かい庇護《ひご》のもとで成長した。そんな彼が、やがて人間の死というものを知るようになったとき、「僕」は悩む。死の恐怖ではなく生きる希望を、いかにして彼に手渡せばいいのだろうか、と。しかし励ましの言葉は、彼自身から湧き出てくる。

大江健三郎

一九三五―二〇二三年。愛媛県生まれ。一九九四年、ノーベル文学賞受賞。本文は『新しい人よ眼ざめよ』（講談社文庫）によった。

はじめての[1]癲癇《てんかん》の発作後の数日、肉体の内側のひずみがなお回復せぬかのように、沈みこみ、もの憂げで、じっと黙りこんでいた息子が、ソファに横たわってテレヴィのニュースを眺めているうち、わが国の音楽界の老大家の死を知らせるアナウンサーの声に、思いがけない機敏さで上体を起こすと、

——**あーっ、死んでしまいました、あの人は死んでしまった！**　と強い感情をこめて叫んだ。

息子のあげた、重く深い痛恨の詠嘆に、僕がショックのようにして感じとったもの。そこにははじめ思いがけないところを不意うちされたようなおかしさもあった。

——どうしたの、[2]イーヨー？　どうしたんだ？　あの人は死んでしまったかい？　きみは、あの人がそんなに好きだったの？　と問いかけながら、僕は笑いだしかねぬ気分であったのだ。すでに僕は微笑していただろう。

しかし息子は、僕の言葉に反応することはせず、ソファにあらためて体を沈めると、両手でしっかり顔をおさえこみ全身をこわばらせるのである。僕は引っこみがつかぬまま、微笑こそ失いはしたけれども、——どうしたんだい、イーヨー、あの人が死んでしまっても、そんなに驚くことないじゃないか？　とつづけていいながら立って行った。脇にしゃがみこんで息子の肩を揺さぶってみもしたのだが、息子はさらに体をかたくするのみである。理由もなく、僕は息子の顔から両手を引き剝がそ

うとした。ところが息子の手は固定された鉄の蓋の堅固さで顔を覆っているのである。……考えてみれば、この時分から親としても容易にあつかいかねる、息子の肉体の抵抗力の増大が、露《あら》わになってきていたのだが、僕はそこだけ知的な繊細さをあらわして、体の他の部分にそぐわぬ感じの、息子の十本の指を見つめながら、そのまましゃがみこんでいるほかなかった。

　息子への接近の、この徹底的な不可能性。それは癲癇の発作の直後にも僕のあじわったところのことだ。息子が全身を使った非常な運動の後のように消耗している。その息子がいびきをかいて眠る直前、また眼《め》ざめた直後、

　——イーヨー、苦しかったか？　息がつまるようだったの？　嘔《は》きそうだった？　苦しかったかい？　と僕は繰りかえし訊《たず》ねたが、息子は不機嫌な、かつ衰弱した様子で、自分のうちにかたく閉じこもり、僕の問いには一切反応しなかったのである。

◆あれとこれと、息子の癲癇の発作以来、二度にわたって、僕として探索不可能なかれの内部が示されたわけなのだった。

　これまで僕は、息子の外と内においておこっていることどもにつき、なにもかも知っているつもりでやってきた。ところが息子が発作を起こし、白眼を剝《む》いて床をバタバタ叩《たた》いていた間、かれの内面にひろがっていたはずの光景について——息子は実際、大仕事をした、というように疲れ切っていびきをかいて眠ったのであり、その大仕事には、なにか重大な幻《ヴィジョン》[3]を見るということがふくまれていたのではないかとも感じられたのだ

　——僕はなにひとつ聞き出すことができない。僕は息子が、かつて見たウグイ[4]どもの巣のような、一瞬そこに永遠が顕現する光景を見たのかもしれぬと夢想したりもするのだが……。そしていまはまた、息子が死についてどのような考えを持つゆえに、あのようにも胸につき刺さるほどの哀傷の声をあげたのか、おしはかる手がかりもつかめぬのである。いったい息子は、どのようにして、死についての感情を自分の内部にかもしたのだったか？

　もっとも最後の疑問には、すぐにも答えがあたえられることになった。やはりおなじ春休みのうちのことだったが、息子が発作のなごりの鬱屈のなかで、FM放送を高い音で聴いている。

1 癲癇　脳の機能障害の一つ。発作的に意識障害が起こったり、全身の痙攣《けいれん》が起こるなどの症状が生じることがあるが、薬の服用によってほとんどの発作は抑制できる。　**2 イーヨー**　「僕」の息子の愛称。　**3 幻《ヴィジョン》**　［英語］vision　**4 ウグイ**　コイ科の淡水魚。産卵期になると腹部に赤い縦じまがあらわれる。「僕」は幼い頃、川で溺れかけたことがあり、意識を失う直前にウグイが群れている光景を見ている。

問1　「あれとこれ」とは、具体的には何か。

それが数時間つづいて、家族の誰もがまいってくる。そこで妹が兄に、

――イーヨー、すこしだけ音を小さくしてね、と頼んだのだった。息子は荒あらしく威嚇の身ぶりを示して、かれの体の半分ほどの妹をすくみこませた。

――イーヨー、だめでしょう、そういうことをしては！　と妻がいう。私たちが死んでしまった後は、妹と弟の世話にならなければならないのよ。いまみたいなことをしていたら、みんなから嫌われてしまうわ。そうなったらどうするの？　私たちが死んでしまった後、どうやって暮らすの？

僕は、ある悔いの思いにおいて納得した。そうだ、このようにしてわれわれは、息子に死の課題を提出しつづけていたのだ、それも幾度となく繰りかえして、と……。ところがこの日、息子はわれわれの定まり文句に対して、まったく新しい応答を示したのだった。

――**大丈夫ですよ！　僕は死ぬから！　僕はすぐに死にますから、大丈夫ですよ！**

一瞬、息をのむような間があって――というのは、僕がこの思いがけない、しかし確信にみちた、沈みこんだ声音の言明に茫然《ぼうぜん》としたのと同じだけ、妻もたじろいでいたのを示しているが――それまでのなじる響きとはことなった、むしろなだめるような調子で妻がこうつづけていた。

――そんなことないよ、イーヨー。イーヨーは死なないよ。どうしたの？　どうしてすぐに死ぬと思うの？　誰かがそういったの？

――**僕はすぐ死にますよ！　発作がおこりましたからね！　大丈夫ですよ。僕は死にますから！**

僕はソファの脇に立っている妻の傍《そば》に行き、両手で顔をしっかり覆って、黒ぐろした眉と、俳優をしているかれの伯父に似た、強く盛りあがっている鼻梁《びりょう》を、指の間からのぞかせている息子を見おろした。妻も、僕も、あらためて息子にかけるべき言葉を、いかにも無益なものと感じて、喉もとにのみこむ具合だ。いまあれほどはっきりした声を発しながら、息子はもうかすかな身じろぎさえしないのである。

三十分ほどたって、僕と妻とがなんとなく向かいあって黙って掛けている食堂のテーブル脇を、息子がのろのろとすりぬけ、トイレットに行った。なお両手で顔を覆ったままなので、そのような歩き方になるわけなのだ。◆さきの状況について責任を感じている妹が、脇にまつわりつくようにして、

――イーヨー、イーヨー、危ないよ、掌《てのひら》で顔をかくして歩くと、ぶつかるよ。転んで頭を打つかもしれないよ、と話しかけていた。それは母親の叱り方への批判をこめてのことだったろ

う。弟もかれらにつきしたがうようにして、一緒にトイレットまで出かけていた。閉じられていない扉の間から、ながながと大量に放尿する音が聞こえてきた。そしてそのまま息子は、トイレットの前の母親の寝室に入ってしまう模様だった。

——あのようにいうことは、良くないと思う。イーヨーは将来のことを考えて、寂しいよ、と戻ってきた娘は、[6]寒《さぶ》イボのたっているような、小さく縮んでいる顔つきをしていった。

妹と並んで立っている弟も、われわれ両親から独立した意見をいだいている様子をあらわして、次のようにいったのである。

——イーヨーは、人指しゆびで、まっすぐ横に、眼を切るように涙をふいていたよ。……イーヨーの涙のふき方は、正しい。誰もあのようにはしないけど……。

妻ならびに僕は、実際自分自身を恥じてしょげこみ、これまで幾たびとなく繰りかえした言葉、われわれが死んだ後、イーヨー、きみはどうなるか、あなたはどうするの、という言葉のことを思ったのである。僕としてはとくに、そのように重大な言葉が息子の心の深部にどう響いているか、よく考えもしなかった以上、死についての——かれにとっての死についてはもとより、自分にとっての死についてすらも、よく定義しえてはいないということだと自覚しつつ……。

癲癇の発作が、強震のようにしてもたらした、肉体と情動の底揺れ。そのなごりから回復するにつれて、春休みが終わり、また中学の[7]特殊学級にかよいはじめる時分には、息子は精神的にも上向きの状態にかえるようであった。発作からしばらくは、音楽の聴き方にも、異常なかたよりがしのびこむようだったが、いまは音楽を熱心に聞くその仕方が、陽気に楽しむ明るい印象に戻ってもいたのである。

しかし、死の想念が、たとえどのような質のものであるにしても、息子のうちに住みついたことに疑いのいれようはないのであった。毎朝、通学の服装をととのえた上で、居間の絨緞《じゅうたん》に息子が坐《すわ》りこむ。肥《ふと》った両膝を開いて、尻をベタッと床につける坐り方で、息子は朝刊を開くのだ。それもただ物故者の欄のみを見るために。新しい病名に出くわすたび、僕や妻に訊ねて覚えた漢字を、息をつめて読みとっては、感情をこめて朗唱す

5かれの伯父　作者の義兄であり、映画監督・俳優であった伊丹十三《いたみじゅうぞう》（一九三三―九八年）がモデルとなっている。　**6寒イボ**　鳥肌。　**7特殊学級**　心身の障害などを理由に、教育上特別な配慮を必要とする児童・生徒のために設けられた学級。法改正に伴い、現在は「特別支援学級」と呼ばれる。

問2　「さきの状況」とはどのような状況か。

るのである。

――**ああ！　今朝もまた、こんなに死んでしまいました！　急性肺炎、八十九歳、心臓発作、六十九歳、気管支肺炎、八十三歳、ああ！　この方はフグ中毒研究の元祖でございました！　動脈血栓、七十四歳、肺癌《はいがん》、八十六歳、ああ！　またこんなに死んでしまいました！**

――イーヨー、沢山の人が死んでいって、それよりもっと沢山の、新しい人が生まれてくるのよ。さあ、心配しないで、学校に行きなさい、踏切で気をつけてね、そうしないと……。

そうしないと自分が死んでしまうことになるよ、という言葉の後半を、妻はハッとして押しころしたわけなのだ。息子はまたテレヴィ・ニュースの、食中毒の報道に敏感になった。梅雨から夏にかけて、幾件も食中毒のニュースがある。そのたびにかれはテレヴィに駈《か》けよるようにして、たとえば、

――**ああ！　日暮里**[8]**《にっぽり》商店街御一行の皆さんが、弁当で中毒されました！　お茶屋弁当でした！**　と叫ぶように復唱した。そして一、二週間後、夏休みになって群馬県の山小屋に行こうとする電車で、例年ならもっとも楽しみにした駅弁に手をつけようとはしなかったのである。

われわれが食べるように幾度もいう。そのうち息子は、極端な[9]内斜視の眼つきになり、片手で口許《くちもと》をおさえ、もう片方の手は防衛的に前へ突き出すのだ。その拒絶ぶりは、周りの他人たちに、われわれが酷《むご》たらしいことを子供に強制する親でもあるかのように、こちらをうかがわせる緊迫感にみちていたものだ。その夏から、息子はこれまで好物であった寿司《すし》に手をつけなくなった。それは生魚をいっさい口にしなくなったということである。豚足《トンソク》なども好んでいた食物なのだが、一度食べすぎて下痢をすると、もう決して息子の受けつけぬ料理となった。そこで息子はほぼ一年のうちに十キロも痩せたほどだ。肥満していては障害が起こると、校医の先生からいわれたことも作用している様子なのであったが……。

抗てんかん剤を丹念にのむようになったため、最初僕が驚かされたような大きい発作は起こらなかったのだが、この二年間、いくたびか発作の前駆症状にあたるものがあった。そこで学校を休み、ソファに横たわって昼の間をすごさねばならぬ時、息子はそのたびごとに新しい身体器官の異常について、詠嘆するような言葉を発するのであった。

――**ああ！　心臓の音がすこしも聞こえません！　僕は死ぬと思います！　心臓が音をたてていませんから！**

僕と妻が、ゴム管を工夫して作った聴診器を息子の胸と耳にあてがう。あるいは心臓発作についての素人談義を、それも息子の受けつけうる言葉を探しておこない、なんとか死の懸念を

とりはらうべく苦労する……。のみならず僕は、そうした際に、現在息子が感じている苦痛、あるいは不安を介して、最初の癲癇の発作の時、それらがどういうものとして自覚されたかを探り出そうともしていた。そのたびに結局はなにひとつ、確実な情報をえられなかったのであるけれども……。

　しかし、その過程で間接的に、息子がかつて行った不可解な行為についての、かれ自身による評価をひとつ引き出しえたことがあったのだ。僕と息子との間の、当の会話を復元してみると――じつはもっと数をかさねた問いかけがあったのだが、要約して復元すると――それは次のような問答であった。息子の答えは、意味の不透明なものでありながら、それでいて僕と妻になにやら思いあたる、奇怪な響きをひそめるものであった。

　――イーヨー、癲癇の発作のしばらく前に、頭の髪の毛を抜いていたね？　[10]頭の穴のところにしたプラスチックの蓋の、ほら、その蓋の上の毛をすこしずつ抜いて、丸い禿《はげ》ができただろう？　何日も、何日もかかって、髪の毛を抜いてしまったんだけれども、あれはカユかったからかい？　それとも蓋の上の皮膚が引きつるかしたの？　痛かったの？　頭のなかがなんだか苦しくて、毛を抜かないとがまんできないふうだったの？　覚えてるだろう？　どうして抜いたの？　どうだったの？

　――**あの頃は、面白かったですよ！　昔は面白かった！**と息子ははるかなところに思いをはせるような微笑を示していったのだ。

　この梅雨の晴れ間に、われわれは息子を連れてN大学板橋病院に向かった。僕がヨーロッパを旅行していた間、息子が荒れに荒れたことについて、肉体の側面からの理由があるのならば、専門医の診断をあおがねばならなかったから。脳外科の受付へ、いつものとおりM先生への診療申込みカードを出しに行った妻が、待合室の隅で長椅子を確保して待つ僕と息子のところへ、気落ちした様子で戻ってきた。

　――M先生は、停年で大学をおやめになったわ。まだ週に何度かお出《い》でになってはいて、とくに先生にご相談したい患者には、会ってくださるようだけれども……。

8 日暮里　東京都荒川区南部の地名。　**9 内斜視**　眼球が内側に寄っている状態。　**10 頭の穴のところにしたプラスチックの蓋**　「イーヨー」には生まれた時に後頭部にこぶがあり、それを手術で取り除いた。その際、頭蓋骨にあいていた穴を埋める処置を行っている。

問3　「ハッとして押しころした」のはなぜか。

問4　「かつて行った不可解な行為」とはどのような行為か。

久しぶりにM先生とお会いするということで、息子は勇み立っていたのだ。自分に関わりある話柄《わへい》[11]には敏捷《びんしょう》なほどに示す理解力から、すぐさまかれはなにやら理由があって、先生はカーテンの向こうの診療室にいられぬのらしいと納得し、生彩を失ってくる。僕と妻もまた、いわば永遠に、病院に来さえすれば、M先生が息子について的確な指示をあたえてくださる、ということを疑わなかったのに気づいて、途方にくれるふうだった。しかし考えてみれば、この十九年間、その時どきに、おなじ診療室を背景にしてではあるが、謹直なはっきりした意志、そしてその底にある育ちの良い、澄んだユーモアもあきらかな、白衣のM先生の風貌姿勢は、やはり年々、老年の方向にむかわれていたのだ。そのいくつものイメージが、黙って坐っているわれわれの胸のうちにフラッシュ・バック[12]される具合なのだ。もっともいちばん気落ちしたのは僕で、スピーカーから息子の名が呼ばれた時、妻と本人はそれでも元気を出して、新しい先生の診療室へ入って行ったのに、僕は荷物の番をすることを口実にしてそこに残った。

十分後、診療室から戻ってきた息子が、あらためて陽性の気分を回復している。妻も、なにやら気負い立つようにして――しかしその昂揚《こうよう》には、激しく思いめぐらす内心の気配がからむようでもあり、むしろ僕に次に起こる事態への心準備をさそったが――これから幾種類もの検査を受けるという。まず最初に、血液と尿をとり、そしてレントゲン室へと回るのだ……。

すぐさま移動をはじめながら、妻は新しい先生が、十九年前の息子の最初の手術から、M先生の執刀に参加してこられた方だ、と話した。そしてこの先生は息子の年来の症状が、癲癇ではないのではないかと思う、といわれたという。先生の記憶されるところでは、息子の頭蓋の欠損《ディフェクト》[13]をはさんで二つの脳があった。外側の脳が活動していないことを見きわめて切除したのだが、その手術部位に近い、生きている脳の部分は視神経と関係する部位であった。その影響で、短い時間、眼が見えなくなる症状があらわれるのではないか、ひいては癲癇の発作とされたこの前の症状も、同根のものではなかったか……。

――なんだって？　二つの脳？　と僕は話をさえぎった。活動していない外側の脳を切除した？

――御主人は知っていられたはずだ、といっていられたわよ。それで私にも、脳分離症という記入の意味がわかったけれど。

二つの脳、そうであれば、もうひとつの頭かと思われるほどであったテラテラ光る肉色の瘤《こぶ》をつけて生まれてきた息子の、その小さな肉体が端的にあらわしていた畸型《きけい》の意味が、誤解しようもなく納得されるのだが……。しかし手術当時、僕がM先生からそれを聞き、妻に隠していたことなどありえぬのである。

——書斎の仕事机の前に、ペンで描いた脳のデッサンがかざってあるでしょう？ まんなかにひとつ眼があって、眼の大きさからいうと、脳全体がすこし小ぶりであるような、……あれはもうひとつの脳のデッサンじゃないの？

そういわれれば、確かに僕は脳のデッサンを大切にしている。それは[14]W先生の『狂気についてなど』という戦後すぐのエッセイ集に、扉図版として印刷されていたものだ。しかし僕は、意識するかぎり、この本におさめられている次の一節に深く影響づけられているからこそ、扉絵を木枠に入れてかざってきたのだ。《「狂気」なしでは偉大な事業はなしとげられない、と申す人々も居《お》られます。それはうそであります。「狂気」によってなされる事業は、必ず荒廃と犠牲を伴います。真に偉大な事業は、「狂気」に捕えられやすい人間であることを人一倍自覚した人間的な人間によって、誠実に執拗《しつよう》に地道になされるものです。》

手術の後でM先生がいわれたピンポン玉のようなものを、頭蓋の欠損《ディフェクト》ということとの相関で、なんとなく骨に類するものと感じてきたが、それを内蔵するのみだった瘤、と僕が妻にいってきたこと自体に、意図に立つ隠蔽があったかと、妻は疑っている模様である。彼女の疑いに影響されるようにして、僕の内部の奥深いところから湧きおこってくる思いもあるのだ。M先生は、はじめからふたつの脳について話されたのに、自己防衛の心理機制が働くまま、僕の意識はそれを素通りさせたのではないか？ かわりに無意識が受けとめたものは、W先生の、確かに正常な脳に比して、眼との関係で小ぶりだとわかる、脳のペン画に僕を執着させたのではなかったか……。

レントゲン室のなかから、FM放送のアナウンスの口調の礼の言葉を残して、息子が廊下に出て来た。医師の指示どおり体を動かそうと衷心つとめるが、骨組みに異常があるかと疑われるほど不器用なかれには、検査を受けること自体、大事業なのだ。レントゲン室を最後に検査をおえて、タクシーに乗りこんだ時、息子はしみじみとした口調で、それも昂揚感をあらわしてこういった。

——**大変苦しかったが、がんばりました！**

11 話柄 話題。 **12 フラッシュ・バック** 過去に体験した強烈な出来事が、あるきっかけで突然脳裏によみがえること。［英語］flashback
13 欠損《ディフェクト》 ［英語］defect **14 W先生の『狂気についてなど』** 作者の大学時代の恩師であったフランス文学者・渡辺一夫《わたなべかずお》（一九〇一—七五年）の著作。

問5 「それ」とは何か。

僕としては気◆がかりなことがある。

——さきの症状のこと、イーヨーにもわかるように、先生はおっしゃったの？

——それはわかったでしょう。とても関心を示していたもの。ホーッ、ふたつも、僕の脳が！　というようなことをいっていたわ。

——**そうなんですよ！　僕には脳がふたつもありました！　しかし、いまはひとつです。ママ、僕のもうひとつの脳、どこへ行ったんでしょうね？**

聞き耳をたてていた運転手がプッと噴き出し、頬から耳のあたりを紅潮させて、自分の失態に腹を立てるふうだった。病院を根拠地にするタクシー運転手には、患者やその家族に親身な態度をあらわすことに、いわば使命感をいだいている人びとがいるものだ。この運転手の場合、心づかいが裏目に出てしまったことを、自責する具合なのである。しかし息子は機嫌のいい時には洒落《しゃれ》[15]や地口《じぐち》を好んでいうことがあり、いまも[16]テレヴィのコマーシャルをもじったわけなのだったから、むしろ運転手の笑いは息子を得意にさせたはずなのだ。その勢いに乗じるようにして、僕は、

——イーヨー、きみのもうひとつの脳は、死んだ。しかし生きてがんばっている立派な脳が、きみの頭のなかにあるよ。ふたつも脳があって、すごかったね、といった。

——**そうですね、すごかったものだなあ！**

ふたつ脳があったこと、その新情報をどう受けとめるか？　どっちつかずの茫然たる状態にいた僕に、事実を知って陽性の驚きを感じている息子の昂揚が、態度決定のヒントをなした。どうして僕が息子同様、この新しい認知によって励まされえぬ理由があろう？　ふたつの脳の重荷をになって誕生しながら、息子は手術とその後遺症状によく耐えて——大変苦しかったが、がんばって——成長してきたではないか。

——もうひとつの脳が死んでくれたから、イーヨー、きみはいま生きているんだよ。きみはいまの脳を大切にしてがんばって、長生きしなければならないね。

——**そうです！　がんばって長生きいたしましょう！　[17]シベリウスは九十二歳、[18]スカルラッティは九十九歳、[19]エドゥアルド・ディ・カプアは、百十二歳まで生きたのでしたよ！　ああ！　すごいものだなあ！**

——坊ちゃんは、音楽がお好きですか？　と失地回復をはかる心づもりの運転手が、前を向いたまま声をかけてきた。エドゥアルドという人は、どんな音楽家？

——**「オー・ソレ・ミオ」を作曲いたしました！**

——坊ちゃんは、たいしたもんだなあ。……がんばってくだ

さいね。

――ありがとうございました、がんばらせていただきます！

僕は砂漠の景観を思いえがいていたのだ。[20]冷たい嬰児《えいじ》が――それも小ぶりの脳髄に眼がひとつ開いているのみの嬰児が、憤《ふん》怒《ぬ》の大気のなかに立つ。かれは叫ぶ、ただ脳髄のみの嬰児が叫びうる、そのような叫び声で。《六千年の間、幼《おさ》なくして死んだ子供らが怒り狂う。夥《おびただ》しい数の者らが怒り狂う、期待にみちた大気のなかで、裸で、蒼《あお》ざめて立ち、救われようとして》。

15 地口　ことわざや成句などに同じ音や似通った音を持つ語を当てて作る言葉遊び。語呂合わせ。**16 テレヴィのコマーシャル**　一九七七年に作家・森村誠一《もりむらせいいち》（一九三三年―）の小説『人間の証明』が映画化され、その宣伝に使用された詩人・西条八十《さいじょうやそ》（一八九二―一九七〇年）の「母さん、僕のあの帽子、どうしたんでしょうね？」という詩の一節のこと。**17 シベリウス**　Jean Sibelius　一八六五―一九五七年。フィンランドの作曲家。**18 スカルラッティ**　Alessandro Scarlatti　一六六〇―一七二五年。イタリアの作曲家。彼の息子（Domenico Scarlatti　一六八五―一七五七年）をはじめ、スカルラッティはイタリア・バロック時代の著名な作曲家の一族であるが、九十九歳まで生きた者は見あたらない。**19 エドゥアルド・ディ・カプア**　Eduardo di Capua　一八六五―一九一七年。イタリアの作曲家・歌手。享年五十二。「オー・ソレ・ミオ」は一八九八年に発表された代表作。**20 冷たい嬰児**　作者が傾倒していたイギリスの画家・詩人ウィリアム・ブレイク（William Blake　一七五七―一八二七年）の詩「四つのゾア」に「冷たい嬰児が憤怒の大気のなかに立つ」とある。以下に引用される詩句はこれに続くものである。

問6　「気がかりなこと」の具体的な内容を抜き出しなさい。

読解

1　「僕がショックのように感じとったもの」（四二・上8）が物語が進むにつれてどのように変化したか、説明しなさい。

2　「そういわれれば、確かに僕は脳のデッサンを大切にしている。」（四九・上5）とあるが、妻からの指摘を受けて「僕」はその理由をどのように考えたか、説明しなさい。

3　「僕は砂漠の景観を思いえがいていた」（五一・上3）とあるが、このとき「僕」はどのような思いを抱いていたか、考えなさい。

近代リアリズムという通過点

写生と自我

近代小説はリアリズムの探求とともにあったといっても過言ではない。美化や虚飾を交えず、現実をありのままに言葉で再現するのが、文章のリアリズムである。美辞麗句や類型に頼って描かれていたそれまでの小説に、生々しい現実の写生を導入したことから、一気にリアリズムは発達した。「写生」「写実」を唱えた正岡子規《まさおかしき》は、絵画のスケッチやデッサンの概念であった写生を俳句や短歌に生かそうと考えたが、その訓練として散文でも写生文を書くことを勧めた。その写生文の延長で、子規の主宰する俳句雑誌「ホトトギス」に発表されたのが、夏目漱石の『吾輩《わがはい》は猫である』である。

初めは絵画のように情景の描写から始まったリアリズムは、次に人間の心の中をありのままに描くことを目指し始めた。一九〇七年に田山花袋《たやまかたい》が発表した『蒲団《ふとん》』は、教え子の若い女性に不埒《ふらち》な欲情を抱いた小説家の心を憚《はばか》ることなく描いて世間を驚かせた。そのころから窺《うかが》い知れない人間の秘かな内面というものが、小説の重要な題材になっていったのである。人間の心がこのように扱われるとき、一貫した性格や思想を持った人格であることが不可欠である。同時に、ある統一した視点から観察する視線と語りも不可欠となる。こうして近代リアリズムは、近代的自我と両輪の運動となったのである。

近代を超えて

しかし、メディアと科学文明が異常な速度で発達した二十世紀を過ぎて、近代的な自我観や語りでは、現実が描ききれなくなってきた。というよりも人間の生活と心があまりに多様化し複雑化してきたのである。もともと人間の心に説明しがたい無意識の領域があることをフロイトが発見したのが二十世紀初めだった。整ったストーリーの中に一貫した自我が描かれる小説は、あくまで近代文学の枠組み内の表現でしかないのである。だが、そういう限界を突破する表現を開拓してきたのも、また小説である。

たとえば夢想と現実が対立する小説は、「秘密」のように近代にも書かれていたが、本書の「さよならクリストファー・ロビン」や「一言主の神」では、それらは混沌《こんとん》のまま融合している。マンガやゲームやインターネットの世界が、脳内で現実と融合している今日の私たちの「現実」を反映しているといっていい。もはやそれはリアリズムをはみ出した世界である。こうして現代の小説は、近代リアリズムという通過点を経て、道なき道を模索しているのである。

第二章

気がかりな痕跡

痕跡は痕跡としてあらかじめあるわけではない。目の前にあるのは、ふだんと変わらないのっぺりした光景である。しかし、ふと何かが気になってしかたなくなったとき、その何かは痕跡となる。現実の日常のなかにまぎれ込んだ小さな棘《とげ》。そこから埋もれていた記憶が呼び出され、異世界への扉が開いていく。小説家は、そうした痕跡を見つける達人である。そのみごとな技によって、異なる時間と空間、世界を結び合わせる継ぎ目へと私たちは案内される。

指

津《つ》島《しま》佑子《ゆうこ》

失ったものの記憶がよみがえる。子どものときの指遊び。小さい頃いとこのハジメと遊んだ。わたしの兄も一緒だった。そのいとこが早くに亡くなり、そしていま……。女たちの思い出が想像を引き出し、過去とも現在とも違う異次元の風景を描き出す。

湯気がゆらぐ。静かなお湯の海が、まわりにひろがる。

その海面から、一本の指が姿を現し、潜望鏡[1]そっくりに辺りを注意深く見渡す。爪が帽子、あるいはカブトで、指の腹が顔の部分。のっぺらぼうなのに、眼《め》も、鼻も、口もちゃんとある。そして、お湯で赤く上気している。

それは幼い子どもの、小さな人差し指。今のおとなになった指をいくら見つめても、子どもの指の大きさも柔らかさも、浮かびあがってはこない。

いつもお風呂場だったわ。

おとなの指を持つ女は話しはじめた。

ハジメが泊まりに来ると、兄とわたしも一緒にお風呂に入って、指で遊んだの。お湯を手でパシャパシャたたいたりしているうちに思いついたのかしら。みんな、その遊びが大好きだった。どうして、あんなにおもしろかったのか、もう思い出せないんだけど。

女は右手を下に向けて丸め、人差し指だけを前にまっすぐ突きだしてみせた。

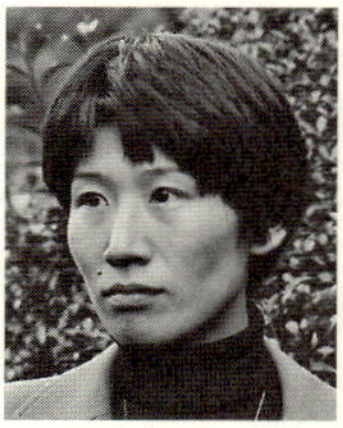

津島佑子　一九四七―二〇一六年。太宰治の次女。家族や人間関係の中での孤独と連帯を描いた作品を多く発表している。本文は『電気馬』（新潮社）によった。

1 潜望鏡　潜水艦の中から海上の様子を見るための望遠鏡。ペリスコープ。

ほらね、これで生きものが一匹できあがり。でもわたしたち、これをどう呼んでいたのかなあ。それもよく、わからない。この指先が頭で、長い首がつづいて、親指と中指が、ね、ちょうど両手みたいになる。残りの薬指と小指は、足みたいな、ヒレみたいな部分。笑いながらこのなつかしい生きものを、女はかたわらのおばさんの膝に置き、その頭を上に向けて、子どもに似せた高い声を出す。

◆アレ、コノヒトハダレダッタッケ。モット上ニノボッテ、顔ヲ見テミヨウ。

生きものはバッタのようにぴょんぴょん跳びながら、おばさんの腕を伝わって、肩まで登っていく。

フウフウ、大キイ体ダナア。

生きものは肩から首を伸ばして、おばさんの顔をのぞきこむ。

ヤット見エタゾ。ナアンダ、コレハはじめノオ母サンジャナイカ。コンニチハ。ボクハはじめノ友ダチダヨ。ホカニモ、友ダチガイタノニ、ミンナ、ドコニ行ッタンダロウ。ミンナデ、マタ遊ビタイナ。

くすぐったがって、おばさんが肩をすくめた。すると、生きものは悲鳴をあげて肩からソファの上に落ち、顔を両手でおおって泣きはじめる。

エーン、エーン。

そこに、もうひとつの生きものが近づいてきた。おばさんの、少し色が黒くて、血管も浮き出ている、ぎごちない生きもの。

……イイ子ダカラ、泣カナイデ。

問1 「アレ、コノヒトハ……」とカタカナ表記になっているのはなぜか。

歌うように言ってから、おばさんは顔を赤らめて笑い声をあげ、せっかくの自分の生きものを引き戻し、左手と組んでしまった。

……照れくさくて、だめ。こんなことをうちのお風呂でも、あの子はひとりでしていたのかもしれないのね。見たって、なんの遊びなんだか、わたしにはわからなかった。二十年も経《た》って、あんたから教えてもらうなんて。……もっと早く、言ってくれればよかったのに。

女の指はあいかわらず、生きものの声でおばさんに答えた。

ボクダッテ、コノ間、オ兄チャンガ入院シテカラ、急ニ思イ出シタンダ。オ兄チャンハモウ、指ノ先シカ動カセナクナッテイルカラ。ズット、眠ッタママダヨ。

おばさんは指の生きものを熱心に見つめながら、小声でつぶやいた。

……いつだって、そんなものなんだわね、きっと。お兄ちゃんも今ごろ、夢のなかで、この指の遊びを思い出しているかもしれない。

指の生きものとその指を持つ女が、同時にうなずき返した。そう言えば、あのときも指だったっけ、と思いながら。

兄が高校生だったころ、おとなぶって中学生の妹に話してくれた。ふたりはテーブルの上に置いた粘土のかたまりを見つめていた。

エジプトのメンフィス[2]というところに、特別な牛のお墓がある。その牛は、オシリス[3]というエジプトの神の化身で、アピス[4]と呼ばれていたんだ。それで牛のために大きな神殿が作られ、地下にお墓が設けられた。それから三千七百年の間、そこは閉ざされたまま、砂

問2　「あのとき」とはいつのことか。

2メンフィス　ナイル川下流域、カイロの南方にある都市遺跡。近くにはピラミッド群がある。

漠の砂に埋められていた。いいか、三千七百年だぞ。……十九世紀になって、ある考古学者がそのお墓をついに見つけた。何メートルも積もった砂を苦労して取り除いて、ようやく入り口が見えてきた。入り口は石で封印されている。そしてその石の壁に、指のあとが残されていた。三千七百年前、最後に入り口の石を粘土でふさいだ古代エジプト人の指のあとだったんだ。……

　兄は重々しく、肩から息を吐き出した。本当の話なのかどうか判断することもできない妹は、兄のこの話にすっかり感心して、改めてテーブルの上の粘土のかたまりを、考古学者のように見つめ直した。

　夏みかんぐらいの大きさのかたまりで、表面が乾いて、白い粉だかカビだかが吹き出ていた。冬の寒い時期で、ストーブを点《つ》けたら粘土がその熱で柔らかくなってしまう、と兄が言うので、部屋のなかは寒いままだった。おばさんからその粘土を兄は譲り受けてきたのだった。

　粘土を真上から力ずくで押した四本の指のあとが、そこには残されていた。五歳で死んだふたりのいとこハジメの指のあと。ハジメがいなくなってから、おばさんはそれを七年も冷蔵庫のなかに入れておいたという。

　でも、もういいの、とおばさんは兄に言った。あんたがどんどん大きくなるから、こんなものを大切にしているのがいかにもばかばかしくなってきた。だから、これはあんたにあげる。あんたはよくハジメと遊んでくれたものね。

　そのころすでに、兄の背は百七十センチを超えようとしていた。ハジメも生きていたら、

3 オシリス　古代エジプトの神の一柱。冥府の支配者。

4 アピス　古代エジプトで崇拝された牛神。聖牛信仰が盛んだったメンフィスでは、地下に専用の墓室が設けられた。後にオシリスと同一視される。

問3　「考古学者のように見つめ直した」とはどのようなことか。

問4　「七年も冷蔵庫のなかに入れておいた」のはなぜか。

似たような大男になっていたのかもしれない。

四本の指は等間隔に離れて、横に並んでいた。指紋までは、さすがに見えない。中学生の妹の手と比べても、それは小さな、幼い指のあとだった。

兄がつぶやいた。

……古代エジプト人の指のあとを見つけた人もきっと、こんな気分だったんだろうな。

ハジメの指がちょっとこわい。

妹は兄に聞いた。

でも、その古代エジプト人の指のあとはどうなったの？　お墓のなかに入るには、入り口の壁をこわす必要があったんだよね。

そうさ、だから発見されてすぐ、今度は本当に、ぼくたちの世界から消え失せてしまった。

その場に自分もいたかのように、兄は断言した。

粘土のかたまりはそれから、兄の部屋に移された。冷蔵庫には保管されなかったので、粘土は一日一日、形を崩していき、やがて表面の固くなった部分が欠け落ち、ハジメの指のあとは見えなくなっていった。あとに残されたただの粘土を、兄はどう処分したのだろう。もう、兄からそれは聞くことはできないのだろうか。

……遊ボウヨ。

おとなになった女の耳もとに声がひびいた。

おばさんの生きものが遠慮がちに、女の右手をその長い首でたたいている。女の右手は

問5　「こんな気分」とはどのようなことか。

たちまち生きものに変わり、首を伸ばして起きあがる。

ダレダヨ、ステキナ夢ヲ見テタノニ。

おばさんの笑い声。

ボクト遊ンデクレル？

イイケド……、キミハダレ？

……サア、ボクニモワカラナイ。キミノ友ダチサ。ココハオ風呂ジャナイケド、遊ベルヨネ？

ウン、ソレジヤ、ツイテコイヨ。海ヲ見ニ行コウ。

二匹の生きものは風呂場の浴槽の代わりに、ソファの背をよじ登り、頂上にたどり着く。そして、子どものころ、幼い指の生きものたちがそうしたように、この生きものたちもそこに並び、眼下にひろがる透明な海原をながめる。

キミニモ、海ガ見エルカイ？

ウン……、海ッテ、マブシイネ。

生きものたちはうっとりとささやきあう。おとなの指を持つ人間たちの眼には見えない海が、生きものたちには見える。応接セットを置いた部屋の向こうに、庭の緑がひかっている。

おばさんの生きものがうれしそうに言う。

ズット遠クノ方カラ、ナニカガ泳イデクルヨ。コッチニ近ヅイテクル。

二匹の生きものは息を呑《の》んで、沖を見つめる。小さな波が鋭くひかる。生きものたちは

問6 「ナニカ」とは、何のことだと考えられるか。

待ちつづける。

読解

1 「もっと早く、言ってくれればよかった」（五六・5）とあるが、それはなぜか、説明しなさい。

2 「ステキナ夢」（五九・2）とは、具体的にはどのようなことか、説明しなさい。

3 「生きものたちは待ちつづける」（五九・19）とあるが、それはなぜか、考えなさい。

普請中

森《もり》 鷗外《おうがい》

『舞姫』から二〇年後、褐色の目をした元カノがはるばる日本まで追いかけてきた。しかし、もう取り返しはつかない。明治の日本はまだ永続的な工事中である。自分の感情と義務とのせめぎあいのなかで、さて、どうする、官僚ワタナベ！

渡辺《わたなべ》参事官は歌舞伎座の前で電車を降りた。

雨あがりの道の、ところどころに残っている水溜《た》まりを避けて、木挽町《こびきちょう》[1]の河岸を、逓信《ていしん》[2]省《しょう》の方へ行きながら、たしかこの辺の曲がり角に看板のあるのを見たはずだがと思いながら行く。

人通りはあまり無い。役所帰りらしい洋服の男五、六人のがやがや話しながら行くのに逢《あ》った。それから半衿《はんえり》の掛かった着物を着た、お茶屋のねえさんらしいのが、何か近所へ用達《ようた》しにでも出たのか、小走りに摩《す》れ違った。まだ幌《ほろ》を掛けたままの人力車が一台後から駈《か》け抜けて行った。

果たして精養軒ホテル[3]と横に書いた、割に小さい看板が見付かった。

河岸通りに向いた方は板囲いになっていて、横町に向いた寂しい側面に、左右から横に登るように出来ている階段がある。階段は尖《さき》を切った三角形になっていて、その尖を切った処《ところ》に戸口が二つある。渡辺はどれから這入《はい》るのかと迷いながら、階段を登ってみると、

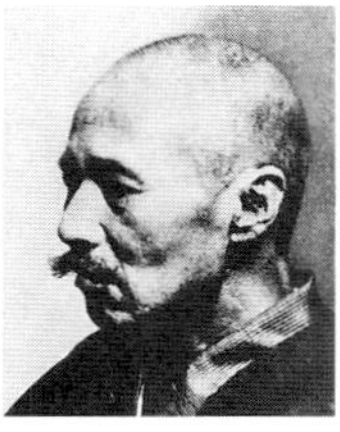

森鷗外
一八六二―一九二二年。島根県生まれ。陸軍軍医としてドイツに留学し、公務のかたわら多彩な文学活動を展開、日本近代文学の形成に大きく関与した。本文は、「森鷗外全集」第二巻（ちくま文庫）によった。

1 **木挽町**　東京都中央区銀座の旧地名。歌舞伎座などがある。

2 **逓信省**　通信・交通運輸などをつかさどったかつての官庁。一九四九年に最終的に解体された。

3 **精養軒ホテル**　木挽町にあったホテル・西洋料理店。

左の方の戸口に入口と書いてある。

靴が大分泥になっているので、丁寧に掃除をして、硝子戸《ガラス》を開けて這入った。中は広い廊下のような板敷で、ここには外にあるのと同じような、棕櫚《しゅろ》[4]の靴拭いの傍《そば》に雑巾が広げて置いてある。渡辺は、己《おれ》のようなきたない靴を穿《は》いて来る人が外《ほか》にもあると見えると思いながら、また靴を掃除した。

あたりはひっそりとして人気がない。ただ少し隔たった処から騒がしい物音がするばかりである。大工が這入っているらしい物音である。外に板囲いのしてあるのを思い合わせて、普請最中だなと思う。

誰《たれ》も出迎える者がないので、まっすぐに歩いて、衝《つ》き当たって、右へ行こうか左へ行こうかと考えていると、やっとの事で、給仕らしい男のうろついているのに、出合った。

「きのう電話で頼んで置いたのだがね。」

「は。お二人さんですか。どうぞお二階へ。」

右の方へ登る梯子《はしご》を教えてくれた。すぐに二人前の注文をした客と分かったのは普請中ほとんど休業同様にしているからであろう。この辺まで入り込んでみれば、ますます釘《くぎ》を打つ音や手斧《ちような》[5]を掛ける音が聞こえてくるのである。

梯子を登る後から給仕が付いて来た。どの室《へや》かと迷って、背後《うしろ》を振り返りながら、渡辺はこう言った。

「大分賑《にぎ》やかな音がするね。」

「いいえ。五時には職人が帰ってしまいますから、お食事中騒々しいようなことはございま

4 **棕櫚** ヤシ科の常緑高木。毛状の皮をほうきやたわしなどに用いる。

5 **手斧** 木材を削り、平らにするために用いる大工道具。

せん。暫《しばら》くこちらで。」

先へ駈け抜けて、東向きの室の戸を開けた。這入ってみると、二人の客を通すには、ちと大き過ぎるサロン[6]である。三所に小さい卓が置いてあって、どれをも四つ五つずつの椅子が取り巻いている。東の右の窓の下にソファもある。その傍には、高さ三尺[7]ばかりの葡《ぶ》萄《どう》に、暖室で大きい実をならせた盆栽が据えてある。

渡辺があちこち見廻《みまわ》していると、戸口に立ち留まっていた給仕が、「お食事はこちらで。」と言って、左側の戸を開けた。これはちょうどよい室である。もうちゃんと食卓が拵《こしら》えて、アザレエ[8]やロドダンドロン[9]を美しく組み合わせた盛花《もりばな》の籠を真ん中にして、クウウェエル[10]が二つ向き合わせて置いてある。いま二人位は這入られよう、六人になったら少し窮屈だろうと思われる、ちょうどよい室である。

渡辺はやや満足してサロンへ帰った。給仕が食事の室からすぐに勝手の方へ行ったので、渡辺は初めてひとりになったのである。

金槌《かなづち》や手斧の音がぱったり止《や》んだ。時計を出して見れば、なるほど五時になっている。約束の時刻までには、まだ三十分あるなと思いながら、小さい卓の上に封を切って出してある箱の葉巻を一本取って、尖を切って火を付けた。

不思議な事には、渡辺は人を待っているという心持ちが少しもしない。その待っている人が誰であろうと、ほとんど構わない位である。あの花籠の向こうにどんな顔が現れてこようとも、ほとんど構わない位である。渡辺はなぜこんな冷澹《れいたん》な心持ちになっていられるかと、自ら疑うのである。

6 サロン ホテルなどにある談話室。［フランス語］salon

7 尺 長さの単位。一尺は約三〇センチメートル。

8 アザレエ ツツジ類の園芸品種の総称。アザレア。

9 ロドダンドロン シャクナゲの学名。

10 クウウェエル フォーク・ナイフ・スプーンなどのテーブルセット。［フランス語］couvert

渡辺は葉巻の烟《けむり》を緩く吹きながら、ソファの角の処の窓を開けて、外を眺めた。窓のすぐ下には材木が沢山立て列《なら》べてある。ここが表口になるらしい。動くとも見えない水を湛《たた》えたカナル[11]を隔てて、向こう側の人家が見える。多分待合[12]か何かであろう。往来はほとんど絶えていて、その家の門に子を負うた女が一人ぼんやり佇《たたず》んでいる。右のはずれの方には幅広く視野を遮って、海軍参考館[13]の赤煉瓦《あかれんが》がいかめしく立ちはだかっている。

渡辺はソファに腰を掛けて、サロンの中を見廻した。壁の所々には、◆偶然ここで落ち合ったというような掛物が幾つも掛けてある。梅に鶯《うぐいす》やら、浦島が子[14]やら、鷹《たか》やら、どれもどれも小さい丈の短い幅《ふく》なので、天井の高い壁に掛けられたのが、尻を端折《はしょ》ったように見える。食卓の拵えてある室の入口を挟んで、聯《れん》[15]のような物の掛けてあるのを見れば、某大教正[16]の書いた神代《じんだい》文字[17]というものである。日本は芸術の国ではない。

渡辺は暫く何を思うともなく、何を見聞くともなく、ただ烟草《たばこ》を呑《の》んで、体の快感を覚えていた。

廊下に足音と話し声とがする。戸が開く。渡辺の待っていた人が来たのである。麦藁《むぎわら》の大きいアンヌマリイ帽に、珠数《じゅず》飾りをしたのを被《かぶ》っている。鼠色《ねずみいろ》の長い着物式の上衣《うわぎ》の胸から、刺繍《ししゅう》をした白いバチスト[18]が見えている。ジュポン[19]も同じ鼠色である。手にはウォラン[20]の付いた、おもちゃのような蝙蝠傘《こうもりがさ》を持っている。渡辺は無意識に微笑を粧《よそお》ってソファから起き上がって、葉巻を灰皿に投げた。女は、付いて来て戸口に立ち留まっている給仕をちょっと見返って、その目を渡辺に移した。ブリュネット[21]の女の、褐色の、大きい目である。この目は昔度々見たことのある目である。しかしその縁にある、指の幅程な紫がか

11 **カナル**　運河。掘割。［フランス語］canal

12 **待合**　「待合茶屋」の略。客が芸者などを呼んで、飲食・遊興をする店。

13 **海軍参考館**　東京都中央区築地にあった海軍関連施設の一つ。

問1　「偶然ここで落ち合ったというような掛物」とはどのようなことか。

14 **浦島が子**　浦島説話の主人公。

15 **聯**　壁や柱などに左右相対させて掛ける細長い書画の板。

16 **大教正**　神道布教のため制定された教導職の最高位。一八八四年に廃止された。

17 **神代文字**　漢字渡来以前、神代から用いられていたと称される文字。

った濃い暈《かさ》は、昔無かったのである。

「長く待たせて。」

独逸《ドイツ》語である。ぞんざいな詞《ことば》と不弔合《ふつりあい》に、傘を左の手に持ち替えて、おうように手袋に包んだ右の手の指尖を差し伸べた。渡辺は、女が給仕の前で芝居をするなと思いながら、丁寧にその指尖を撮《つ》まんだ。そして給仕にこう言った。

「食事のよい時はそう言ってくれ。」

　給仕は引っ込んだ。

　女は傘を無造作にソファの上に投げて、さも疲れたようにソファへ腰を落として、卓に両肘を衝いて、黙って渡辺の顔を見ている。渡辺は卓の傍へ椅子を引き寄せて座った。暫くして女が言った。

「大そう寂しい内ね。」

「普請中なのだ。さっきまで恐ろしい音をさせていたのだ。」

「そう。なんだか気が落ち着かないような処ね。どうせいつだって気の落ち着くような身の上ではないのだけど。」

「一体いつどうして来たのだ。」

「おとつい来て、きのうあなたにお目に掛かったのだわ。」

「どうして来たのだ。」

「去年の暮れからウラジオストック[22]にいたの。」

「それじゃあ、あのホテルの中にある舞台で遣《や》っていたのか。」

18 バチスト　細い糸で織られた薄手の布地。または、それを用いて作られたブラウスやワンピース。［フランス語］batiste

19 ジュポン　ドレスやスカートの下にはく、スカート状の女性用下着。ペチコート。［フランス語］jupon

20 ウォラン　縁飾り。ひだ飾り。［フランス語］volant

21 ブリュネット　褐色がかった髪色。ブルネット。［フランス語］brunette

問2　「いつだって気の落ち着くような身の上ではない」とはどのようなことか。

22 ウラジオストック　ロシア連邦東部沿岸州にある港湾都市。日本海に面し、敦賀《つるが》との間に航路があった。「ウラジオ」も同じ。

「そうなの。」

「まさか一人じゃああるまい。組合か。」

「組合じゃないが、一人でもないの。あなたも御承知の人がいっしょなの。」少したためらって。

「コジンスキイがいっしょなの。」

「あのポラック[23]かい。それじゃあお前はコジンスカア[24]なのだな。」

「嫌だわ。わたしが歌って、コジンスキイが伴奏をするだけだわ。」

「それだけではあるまい。」

「そりゃあ、二人きりで旅をするのですもの。まるっきり無しというわけにはいきませんわ。」

「知れた事さ。そこで東京へも連れて来ているのかい。」

「ええ。いっしょに愛宕山《あたごやま》[25]に泊まっているの。」

「よく放して出すなあ。」

「伴奏させるのは歌だけなの。」Begleiten《ベグライテン》[26]という詞を使ったのである。伴奏ともなれば同行ともなる。「銀座であなたにお目に掛かったと言ったら、是非お目に掛かりたいと言うの。」

「まっぴらだ。」

「大丈夫よ。まだお金は沢山あるのだから。」

「沢山あったって、使えば無くなるだろう。これからどうするのだ。」

23 **ポラック**　ポーランド人やポーランド系の人々に対する蔑称。

24 **コジンスカア**　コジンスキイ夫人。

25 **愛宕山**　東京都港区北東部にある丘。当時、愛宕ホテルがあった。

26 **Begleiten**　伴奏するという意味のほか、同行するという意味もある。［ドイツ語］

「アメリカへ行くの。日本は駄目だって、ウラジオで聞いてきたのだから、当てにはしなくってよ。」

「それがよい。ロシアの次はアメリカがよかろう。日本はまだそんなに進んでいないからなあ。日本はまだ普請中だ。」

「あら。そんな事を仰《おっし》ゃると、日本の紳士がこう言ったと、アメリカで話してよ。日本の官吏がと言いましょうか。あなた官吏でしょう。」

「うむ。官吏だ。」

「お行儀がよくって。」

「恐ろしくよい。本当のフィリステル[27]になり済ましている。きょうの晩飯だけが破格なのだ。」

「ありがたいわ。」さっきから幾つかの控鈕《ボタン》をはずしていた手袋を脱いで、卓越しに右の平手を出すのである。渡辺は真面目にその手をしっかり握った。手は冷たい。そしてその冷たい手が離れずにいて、暈《くま》の出来たために一倍大きくなったような目が、じっと渡辺の顔に注がれた。

「キスをして上げてもよくって。」

渡辺はわざとらしく顔を蹙《しか》めた。「◆ここは日本だ。」

叩《たた》かずに戸を開けて、給仕が出てきた。

「お食事が宜《よろ》しゅうございます。」

「◆ここは日本だ。」と繰り返しながら渡辺は立って、女を食卓のある室へ案内した。ちょ

27 **フィリステル** 俗物。小市民。［ドイツ語］Philister

問3 二か所の「ここは日本だ。」には、それぞれどのような意味が込められているか。

うど電灯がぱっと付いた。

女はあたりを見廻して、食卓の向こう側に座りながら、「◆シャンブル・セパレエ[28]。」と冗談のような調子で言って、渡辺がどんな顔をするかと思うらしく、背伸びをして覗《のぞ》いて見た。盛花の籠が邪魔になるのである。

「偶然似ているのだ。」渡辺は平気で答えた。

シェリイ[29]を注ぐ。メロンが出る。二人の客に三人の給仕が付き切りである。渡辺は「給仕の賑やかなのをごらん。」と付け加えた。

「あまり気が利かないようね。愛宕山もやっぱりそうだわ。」肘を張るようにして、メロンの肉を剝がして食べながら言う。

「愛宕山では邪魔だろう。」

「まるで見当違いだわ。それはそうと、メロンはおいしいことね。」

「今にアメリカへ行くと、毎朝きまって食べさせられるのだ。」

二人は何の意味もない話をして食事をしている。とうとうサラド[30]の付いたものが出て、杯にはシャンパニエ[31]が注がれた。

女が突然「あなた少しも妬んでは下さらないのね。」と言った。チェントラアルテアアテル[32]がはねて、ブリュウル石階[33]の上の料理屋の卓に、ちょうどこんな風に向き合って座っていて、おこったり、仲直りをしたりした昔の事を、意味のない話をしていながらも、女は想《おも》い浮かべずにはいられなかったのである。女は冗談のように言おうと心に思ったのが、はからずも真面目に声に出たので、悔しいような心持ちがした。

問4 「シャンブル・セパレエ。」にはどのような意味が込められているか。

28 シャンブル・セパレエ 個室の意。［フランス語］chambre séparée
29 シェリイ スペイン南部で作られる白ぶどう酒。［英語］sherry
30 サラド サラダ。［フランス語］salade
31 シャンパニエ フランスのシャンパーニュ地方で作られる発泡性のぶどう酒。［フランス語］champagne
32 チェントラアルテアアテル ドイツのドレスデンにあった中央劇場。［ドイツ語］

渡辺は座ったままに、シャンパニエの杯を盛花より高く上げて、はっきりした声で言った。

[34]“Kosinski《コジンスキイ》 soll《ゾル》 leben《レエベン》!”

凝り固まったような微笑を顔に見せて、黙ってシャンパニエの杯を上げた女の手は、人には知れぬ程顫《ふる》っていた。

* * *

まだ八時半頃であった。灯火の海のような銀座通りを横切って、ウェエル[35]に深く面を包んだ女を載せた、一両の寂しい車が芝[36]の方へ駈けて行った。

Zentral Theater

33 ブリュウル石階　ドレスデン旧市街、エルベ川南岸沿いに設けられた遊歩道。ブリュールのテラス。

34 Kosinski soll leben!　コジンスキイの健康を祝す、の意。［ドイツ語］

35 ウェエル　顔おおい。ベール。［英語］veil

36 芝　港区にある地名。愛宕山の南に位置する。

読解

1 本文中から「女」の「芝居」（六五・4）じみた言動を抜き出し、それに対する渡辺の反応を整理しなさい。

2 本文中で「普請中」という言葉がどのような意味で使われているか、説明しなさい。

3 「Kosinski soll leben!」（六九・3）と渡辺が言ったとき、渡辺と「女」はどのような気持ちだったか、考えなさい。

七話集

稲垣足穂《いながきたるほ》

古今東西の有名人や架空の人物を登場させ、その人ならいかにもありそうだなという小話をつくる。簡単そうだが、実はむずかしい。かれらの哲学や思想を少しはかじっていないとわからない。想像力の天才、稲垣足穂のショートショートを味わおう。

1　笑

朝日が桃色に大理石の円柱を照らし出す頃、アポロ[1]は、その宮の奥に、ただならぬかおをして坐《すわ》っていた。最初に参詣した者が、それを見つけて、おどろいて街に駆け戻った。

「どうしたのか？」

行人《こうじん》がその袖をとらえた。

「アポロのかおがただならぬ！」

かれはそう叫んで走りつづけた。人々は神殿に駆けつけた。

「いかにも！　アポロには相違ないが――」

市民はこれをもって不吉な前兆だと考えた。賢人たちはひたいを集めて、不可思議の起因をさぐろうとした。しかし何の判断も下されない。

「この上は、ディオニソス[2]を呼ぶより外はない。」

稲垣足穂　一九〇〇―七七年。大阪府生まれ。文壇から孤立した生活を送り、幻想的で特異な作品世界を構築したことで知られる。本文は、「稲垣足穂全集」第二巻（筑摩書房）によった。

1 アポロ　アポロン。ギリシア神話のオリンポス十二神の一つ。音楽・詩歌・弓術などの神。その神託は古代ギリシア人の行動の重要な指針とされた。

問1　「ただならぬかお」とはどのような顔か。

2 ディオニソス　ギリシア神

賢人たちはこう言って、外へ出た。そして市民らといっしょに、ディオニソスの居所を探し廻《まわ》った。ディオニソスは丘の上を歩いていた。

「アポロのかおがただならぬのは、いったいどうしたわけか？」

最初に駆けつけた長老の一人が、ディオニソスの前でたずねた。

すると、ディオニソスは答えた。

「それは、笑いというものである。」

こう言った時、ディオニソスのかおにはただならぬ変化が起こった。それと共にかれを取りかこんだ賢人たちと市民らの顔々の上にも、同様な変化が起こった。こうしてギリシアには明るい春がきた。

2 夕焼けとバグダッドの酋長《しゅうちょう》

バグダッド[3]の酋長[4]が、天幕から出たはずみに、赤い棒で背中を殴られた。振り向いたが、だれもいない。酋長はけげんなかおをしてしばらくそこに突っ立っていたが、やがて目を上げた拍子に、加害者を発見した。それは赤い夕焼けであった。そこで酋長は再び天幕の中へ飛びこんで弓を手にするなり、白い馬に飛び乗って、一隊の部下をしりえに、沙漠《さばく》の西へ向かって勇壮な突撃を開始した。

話で、酒の神。トラキア地方から入ってきた神で、アポロと対をなす存在とされる。

3 バグダッド　イラク共和国の首都。ティグリス川の中流に位置し、七六二年にアッバース朝の首都となって以降、イスラム帝国の拡大とともに発展した。

4 酋長　部族の首長。差別的な表現であり、今日では使用されなくなっている。

問2　「けげんなかおをし」たのはなぜか。

3　李白《りはく》と七星

ある晩、李白[5]が北斗七星をかぞえると、一個足りなかった。その一個が自分の筆入れの中にはいっている気がしたので、竹筒を何回も振ってみたが、星は出なかった。どうもおかしいと思いながら、もういっぺん北斗七星をかぞえてみると、こんどはきっちり七個であった。で、李白はそれはたぶん、雁《がん》[6]が自分と星のあいだをさえぎったせいであろう、と人々に語った。

4　老子と金色の花弁

夜中に眼《め》を醒《さ》ました老子[7]は、夕ぐれに城址《じょうし》を通り抜けた時、そこに金色の花びらが落ちていたことを思い出した。

老子は起き上がって、城址に出かけた。しかしそこには、地平を離れたばかりの半片の月に照らされた欄干の影が、長く伸びているだけであった。たしかこの辺だったが……と老子は、がらんとした石だたみの上を探してみた。やはり何も見つからない。なぜあの時自分はひろわなかったのだろう、と思った。しかしその時自分が何か考えごとをしていたことに気づいたので、それはいったいどんな事柄であったかナと頭をひねってみたが、どうしても思い出せなかった。結局老子は、金色の花弁が落ちていたことさえ本当かどうか

5 **李白**　七〇一―六二年。盛唐の詩人。字《あざな》は太白、号は青蓮居士《せいれんこじ》。「詩仙」と称せられる。不遇な中でも世情にこだわらず、豪放に生きた。

6 **雁**　カモ科に属する大形の鳥類の総称。

7 **老子**　生没年未詳。春秋時代の楚《そ》の思想家。姓は李、名は耳、字は伯陽。道家の開祖。宇宙の根本を道や無と名づけ、無為自然への復帰を説いた。

問3　「起き上がって、城址に出かけた」のはなぜか。

判《わか》らなくなって、石段を下りてきた。

5　荘子が壺《つぼ》を見失った話

荘子[8]が、路《みち》ばたにころがっている青い壺を見た。その壺がどこかに見覚えがあるので、かれは立ち止まった。ハテ、これは昔の夢の中で見たのか、それとも友だちの家にあったのか……しきりに思い出そうとしていた時、壺の中から白い蝶《ちょう》がひとつ、ひらひらと飛び出して行った。しばらくして荘子がそれに気づいた時、蝶はむろん、壺もどこへ行ったのか見当たらなかった。

6　墨子と木の鵲《かささぎ》

墨子[9]が三年間かかって木のかささぎ[10]を造った。それは飛ぶには飛んだが、わずか三日間で壊れてしまった。話というのはただそれだけである。

7　アリストファネスと白い帆

月のある夜、アリストファネス[11]が歩いていると、コリント湾[12]の鏡のようなおもてを、白い帆が辷《すべ》ってくるのが見えた。いぶかしみながら見つめていると、帆は真正面から岸を乗

---

8 荘子　生没年未詳。戦国時代の宋《そう》の思想家。姓は荘、名は周、字は子休。老子と並ぶ道家の中心人物とされ、「胡蝶之夢《こちょうのゆめ》」などの説話で知られる。

問4　「しきりに思い出そうとしていた」のはなぜか。

9 墨子　生没年未詳。戦国時代の魯《ろ》の思想家。墨家の始祖。姓は墨、名は翟《てき》。無差別的博愛の兼愛・反戦・平和を説いた。

10 かささぎ　北半球に広く生息するカラス科の鳥。

11 アリストファネス　Aristophanēs　前四四五？―前三八五？年。古代ギリシアの喜劇詩人。当時のアテナイを痛烈に風刺した。作品に『雲』などがある。

12 コリント湾　ギリシア南部、ギリシア本土とペロポネソス半島との間にある湾。

りこえてきて、おどろいたアリストファネスのからだを風のように通りぬけて、うしろの丘の方へ消えてしまった。同時に、アリストファネスは、自分のからだから何か一つ足りなくなったものがあることに気がついた。しらべてみたが、別に何も欠けてはいない。ハテと、アリストファネスは、長いあいだ立ち止まって考えていたが、気のせいかもしれないと思って元のように歩き出した。このとたん、それは帆を見る少し前に、頭の中に浮かびかかっていたある思想であった、ということにかれは気がついた。

問5 「足りなくなったもの」とは何か。

読解

1 「不吉な前兆だと考えた」（七〇・8）のはなぜか、説明しなさい。

2 「北斗七星をかぞえると、一個足りなかった」（七一・1）理由を李白はどのように考えたか、説明しなさい。

3 「金色の花弁が落ちていたことさえ本当かどうか判らなくなっ」（七二・13）たとあるが、それはなぜか、説明しなさい。

秘密

谷崎潤一郎《たにざきじゅんいちろう》

恋人や友人たちと大騒ぎをして楽しむ。そんな日々に飽き飽きとしたとき、男はいったん都会の隙間に身を隠してみた。もっと強い刺激が欲しい。やがて男は、女装して盛り場をさまようという趣味にのめり込んでいく。

その頃私はある気紛《きまぐ》れな考えから、今まで自分の身のまわりを裹《つつ》んでいた賑《にぎ》やかな雰囲気を遠ざかって、いろいろの関係で交際を続けていた男や女の圏内から、ひそかに逃れ出ようと思い、方々と適当な隠れ家を捜し求めたあげく、浅草の松葉町辺に真言宗[1]の寺のあるのを見付けて、ようようそこの庫裡《くり》[2]の一間を借り受けることになった。

新堀《しんぼり》の溝《どぶ》へついて、菊屋橋から門跡[3]の裏手をまっすぐに行ったところ、十二階[4]の下の方の、うるさく入り組んだObscure[5]な町の中にその寺はあった。ごみ溜《た》めの箱を覆したごとく、あの辺一帯にひろがっている貧民窟の片側に、黄橙《こうとう》色の土塀の壁が長く続いて、いかにも落ち着いた、重々しい寂しい感じを与える構えであった。

私は最初から、渋谷だの大久保だのという郊外へ隠遁《いんとん》するよりも、かえって市内のどこかに人の心付かない、不思議なさびれた所があるであろうと思っていた。ちょうど瀬の早い渓川《たにがわ》のところどころに、澱《よど》んだ淵《ふち》が出来るように、下町の雑沓《ざっとう》する巷《ちまた》と巷の間《あわい》に挟まりながら、極めて特殊の場合か、特殊の人でもなければめったに通行しないような閑静な一

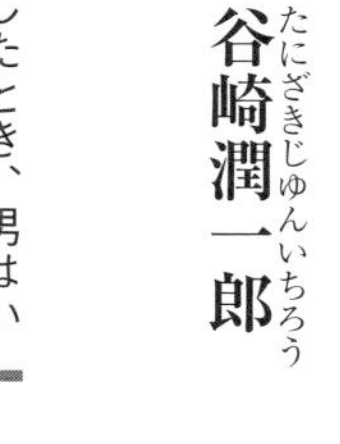

谷崎潤一郎

一八八六―一九六五年。東京都生まれ。耽美《たんび》的世界を描いて文名を得たが、関西移住後は古典文化にも傾倒した。本文は、『ちくま日本文学14 谷崎潤一郎』（筑摩書房）によった。

1 **真言宗**　空海を祖とし、大日如来《だいにちにょらい》を本尊とする仏教の一派。加持祈禱《きとう》を重んじた。

2 **庫裡**　寺の住職や家族の住むところ。

3 **門跡**　ここは、台東区西浅草にある東本願寺の俗称。

4 **十二階**　当時、浅草にあった凌雲閣《りょううんかく》の俗称。関東大震災により、倒壊した。

5 **Obscure**　不明瞭で、人目につかないさま。［英語］

郭が、なければなるまいと思っていた。

同時にまたこんな事も考えてみた。———己《おれ》は随分旅行好きで、京都、仙台、北海道から九州までも歩いてきた。けれどもまだこの東京の町の中に、[6]人形町で生まれて二十年来永住している東京の町の中に、一度も足を踏み入れた事のないという通りが、きっとあるに違いない。いや、思ったよりたくさんあるに違いない。

そうして大都会の下町に、蜂の巣のごとく交錯している大小無数の街路のうち、私が通った事のある所と、ない所では、どっちが多いかちょいと判《わか》らなくなってきた。

何でも十一、二歳の頃であったろう。父と一緒に[7]深川の八幡《はちまん》様へ行った時、

「これから渡しを渡って、[8]冬木の米市《こめいち》で名代《なだい》のそばを御馳走《ごちそう》してやるかな。」

こう言って、父は私を境内の社殿の後ろの方へ連れて行った事がある。そこには[9]小網《こあみ》町や小舟町辺の堀割と全く趣の違った、幅の狭い、岸の低い、水のいっぱいにふくれ上がっている川が、細かく建て込んでいる両岸の家々の、軒と軒とを押し分けるように、どんよりと物憂く流れていた。小さな渡し船は、川幅よりも長そうな[10]荷足《にた》りや[11]伝馬《てんま》が、幾艘《いくそう》も縦に列《なら》んでいる間を縫いながら、二竿《さお》三竿ばかりちょろちょろと水底《みなそこ》を衝《つ》いて往復していた。

私はその時まで、たびたび八幡様へお参りをしたが、いまだかつて境内の裏手がどんなになっているか考えてみたことはなかった。いつも正面の鳥居の方から社殿を拝むだけで、恐らくパノラマの絵のように、表ばかりで裏のない、行き止まりの景色のように自然と考えていたのであろう。現在眼《め》の前にこんな川や渡し場が見えて、その先に広い地面が果て

問1 「こんな事」とはどのようなことか。

6 **人形町** 中央区にある地名。作者は、ここの生まれであった。

7 **深川の八幡様** 江東区富岡にある富岡八幡宮のこと。

8 **冬木の米市** 当時、富岡八幡宮近くにあったそば屋。

9 **小網町や小舟町** ともに、中央区にある地名。

10 **荷足り** 川などで荷物の運送に使う幅の広い小舟。荷足り船。

11 **伝馬** 本船に積んでおき、荷物を陸揚げする際に用いる小舟。伝馬船。

しもなく続いている謎のような光景を見ると、何となく京都や大阪よりももっと東京をかけ離れた、夢の中でしばしば出逢《であ》うことのある世界のごとく思われた。

それから私は、浅草の観音堂の真後ろにはどんな町があったか想像してみたが、仲見世の通りから宏大《こうだい》な朱塗りのお堂の甍《いらか》を望んだ時の有り様ばかりが明瞭に描かれ、その外の点はとんと頭に浮かばなかった。だんだん大人になって、世間が広くなるに随《したが》い、知人の家を訪ねたり、花見遊山に出かけたり、東京市中は隈《くま》なく歩いたようであるが、いまだに◆子供の時分経験したような不思議な別世界へ、ハタリと行き逢うことがたびたびあった。

そういう別世界こそ、身を匿《かく》すには究竟《くっきょう》であろうと思って、ここかしこといろいろに捜し求めてみればみるほど、今まで通った事のない区域が到《いた》る処《ところ》に発見された。浅草橋と和泉《いずみ》橋は幾度も渡っておきながら、その間にある左衛門《さえもん》橋を渡ったことがない。二長町《にちょうまち》[12]の市村座へ行くのには、いつも電車通りからそばやの角を右へ曲がったが、あの芝居の前をまっすぐに柳盛座《りゅうせいざ》の方へ出る二、三町ばかりの地面は、一度も踏んだ覚えはなかった。昔の永代橋の右岸の袂《たもと》から、左の方の河岸はどんな具合になっていたか、どうもよく判らなかった。そのほか八丁堀、越前《えちぜん》堀、三味線堀、山谷《さんや》堀の界隈《かいわい》には、まだまだ知らない所がたくさんあるらしかった。

松葉町のお寺の近傍は、そのうちでも一番奇妙な町であった。六区[13]と吉原《よしわら》を鼻先に控えてちょいと横丁を一つ曲がった所に、淋《さび》しい、廃れたような区域を作っているのが非常に私の気に入ってしまった。今まで自分の無二の親友であった「派手な贅沢《ぜいたく》なそうして◆平凡な東京」というやつを置いてき堀にして、静かにその騒擾《そうじょう》を傍観しながら、こっそり身を

問2 「子供の時分経験したような不思議な別世界」とは、どのようなものか。

12 二長町の市村座 当時、下谷区二長町（現在の台東区台東）にあった歌舞伎の劇場。「柳盛座」も同じく歌舞伎の劇場。

13 六区 浅草公園六区のこと。浅草寺《せんそうじ》裏手に造成された歓楽街。

問3 「平凡」とあるのはなぜか。

隠していられるのが、愉快でならなかった。

隠遁をした目的は、別段勉強をするためではない。その頃私の神経は、刃の擦り切れたやすりのように、鋭敏な角々がすっかり鈍って、よほど色彩の濃い、あくどい物に出逢わなければ、何の感興も湧かなかった。微細な感受性の働きを要求する一流の芸術だとか、一流の料理だとかを翫味《がんみ》するのが、不可能になっていた。下町の粋《すい》といわれる茶屋の板前に感心してみたり、[14]仁左衛門《にざえもん》や鴈治郎《がんじろう》の技巧を賞美したり、すべてありきたりの都会の歓楽を受け入れるには、あまり心が荒《すさ》んでいた。惰力のために面白くもない[15]懶惰《らんだ》な生活を、毎日毎日繰り返しているのが、堪えられなくなって、全然[16]旧套《きゅうとう》を擺脱《はいだつ》した、物好きな、[17]アーティフィシャルな、[18]Mode of life を見出《いだ》してみたかったのである。

普通の刺戟《しげき》に馴れてしまった神経を顫《ふる》い戦《おのの》かすような、何か不思議な、奇怪な事はないであろうか。現実をかけ離れた野蛮な荒唐な夢幻的な空気の中に、棲息《せいそく》することは出来ないであろうか。こう思って私の魂は遠く[19]バビロンやアッシリヤの古代の伝説の世界にさ迷ったり、[20]コナンドイルや[21]涙香《るいこう》の探偵小説を想像したり、光線の熾烈《しれつ》な熱帯地方の焦土と緑野を恋い慕ったり、腕白《わんぱく》な少年時代の[22]エクセントリックな悪戯《あくぎ》に憧れたりした。

賑やかな世間から不意に[23]韜晦《とうかい》して、行動をただいたずらに秘密にしてみるだけでも、すでに一種のミステリアスな、ロマンチックな色彩を自分の生活に賦与することが出来ると思った。私は秘密という物の面白さを、子供の時分からしみじみと味わっていた。かくれんぼ、宝さがし、[24]お茶坊主のような遊戯――殊に、それが闇の晩、うす暗い物置小屋や、観音開きの前などで行われる時の面白味は、主としてその間に「秘密」という不思議な気

14 仁左衛門や鴈治郎　歌舞伎役者の名跡である片岡仁左衛門と中村鴈治郎のこと。

15 懶惰　なまけ怠ること。

16 旧套を擺脱した　古い慣習を抜け出した、の意。

17 アーティフィシャル　人工的なさま。技巧的なさま。［英語］artificial

18 Mode of life　生活様式。生活習慣。［英語］

19 バビロンやアッシリヤ　「バビロン」はイラク中部の古代都市。「アッシリヤ」はメソポタミアの古代王国。

20 コナンドイル　Arthur Conan Doyle　一八五九―一九三〇年。イギリスの作家。名探偵シャーロック・ホームズの生みの親。

21 涙香　黒岩涙香（一八六二―一九二〇年）。作家・ジャーナリスト。日本初の探偵小説『無惨』を執筆した。

22 エクセントリック　奇異なさま。［英語］eccentric

分が潜んでいるせいであったに違いない。

　私はもう一度幼年時代の隠れん坊のような気持ちを経験してみたさに、わざと人の気の付かない下町の曖昧なところに身を隠したのであった。そのお寺の宗旨が「秘密」とか、「禁厭《まじない》」とか、「呪詛《じゅそ》」とかいうものに縁の深い真言宗であることも、私の好奇心を誘うて、妄想を育ませるには恰好《かっこう》であった。部屋は新しく建て増した庫裡の一部で、南を向いた八畳敷きの、日に焼けて少し茶色がかっている畳が、かえって見た眼には安らかな暖かい感じを与えた。昼過ぎになると和《おだ》やかな秋の日が、幻灯のごとくあかあかと縁側の障子に燃えて、室内は大きな雪洞《ぼんぼり》のように明るかった。

　それから私は、今まで親しんでいた哲学や芸術に関する書類を一切戸棚へ片付けてしまって、魔術だの、催眠術だの、探偵小説だの、化学だの、解剖学だのの奇怪な説話と挿絵に富んでいる書物を、さながら土用干《どようぼし》のごとく部屋中へ置き散らして、寝ころびながら、手あたり次第に繰りひろげては耽読《たんどく》した。その中には、コナンドイルの[25]The Sign of Four や、[26]ドキンシイの Murder, Considered as one of the fine arts や、アラビアンナイトのようなお伽噺《とぎばなし》から、仏蘭西《フランス》の不思議な[27]Sexology の本なども交じっていた。

　ここの住職が秘していた地獄極楽の図を始め、[28]須弥山《しゅみせん》図だの、[29]涅槃像《ねはんぞう》だの、いろいろの、古い仏画を強いて懇望《こんもう》して、ちょうど学校の教員室に掛かっている地図のように、所嫌わず部屋の四壁へぶら下げてみた。床の間の香炉からは、始終紫色の香の煙がまっすぐに静かに立ち昇って、明るい暖かい室内を焚《た》きしめていた。

　私は時々菊屋橋際の舗《みせ》へ行って[30]白檀《びゃくだん》や沈香《じんこう》を買ってきてはそれを燻《く》べた。

23 韜晦　人の目をくらまし隠すこと。
24 お茶坊主　目隠しをした鬼が周りの輪にいる者に茶を出し、名前を当てる遊戯。
問4　ここでの「秘密」とはどのようなことか。
25 The Sign of Four　邦題は「四つの署名」。一八九〇年に発表された推理小説。
26 ドキンシイ　Thomas De Quincey　一七八五―一八五九年。イギリスの批評家。「Murder, Considered as one of the fine arts」（「芸術の一分野として見た殺人」）は、一八二七年の発表。
27 Sexology　性科学。［英語］
28 須弥山　仏教の教えで、世界の中心に立つという高山。
29 涅槃像　ブッダが亡くなったときの姿を描いたもの。
30 白檀や沈香　ともに香料などに用いられる常緑高木。

天気のよい日、きらきらとした真昼の光線がいっぱいに障子へあたる時の室内は、眼の醒《さ》めるような壮観を呈した。絢爛《けんらん》な色彩の古画の諸仏、[31]羅漢《らかん》、[32]比丘《びく》、比丘尼《びくに》、[33]優婆塞《うばそく》、優婆夷《ばい》、象、獅子《しし》、[34]麒麟《きりん》などが四壁の紙幅の内から、ゆたかな光の中に泳ぎ出す。畳の上に投げ出された無数の書物からは、惨殺、麻酔、魔薬《まやく》、妖女、宗教――種々雑多の傀儡《かいらい》が、香の煙に溶け込んで、朦朧《もうろう》と立ち罩《こ》める中に、二畳ばかりの[35]緋毛氈《ひもうせん》を敷き、どんよりとした蛮人のような瞳を据えて、寝ころんだまま、私は毎日毎日幻覚を胸に描いた。

夜の九時頃、寺の者がたいがい寝静まってしまうとウイスキーの角壜《かくびん》を呷《あお》って酔いを買った後、勝手に縁側の雨戸を引き外し、墓地の生け垣を乗り越えて散歩に出かけた。なるべく人目にかからぬように毎晩服装を取り換えて公園の雑沓の中を潜って歩いたり、古道具屋や古本屋の店先を漁《あさ》り回ったりした。頬冠《ほおかむ》りに[36]唐桟《とうざん》の半纏《はんてん》を引っ掛け、綺麗《きれい》に研《みが》いた素足へ爪紅《つまべに》をさして雪駄《せった》を穿《は》くこともあった。金縁の色眼鏡に[37]二重回しの襟を立てて出ることもあった。着け髭《ひげ》、ほくろ、痣《あざ》と、いろいろに面体《めんてい》を換えるのを面白がったが、ある晩、三味線堀の古着屋で、藍地《あいじ》に大小あられの[38]小紋を散らした女物の[39]袷《あわせ》が眼に付いてから、急にそれが着てみたくてたまらなくなった。

一体私は衣服反物に対して、単に色合いがよいとか柄が粋だとかいう以外に、もっと深く鋭い愛着心を持っていた。女物に限らず、すべて美しい絹物を見たり、触れたりする時は、何となく顫い付きたくなって、ちょうど恋人の肌の色を眺めるような快感の高潮に達することがしばしばであった。殊に私の大好きな[40]お召しや[41]縮緬《ちりめん》を、世間憚《はばか》らず、ほしいままに着飾ることの出来る女の境遇を、妬ましく思うことさえあった。

31 羅漢　小乗仏教で最高の悟りを開いた人。阿羅漢。

32 比丘　出家して僧となった男性。女性の場合は「比丘尼」という。

33 優婆塞　出家せずに仏門に入った男性。女性の場合は「優婆夷」という。

34 麒麟　中国の想像上の動物。この動物が現れると聖人が出現するといわれ、吉祥とされている。

35 緋毛氈　赤色に染めた毛氈。毛氈は獣の毛に熱や圧力などを加え、敷物にしたもので、フェルトとも呼ばれる。

36 唐桟　縞《しま》模様の綿織物の一つ。通人が好んで用いた。

37 二重回し　和服の上に着用する男性用の外套。

38 小紋　布地に細かい模様を散らして染め出したもの。

39 袷　裏地を付けた着物。

40 お召し　「お召し物」の略。着物のこと。

41 縮緬　絹織物の一つ。撚《よ》りがない糸と強い撚りがかか

あの古着屋の店にだらりと生々しく下がっている小紋縮緬の袷——あのしっとりした、重い冷たい布《きれ》が粘つくように肉体を包む時の心よさを思うと、私は思わず戦慄した。あの着物を着て、女の姿で往来を歩いてみたい。……こう思って、私は一も二もなくそれを買う気になり、ついでに友禅[42]の長襦袢《ながじゅばん》[43]や、黒縮緬の羽織までも取りそろえた。

大柄の女が着たものと見えて、小男の私には寸法も打ってつけであった。夜が更けてがらんとした寺中がひっそりした時分、私はひそかに鏡台に向かって化粧を始めた。黄色い生地の鼻柱へまずベットリと練りお白粉《しろい》をなすり着けた瞬間の容貌は、少しグロテスク[44]に見えたが、濃い白い粘液を平手《ひらて》で顔中へ万遍《まんべん》なく押し拡《ひろ》げると、思ったよりものりがよく、甘い匂いのひやひやとした露が、毛孔《けあな》へ沁《し》み入る皮膚のよろこびは、格別であった。紅やとのこ[45]を塗るに随って、石膏《せっこう》のごとくただいたずらに真っ白であった私の顔が、溌剌《はつらつ》とした生色ある女の相に変わっていく面白さ。文士や画家の芸術よりも、俳優や芸者や一般の女が、日常自分の体の肉を材料として試みている化粧の技巧の方が、遥《はる》かに興味の多いことを知った。

長襦袢、半襟[46]、腰巻き、それからチュッチュッと鳴る紅絹裏《もみうら》[47]の袂、——私の肉体は、すべて普通の女の皮膚が味わうと同等の触感を与えられ、襟足から手頸《てくび》まで白く塗って、銀杏返《いちょうがえ》し[48]の鬘《かつら》の上にお高祖《こそ》頭巾[49]を冠《かぶ》り、思い切って往来の夜道へ紛れ込んでみた。

雨曇りのしたうす暗い晩であった。千束《せんぞく》町、清住《きよすみ》町、竜泉寺《りゅうせんじ》町——あの辺一帯の溝の多い、淋しい街をしばらくさまよってみたが、交番の巡査も、通行人も、一向気が付かないようであった。甘皮を一枚張ったようにぱさぱさ乾いている顔の上を、夜風が冷ややか

った糸を平織りにしたのち、縮ませたもの。

42 **友禅** 「友禅染」の略。糊を布に置き、絵模様を鮮やかに染め出したもの。

43 **長襦袢** 着物と肌着の間に着る和服用の下着の一種で、着物と同じ丈のもの。

44 **グロテスク** 怪奇なさま。［フランス語］grotesque

45 **とのこ** 焼いた黄土や砥石を粉末状にしたもの。しばしば、白粉と混ぜて化粧にも用いられた。

46 **半襟** 襦袢の上に重ねてかける装飾用の襟。

47 **紅絹裏** 「紅絹」（紅で染めた絹布）を着物の裏地にすること。またはその裏地。

48 **銀杏返し** 女性の髪形の一つ。髪を束ねて左右に分け、半円形に結ったもの。

49 **お高祖頭巾** 頭部や顔の一部を包む女性用の防寒頭巾。

に撫《な》でていく。口辺を蔽《おお》うている頭巾の布が、息のために熱く湿《うるお》って、歩くたびに長い縮緬の腰巻きの裾は、じゃれるように脚へ縺《もつ》れる。みぞおちから肋骨《あばら》の辺を堅く緊《し》め付けている[50]丸帯と、骨盤の上を括《くく》っている[51]扱帯《しごき》の加減で、私の体の血管には、自然と女のような血が流れ始め、男らしい気分や姿勢はだんだんとなくなっていくようであった。

友禅の袖の蔭《かげ》から、お白粉を塗った手をつき出して見ると、強い頑丈な線が闇の中に消えて、白くふっくらと柔らかに浮き出ている。私は自分で自分の手の美しさに惚《ほ》れぼれとした。このような美しい手を、実際に持っている女という者が、羨ましく感じられた。芝居の[52]弁天小僧のように、こういう姿をして、さまざまの罪を犯したならば、どんなに面白いであろう。……探偵小説や、犯罪小説の読者を始終喜ばせる「秘密」「疑惑」の気分に髣髴《ほうふつ》とした心持ちで、私は次第に人通りの多い、公園の六区の方へ歩みを運んだ。そうして、殺人とか、強盗とか、何か非常な残忍な悪事を働いた人間のように、自分を思い込むことが出来た。

十二階の前から、池の汀《みぎわ》について、[53]オペラ館の四つ角へ出ると、[54]イルミネーションと[55]アーク灯の光が厚化粧をした私の顔にきらきらと照って、着物の色合いや縞目《しまめ》をはっきりと読める。[56]常盤座《ときわざ》の前へ来た時、突き当たりの写真屋の玄関の大鏡へ、ぞろぞろ雑沓する群集の中に交じって、立派に女と化けおおせた私の姿が映っていた。

こってり塗り付けたお白粉の下に、「男」という秘密がことごとく隠されて、眼つきも口つきも女のように動き、女のように笑おうとする。甘い[57]へんのうの匂いと、囁《ささや》くような衣摺《きぬず》れの音を立てて、私の前後を擦れ違う幾人の女の群れも、皆私を同類と認めて訝《あや》しま

50 **丸帯** 女性の礼装用の帯の一種。幅の広い帯地を中央で二つ折りにし、芯を入れて縫い合わせたもの。

51 **扱帯** 女性が着物を身長に合わせてはしょり上げるために、一枚の布をしごいて用いる腰帯。しごき帯。

52 **弁天小僧** 歌舞伎「青砥稿《あおとぞうし》花紅彩画《はなのにしきえ》」に登場する弁天小僧菊之《きくの》助《すけ》のこと。女装して悪事を働く。

53 **オペラ館** 当時、浅草公園六区内にあった映画館。

54 **イルミネーション** 電飾。［英語］illumination

55 **アーク灯** 当時、主に街路灯として用いられた電灯。二本の炭素棒に電流を流し、放電させて発光する。

56 **常盤座** 浅草公園六区内に初めてできた劇場・映画館。

ない。そうしてその女たちの中には、私の優雅な顔の作りと、古風な衣裳《いしょう》の好みとを、羨ましそうに見ている者もある。

いつも見馴れている公園の夜の騒擾も、「秘密」を持っている私の眼には、すべてが新しかった。どこへ行っても、何を見ても、初めて接する物のように、珍しく奇妙であった。人間の瞳を欺き、電灯の光を欺いて、濃艶な脂粉とちりめんの衣裳の下に自分を潜ませながら、「秘密」の帷《とばり》を一枚隔てて眺めるために、恐らく平凡な現実が、夢のような不思議な色彩を施されるのであろう。

57へんのう 樟脳《しょうのう》を取り出した後の油を精製した油。防臭や殺虫などに用いられる。片脳油。

問5 ここでの「秘密」とはどのようなことか。

読解

1 「ある気紛れな考え」（七五・1）とは、具体的にはどのような考えか、説明しなさい。

2 「そういう別世界こそ、身を匿すには究竟」（七七・8）とあるが、「私」はどのような所に「身を匿」したかったのか、説明しなさい。

3 「あの着物を着て、女の姿で往来を歩いてみたい。」（八一・2）とあるが、それを実行に移すことで、「私」はどのような気分を味わったのか、説明しなさい。

さよならクリストファー・ロビン

高橋源一郎《たかはしげんいちろう》

物語や小説で生き生きと活躍する虚構の人物たち。しかし、かれらは少しずつ姿を消していき、世界をのみこむ虚無だけが広がっていった。虚無に対抗するためには自分たちでお話をつくらなければならない。文学とはこの孤独な闘いのことなのではないか。

高橋源一郎

一九五一年―。広島県生まれ。ポップ文学の旗手として多くの作品を発表する。本文は、『さよならクリストファー・ロビン』（新潮社）によった。

ずっとむかし、ぼくたちはみんな、誰かが書いたお話の中に住んでいて、ほんとうは存在しないのだ、といううわさが流れた。

でも、そんなうわさは、しょっちゅう流れるのだ。

子どもたちにイジめられている海亀を助けて、そのお礼にと、海の底にあるというお城へ招待されたことで有名になった、元漁師は、うわさ話を耳にすると、

「それがどうした。」といった。

「それが、仮にお話の中の出来事であろうと、わたしは、自分のしたことにプライドを抱いているし、同じようにまた、海辺で、棒で打擲《ちょうちゃく》されている海亀を見つけたら、また助けてやるつもりだ。」

そして、その老いさらばえた元漁師は、杖《つえ》をつき、毎朝、海亀を求めて、湿った砂浜を歩いた。だが、そのさびれた岸に流れ着くのは、奇妙な文字が印刷されたラベルの瓶や、夥《おびただ》しいプラスチックの屑《くず》ばかりだった。そこには、いまや、海亀どころか、生きものの影すら見えなかった。もちろん、海亀をつつき回す少年などひとりもいなかった。

その元漁師は、天に向かって、杖を振り、「煙が空に消え去ったとき、その煙と共に、若さも故郷も失ってしまったが、わたしは少しも後悔していない。どれも、なされねばならぬことばかりだったのだから。」と叫んだ。だが、元漁師に応えるも

のはどこにもいなかった。

それからも、なおしばらく、元漁師が、ぶつぶつとなにかを呟《つぶや》きながら、脂じみた一枚の布のような服のすそを風にはためかせて、砂浜をうろつき回る姿が見られた。そして、ある朝、海に向かう、乱れた長いふたつの足跡と杖跡を残して、元漁師の姿は忽然《こつぜん》と消えたのだった。

あるものは、その元漁師は幸運にもまた海亀と出会い懐かしい海の底へと戻っていったのだといった。また、あるものは、確かにその元漁師は、海亀を見たには違いないが、それは老いた脳裏に浮かんだ幻であって、その幻を追いかけて、海へ入っていったのだといった。けれど、別のものたちは、小声で、やはりあのうわさは真実で、元漁師は誰かのお話の中の登場人物であり、彼の出番がなくなったので消え去ったのだといった。そして、そんなうわさを口にしたものは、例外なく、では自分はどうなのだと思い返し、胸の奥に冷たいなにかを感じて、すぐに口をつぐんでしまうのだった。

それと同じころ、元漁師が消えた岸辺から少し離れた森の奥で、一匹のオオカミが、深い懊悩《おうのう》にかられていた。

それまで、オオカミにはなんの苦しみもなかった。留守番をしている子ヤギたちの家のドアをノックして、怪しまれると、チョークを飲んでおかしな声を出したり、子ブタたちがつくった藁《わら》や木の家を倒して回るのは、楽しかった。あらしの夜に避難した山小屋で出会ったヤギと、仲良くなって旅したことも楽しかった。なんの不安もなく、野原を駆け回り、疲れると、小さな木の洞《うろ》の中で丸くなって眠った。けれど、オオカミも、あのおそろしいうわさを、聞いてしまったのだった。

それをオオカミに伝えたのは、そのオオカミのことを嫌っていた別のオオカミだった。その、うわさを伝えたオオカミはメスだった。かつて、そのオオカミに好意を寄せ、冷たくあしらわれたことを深く恨んでいたのだ。だが、もしかしたら、そのメスオオカミは、愛と憎しみをはき違えていたのかもしれなかった。とにかく、そのメスオオカミは、オオカミの耳に、不吉なうわさを流しこむことに成功したのだ。

「そんなばかな。」とオオカミは思った。「ぼくが誰かの書いたお話に出てくるオオカミだなんて！」

オオカミは自分の体を抱きしめ、それから思いきり匂いを嗅いだ。

問1 「冷たいなにか」とはどのようなものか。

「ほらここにいるのはぼくで、ぼくを支配しているのもぼくなのだ。」

だが、ひとたび、オオカミのこころに巣くった疑いは消えることがなかった。オオカミは、なにを食べても味がないような気がした。なぜなら、自分はほんとうは存在しないのかもしれないからだった。

その日、オオカミは、小さな女の子をだました。そして、女の子より先に、女の子のおばあさんの家にたどり着いた。それは、どれも、一連の遊びのはずだった。けれども、オオカミのこころは少しも晴れなかった。オオカミは、慌てるおばあさんを、一呑《ひとの》みにしようとした。その瞬間、オオカミのこころに、沸き立つ黒い雲のようなものが浮かんだ。オオカミは、鋭い歯を、おばあさんの体に突き立てた。恐ろしい悲鳴が聞こえ、血の臭いが口の中に溢《あふ》れた。苦しみと痛みにのたうつおばあさんの肉体を、オオカミは慌てて、呑みこんだ。はらわたがのどにひっかかり、オオカミは激しくむせた。

この臭い、このおぞましい舌触りを、生涯、ぼくは忘れられないだろう、とオオカミは思った。だが、なんのために、そんなことをしたのか。自分が、まぎれもなく存在していると証明したいから？　ばかばかしい！

それから、さっきの女の子がやって来た。オオカミは、おばあさんのベッドに寝て、女の子と会話を交わした。ばかな女の子は、すぐにだまされた。そして、オオカミは、その女の子もすぐに呑みこんでしまった。一度目は恐ろしかった。けれども、二度目になると、なんの感慨もなかった。のどの奥で叫び声があがった気がした。のどの奥をかきむしろうとする華奢《きやしや》な指と爪の感触もあった。鼻の奥から、へどを吐きそうな悪臭がこみあげてきた。それが、あらゆる生きものの運命なのだ。

扉を開けた猟師は、凄惨な光景に、思わず息を呑んだ。一匹のオオカミが、澱《よど》んだ目つきで、猟師の方を向いた。オオカミの足もとには、肉と内臓の断片がちらかり、その上を、雲霞《うんか》のようにハエたちが飛び交っていた。

オオカミは口の周りにこびりついた血と脂を気にする様子も見せず、よろよろ立ち上がった。

「ぼくはなにものだ？　ぼくにはわからない。けれど、確かなことがある。いまや、ぼくは一つの怪物になりつつある。そして、ぼくは、そのことがおそろしい。なぜ、ぼくを放っておいてくれなかった？　ぼくは、ハチミツやニンジンを食べて、『ウエッ！　まずい！』といっているだけでよかった。なのに、それは、ぼくの本性ではないというのだ。それはにせものだというのだ。そんな筋書きを喜んでいてはならない、オオカミはもっと別のものを食べなければならないのだと。だから、ぼくは、食べた。その結果がこれさ！」

　オオカミは両手を広げ、猟師に近づいていった。

「さあ、撃つがいい。心臓はここだ。ぼくの腹を裂いても、女の子もおばあさんも生きて出てくることはない。消化されつつある肉の切れはしがあるばかりだ。なにをためらっている？　撃たなければ、おまえを食うだけの話だ。」

　だから、猟師はオオカミを撃った。口と鼻から血を噴き出して倒れたオオカミのむくろの上に猟師は屈《かが》みこみ、頭を抱えた。

「なんということだ！　なんということだ！　わたしの手も血で汚れてしまったではないか！」

　猟師には、そのことばを口にするだけで精一杯だった。


　ある時、ひとりの天文学者が、星の数が減っていることに気づいた。そもそも、それはきわめて膨大な数で、誰も正確な値など知らなかったし、すべてを数え上げようとする奇特なものもいなかった。その、桁外れの情熱を持った天文学者は、己の生涯を、星の数を数え上げることに費やしてきたのだ。

　星は生まれ、成長し、死んでゆくものだった。だから、時に、その数は増え、またある時に、その数は減ったりもした。だが、その天文学者が見つけた現象は、説明することが困難だった。星たちは、どこの時点からか、一定の割合で減り続けていた。どう計算しても、写真に捉えられた星の数を何度数えても、同じだった。

　その天文学者は、あらゆる観測機械をもう一度、点検し直し、それから、天体物理の基礎に戻って一から勉強してもみた。◆「月食が起こる理由」さえ、真剣に考え直したほどだった。そして、再び、なんの偏見もなく、世界でもっとも優れた観測装置を使い、これ以上はないほどの綿密さで、空の果てを見つめた。

　だが、結果は同じだった。

「宇宙が果てから消えてなくなりつつある！　宇宙は絶対的なものであったのに、いまや、無によって食い荒らされるか弱い存在にすぎないのだ。」

　その天文学者は、彼が見いだした、驚くべき真実を、世界中に告げ知らせようとした。だが、天文学者でさえ、彼の説を無視するのだった。

問2　「沸き立つ黒い雲のようなもの」とはどのようなものか。
問3　「『月食が起こる理由』さえ、真剣に考え直した」のはなぜか。

「そんなことはありえない。宇宙は、もともと無と存在が入り交じったものだ。なのに、宇宙が無によって食い荒らされるなんて、意味のない妄説だ。」

それでも、その天文学者は「観測すればわかる。調べればわかる。そこでなにが起こっているのかを。」といいつづけた。

やがて、別の天文学者のひとりが、その天文学者の耳もとで、こう囁《ささや》いた。

「あんたの説が仮に正しいとして、それでどうなる？　あんたやわたしらになにができる？　あんたは世界を未曽有の混乱にたたきこむだけだ。なに、心配することはない。宇宙が無によって食い破られる前に、あんたもわたしも、無に呑みこまれているさ。」

激しく落胆したその学者は、観測機械をすべて壊すと、研究所から姿を消した。それから、しばらくして、その天文学者が、墓場に出没して「人魂《ひとだま》」の研究に没頭しているといううわさが流れた。[1]乞食《こじき》にしか見えないその男は、「ここにあるのは無から有を産みだす秘密だ。そうでなければ、勘定が合わん。」と叫びながら、虫取りの網で「人魂」を捕まえようと虚《むな》しい努力をしているらしかった。

弟子たちは、手分けをして、各地の墓場を捜し回った。けれども、墓場の数は多すぎて、師に巡り合うことはできなかった。

それと同じころ、「物質」の究極の原理を追い求めていた、ある年老いた物理学者が、不可解な発見をした。「物質」を形作っている、もっとも小さく、それ故、もっとも根源的な「もの」でもある、一群の粒子の中のひとつが、いつの間にか消失していたのである。その物理学者は、さまざまな手法で計算を続けた。というのも、もっとも小さな粒子群は、その小ささ故に、どのような手段によっても、「見る」ことも観測することもできず、計算や思惟《しい》によってようやくその存在を証明できていたからだった。

考えられる限りすべてのやり方を尽くし、その物理学者は、同じ結論を得た。やはり、粒子が一つ、姿を消しているとしか考えられなかった。

その物理学者は、彼が信頼している唯一の友でもある、ある生物学者に、そのことを話した。

「消えた？」

「そうだ。あったはずのものがないのだ。」

「そうだとして、なぜ、みんな騒がないのだ？」

「誰も、そのことを感じることはできないからだ。」

「あらゆる物質の根源をなすというその粒子が一つ欠けるとどうなる？」

「そう……おそらく、あらゆる物質は、ほんの少しだけ……その粒子の分だけ縮まるだろう。」

「あらゆる物質が、同じ割合で?」

「そうだ。それだけではない。空間も、やはり、同じ割合で縮まるはずだ。」

「なぜ?」

「なぜなら、空間というものは実は空虚ではなく、物質を構成するすべての根源的な粒子と、正反対の性質を持つと想像される反粒子でできていて、その反粒子の一つも、同じように欠けてしまっているはずだからだ。」

「あらゆる物質もあらゆる空間も同じ割合で縮むのだとしたら、それはどうやって観測できるのだい?」

「観測することは不可能だよ。」

「それにもかかわらず、きみは、粒子が一つなくなったと断言するんだね。」

「そうだ。その証拠は、ここにある。」

そういって、物理学者は、千切られた一枚のメモ用紙を見せた。そこには、なぐり書きのような数式が三つほど書かれていた。

「それは、数と記号だね。」

「その通り。」

「そこには、ひとつのものが、というか、もっとも根源的な物質が、突然消えてしまったことが表現されているんだね。」

「そうだよ。」

「もし……その、もっとも根源的な物質、あるいは、粒子が、さらに、二つか三つ、消えたとしたら、どうなる?」

「同じだよ。やはり、あらゆる物質、そして、空間が、やはりまったく同じ割合で縮むだろうよ。」

「そして、それを感じることは誰にもできないんだね?」

「そうだ。」

「だとしたら……。」

生物学者は、少しの間、いい澱んでから、こういった。

「そのことに、どんな意味があるんだい? というか、我々に、なにか関係があるのかい?」

物理学者は眩《まぶ》しそうに目を細め、「意味……関係……なるほど。そんなことは考えたことなどなかったよ。」と弱々しく呟くと、崩れ落ちるように、椅子に腰かけた。

1 **乞食** 特定の住居を持たず、食べ物や金銭をもらい、生活する人。
問4 「そのこと」とは何をさすか。

すると、生物学者は、静かに、囁くように、力なく椅子にもたれかかっている物理学者にいった。

「毎日のように、生物種が減ってゆくんだ。」

「それぐらいなら、ぼくだって知っている。」

「そのことじゃない。」

「そのこと、とはなんだい？」

「きみがいうのは、環境の悪化によってどんどん個体数を減らし、やがて、種[2]の存続可能限界を超えてしまい、滅びるしかない生物種のことだ。」

「他になにがあるんだ。」

「まったくなんの理由もなく、突然、すべての個体が消えてしまう生物種がある。」

「理由は……あるんじゃないか。ただ、まだ誰も気づいていないだけで。」

「ぼくもそう思った。そして、あらゆる可能性を考えてもみた。」

「それで？」

「どのような理由をもってしても、それらの生物種の消失を説明できないんだ。」

それから、しばらくの間、ふたりの学者は、なにもしゃべらず、それぞれものおもいにふけっていた。


「ねえ、きみ。」物理学者は、さびしげな声でこういった。「我々は、なすべきであると信じたことをしてきた。そうだね？」

「ああ。そうとも。」

「我々だけではなく、我々の先達たちも、おそらくそうだった。」

「そうだろうね。」

「そのことによって、結局、我々が知ることになるのが、我々の限界だけだとしても。我々以外の誰も、そのことを理解してくれないとしても。違うかね？」


だが、彼らは、まだ知らなかった。あらゆるところで、そのような、孤独な発見がされていたことを。

世界中の音楽を収集していたある有名な音楽愛好家は、もう何年もの間、新しいメロディーが生まれていないことを見つけた。ある脳科学者は、我々の意識を不断に産みだしている源、ノイズ[3]、脳内の微弱な電流に、変調が始まっていることに、偶然、気づいた。一日、数十のいのちが誕生する、その国でもっとも大きな病院の産科病棟の婦長[4]は、ひとこともことばを発することのない赤ん坊がいることに気づいた。彼らは、生まれた瞬間に発するはずの最初のことばを、のどの奥から溢れてくる、いのちの叫びを持たなかった。どこにも異常はないのに、ただことばだけは発しない、その赤ん坊たちは、他の赤ん坊よりもずっと楽しそうに無言で笑っていた。

そうやって、静かに、けれど、確実に、時は進んでいった。不吉な「予感」にかられた人びとがいたはずだった。けれど、彼らになにができたであろう。彼らは、ただ、手をこまねいて、その瞬間を待つしかなかったのだ。

そして、「あのこと」が起こったのである。

それは、一瞬のうちに起こったのだ、といわれている。中には、大きな音がした、というものも、怪しい光のようなものが見えた、というものもいた。だが、それは、どれも、後になって作りだされたお話のような気がするのだ。

マッチを擦る、「シュッ」という音がしたというものもいた。もう何年も、マッチなどというものを見たことはなかったのに。

古い木製のドアを閉める、「ギィ」という音が聞こえたというものもいた。その最新のビルには、もちろん、木製のドアなどなかった。半世紀も前に、そのビルを建てるために壊された洋館のドアの一つが、長い時間を経て、音を届けたのでなければ。

子どもが間違えて、ミルクを呑むコップを落としたような音がしたというものもいた。小さく、「ごめんなさい。」と囁く子どもの声も一緒に聞こえたとそのものはいった。だが、その家に、子どもの気配は、何世紀も絶えていたのだ。

庭で、誰かが小さな花火をしている気配がした、おかしいな、いまは冬だし、ましてやあの庭に誰かが入りこむとも思えない、そこで、庭に降りてみると、つい少し前まで、誰かがいた気配が残っていた、というものもいた。もちろん、庭には、誰かがいたという証拠など、かけらもなかったのだが。

子猫が――ごみ捨て場に、袋に入れられて捨てられていた、その子猫は生まれつき目が見えなかったのだ――不意に、空中の一点を見すえ――それは、よくあることだ――「フゥッ」と唸《うな》り声をあげたかと思うと、今度は、いつまでも「ゴロゴロ」とのどを鳴らす甘い声をたてていた、というものもいた。

それから、何年も、病院のベッドでこんこんと眠り続けていた少女が、いきなり目を覚まし、慌てて、医師や看護師や家族

2 種の存続可能限界　外的な要因により個体数が変動しても、個体群（種）が絶滅することなく存続できる最小の個体の限界数。最小存続可能個体数。　**3 ノイズ**　音。雑音。ここは、弱い音のこと。［英語］noise　**4 婦長**　女性の看護師長のこと。

問5　「そのこと」とは何をさすか。

たちが、その周りに集まると、少女は不思議そうにみんなを見回し――しかし、その瞳にはなにも映ってはいないようだった――それから、嬉《うれ》しそうに「お帰りなさい！」と叫んで、そのまま息絶えたのだが、その少女が一瞬でも目覚めたのは、「あのこと」のせいだ、というものもいた。

もしかしたら、そのどれかは、「あのこと」が起こった瞬間の出来事なのかもしれない。だが、おそらく、これらの大半は、不可解なものごとを理解しようと努めるものたちが、不可解な現実と折り合うために考え出した、お話にすぎなかったのだ。

ある時、ひとりの少女が、草原で、昼寝から目を覚ました。少女は、小さくあくびをかみ殺し、それから、両手を伸ばした。さっきまで、お伽話《とぎばなし》を読んでくれていた乳母の姿は、どこにも見えない。

うさぎが歩いている、のが見えた。しかも、服を着て！　そんなことがあるかしら、わたし、夢を見ているのかな。少女は、大胆にも、うさぎのあとを追いかけた。そして、大きな、深く、長く、暗い、穴の中を落ちていった……。

……それから、少女は、すっかり道に迷ってしまったのだ。いや、そうではない。来るべきではないところへ着いてしまったのだ。少女は、誰にも会わなかった。誰かに会えるような気がしていたのに。広いテーブルでは、お茶会の準備が整っていた。ポットのお湯は熱く煮えたぎっていて、どの皿にもお菓子が載っていた。少女は待ちつづけた。遊んでくれる誰かが現れるのを。やがて、待ちくたびれた少女は、お茶会のテーブルを離れた。

だが、どこへ行っても同じだった。海の近くの小屋には、魚臭い匂いが充満し、牡蠣《かき》の貝殻が落ちていた。だが、誰もいなかった。次の場所では、タバコの水パイプが置き去りにされていて、ついさっきまで、誰かが吸っていたようだった。なぜなら、匂いだけは残っていたからだ。もちろん、ここでも、誰も姿を見せなかった。少女は不安になった。もしかしたら、ここには、誰もいないのかしら？　だが、少女の不安の原因は、誰もいないことではなかった。なにかが間違っている、という不安だった。ありうべからざることが起こっている、という不安だった。どうしたらいいのかわからない、という不安だった。

最後にたどり着いたのは、壮大な、けれど、空っぽの宮殿だった。少女は、地面にトランプのカードが落ちているのに気づいた。カードは一枚ずつ、宮殿の奥へと向かって、続いていた。少女は、カードを拾いながら、そのカードに導かれるように、奥へ奥へと歩いていった。気がつくと、少女は、宮殿の地下深くにある、扉の前に佇《たたず》んでいた。あとは、開ければいいだけだ、と少女は思った。どのような結果になろうと、そうするしかないような気がした。ほんとうは、もっと違ったことが起こるはずだったような気がした。誰かに会い、胸を弾ませるような事件に遭遇する――そんなことを期待していたのだ。だが、ここには、もう誰もおらず、目の前には、一枚の扉があるだけだった。戻るべきなのだろうか。わたしが落ちて来た穴のところにまで。だが、穴のところまでたどり着けたとして、わたしには、その穴を登ることができないに違いない。その扉の隙間から、冷たい風が吹いて来るのがわかった。だが、他に手段はなかった。少女は、扉のノブに手をかけた。そして、すべての勇気をふりしぼり、ノブを押し回した……。

*

ぼくは、窓の「外」を眺めている。「外」は暗くて、なにも見えない。もちろん、それは、夜だからではない。もう、「夜」はないのだ。「昼」もないし、ほんとうは、「外」だってないのだけれど。

では、窓の「外」に見える「あれ」はなんだろう。あの、暗くて、静かで、でも、ぼくたちをじっと窺《うかが》っている、あの怪物のようなものは。

「あれは『虚無』というものさ。」と、ぼくに教えてくれたのは、そして、「世界は『虚無』にどんどん浸食されている。どうしようもない。」ともいってくれたのは、誰だったろう。

それが誰だったにせよ、その誰かも、もういないのだ。

ねえ、[6]クリストファー・ロビン。

それでも、ぼくたちは、頑張ったよね。

世界が、どんどん「虚無」に侵されてゆく、とわかってからも、ぼくたちは、絶望なんかしなかった。なぜって、それと戦う方法を見つけたやつがいたからだ。そいつは、うわさを逆に利用することにしたんだ。

「おれたちが、誰かさんが書いたお話の中の住人にすぎないのだとしたら、おれたちのお話を、おれたち自身で作ればいいだけの話さ。」とそいつはいった。そして、ひとつお話を書いて、寝ることにした。そしたら、次の日には、そのお話通りのこと

5 水パイプ　水筒の中の水を通して煙を吸うようにした喫煙用具。

6 クリストファー・ロビン　イギリスの童話作家ミルンの作品『くまのプーさん』に登場する男の子。

問6「ここ」とはどこか。

問7「うわさ」とはどのようなうわさか。

が起こったんだ！

ワオッ！

あの頃、ぼくたちは、希望に満ちていた。「外」には、「虚無」が押し寄せて来ているというのに、元気一杯だった。

みんな、夜になると、さっさと自分の家に戻った。そして、とっておきのお話を一つ作った。翌朝は、たいへんだった。みんなが作ったお話が、道に、森に、湖に、山に、洞穴に、溢れた。困ったのは、みんなが勝手に、お話を作るものだから、つじつまが合わなかったことだ。森の道が、途中から何層にも積み重なったり、何十本も枝分かれしたりして、しょっちゅう道に迷うので、前の晩には「地図上の統一について話し合う会議」が開かれたりしたぐらいだった。

お話を作るのは楽しかった。自分で作ったお話の中で暮らすことも楽しかった。

けれど、いつの頃からだったろうか、お話を作ることに飽きてしまったのは。お話を作ることに疲れてしまったのは。

ある晩のことだった。子ブタのピグレット[7]が、浮かない顔でいった。

「プー[8]、ぼくは、もうダメだ。」

「どうして？」

「もう、なにも考えられないよ。今日は、なにも書かずに眠りたい。」

「ダメだよ、ピグレット。なにも書かなかったら、きみの明日は来ないんだから。」

「そんなの、わからないじゃないか。」

「わかるさ！　夜、なにも書かずに、眠ってしまったら、どうなるかぐらい。」

「うるさいな。ぼくのことは、放っておいて。」

そして、ピグレットは家に戻り、二度と、姿を現さなかった。

クリストファー・ロビン、覚えているかい？　いや、きみは、もうなにも覚えていないんだよね。ピグレットが消えてから、しばらくして、きみが、暖炉の前でお話をした後、ロバのイーヨー[9]が、ぼくの耳もとで囁いたんだ。

「プー、いままで、ありがとう。」

「なにをいいだすんだ、イーヨー。」

「ぼくはバカで、ノロマで、陰気だろ？　それに、ぜんぜん、勤勉でもない。もう、いくら書いても楽しくないんだ。だから、もう、なにも書かないことに決めたんだ。」

「イーヨー！　行っちゃ、ダメだ！」

「行く？　どこへ？　みんながいう『虚無』とやらに？　ねえ、プー、ぼくはね、いまはもう、『虚無』に憧れているのかもしれない。『虚無』に抱かれて、眠ってしまいたいのかもしれないんだ。」

そして、イーヨーは行ってしまったのだ。
[10]ティガーは少し違っていた。ティガーは、ぼくに置き手紙を残していた。

「プー、長い間、ありがとう。おれは、家には帰らないと決めた。帰って、机に向かい、また、自分の明日のお話を書くなんて、そんなの、おれじゃない！　おれには、まだ、少しだけ、森が残っている。[11]一〇〇エーカーの森も、ほとんどなくなってしまったが、おれは、そこだけは、書いておいたんだ。おれは、おれの書き残した森のいちばん奥にゆく。おれがいたいのは、そこだけだ。すまない、プー。先に行くよ。そう、一つ、謝っておかなきゃならないことがある。おれ、気にしていたんだぜ。はちみつが嫌いなことを。」


　最後に残ったのは、クリストファー・ロビン、きみとぼくだけだった。だから、ぼくときみは、力を合わせて、ふたりだけのお話を作り続けた。大好きだったものはほとんど消えてしまったけれど、ぼくたちは、手を携えて、この小屋に立てこもり、ドアのすぐ外にまで押し寄せて来た「虚無」と戦ったんだ。けれど、クリストファー・ロビン、きみも、ついに敗れ去る日が来た。

　楽しいお話をして、それぞれの部屋のベッドに戻ろうとした時だった。クリストファー・ロビン、きみはぼくにいったね。

「ねえ、プー。」

「なんだい、クリストファー・ロビン。」

「ぼくは、きみのことが大好きだ。」

「ぼくもだよ、クリストファー・ロビン。」

「プー。ぼく、もう、疲れちゃった。」

「そうだね。きみは、ずいぶん頑張ったから。」

「だから、プー。ぼくは、今日、なにも書かずに眠ろうと思うんだ。それは、いけないことだろうか。」

「クリストファー・ロビン、きみが、そうしたいなら、そうすればいい。ぼくたちは、そんな風に生きてきたじゃないか。」

7 ピグレット　『くまのプーさん』に登場する子ブタのぬいぐるみ。　**8 プー**　『くまのプーさん』に登場するクマのぬいぐるみ。　**9 イーヨー**　『くまのプーさん』に登場するロバのぬいぐるみ。　**10 ティガー**　『くまのプーさん』に登場するトラのぬいぐるみ。　**11 一〇〇エーカーの森**　『くまのプーさん』に登場するぬいぐるみたちが暮らす森。「エーカー」は土地面積の単位で、一エーカーは約四〇四七平方メートル。［英語］acre

「ありがとう。そして、ごめんね。ずっと一緒にいられなくて。」

「いいんだ。いままで、ずっと一緒だったから。」

「さよなら、プー。」

「さよなら、クリストファー・ロビン。」


そして、きみは、部屋に戻った。それから、ぼくがとった行動を、きみは許してくれるだろうか。ぼくは、自分の部屋の、自分の机に向かい、次の日のことを書いた。そこには、きみがもう書くのを止めた、きみのことを書いたんだ。

ぼくにも、なにが起こるか、予想することはできなかった。だって、書くことができるのは、自分のことだけのはずだったから。

クリストファー・ロビン、次の日、きみが再び、現れた時、ぼくは、こころの底から嬉しかった。でも、不思議なことに、きみはすっかり変わっていた。なにもかも記憶を失い、ことばもしゃべらない、ひとりの、とてもかわいい女の子になっていたんだ。

*

ああ、ぼくは、少し眠っていたのかもしれない。最近、ぼくは、眠ってばかりいるような気がする。

クリストファー・ロビン、ぼくは、すっかり、老いさらばえてしまった。毛はほとんど抜けたし、手も脚も腰も痛い。きみのことを書くのが精一杯で、自分のことなど、忘れていたからなのかもしれない。

でも、もう、いいんだ。

ねえ、クリストファー・ロビン。もういってもいいよね、「疲れた」って。ぼく、ほんとうに疲れたんだ。

世界がこんな風になったのは、向こうの世界で（どんな世界か知らないけれど）、とんでもないことが起こったからだ、というやつがいた。だから、ぼくたちは、自分で自分のことを書かなきゃならなくなったのだと。そうなのかもしれない。でも、そんなことは、もうどうでもいいのだけれど。

クリストファー・ロビン、「外」を眺めているのかい。ただ、「虚無」しか見えないのに。でも、もしかしたら、きみには、もっと別のなにかが見えているのだろうか。

ぼくは、今晩、最後のお話を書くよ。そして、すべてを終わらせるんだ。それが正しいことなのか、ぼくにはわからない。でも、ただのクマとしては、頑張ったと誉《ほ》めてほしいな。

ぼくが、最後に書くお話は、ぼくたちがいつも行った一〇〇エーカーの森のお話だ。一度、なくなったものは、戻っては来ないというから、もしかしたら、ぼくたちは、あの森には行けないかもしれない。だったら、ごめんね、クリストファー・ロビン。

でも、ぼくは、できるだけやってみるよ。

そして、もう一度、ぼくたちが、あの一〇〇エーカーの森に行けたら、あの、森のはずれの大きな木の下に行けたら、あの、ほんとうに美しい夕暮れを見ることができたら、ほんとうに嬉しいのにね。

もう、この世界には、ぼくたちしか存在していないのかもしれない。それは、とても寂しいことだね、クリストファー・ロビン。でも、それが運命だとするなら、ぼくたちは、受け入れるしかないのだ。

さあ、もう時間だ。ぼくは、部屋に戻るよ。きみも、自分の部屋へ行くんだ。もしかしたら、もうぼくたちは会えないのかもしれない。それでも、ぼくは、ぼくときみの最後のお話だけは書くつもりだ。

さよならクリストファー・ロビン。でも、ぼくは、もう一度、きみと会いたいな。あの木の下で。

読解

1 「いまや、ぼくは一つの怪物になりつつある。」（八六・下15）とあるが、「オオカミ」が自らを「怪物」と呼ぶのはなぜか、説明しなさい。

2 「世界が、どんどん『虚無』に侵されてゆく」（九三・下10）とあるが、「世界」が『虚無』に侵されるとはどのようなことか、説明しなさい。

3 「でも、それが運命だとするなら、ぼくたちは、受け入れるしかないのだ。」（九七・下2）とあるが、ここからプーのどのような思いが読み取れるか、説明しなさい。

弓浦市

「私」が記憶にないにもかかわらず、かつて弓浦の町で「私」に求婚されたという女性があらわれた。「私」が忘れたのか、女性がウソをついているのか、あるいは……。あいまいで不確かな記憶と、心のうちにひそむ狂気がすれちがう。

川端康成《かわばたやすなり》

九州の弓浦市で三十年ほど前に、お会いしたという婦人が訪ねて来たと、娘の多枝に取り次がれて、香住庄介はとにかくその人を座敷へ通すことにした。

小説家の香住には、前触れのない不時の客が毎日のようである。その時も三人の客が座敷にいた。三人は別々に来たのだが共に話していた。十二月初めにしては暖かい午後二時ごろである。

四人目の婦人客は廊下に膝を突いて障子をあけたまま、先客に遠慮するらしいので、

「どうぞ。」と、香住は言った。

「ほんとうに、ほんとうに……。」と、婦人は声がふるえそうに、「お久しぶりでございます。ただ今は村野になっておりますが、お目にかかったころの旧姓は田井でございました。お覚えがございませんでしょうか。」

香住は婦人の顔を見た。五十を少し出ていて、年より若く見えると感じられ、色白の頬に薄い赤みがさしていた。目が大きいままこの年まで残ったのは、中年太りをしていない

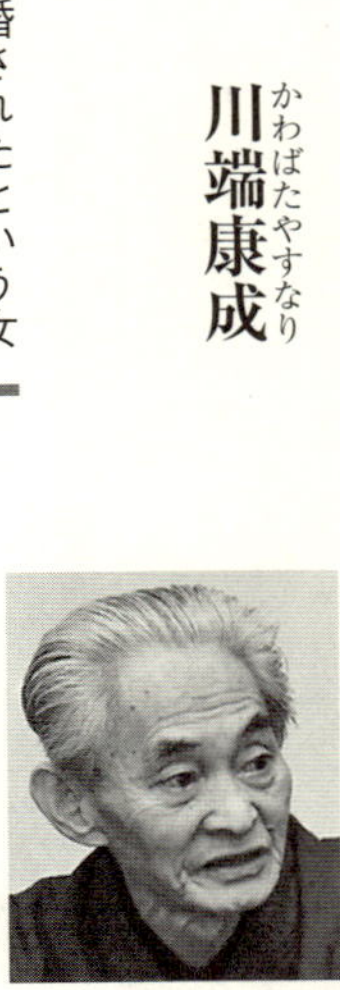

川端康成

一八九九―一九七二年。大阪府生まれ。新感覚派から出発し、日本の伝統美を夢幻的・官能的に描き出した。一九六八年、ノーベル文学賞を受賞。本文は、「川端康成全集」第十一巻（新潮社）によった。

せいかもしれなかった。

「やっぱり、あの香住さんにまちがいございませんわ。」と、婦人が目をよろこびに光らせて香住を見つめるのは、香住が婦人を思い出そうとしながら見るのとは、気込みがちがっていた。「お変わりになっていらっしゃいませんわ。お耳からあごの形、そう、その眉のあたりも、そっくりそのまま……。」などと、人相書き[1]のように一々指摘されるのに、香住は面映ゆくもあり、自分の側の記憶がない心おくれもあった。

婦人は縫い紋の黒い羽織に、着物も帯も地味で、みな着くたびれしていた。しかし、そう世帯やつれ[2]は見えない。小柄で顔も小さい。短い指に指輪はない。

「三十年ほど前に、弓浦の町へおいでになったことがございますでしょう。その時、私の部屋へもお寄りいただきましたの、もうお忘れになりましたでしょうか。港のお祭りの日の夕方……。」

「はあ……?」

美しかったにちがいない、娘の部屋へまで行ったと言われて、香住はなおも思い出そうとつとめた。三十年前とすれば、香住は二十四、五歳、結婚前である。

「貴田弘先生や秋山久郎先生とごいっしょでございました。九州旅行で長崎へお越しになっていたのを、ちょうど弓浦に小さい新聞が出来ました祝賀会に、お招きした時でございました。」

貴田弘と秋山久郎はすでに二人とも故人だが、香住より十歳ほど年長の小説家で、香住が二十二、三のころから親しく引き立ててもらった人たちである。三十年前には二人とも

問1 「目をよろこびに光らせて香住を見つめ」たのはなぜか。

1 人相書き 犯罪者や行方不明者を捜索するために書かれる似顔絵。またはその掲示物・配布物。

2 世帯やつれ 家庭内のことで疲れ果て、身なりなどにかまっていられない様子。

第一線の作家だった。そのころ、二人が長崎に遊んだことは事実で、その旅行記や逸話は香住の記憶にも残っている。また、今日の読者にも知られているだろう。

香住はそのころ世に出かかりの自分が、二人の先輩の長崎旅行に連れて行ってもらったのかと、腑《ふ》に落ちないながら記憶をさぐっていると、[3]親炙《しんしゃ》した貴田と秋山との面影が強く浮かびつづき、恩顧の数々が思い出されてくるにつれて、回想のやわらかい心理に誘いこまれていった。表情も変わったらしく、

「思い出していただけたのでございますね。」と、婦人の声も変わった。

「私、髪を短く切ったばかりの時で、耳からうしろが寒いように恥ずかしいって、申し上げましたでしょう。ちょうど秋の終わりでございましたし……。町に新聞が出来て、私も記者になりますのに、思い切って短くいたしましたのですから、首筋に香住さんのお目が来ると、刺されるように避けたのは、よく覚えておりますの。私の部屋へお伴して帰ると、すぐリボンの箱をあけて御覧いただきましたでしょう。二、三日前までは、長い髪にリボンを結んでいた証拠をお見せしたかったのでしょうと思います。たくさんあるって驚いていらっしゃいましたけれど、私は小さい時からリボンが好きだったものでございますから。」

先客の三人は黙っていた。用の話はすみ、相客がいるので腰を落ちつけて、雑談をつづけていたところだから、後から来た客に主人の話相手を譲るのは順当だが、婦人客の気配にはあたりの人たちを押し黙らせるものがあった。そして、三人の先客は婦人の顔も香住の顔も見ないで、直接は話を聞かないふうにしていたが聞こえていた。

3 親炙　ある人に親しく接し、その影響を受けること。

問2　「回想のやわらかい心理」とはどのようなものか。

問3　「婦人客の気配」とはどのような「気配」か。

「新聞社の祝賀式が終わって、町の坂道をまっすぐ海の方へおりて参りましたでしょう。今にも燃え上がりそうな夕焼けでございましたわ。屋根の瓦まであかね色[4]のようだ、あなたの首筋まであかね色のようだって、香住さんがおっしゃったの忘れませんわ。弓浦は夕焼けの名所になっておりますって、私、お答えいたしましたけれど、ほんとうに弓浦の夕焼けは今でも忘れられませんわ。その夕焼けの美しい日にお会いしたのでございました。山つづきの海岸線に刻んで作ったような、弓形の小さい港ですから、弓浦という名になったらしいのですけれど、その窪《くぼ》みに夕焼けの色もたまるんでございますね。あの日も、鱗《うろこ》雲《ぐも》[5]の夕焼けの空が、よその土地で見るより低くて、水平線が不思議に近くて、黒い渡り鳥の群れが雲の向こうへ行けそうになく見えましたでしょう。空の色が海に映っているというよりも、空のあかね色をこの小さい港の海にだけたらしこんだようでございました。旗をかざった祭船[6]が太鼓や笛を鳴らして、お稚児さん[7]も乗っておりましたが、その子の赤い着物のそばでマッチでもすったら、ぼっといちどきに、海も空も炎になりそうだっておっしゃいましたわ。御記憶ございませんか?」

「はあ……。」

「私も今の主人と結婚いたしましてから、なさけないほどもの覚えが悪くなったようでございます。これは忘れないでおこうというほど、しあわせなことがないのでございますね。香住さんのようにおしあわせの上においそがしくていらしても、昔のつまらないことは思い出すおひまもございませんでしょうし、覚えてらっしゃる必要もございませんでしょうけれど……。私の一生を通して、弓浦はいい町でございましたわ。」

4 **あかね色**　黄色味がかったくすんだ赤色。

5 **鱗雲**　魚のうろこのように広がった白色の巻積雲や高積雲。

6 **祭船**　神体やみこしを祭り、美しく飾った船。

7 **お稚児さん**　祭礼などで美しく着飾った子ども。

「弓浦に長くいらしたんですか。」と、香住はたずねてみた。

「いいえ、香住さんと弓浦でお会いしてから後、ほんの半年ばかりして、沼津[8]へお嫁に参りました。子供も、上は大学を出てお勤めに出ておりますし、下の娘は結婚の相手がほしい年ごろでございます。私の生まれは静岡でございますが、継母《ままはは》と合わないものですから、弓浦の縁者にあずけられまして間もなく、反抗心から新聞につとめてみたのでございました。親に知れますと呼びもどされて、お嫁にやられてしまいましたから、弓浦におりましたのはわずか七ヶ月ぐらいでございましたけれど。」

「御主人は……?」

「沼津の神官でございます。」

香住には意外な職業と聞こえて、婦人客の顔を見た。今ではもうそういう言葉もすたれ、かえって髪形をそこなうものかもしれないが、婦人客はきれいな富士額[9]だった。それが香住の目をとらえた。

「前は神官としてかなりに暮らせたのでございます。戦争からこのかた、それが日に日につまって参りまして、息子も娘も私には味方してくれるのでございますけれど、父親にはなにかにつけて反抗いたしますんです。」

香住は婦人客の家庭の不和を感じた。

「沼津の神社は弓浦のあのお祭りの神社とはくらべものにならないほど大きくて、大きいのが始末の悪いようなものでございますね。裏の杉の木を十本ほど、主人が勝手に売ったことで、ただ今、問題を起こしております。私は東京へ逃げて参りましたの。」

8 **沼津** 静岡県東部にある市。

9 **富士額** 額の髪の生え際が富士山の形に似ていること。

「…………。」

「思い出というのはありがたいものでございますね。人間はどんな境遇になりましても、昔のことを覚えていられるなんて、きっと神さまのお恵みでございますわ。弓浦の町の坂をおりる道に、お祭りのあの社、子供が多いので、香住さんは寄らないで行こうとおっしゃいましたけれど、[10]御手洗《みたらし》のそばの小さい椿《つばき》に、花びらの薄い八重の花が二つ三ついていたのが見えましたでしょう。私、今でも、あの椿はどんなに心のやさしい人が植えてくれたのかと、思い出すことがございます。」

婦人客の弓浦の追憶の一場面には、香住も登場人物なのが明らかである。香住もその椿や弓形の港の夕焼けは、婦人客の話に誘われて頭に浮かんでくるようではある。しかし、回想という世界で、香住は婦人客と同じ国◆にはいってゆけぬもどかしさがあった。その国の生者と死者とのような隔絶である。香住はその年齢にしては人並はずれて記憶力が[11]衰耄《すいもう》している。顔なじみの人と長いこと話していながら、その人の姓名を思い出せぬことは始終である。そういう時の不安には恐怖が加わってくる。今も婦人客にたいして、自分の記憶を呼び起こそうとするのに、空をつかむ頭が痛み出しそうだった。

「あの椿を植えた人を思い出しますにつけても、私は弓浦の部屋をもっとよくしておけばよかったと考えますの。香住さんはあの時一度お越し下さったきりでございますし、それから三十年もお会いしないで過ぎるようなことになるのでございますもの。あの時も少しは娘らしく部屋を飾っていたのではございますけれど……。」

香住はその部屋がまったく思い浮かんでこないので、額に立皺《たてじわ》でも出て、表情がやや険

10 御手洗　神社の入口で、参拝のために手や口を洗い清める水場。

問4　「国」とはどのようなことを表現しているか。

11 衰耄　老い衰えること。

しくなったのか、

「ぶしつけに突然うかがいまして……。」と、婦人客は帰りのあいさつをした。「長いあいだ、お目にかかりたいと思って、おりましたので、こんなうれしいことはございません。あのう、また、いろいろお話しに、またうかがわせていただいてよろしゅうございましょうか。」

「はあ。」

先客をいくらかはばかって、婦人客はなにか言いそびれたような口調だった。そして、香住が見送りに廊下へ出て、うしろの障子をしめると、婦人客が急に体つきをゆるめるのに、香住は自分の目を疑った。いつか抱かれたことのある男に見せる体つきなのだ。

「さきほどのはお嬢さまですか。」

「そうです。」

「奥さまにはお目にかかれませんでしたわ。」

香住は答えないで、玄関へ先に立って行った。玄関で婦人客が草履をはく後ろ姿に、

「弓浦という町で、僕はあなたのお部屋まで行ったんでしょうか。」

「はい。」と、婦人客は肩から先に振り向いて、「結婚しないかとおっしゃって下さいましたわ。私の部屋で。」

「ええっ?」

「その時はもう私、今の主人と婚約しておりましたから、そう申し上げて、おことわりいたしましたけれど……。」

香住は胸を突かれた。いかにもの覚えが悪くても、結婚の申しこみをしたことをまるで忘れ、その相手の娘をよく思い出せない自分に、おどろきよりも不気味だったのだ。香住は若い時からむやみに結婚を申しこむような男ではなかった。

「おことわりした事情を、香住さんはおわかり下さいました。」と、婦人客は言いながら、大きい目に涙ぐんだ。そして、短い指をふるわせて、手提げから写真を出した。

「これが、息子と娘でございます。今の娘のことで、私よりもずっと背は高いんでございますけれど、若い時の私によく似ております。」

写真で小さいが、娘は目が生き生きと、顔形も美しかった。香住は三十年ほど前にこのような娘と旅先で会って、結婚したいと言ったことがあるのだろうかと、その写真の娘に見入った。

「いつか娘をつれて参りますから、あの時分の私を見ていただけますでしょうか。」と、婦人客は声にも涙がまじるようで、「息子にも娘にも、香住さんのことは始終話してございますから、よく存じ上げてなつかしいお方のように言っております。私、二度ともつわりがひどくて、少し頭がおかしくなったりいたしましたけれど、その時よりも、つわりがおさまって、おなかの子が動きはじめのころに、この子は香住さんの子じゃないかしらと、ふしぎに思うのでございますよ。台所で刃物を研いでおりましたりして……。そのことも二人の子供に話してございます。」

「そんな……、それはいけない。」

香住は後の言葉が出なかった。

問5 「胸を突かれた」のはなぜか。

問6 「それ」とはどのようなことか。

とにかく、この婦人客は香住のせいで、異常な不幸に落ちているらしかった。その家族までもが……。あるいは、異常な不幸の生涯を、香住の追憶によって慰めているのかもしれなかった。家族までもいくらか道づれにしながら……。

しかし、弓浦という町で香住に邂逅《かいこう》した過去は、婦人客に強く生きているらしいが、罪を犯したような香住には、その過去が消え失せてなくなっていた。

「写真をおいて参りましょうか。」と、言うのに、香住は首を振って、「いや。」

小柄な婦人の後ろ姿は小股に門の外へ消えた。

香住は日本の詳しい地図と全国市町村名を本棚から抱えて、座敷へもどった。三人の客にもさがしてもらったが、弓浦という地名の市は、九州のどこにも見あたらなかった。

「おかしいですよ。」と香住は顔を上げると、目をつぶって考えた。

「僕は戦争前には、九州へ行ったおぼえがないようですがね。確かにないな。そうだ、沖縄戦の最中に、海軍の報道班員として、鹿屋《かのや》[12]の特攻隊の基地へ飛行機で送られたのが、初めての九州ですよ。その次は、長崎へ原子爆弾のあとを見に行った。その時に長崎の人たちから、三十年前に貴田さんや秋山さんが来た話も聞いたんです。」

三人の客たちは今の婦人客の幻想か妄想かについて、こもごも意見を言っては笑った。もちろん、頭がおかしいという結論である。しかし、香住は婦人客の話を半信半疑で聞きながら、記憶をさがしていた、自分の頭もおかしいと思わないではいられなかった。この場合、弓浦市という町さえなかったものの、香住自身には忘却して存在しないが、他人に記憶されている香住の過去はどれほどあるか知れない。香住が死んだ後にも、今日の婦人

12 **鹿屋の特攻隊の基地**　鹿児島県大隅《おおすみ》半島の中西部にある鹿屋市には旧日本海軍の基地があり、太平洋戦争末期には、航空機などに爆薬を積載し、敵機に体当たり攻撃を行う任務を課せられた「特別攻撃隊」の出撃基地となっていた。

客は、香住が弓浦市で結婚を申しこんだと思いこんでいるにちがいないのと、同じようなものだ。

読解

1 「その国の生者と死者とのような隔絶」（一〇三・10）とは、婦人客に対して香住がどのような状況に置かれていることを表しているか、説明しなさい。

2 「罪を犯したような香住」（一〇六・4）とあるが、どのような「罪」か、説明しなさい。

3 「同じようなものだ」（一〇七・1）とはどのようなことか、説明しなさい。

メタフィクション

ドラマの導入部分に引き込まれてタイトルバックをみていたら、再開してすぐ、主人公がナレーションで「楽しげなタイトルバックの間も深刻な場面はつづいていた。」と語った。ドラマのなかの住人なのに、ドラマの外側から見ているようなことを言う。それはアンフェアだろうというのがこれまでの物語の作法であった。しかしメタフィクションでは、そうした物語のルールにこだわらない。

物語とは所詮、フィクションなのだ。作中人物がフィクションのなかの出来事に関わりつつ、同時に醒《さ》めた別の目で見て、いくらなんでもこれはないだろうとか、いいぞ、その調子、といったように外側からかけ声をかける。ありえない状況の話や、ややナルシスの入った場面で、そうしたかけ声が入れば、観客も一瞬、クールになる。しかし、だからこそ、それを踏まえて感情移入することが可能になる。かっちりと物語内部の世界を作れば作るほど、観客や読者は完成された世界を遠くから眺めて、距離を感じるばかりになってしまう。

何でもかんでも夢中になれる人は、いわば物語の愛好者である。そうした人は物語の世界に入って、なかなか帰って来ない。しかし、様々な物語の世界を見てきて、そうした物語が現実とはまったく違うことを知ってしまうと、物語の世界を安易に信じたりはしなくなる。だからこそ、醒めた目を作品に織り込むことは欠かせない。これまでにも、ほんとうにたくさんの物語や小説、映画やドラマが作られてきたのだ。とりわけ、人類の歴史においても長い伝統をもつ文学は、そのコンテンツの豊富さには事欠かなかった。ならば、自分を育ててくれたこれらの物語を踏まえ、大きな敬意を払った上で、信じられないような物語の世界を味わうための工夫をする。それがメタフィクションである。

気が利いているだけならば、そのメタフィクションはすぐに忘れ去られる。メタフィクションは、過去のフィクションの伝統に愛情をもっていなければ成り立たない。フィクションの物語に一喜一憂し、夢中になった過去があるから、いまの自分がある。しかし、物語は現実そのものではない。フィクションはどのようなものであり、どのように現実のなかで働いてきたかを知る者たちが、批評と愛情を込めてメタフィクションを生み出す。

戦争や革命など、現実の圧倒的な力に脅かされるようになった二十世紀以降の文学は、みなメタフィクションという宿命に必ず一度はぶつかる。自分たちがしていることは何なのか、これは役に立つのか。そうした問いに、役に立たない、と多くの優れた作家はそのように答える。こうした問いと答えが生まれること自体が、すでにメタフィクションの時代であることを示している。

第三章

湧きあがる想い

沸々と込み上げてくる思いがある。とめどなく広がる想像、妄想になすがままになる。人の心はそんなにコントロールできない。動き出した想いがどうなるのか、それをシミュレーションしたのが小説である。ためらい、とまどっている人は小説を読むべし。小説は、人類が感じてきたさまざまな揺らめき、怯《おび》え、執着、つきあげてくる感情の多様な姿を表現してきた。想いは言葉によって形を得る、そしてなお、あふれ出す想いがさらなる言葉を求める。

歌のふるさと

円地《えんち》文子《ふみこ》

音楽にいうカバー曲では、原曲を精確に理解した上での歌唱力が問われる。古典を翻案した文学作品でもそれは変わらない。円地文子は、対象作品への深い理解と卓越した表現力を武器に、『伊勢《いせ》物語』第六段という誰もが知る物語に挑戦する。

むかし、在原《ありわら》の姓をたまわって、公に仕える男があった。ふとしたことから帝《みかど》の寵愛《ちょうあい》あつい女と恋し合うようになった。女は帝の母后《ははきさき》のいとこにあたるので、[1]禁色《きんじき》の袿《うちぎ》も着られるかりそめならぬ身ぶんであった。

男は宮中で女の部屋に立ち入ることを前にもゆるされていたが、恋なかになってからは人目もはばからず、そばにつとよりそっているので、女はくるしがって、

「そんなになさるとおたがいの身をほろぼすことになりますよ、我慢なさって……。」

といさめたがきき入れる様子もない。

「我慢が出来るくらいなら、こんな恥ずかしいおもいをしはしない。いまのひとときあなたの顔さえ見られればどんなめにあってもいい。」

といって、しばらくも離れまいとするので、女は宮中にもいにくく、たびたび里へ宿下がりした。するとなおさら足しげく通ってゆくので、世のひとは男の人もなげなふるまいをそしったり憎んだりした。男は宮中に[2]宿直《とのい》したふりに見せようと、宿直どころの口にわ

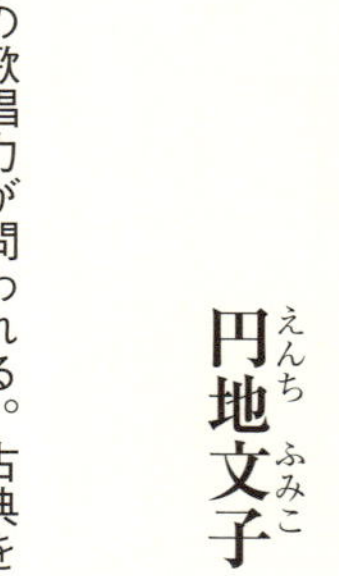

円地文子
一九〇五―八六年。東京都生まれ。本名・富美《ふみ》。『源氏物語』の現代語訳や、女性の心理的な苦悩を叙情的に描く作風で知られる。本文は、『なまみこ物語』（新潮文庫）によった。

1 禁色の袿 「禁色」は、帝や皇族だけが着用することを許された七つの色のこと。「袿」（「うちき」とも）は貴族の女性が唐衣などの下に着る衣装。

2 宿直 宮中などに泊まって、

ざと沓《くつ》を脱ぎすてておいて女のもとへ走って行った。

もともとこの男は親王《みこ》と内親王《ひめみこ》を親にして生まれた王孫であった。姿かたちは朝日に照り映えるさくら花のようにすがすがしく、心にはみなぎり落ちる深山《みやま》の[3]滝つせのような嘆きやよろこびがたえず鳴りたぎって、しばしも現《うつ》しみを憩わせないのだった。渦まきほとばしるおもいは、歌になって、冬木に咲く氷の花のようにきらきらしいいのちに凍《こご》り、一度相抱《あいいだ》いた女のむねには、微妙な楽《がく》の音《ね》の余韻をのこした。

この女も、男とわかれねば身のほろびることを嘆きわびながら、離れることが出来なかった。

仕えている帝も、男に劣らず美しい方であった。暁になるごとに、正座合掌して、澄みとおった声で仏の名を一心に唱えられるのが、この世ならぬ尊さに聞こえて、そのたびに女は泣いた。

「こんなけだかい君に二心《ふたごころ》なく仕えられないで、あのような男にほだされて……。」

といって身も浮くばかり泣いた。

女が里にいる時も、もとよりしのぶ恋路は門からおとなうことなど思いもよらない。男は[4]築地《ついじ》のくずれをみつけて、そこからはいこんでは女の閨《ねや》へ通って行った。はじめのうちこそ知られなかったが、毎夜のことなので家のものに見咎《みとが》められるようになった。

女の兄弟達《たち》は通い路に弓矢を持った家来を立たせて置くので、男はその近くまで来ても忍びこむことが出来ない。夜ごと[5]ほいないおもいですごすご引きかえしながら、男はこりずに次の夜も又次の夜もしのんで行った。

夜間、警備や勤務をすること。

3 **滝つせ**　川の急流。

問1　「しばしも現しみを憩わせない」とは、「男」のどのような様子を表しているか。

問2　「身も浮くばかり泣いた」とはどのような様子か。

4 **築地**　土塀。

5 **ほい**　本意。

ある夜、どうしたはずみか、築地に人影が見えなかった。どこかに隠れて、まもっているかもしれないと疑ってもみたが、見つけられて射られたらそれまでと心をきめてしのび入った。

女も閨の中で、身内に燃えさかる男のいのちを消しがたくもだえている時であった。ゆめのようにしのび入った男の胸に黒髪ごと抱きすくめられて、女はものも言えず、絶え入るばかり気がのぼった。

「逃げましょう、人のいないところへ。」

と男がいった。女の長い髪をたばねて、結び上げ女の手を袖ごと二の腕まで抱えこんで、やみの中を手さぐりに[6]簀子《すのこ》へ出て、跣《はだし》のまま土に降りた。例の築地のくずれからやっと大路へ出ると、[7]足もそらに、辻《つじ》をいくつか曲がり、一息つくと女はもう片息になって男に倒れかかった。

とっさに上着をぬがせて、男は女を背に負うた。ゆり上げる時、手にふれた女のやわらかい足の甲にねばねばするものを、星かげに透かしてみると、血のりであった。男は女の傷ついた足をおしいただくように負うと走り出した。いとしさがいっぱいで男は自分も跣で走っていることをわすれた。

月のない夜のまばらな星あかりをたよりに右ゆき左ゆき歩みつづける中に、うす白く光る帯のようなものが見えて来た。

[8]芥川《あくたがわ》という川であった。川べりの堤を男はなまめかしい荷を負うてあえぎあえぎ歩いていた。傷だらけの足に道芝がつめたくふれ、草の葉に露が[9]玉をぬきつれたように、白く青

6 **簀子**　寝殿造りで、建物の外周部分にある板敷の縁側。
7 **足もそらに**　平静を失い、どこへともなく進んでいくさま。
8 **芥川**　架空の川か。「芥」は、ごみ・くずの意であり、「宮中の芥を流す川」とす

く光ってみえた。

「あれはなに。」

男の背に死んだようにうつふしていた女はその時ほそ眼《め》に光っている露をみて、おそろしそうにきいたが、男は耳もとに女の息吹のあつくふれるのにうなずきながら息がきれて、こたえられなかった。

ゆくさきはまだ遠いのに夜もふけてきた。折あしく、雷がとどろき出して、暗《やみ》をひき裂く稲妻の光とともに、しどろに雨が降り乱れて来た。

どこでもよい、宿りを求めようと、うろうろしていると、ちょうど戸締まりもしてない、荒れた穀倉があったので、幸いと女をそこへおし入れて、藁《わら》の上に伏させ、男は入口に立って、雷の鳴りはためく空を見上げていた。

早く雨がはれてくれればよいと一刻千秋のおもいに待ちわびているのに、あいにく、雷雨はいよいよはげしくなって来た。火の柱が天下ったかと思うおそろしい響きとともに、あたりはひるのように明るくなり、男は袖に耳をおさえて前後もしらず倒れ伏してしまった。

ふと眼ざめると、さっきの鬼神《おにがみ》のような光りものはどこへ消え失《う》せたのか、夜も明け初《そ》めたとみえて朝霧の白く立ちまいているのが見える。

女の名をよんでも答えがない。うすぎぬを重ねたような霧をわけて、戸もない倉の中をかき探すと、藁の上には女の横になっていた像《かた》がこころもち窪《くぼ》んでみえるばかり、主《ぬし》はあとかたもなかった。

る説もある。

9 玉をぬきつれたように　宝石（特に真珠）が糸を抜かれて並べられたように。

鬼にとられたか、神にかくされたかとゆめにゆめみる心地でしばらくは立ちつくしていたが、正気にかえるにつれて、あたりに入り乱れている人馬のあしあとをみつけて、落雷に気を失っている間に追っ手が女を連れさったのだと気づいた。悔しさに足ずりして嘆いたがいまさらせんすべもなかった。

あしもとの草原《くさはら》に、消えのこっている朝露をみて、男は昨夜背の上の女が「あれはなに。」とささやいたのに答えなかったのがとりかえしようもなく悲しかった。

[10]白玉か
なにぞと人の問ひしとき
つゆとこたへて消えなましものを

この女は後に帝の王子《みこ》を産んで二条の后と呼ばれた。

問3　「消えのこっている朝露」に、「男」は自らのどのような姿を重ね合わせているか。

10 白玉か／なにぞと人の問ひしとき　あれは真珠かしら、それとも他の何かかしらとあの方が私にたずねた時。

読解

1　自らに向かう「男」の激情に対して「女」はどのような思いでいたか、まとめなさい。

2　「光っている露をみて、おそろしそうにきいた」（一一三・3）という表現はどのようなことを象徴しているか、二つ挙げなさい。

3　「この女は後に帝の王子を産んで二条の后と呼ばれた。」（一一四・10）は、幸福な結末とも言え、かつ悲しい結末とも言えるが、その根拠をそれぞれ説明しなさい。

絞首刑

犯罪やテロの絶えないイギリスは、あらゆる犯罪に対して死刑を廃止した国でもあるが、かつてはそうではなかった。オーウェルが描く植民地における死刑執行の瞬間。人間を麻痺《まひ》させるこの作品を読んでもなお、あなたは死刑を容認するだろうか？

G・オーウェル
小野寺《おのでら》 健《たけし》 訳

雨季のビルマ[1]は、朝からじっとりとぬれている。黄色い錫《すず》のフォイル[2]のような弱々しい光が、高い塀の上から刑務所の庭にななめに差していた。われわれは死刑囚の独房の前にいた。前面に二重の鉄格子がはまった小屋が並んでいるところは、獣を入れた小さな檻《おり》の行列のようだ。どれも縦横十フィート[3]で、中には木製のベッドと飲み水用のポットが一つある以外、何もない。そのいくつかでは、内側の格子を前に、褐色の肌をした男が体に毛布をまきつけて黙然とうずくまっていた。みんな死刑囚で、来週か再来週には絞首刑になる運命なのだった。

すでに一人の囚人が房外へ出されていた。痩せこけたヒンズー教徒[4]で、剃刀《かみそり》をあてた頭の下で、うつろな、うるんだ目をしている。口ひげだけが体のわりにふさふさと大きく、映画に出てくる喜劇俳優のひげに似ていた。そのまわりを六人の背の高いインド人の衛兵がかためて、絞首台へ連れて行く用意をしている。二人が銃を持って男のそばに立ち、銃剣をつけているあいだに、あとの衛兵は男に手錠をかけて、それに通した鎖を自分たちの

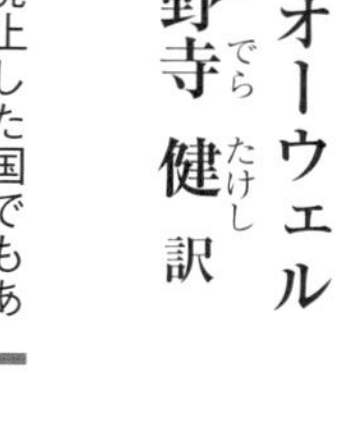

G・オーウェル　George Orwell

一九〇三―五〇年。インド生まれのイギリスの作家。本名エリック・ブレア。全体主義を風刺した小説で知られる。本文は、『オーウェル評論集』（岩波文庫）によった。

1 ビルマ　ミャンマーの旧称。一九四八年に独立するまで、イギリスによる植民地統治下にあった。

2 フォイル　金属をごく薄く延ばしたもの。箔《はく》。

3 フィート　長さの単位。一フィートは、約三十センチメートル。

4 ヒンズー教　インドの民族宗教。

ベルトにつなぐと、こんどは男の両腕を体の脇にかたく縛りつけた。衛兵たちは男に群がって、まるで相手が消えてなくなるのを恐れてでもいるように撫《な》でたりさすったり、ぜったいにその体から手を放さない。まだ生きている魚がまた水の中へ跳びこんだら大変と、びくびくしているような手つきだった。だが男は自分の運命もわかっていないように、両腕をぐったりロープにまかせたまま、何の抵抗もせずに立っている。

時計が八時を打つと、湿った空気の中を、遠い兵舎のほうから寂しげなかぼそいラッパの音が流れてきた。一人離れて立ったまま、むっつりとステッキの先で砂利をつついていた刑務所長が、この音を聞いて顔を上げた。彼は軍医で、歯ブラシのような灰色の口ひげを生やした、しゃがれ声の男だった。「おい早くしろ、フランシス、もうとっくに死んでる時間なんだぞ。まだ準備ができんのか?」彼は苛立《いらだ》っていた。

フランシスは看守長である。白の教練服に金縁眼鏡をかけたこの太ったドラヴィダ人[5]は、黒い手を振りながらせきこむように答えた。「は、はい、わかりました。準備は完全であります。執行人も待っております。始めます。」

「よし、では前進早足。この仕事がすまなきゃ、他の囚人が朝食にありつけん。」

われわれは絞首台に向かって出発した。二人の衛兵が銃を肩に囚人の両側につく。さらに二人がピタリと後について、押すように支えるように腕と肩をつかみ、判事など他のものが後からついて行った。十ヤード[6]行ったところで、とつぜん、命令も警告もなしに急に行進が止まった。とんでもないことが起こったのだ。いったいどこから来たのか、犬が一匹、庭に現れたのである。犬は大声でワンワン吠《ほ》えながらわれわれの真ん中に跳びこんで

問1 「苛立っていた」のはなぜか。

5 ドラヴィダ人 インド半島南部に居住し、ドラヴィダ系の言語を用いる人々。

6 ヤード 長さの単位。一ヤードは約九十センチメートル。

来ると、人間が大勢かたまっているのに大喜びで、全身を震わせながらまわりを跳びまわった。[7]エアデール種が半分まじった、毛のふさふさした大きな野良犬である。犬はわれわれのまわりをパッとひとまわりしたと思うと、こんどは止める暇もなく囚人に駆け寄ってきて跳び上がり、その顔をなめようとした。誰も彼も不意をつかれて棒立ちになったまま、押さえることも忘れている。

「誰だ、こんな奴《やつ》を中へ入れたのは。」所長が怒った。「つかまえろ、誰か。」

一人の衛兵が列をはなれて、もたもたと追いかけだしたが、犬はますますおもしろがって跳ねまわり、もうすこしというところでつかまらない。白人との混血の衛兵は小石を一握りつかむと、これを投げて追いはらおうとした。ところが犬はたくみに石をかわしてはまたやって来る。キャンキャン鳴く声が刑務所中にこだました。囚人は二人の衛兵につかまれたまま、これも絞首刑に先立つ儀式ででもあるかのように、まったく無関心な顔で眺めていた。犬がつかまるまでには何分もかかった。ようやくわたしのハンカチを首輪に通して、われわれの行列はまた動き出したが、それでも犬はまだ踏んばってヒューヒュー鳴いていた。

絞首台まではあと四十ヤードくらいだった。わたしは自分の目の前を進んで行く囚人の、茶色い背中の素肌をみつめていた。腕を縛られているので歩きかたはぎごちないが、よろけもせず、あの、インド人特有の、決して膝をまっすぐ伸ばさない足どりで跳ねるように進んで行く。ひと足ごとに、筋肉がきれいに動き、一つかみの頭髪が踊り、濡《ぬ》れた小石の上に彼の足跡がついた。そして一度、衛兵に両肩をつかまれているというのに、彼は途中

7エアデール種　イギリス産のイヌの一種。エアデール・テリア。

の水たまりをかるく脇へよけたのだ。

妙なことだがその瞬間まで、わたしには意識のある一人の健康な人間を殺すというのがどういうことなのか、わかっていなかったのだ。だが、その囚人が水たまりを脇へよけたとき、わたしはまだ盛りにある一つの生命を絶つことの深い意味、言葉では言いつくせない誤りに気がついたのだった。これは死にかけている男ではない。われわれとまったく同じように生きているのだ。彼の体の器官はみんな動いている――腸は食物を消化し、皮膚は再生をつづけ、爪は伸び、組織も形成をつづけている――それがすべて完全に無駄になるのだ。爪は彼が絞首台の上に立ってもまだ伸びつづけているだろう、いや宙を落ちて行くさいごの十分の一秒のあいだも。彼の目は黄色い小石と灰色の塀を見、彼の脳はまだ記憶し、予知し、判断をつづけていた――水たまりさえ判断したのだ。彼とわれわれはいっしょに歩きながら、同じ世界を見、聞き、感じ、理解している。それがあと二分で、とつぜんフッと、一人が消えてしまうのだ――一つの精神が、一つの世界が。

絞首台は刑務所のほんとうの敷地とは別になった小さな庭にあって、あたりにはとげだらけの雑草がのび放題にのびていた。壁が三方しかない小屋のように煉瓦《れんが》が積んであって、上は板張りになっており、その上に柱を二本立てて横木を渡し、ロープをぶらさげてある。首吊《つ》り役は刑務所の白い制服を着た白髪の受刑者で、台のそばで待っていたが、われわれが入って行くと卑屈にちぢこまって挨拶した。フランシスが一言何か言うと、二人の衛兵が囚人をつかんでいる手にさらに力をこめて、引きずるように押すように絞首台へ連れて行き、ぎくしゃくした手つきで梯子《はしご》を上がらせる。すると首吊り役が上へ上がって、ロープを囚人の首に掛けた。

われわれは五ヤードはなれて待機していた。衛兵たちは円を作るようにして絞首台のまわりに立っている。やがて縄を首に巻かれた囚人は、自分の神に向かって大声で叫びはじめた。「ラーム[8]、ラーム、ラーム、ラーム！」甲高くくりかえされるその声には、祈りとか助けを求める叫びのような切迫したおびえはなく、むしろ葬式の鐘の音のように落ちついてリズミカルだった。この声を聞くと犬はクーンと鼻を鳴らした。まだ絞首台の上に立っていた首吊り役が粉袋のような綿《めん》の小さな袋を取り出すと、囚人の顔に上からグイとかぶせた。だがあの声は布袋をかぶされても、まだくりかえしくりかえししつこくつづいていた。「ラーム、ラーム、ラーム、ラーム！」

首吊り役が下に降りて来てレバーを握り、待機した。何分もたったような気がした。「ラーム、ラーム、ラーム！」という囚人のこもったような声は、一瞬もやむことなくしつこくつづいている。所長はうつむいたまま、杖《つえ》の先でゆっくり地面をつついていた。囚人がきまった回数だけ数えるまで、待ってやるつもりかも知れない――五十回か、百回か。全員が顔色を変えていた。インド人たちはひどいコーヒーのような灰色の顔をしているし、銃剣にも一、二本震えているのがあった。われわれは絞首台の上の、縛りつけられ袋をかぶせられた男を見ながら、じっとその叫びを聞いていた。一声でまた一秒、命が延びるのだ。誰もが同じことを考えていた――えい、早く殺しちまえ、すませろ、あの忌まわしい声を止めるんだ！

とつぜん、所長は意を決した。彼はぐいと顔を上げて杖を一振りした。

8ラーム　インド神話に登場する王子。ヒンズー教の主神であるビシュヌの化身とされ、篤く信仰される。

「[9]チャーロー!」その叫びには獰猛《どうもう》な響きさえあった。

ガタンと音がして、それきりしんとなった。囚人の姿は消え、ロープが勝手にねじれつづけていた。わたしが手を放すと、犬はまっすぐ絞首台の裏側へ駆けて行ったが、それきりそこに立ちどまって吠え、こんどは庭の隅までさがって雑草の中にひそんだまま、おそるおそる首をのばしてわれわれの方を眺めた。われわれは囚人の死体を確認するために絞首台のうしろにまわった。彼は爪先をまっすぐ下に向けて石のように息たえたまま、ひどくゆっくりと回転していた。

所長が杖を伸ばして死体の素肌をつつくと、死体はかすかに揺れた。「大丈夫だ。」と言った所長は、絞首台の下から後ずさりして出てくると、深い息を吐いた。その顔からはいつか不機嫌な表情が消えていた。彼はチラリと腕時計を見やった。「八時八分。さ、今朝はこれで終わりだ、ありがたい。」

衛兵たちは銃剣をはずし、隊伍《たいご》を組んで引きあげた。犬はおとなしくなって、さっきの行いを恥じるようにこそこそと行列のあとを追った。われわれは絞首台のある庭を離れると、刑の執行を待っている死刑囚の独房の前をとおり、刑務所の中央にある広い庭へ出た。受刑者たちは、鉄のたががはまった竹の棍棒《こんぼう》を手にした衛兵たちに監視されながら、すでに朝食にありついていた。一人一人がブリキの小皿を手にしてうずくまっている列の前を、バケツを持った二人の衛兵が米をすくってやりながらまわって行く。絞首刑のあとでは、これはじつに家庭的な楽しい光景だった。仕事を終えたわれわれは、すっかりほっとしていた。歌いたいような、駆け出したいような気分で、思わず笑いがこみあげてきた。とつ

9 チャーロー　ヒンズー語の掛け声の一つ。

問2　「大丈夫だ。」とはどのようなことか。

問3　「さっきの行い」とはどのようなものか。

ぜん、みんなが陽気に喋《しゃべ》り出した。

　わたしと並んで歩いていた白人との混血の若者がいま歩いて来た方に向かってうなずくと、訳知り顔ににこりと笑った。「あの男はね（死んだ男のことである）、上告が棄却されたと聞いたら独房の床に小便をもらしちゃったんですよ。おびえちゃって。――ぼくの煙草《たばこ》を一本どうぞ。この新しい銀のシガレット・ケース[10]、いいでしょう？　かつぎ屋[11]から買ったんだけどね、二ルピー[12]八アナしました。ヨーロッパ風でしゃれてるじゃないですか。」

　いく人かが笑った――何を笑ったのか、誰もわかっているとは思えなかった。

　フランシスは所長と並んで歩きながら、さかんに喋っていた。「いや、何もかもまったく申しぶんありませんでしたな。きれいにすんだ――ピシッとね。いつでもこう行くとはかぎらない――とてもとても。医者が絞首台の下までもぐりこんで囚人の脚を引っぱって死なせてやらなくちゃならなかったことだって、いくらもあったんですからな。まったくたまらない！」

「もがいてたのか？　そいつはまずい。」と所長は言った。

「そうですとも、いや、やつらが強情になっちまったらもっとひどい。連れ出しに行ったらハコの横木にしがみついちゃった奴がいましてね、何と、衛兵が六人がかりで引っぱがさなきゃなりませんでした。片脚に三人がかりで引っぱったんですよ。言ってきかせたんですがね。『おいおまえ、あんまりおれたちに苦労させるなよ！』って。ところがだめだ、聞きゃしません！　あいつにはまったく手こずったな！」

問4　「陽気に喋り出した」のはなぜか。

10 シガレット・ケース　たばこを携帯・保管するための小箱。［英語］cigarette case

11 かつぎ屋　物品を売り歩いて商いをする人。行商人。

12 ルピー　イギリス統治下のインドで用いられていた通貨の単位。「アナ」も同じ。一ルピーは十六アナとされていた。

わたしは思わず大声で笑った。みんな笑っていた。所長でさえ、叱りもせずににやにやしていた。「みんな、あっちへ行って一杯やらないか。車にウィスキーが一本ある。そいつでいいだろう。」所長は愛想がよかった。

われわれは刑務所の二重になっている大きな門を通って道路へ出た。「脚を引っぱったのか！」ビルマ人の判事がとつぜん大声で言うと、たまらず笑い出した。これでまたみんなが大笑いした。そのときには、フランシスの話がひどくおかしい気がしたのだ。われわれは原住民もヨーロッパ人の区別もなく、みんなで仲良く飲んだ。死んだ男とは、百ヤードしか離れていなかった。

読解

1 この作品には「とつぜん」という副詞が多く登場するが、そのことがどのような表現効果を生んでいるか、考えなさい。

2 以下の二場面における「わたし」の心情に注目し、その人物像をまとめなさい。
ⓐ「その囚人が水たまりを脇へよけたとき、わたしはまだ盛りにある一つの生命を絶つことの深い意味、言葉では言いつくせない誤りに気がついた」（一一八・3）
ⓑ「わたしは思わず大声で笑った。」（一二二・1）

3 この作品の中で「犬」はどのような存在として描かれているか、考えなさい。

それから

夏目《なつめ》漱石《そうせき》

人生には決断のときがある。周囲の反対を押し切っても飛び出さなければならないときがある。代助は一度、それを逃した。三千代は友人と結婚し、そしていま苦しみのなかにいる。取り返しのつかないことをもう一度取り返すために、代助は走り出す。

夜半から強く雨が降り出した。釣ってある蚊帳が、かえって寒く見えるくらいな音がどうどうと家を包んだ。代助はその音のうちに夜の明けるのを待った。

雨は翌日まで晴れなかった。代助は湿っぽい縁側に立って、暗い空模様を眺めて、昨夕《ゆうべ》の計画をまた変えた。彼は三千代《みちよ》を普通の待合[1]などへ呼んで、話をするのが不愉快であった。やむなくんば、蒼《あお》い空の下と思っていたが、この天気ではそれもおぼつかなかった。といって、平岡の家へ出向く気は初めからなかった。彼はどうしても、三千代を自分のうちへ連れて来るより外に道はないときめた。門野《かどの》が少し邪魔になるが、話のし具合では書生[2]部屋に洩《も》れないようにもできると考えた。

午《ひる》少し前までは、ぼんやり雨を眺めていた。午飯《ひるめし》を済ますや否や、護謨《ゴム》の合羽《かっぱ》を引き掛けて表へ出た。降る中を神楽坂[3]下まで来て青山のうちへ電話を掛けた。明日こっちから行くつもりであるからと、機先を制しておいた。電話口へは嫂《あによめ》が現れた。せんだっての事[4]は、まだ父に話さないでいるから、もう一遍よく考え直してごらんなさらないかと言われた。

夏目漱石　一八六七―一九一六年。東京都生まれ。自然主義文学に抗し、鋭い文明批判の精神によって独自の文学を打ち立てた。本文は、『夏目漱石全集5』（ちくま文庫）によった。

1 待合　「待合茶屋」の略。客が芸者などを呼んで、飲食・遊興をする店。

2 書生　勉強するために他家に寄食して家事を手伝う人。

3 神楽坂　東京都新宿区の坂。

問1　「機先を制しておいた」のはなぜか。

4 せんだっての事　代助が嫂に「姉さん、私は好いた女があるんです。」と伝えたことをさす。

代助は感謝の辞とともに号鈴《ベル》を鳴らして談話を切った。次に平岡の新聞社の番号を呼んで、彼の出社の有無を確かめた。平岡は社に出ているという返事を得た。代助は雨を衝《つ》いてまた坂を上った。花屋へはいって、大きな白百合《しろゆり》の花をたくさん買って、それを提げて、うちへ帰った。花は濡《ぬ》れたまま、二つの花瓶《かへい》に分けて挿した。まだ余っているのを、この間の鉢に水を張っておいて、茎を短く切って、すぱすぱ放り込んだ。それから、机に向かって、三千代へ手紙を書いた。文句は極めて短いものであった。ただ至急お目に掛かって、お話ししたい事があるから来てくれろというだけであった。

代助は手を打って、門野を呼んだ。門野は鼻を鳴らして現れた。手紙を受け取りながら、

「大変いい匂いですな。」と言った。代助は、

「車を持って行って、乗せて来るんだよ。」と念を押した。門野は雨の中を乗りつけの帳場[5]まで出て行った。

代助は、百合の花を眺めながら、部屋を掩《おお》う強い香の中に、残りなく自己を放擲《ほうてき》した。彼はこの嗅覚の刺激のうちに、三千代の過去を分明《ふんみょう》[6]に認めた。その過去には離すべからざる、わが昔の影が烟《けむり》のごとく這《は》い纏《まつ》わっていた。彼はしばらくして、

「今日初めて自然の昔に帰るんだ。」と胸の中で言った。こう言い得た時、彼は年頃にない安慰を総身に覚えた。なぜもっと早く帰る事ができなかったのかと思った。初めからなぜ自然に抵抗したのかと思った。彼は雨の中に、百合の中に、再現の昔のなかに、純一無雑[7]に平和な生命を見いだした。その生命の裏にも表にも、欲得はなかった、利害はなかった、自己を圧迫する道徳はなかった。雲のような自由と、水のごとき自然とがあった。そ

5 帳場　俥宿《くるまやど》のこと。人力車のたまり場。

6 分明に　あきらかに。はっきりと。

7 純一無雑　まじりけのないこと。

うしてすべてが[8]幸《ブリス》であった。だからすべてが美しかった。

　やがて、夢から覚めた。この一刻の幸《ブリス》から生ずる永久の苦痛がその時卒然として、代助の頭を冒してきた。彼の唇は色を失った。彼は黙然《もくねん》として、我と我が手を眺めた。爪の甲の底に流れている血潮が、ぶるぶる顫《ふる》えるように思われた。彼は立って百合の花の傍《そば》へ行った。唇が弁《はなびら》に着くほど近く寄って、強い香を眼《め》の眩《ま》うまで嗅《か》いだ。彼は花から花へ唇を移して、甘い香に咽《む》せて、失心して部屋の中に倒れたかった。彼はやがて、腕を組んで、書斎と座敷の間を往《い》ったり来たりした。彼の胸は始終鼓動を感じていた。彼は時々椅子の角や、洋卓《デスク》の前へ来て留まった。それからまた歩き出した。彼の心の動揺は、彼をして長くいっしょに留《とど》まる事を許さなかった。同時に彼は何物をか考えるために、むやみな所に立ち留まらざるを得なかった。

　そのうちに時はだんだん移った。代助は絶えず置時計の針を見た。また覗《のぞ》くように、軒から外の雨を見た。雨は依然として、空から真っ直《す》ぐに降っていた。空は前よりもやや暗くなった。重なる雲が一つ所で渦を捲《ま》いて、次第に地面の上へ押し寄せるかと怪しまれた。その時雨に光る車を門から内へ引き込んだ。輪の音が、雨を圧して代助の耳に響いた時、彼は蒼白い頰に微笑を洩らしながら、右の手を胸に当てた。

　三千代は玄関から、門野に連れられて、廊下伝いにはいって来た。[9]銘仙の紺絣《こんがすり》に、唐草模様の[10]一重帯を締めて、この前とはまるで違った服装《なり》をしているので、一目見た代助には、新しい感じがした。色は不断の通りよくなかったが、座敷の入口で、代助と顔を合わせた時、眼も眉も口もぴたりと活動を中止したように固くなった。敷居に立っている間は、足

8 **幸《ブリス》**　至福。喜悦。［英語］bliss

9 **銘仙の紺絣**　「銘仙」は、玉糸・紡績絹糸などを用いた平織りの絹織物で普段着として用いられた。「紺絣」は、紺地に白くかすりを織りだした文様。

10 **一重帯**　裏を付けない帯。普通は女子が夏季に用いた。

も動けなくなったとしか受け取れなかった。三千代はもとより手紙を見た時から、何事をか予期して来た。その予期のうちには恐れと、喜びと、心配とがあった。車から降りて、座敷へ案内されるまで、三千代の顔はその予期の色をもって漲《みなぎ》っていた。三千代の表情はそこで、はたと留まった。代助の様子は三千代にそれだけの打衝《ショック》を与えるほどに強烈であった。

代助は椅子の一つを指さした。三千代は命ぜられた通りに腰を掛けた。代助はその向こうに席を占めた。二人は初めて相対《あいたい》した。しかしややしばらくは二人とも、口を開かなかった。

「何かご用なの。」と三千代はようやくにして問うた。代助は、ただ、

「ええ。」と言った。二人はそれぎりで、またしばらく雨の音を聴いた。

「何か急なご用なの。」と三千代がまた尋ねた。代助はまた、

「ええ。」と言った。双方ともいつものように軽くは話し得なかった。代助は酒の力を借りて、己を語らなければならないような自分を恥じた。彼は打ち明けるときは、必ず平生の自分でなければならないものとかねて覚悟をしていた。けれども、改まって、三千代に対してみると、初めて、一滴の酒精が恋しくなった。ひそかに次の間へ立って、いつもの[11]ウィスキーを洋盃《コップ》で傾けようかと思ったが、ついに◆その決心に堪えなかった。彼は青天白日の下に、尋常の態度で、相手に公言しうる事でなければ自己の誠でないと信じたからである。酔いという[12]牆壁《しょうへき》を築いて、その援護に乗じて、自己を大胆にするのは、卑怯《ひきょう》で、残酷で、相手に汚辱を与えるような気がしてならなかったからである。彼は社会の習慣に対

11ウィスキー　大麦・ライ麦などを発酵・蒸留させて作る酒。［英語］whiskey

問2　「その決心」とはどの

しては、徳義的な態度を取る事ができなくなった、その代わり三千代に対しては一点も不徳義な動機を蓄えぬつもりであった。否、彼をして[13]卑吝《ひりん》に陥らしむる余地がまるでないほどに、代助は三千代を愛した。けれども、彼は三千代から何の用かを聞かれた時に、すぐ己を傾ける事ができなかった。二度聞かれた時になお躊躇《ちゅうちょ》した。三度目には、やむを得ず、「まあ、ゆっくり話しましょう。」と言って、[14]巻烟草《まきたばこ》に火を点《つ》けた。三千代の顔は返事を延ばされるたびに悪くなった。

　雨は依然として、長く、密に、物に音を立てて降った。二人は雨のために、雨の持ち来す音のために、世間から切り離された。同じ家に住む門野からも婆《ばあ》さんからも切り離された。二人は孤立のまま、白百合の香の中に封じ込められた。

「さっき表へ出て、あの花を買って来ました。」と代助は自分の周囲を顧みた。三千代の眼は代助に付いて部屋の中を一回りした。その後で三千代は鼻から強く息を吸い込んだ。

「兄さんとあなたと[15]清水町にいた時分の事を思い出そうと思って、なるべくたくさん買ってきました。」と代助が言った。

「いい匂いですこと。」と三千代は翻るように綻《ほころ》びた大きな花弁《はなびら》を眺めていたが、それから眼を放して代助に移した時、ぽうと頬を薄赤くした。

「あの時分の事を考えると。」と半分言ってやめた。

「覚えていますか。」

「覚えていますわ。」

「あなたは派手な半襟を掛けて、[16]銀杏《いちょう》返しに結っていましたね。」

ようなことか。

12 牆壁　かこいの壁。

13 卑吝　いやしく、けちなこと。

14 巻烟草　刻んだタバコの葉を紙で細長く巻いたもの。紙巻きたばこ。

15 清水町　板橋区の東部にある町。

16 銀杏返し　幕末期から明治・大正期にかけて流行した女性の髪形の一つ。

「だって、東京へ来たてだったんですもの。じきやめてしまったわ。」

「この間百合の花を持って来て下さった時も、銀杏返しじゃなかったですか。」

「あら、気が付いて。あれは、あの時ぎりなのよ。」

「あの時はあんな髷《まげ》に結いたくなったんですか。」

「ええ、気まぐれにちょいと結ってみたかったの。」

「僕はあの髷を見て、昔を思い出した。」

「そう。」と三千代は恥ずかしそうに肯《うけが》った。


三千代が清水町にいた頃、代助と心安く口をきくようになってからの事だが、初めて国から出て来た当時の髪の風《ふう》を代助から褒められた事があった。その時三千代は笑っていたが、それを聞いた後でも、けっして銀杏返しには結わなかった。二人は今もこの事をよく記憶していた。けれども双方とも口へ出しては何も語らなかった。

三千代の兄というのはむしろ闊達《かったつ》な気性で、懸《か》け隔てのない付き合いぶりから、友達にはひどく愛されていた。ことに代助はその親友であった。この兄は自分が闊達であるだけに、妹のおとなしいのをかわいがっていた。国から連れて来て、いっしょに家《うち》を持ったのも、妹を教育しなければならないという義務の念からではなくて、まったく妹の未来に対する情合いと、現在自分の傍に引きつけておきたい欲望とからであった。彼は三千代を呼ぶ前、すでに代助に向かってその旨を打ち明けた事があった。その時代助は普通の青年のように、多大の好奇心をもってこの計画を迎えた。

三千代が来てから後、兄と代助とはますます親しくなった。どっちが友情の歩を進めた

問3　「何も語らなかった」のはなぜか。

かは、代助自身にも分からなかった。兄が死んだ後で、当時を振り返ってみるごとに、代助はこの親密の裡《うち》に一種の意味を認めない訳にゆかなかった。兄は死ぬ時までそれを明言しなかった。代助もあえて何事をも語らなかった。かくして、相互の思わくは、相互の間の秘密として葬られてしまった。兄は存生中にこの意味をひそかに三千代に洩らした事があるかどうか、そこは代助も知らなかった。代助はただ三千代の挙止動作と言語談話からある特別な感じを得ただけであった。

　代助はその頃から趣味の人として、三千代の兄に臨んでいた。三千代の兄はその方面において、普通以上の感受性を持っていなかった。深い話になると、正直に分からないと自白して、余計な議論を避けた。どこからか[17]arbiter elegantiarum《アービター エレガンシアルム》という字を見つけ出してきて、それを代助の異名のように濫用したのは、その頃の事であった。三千代は隣りの部屋で黙って兄と代助の話を聞いていた。しまいにはとうとう arbiter elegantiarum という字を覚えた。ある時その意味を兄に尋ねて、驚かれた事があった。

　兄は趣味に関する妹の教育を、すべて代助に委任したごとくに見えた。代助を待って啓発されべき妹の頭脳に、接触の機会をできるだけ与えるように力《つと》めた。代助も辞退はしなかった。後から顧みると、自ら進んでその任に当たったと思われる痕跡もあった。三千代はもとより喜んで彼の指導を受けた。三人はかくして、巴《ともえ》のごとくに回転しつつ、月から月へと進んでいった。有意識か無意識か、巴の輪は回《めぐ》るにしたがって次第に狭まってきた。ついに三つ巴がいっしょに寄って、丸い円になろうとする少し前の所で、忽然《こつぜん》その一つが欠けたため、残る二つは平衡を失った。

問4　「一種の意味」とは具体的にどのようなことか。

17　**arbiter elegantiarum**　「趣味の審判者」の意。古代ローマの歴史家タキトゥスの『年代記』に見える語に基づく。［ラテン語］

代助と三千代は五年の昔を心置きなく語り始めた。語るにしたがって、現在の自己が遠のいて、だんだんと当時の学生時代に返ってきた。二人の距離はまた元のように近くなった。

「あの時兄さんが亡くならないで、まだ達者でいたら、今頃私はどうしているでしょう。」と三千代は、その時を恋しがるように言った。

「兄さんが達者でいたら、別の人になっている訳ですか。」

「別な人にはなりませんわ。あなたは?」

「僕も同じ事です。」

三千代はその時、少し窘《たしな》めるような調子で、

「あら嘘《うそ》。」と言った。代助は深い眼を三千代の上に据えて、

「僕は、あの時も今も、少しも違っていやしないのです。」と答えたまま、なおしばらくは眼を相手から離さなかった。三千代はたちまち視線をそらした。そうして、半ば独り言のように、

「だって、あの時から、もう違っていらしったんですもの。」と言った。

三千代の言葉は普通の談話としてはあまりに声が低過ぎた。代助は消えてゆく影を踏まえるごとくに、すぐその尾を捕らえた。

「違やしません。あなたにはただそう見えるだけです。そう見えたって仕方がないが、それは[18]僻目《ひがめ》だ。」

代助の方は通例よりも熱心にはっきりした声で自己を弁護するごとくに言った。三千代

18 僻目　見まちがい。偏見。

の声はますます低かった。

「僻目でも何でもよくってよ。」

代助は黙って三千代の様子を窺《うかが》った。三千代は初めから、眼を伏せていた。代助にはその長い睫毛《まつげ》の顫える様がよく見えた。

「僕の存在にはあなたが必要だ。どうしても必要だ。僕はそれだけの事をあなたに話したいためにわざわざあなたを呼んだのです。」

代助の言葉には、普通の愛人の用いるような甘いあやを含んでいなかった。彼の調子はその言葉とともに簡単で素朴であった。むしろ厳粛の域に逼《せま》っていた。ただ、それだけの事を語るために、急用として、わざわざ三千代を呼んだ所が、おもちゃの詩歌に類していた。けれども、三千代はもとより、こういう意味での俗を離れた急用を理解しうる女であった。その上世間の小説に出てくる青春時代の修辞には、多くの興味を持っていなかった。代助の言葉が、三千代の官能に華やかな何物をも与えなかったのは、事実であった。三千代がそれに渇いていなかったのも事実であった。代助の言葉は官能を通り越して、すぐ三千代の心に達した。三千代は顫える睫毛の間から、涙を頬の上に流した。

「僕はそれをあなたに承知してもらいたいのです。承知して下さい。」

三千代はなお泣いた。代助に返事をするどころではなかった。袂《たもと》から手帛《ハンケチ》を出して顔へ当てた。濃い眉の一部分と、額と生え際だけが代助の眼に残った。代助は椅子を三千代の方へ摺《す》り寄せた。

「承知して下さるでしょう。」と耳の傍《はた》で言った。三千代は、まだ顔を蔽《おお》っていた。しゃ

問5 「それ」とは何か。

くり上げながら、

「あんまりだわ。」と言う声が手帛の中で聞こえた。それが代助の聴覚を電流のごとくに冒した。代助は自分の告白が遅過ぎたという事を切に自覚した。打ち明けるならば三千代が平岡へ嫁ぐ前に打ち明けなければならないはずであった。彼は涙と涙の間をぼつぼつ綴《つづ》る三千代のこの一語を聞くに堪えなかった。

「僕は三、四年前に、あなたにそう打ち明けなければならなかったのです。」と言って、憮然《ぶぜん》として口を閉じた。三千代は急に手帛を顔から離した。瞼《まぶた》の赤くなった眼を突然代助の上に見張って、

「打ち明けて下さらなくってもいいから、なぜ。」と言い掛けて、ちょっと躊躇したが、思い切って、「なぜ棄《す》ててしまったんです。」と言うや否や、また手帛を顔に当ててまた泣いた。

「僕が悪い。勘忍して下さい。」

代助は三千代の手首を執って、手帛を顔から離そうとした。三千代は逆らおうともしなかった。手帛は膝の上に落ちた。三千代はその膝の上を見たまま、微《かす》かな声で、

「残酷だわ。」と言った。小さい口元の肉が顫うように動いた。

「残酷と言われても仕方がありません。その代わり僕はそれだけの罰を受けています。」

三千代は不思議な眼をして顔を上げたが、

「どうして。」と聞いた。

「あなたが結婚して三年以上になるが、僕はまだ独身でいます。」

「だって、それはあなたのご勝手じゃありませんか。」

「勝手じゃありません。貰《もら》おうと思っても、貰えないのです。それから以後、うちのものから何遍結婚を勧められたか分かりません。けれども、みんな断ってしまいました。今度もまた一人断りました。その結果僕と僕の父との間がどうなるか分かりません。しかしどうなっても構わない、断るんです。あなたが僕に復讐《ふくしゅう》している間は断らなければならないんです。」

「復讐。」と三千代は言った。この二字を恐るるもののごとくに眼を働かした。「私はこれでも、嫁に行ってから、今日まで一日も早く、あなたがご結婚なさればいいと思わないで暮らした事はありません。」とやや改まった物の言い振りであった。しかし代助はそれに耳を貸さなかった。

「いや僕はあなたにどこまでも復讐してもらいたいのです。それが本望なのです。今日こうやって、あなたを呼んで、わざわざ自分の胸を打ち明けるのも、実はあなたから復讐されている一部分としか思やしません。僕はこれで社会的に罪を犯したも同じ事です。しかし僕はそう生まれてきた人間なのだから、罪を犯す方が、僕には自然なのです。世間に罪を得ても、あなたの前に懺悔《ざんげ》する事ができれば、それでたくさんなんです。これほど嬉《うれ》しい事はないと思っているんです。」

三千代は涙の中で初めて笑った。けれども一言も口へは出さなかった。代助はなお己を語る隙《ひま》を得た。――

「僕はいまさらこんな事をあなたに言うのは、残酷だと承知しています。それがあなたに残酷に聞こえれば聞こえるほど僕はあなたに対して成功したも同様になるんだから仕方がない。その上僕はこんな残酷な事を打ち明けなければ、もう生きている事ができなくなった。つまりわがままです。だから謝るんです。」

「残酷ではございません。だから謝るのはもうよしてちょうだい。」

三千代の調子は、この時急にはっきりした。沈んではいたが、前に比べると非常に落ち着いた。しかししばらくしてから、また、

「ただ、もう少し早く言って下さると。」と言い掛けて涙ぐんだ。代助はその時こう聞いた。――

「じゃ僕が生涯黙っていた方が、あなたには幸福だったんですか。」

「そうじゃないのよ。」と三千代は力を籠《こ》めて打ち消した。「私だって、あなたがそう言って下さらなければ、生きていられなくなったかもしれませんわ。」

今度は代助の方が微笑した。

「それじゃ構わないでしょう。」

「構わないよりありがたいわ。ただ――。」

「ただ平岡に済まないと言うんでしょう。」

三千代は不安らしくうなずいた。代助はこう聞いた。――

「三千代さん、正直に言ってごらん。あなたは平岡を愛しているんですか。」

三千代は答えなかった。見るうちに、顔の色が蒼くなった。眼も口も固くなった。すべてが苦痛の表情であった。代助はまた聞いた。

「では、平岡はあなたを愛しているんですか。」

三千代はやはりうつむいていた。代助は思い切った判断を、自分の質問の上に与えようとして、すでにその言葉が口まで出掛かった時、三千代は不意に顔を上げた。その顔には今見た不安も苦痛もほとんど消えていた。涙さえたいていは乾いた。頰の色はもとより蒼かったが、唇はしかとして、動く気色はなかった。その間から、低く重い言葉が、繋《つな》がらないように、一字ずつ出た。

「しようがない。覚悟をきめましょう。」

代助は背中から水を被《かぶ》ったように顫えた。社会から逐《お》い放たるべき二人の魂は、ただ二人向かい合って、互いを穴のあくほど眺めていた。そうして、すべてに逆らって、互いをいっしょに持ち来した力を互いと怖《おそ》れ戦《おのの》いた。

しばらくすると、三千代は急に物に襲われたように、手を顔に当てて泣き出した。代助は三千代の泣く様を見るに忍びなかった。肱《ひじ》を突いて額を五指の裏に隠した。二人はこの態度を崩さずに、恋愛の彫刻のごとく、じっとしていた。

二人はこうじっとしているうちに、五十年を眼《ま》のあたりに縮めたほどの精神の緊張を感じた。そうしてその緊張とともに、二人が相並んで存在しておるという自覚を失わなかった。彼らは愛の刑と愛の[19]賜物《たまもの》とを同時に享《う》けて、同時に双方を切実に味わった。

しばらくして、三千代は手帛を取って、涙をきれいに拭いたが、静かに、

「私もう帰ってよ。」と言った。代助は、

「お帰りなさい。」と答えた。

問6 「背中から水を被ったように顫えた」のはなぜか。

19 賜物 恵みとして与えられたもの。

雨は小降りになったが、代助はもとより三千代を独り帰す気はなかった。わざと車を雇わずに、自分で送って出た。平岡の家まで付いて行く所を、江戸川の橋の上で別れた。代助は橋の上に立って、三千代が横町を曲がるまで見送っていた。それからゆっくり歩を回らしながら、腹の中で、

「万事終わる。」と宣告した。

雨は夕方やんで、夜に入ったら、雲がしきりに飛んだ。そのうち洗ったような月が出た。代助は光を浴びる庭の濡れ葉を長い間縁側から眺めていたが、しまいに下駄《げた》を穿《は》いて下へ降りた。もとより広い庭でない上に立ち木の数が存外多いので、代助の歩く積[20]はたんとなかった。代助はその真ん中に立って、大きな空を仰いだ。やがて、座敷から、昼間買った◆百合の花を取ってきて、自分のまわりに蒔《ま》き散らした。白い花弁が点々として月の光に冴《さ》えた。あるものは、木下闇《こしたやみ》に仄《ほの》めいた。代助は何をするともなくその間に屈《かが》んでいた。寝る時になって初めて再び座敷へ上がった。部屋の中は花の匂いがまだまったく抜けていなかった。

20 積 広さ。面積。

問7 「百合の花を取ってきて、自分のまわりに蒔き散らした」ことから、どのような心情がうかがえるか。

読解

1 「大きな白百合の花をたくさん買っ」（一二四・3）たとあるが、それはなぜか、考えなさい。

2 「なぜ棄ててしまったんです。」（一三二・10）という三千代の言葉から、彼女と代助との関係についてどのようなことが浮き彫りになるか、考えなさい。

3 「社会的に罪を犯したも同じ事」（一三三・13）という発言にはどのような背景があるか、考えなさい。

ボトルシップを燃やす

廃墟《はいきょ》が折りかさなっているような私たちの街。その一角に忍び込んだ少年が見つけた大きなボトルシップ。その瓶のなかの帆船を燃やした。映画「デルス・ウザーラ」から呼び出されたこの遠い記憶は本当のことなのか、夢のなかの情景なのか。

堀江《ほりえ》敏幸《としゆき》

昭和三十年代半ばに建てられたというその鉄筋コンクリートの建物は、当時私が住んでいた地方ではまだめずらしい形式の、住宅を兼ねた事務所で、急な坂道をのぼりつめた高台に聳《そび》えているせいか、木造家屋がぽつぽつある程度の平らかな町並みのなかでひときわ目立つ存在だった。壁面は吹きつけやタイル装ではなく、波状の鉄板が羽目板[1]のように張られている特殊なものだったが、濃い黄土色のペンキで塗られたその壁には、雨水でできたらしい赤錆《あかさび》がところどころ浮き出していた。坂道との高度差をうめる数段のステップをあがった事務所のドアが両開きだったので、それが開閉するたびにちらりと見える、モダンな革のソファーなんぞをそろえた洋風の内装がひどく新鮮だったのだけれど、物ごころついた時分から私の夢を駆り立てていたのは、最上階、といっても三階にもうけられた広いバルコニーで、一日じゅう遊び惚《ほう》けて坂の途中にある家に戻るときどうしたって見あげることになる空の一角を、ペンキの剝がれた巨船のごとく領したその建物の甲板に、時おり大きく風を孕《はら》んだシーツの帆が翻っているのだった。

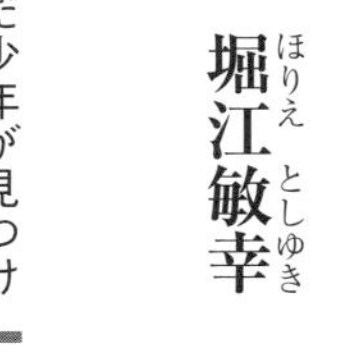

堀江敏幸

一九六四年―。岐阜県生まれ。芥川《あくたがわ》賞をはじめとするさまざまな文学賞に輝く。現在、芥川賞の選考委員を務めるほか、翻訳や評論などでも活躍している。本文は、『おぱらばん』(新潮文庫)によった。

1 羽目板 壁面の保護・装飾などのために並べて張りつけられた板。

この建物に事務所を置いていた会社が、郊外に新しく引かれたバイパス[2]沿いの敷地に工場もろとも移転したのはいつのことだったか。ともあれ社長も住んでいたらしい大型帆船は、積み荷をすべて下ろして坂の上にぽつんと係留され、私が愛したあのバルコニーに波打つシーツも見られなくなってしまったのである。ところがそれから半年ほどして、ある人がそこを買い取り、どうやら喫茶店を開くらしいとの噂《うわさ》がひろまった。やがてその噂を追いかけるように業者が現れ、事務所と倉庫に使われていた一階部分を車庫に、住居だった二階部分を店舗に改装し、坂をのぼりつめた突き当たりのT字路から客が出入りできるよう簡易アパート風の鉄製階段を取り付け、経営者一家の生活空間として三階にも大がかりな修復をほどこした。市街地から離れているうえに駐車場もなく、平日の昼間にやってくる客などほとんど期待できないような場所に、いったいどんな算段をして店を出す気になったのかと誰もが不可解に思っているうち、開店記念のつつましい垂れ幕が出て、小さな店はふだん町内会で顔をつきあわせている連中で満員になるという、上々の船出を果たしたのだった。

だがほっとしたのもつかの間、数カ月もたたぬうちに客足がとだえて、日曜日の午後にすら誰もいない状況に追い込まれ、ある晩、一家全員、忽然《こつぜん》と姿を消してしまった。少年の私がその店に入ったのは、父親に連れられて出かけた開店の翌日だけで、粗品にもらった模造大理石の灰皿と、カウンターの端に飾られていた立派なボトルシップ[3]を交互にながめながらホットミルクを啜《すす》ったのが最初で最後となった。わが巨船は、こうしてふたたび乗組員を失ったのである。

2 バイパス　主要道路の混雑を避けるために設けられた迂回路《うかい》。

3 ボトルシップ　瓶の中に模型の帆船などを入れたもの。[和製英語]

＊

差し押さえが入って窓と出入口が角材で十字に封鎖されたその建物の、表の坂道からは見えない車庫の北側にある天窓に鍵がかかっておらず、子どもひとりなら放置されたプロパンガスのボンベ[4]を足場にしてなかに入れることを発見したのはNだった。線が細く、いつも蒼白《あおじろ》い顔をしているNはひとつ年上で、近所に住んでいたから登下校でいっしょになることもあり、歩きながら話をする程度には親しかったのだがそれ以上のつきあいはなく、その冬の日、おまえの家の近くの、まえに喫茶店が入っていた空き家を探検しないかと誘われたときには、だからなんと応えていいのかわからなかった。数日前に先の天窓を発見して車庫を覗《のぞ》いてみたところ、奥に階段があって、どうやらそれが店と住居に通じているらしい。まだ商売道具くらいは残っているかもしれないと言うのである。

　私はNの誘いに乗った。もちろん戦利品目当てではなく、この機会を利用してあのバルコニーにあがってみようとたくらんだのだ。私たちは建物の北側の、長屋の塀と接した細い溝のうえを歩いて天窓の下まで移動し、ガスボンベを踏み台にして四角い小さな穴に手を掛けると、攀《よ》じ登るように身体をつっこんで、順々に飛び降りた。車庫のなかは、古タイヤや灯油缶がつまれた棚のわきの階段から降りそそぐ午後遅い陽光で、ほんのりと明るんでいた。靴音をたてないように爪先立ちで階段をのぼるとそこはカウンターの裏手で、店内を見渡すと、テーブルや椅子はもとのままに残されていたが、床には誰かが争ったあとみたいに灰皿やメニューや紙ナプキンが散乱し、窓際に飾られていた細い陶製の花瓶も落ちて砕けていた。

4 ボンベ　圧縮されたガスなどを貯蔵・運搬するための円筒形をした鋼鉄製の容器。［ドイツ語］Bombe

問1　「戦利品目当て」とはどのようなことか。

Nはさっそく調理場のなかを物色し、棚からこまごまとした品を引っぱり出してきた。レジスターのレシート・ロール、注文票の束、ステンレスのミルク入れ、耐熱ガラスのコップ、金色のティースプーン。私はといえば、ホットミルクを飲んだ日とおなじ座席に腰を下ろして、往時の賑《にぎ》わいを思い出しながらただぼんやり視線をめぐらしていたのだが、そのときふと、カウンターの隅に、全長五十センチはありそうなあのボトルのなかで白い帆を張った、壮麗な帆船が残されているのに気づいた。近寄ってみると、埃《ほこり》を少しかぶっているだけで傷ひとつなかった。なぜこれを運び出さなかったのだろうといぶかりつつ、私は手の込んだ精巧なオブジェ[5]を持ちあげてつくづくと眺め入った。いまこの廃墟《はいきょ》からなにかを奪い去るとしたら、輝かしい船を閉じこめたボトル以外にないだろう。しかし家に持ち帰れば親に詰問されるにきまっているし、そもそもあの天窓から壊れやすい飾り物を無事に救出するのは不可能に近かった。おまけに私の目的はべつのところにあったのだ。ボトルを静かに元の位置にもどすと、がらくたの仕分けに熱中しているNに断りを入れて、私はひとりで三階にあがった。意外なことに、建物の外観からてっきり洋間だとばかり信じていたその空間は、八畳の和室をふたつつなげた宴会場のような造りで、板敷きの部屋は、奥の間の、階段側から見て右手に隠れていた。つまり長方形のフロアを廊下のない三つの部屋が鉤形《かぎがた》に占拠し、欠けている一齣《ひとこま》がバルコニーになっていたのである。

憧れの甲板へは、手前の和室の、ガラスと窓枠の隙間に白い練り物がつめてある重い引き戸と、洋間のドアの、両方から出られるようになっていた。がらがら音を立てるのが恐かったので、私は洋間の方から半身になって外に足を踏み出し、身体がすっかり抜けると、

5 オブジェ　ここは、美術品、工芸品のこと。［フランス語］objet

問2　「私の目的」とは何か。

うつ伏せに身を隠した。物干し竿《ざお》が二、三本と水色のポリバケツがひとつ転がっているだけで、帆のようにふくらむ真っ白なシーツなどもちろんありはしなかったが、手すりのあいまから覗いてみた眼下の光景は、隅から隅まで知っていると思っていた親しい町とはまるきり異質なものだった。視点の高さが町の相貌を一変させ、バルコニーは瓦屋根の波打つ海原とその先にならぶ小山の群島をとらえる巨船の操縦席に変容して、ますますこちらの夢想を駆り立てるのだった。

どのくらいそこにいたのだろう、かすかに呼ぶ声がして二階にもどると、大きな包みを抱えたNが、車庫に下りようと言う。Nが手にしているのは、業者に発注して受け取ったまま開封していない、片仮名三文字の店の名が印刷された大量のマッチ箱だった。透明なビニールでパックされた箱の数はゆうに五百個以上はあったろうか。Nについて階段を下りると、天窓からの光はもうほとんどなくて、車庫は灰色の闇に溶け込み、コンクリートの床に冷えた空気が流れて、吐く息が白く見える。Nは床の中央でしゃがみこむと、包みをあけて箱の中身をばらし、頭の部分がうまく重なるように工夫しながらそれを積みあげはじめた。

手伝えよ、早く、見つかるとまずい。

妙に険しい語気におされて、それをどうするのかとも訊《き》かずに、私は床に散らばった箱から中身を引き出し、大急ぎでマッチの蟻塚《ありづか》つくりに参加した。まるで限られた時間内にやり終えてしまわないと、なにか大変なことが起きるとでもいうかのように。

＊

一九〇二年、[6]ウラジミル・クラウディエヴィチ・アルセニエフは、シベリア極東部、ウスリー湾に面するシュトコボ村近辺の軍事調査と、その近隣の四つの川の水源となるダジャンシャン山脈、そして丸みのある逆三角形の[7]ハンカ湖周辺、さらにはハバロフスクからウラジオストクにいたる[8]ウスリー鉄道付近の地理測量を命じられ、六人の隊員と四頭の馬を従えて現地入りした。数日後、予定通りダジャンシャンの山中で野営しているとき、一行はひとりの猟師に出会う。中背だが精悍《せいかん》な体つきで、優しい目をしたその男は、鹿革の服をまとって鉢巻きをし、長い杖《つえ》と旧式のベルダン銃を携え、大きな荷物を背負っていた。名前はデルス・ウザーラ。[9]タイガで狩猟生活をつづけてきたこの[10]ゴルド族の猟師とアルセニエフは、次第に深い友情で結ばれてゆく。

厳しい自然のなかで、デルス・ウザーラはまたとない道案内だった。足跡から獣の種類や年齢をぴたりと言い当て、樹皮のはがされた立ち木から山小屋の存在を推察し、太陽や月や薪の火を「人」と呼んで敬い、鳥たちの動きで大雨を予測した。無人の山小屋を使ったあとは、後から来る人間のために乾いた薪やひと握りの米を残した。人間愛に満ちたこの猟師に、アルセニエフは深くこころを動かされる。四年後の一九〇六年、そして翌一九〇七年に行われた[11]シホテ・アリン山脈とオリガ湾以北の調査の際にも、アルセニエフは奇跡的にデルスと再会し、行動を共にしている。デルスはもはや探検隊に不可欠の存在だった。食糧が尽きて極度の飢餓に陥ると、なめした鹿革を麺のように細く切り裂き、ながい時間をかけて茹《ゆ》でた代用食や、熊の食べ残した魚の頭で一行の腹をごまかし、詐術と欲得におぼれた部族の蛮行に怒り、出くわした虎と話をした。射撃の腕前は、相変わらず百発

6 **ウラジミル・クラウディエヴィチ・アルセニエフ**　Vladimir Klavdievich Arsenyev　一八七二－一九三〇年。ロシアの探検家・民俗学者。

7 **ハンカ湖**　中国東北部黒竜江省とロシア沿海地方との国境地帯にある湖。

8 **ウスリー鉄道**　ロシア極東地方の中心都市ハバロフスクと、日本海に面した港湾都市ウラジオストクを結ぶ鉄道。

9 **タイガ**　主に北半球の大陸北部に発達する針葉樹林。

10 **ゴルド族**　ロシア極東地方、中国との国境近くに住む先住民。現在は「ナーナイ」と呼ばれる。

11 **シホテ・アリン山脈**　ロシアの沿海地方からハバロフスク地方にかけて位置する山脈。

百中だった。

　だがそんなデルスにもやがて老いが訪れ、なによりも大切な目がきかなくなる。引退しようにも、妻と子どもをみな[12]天然痘で亡くしたデルスには身寄りがなかった。いったんはハバロフスクのアルセニエフ宅に迎え入れられるが、水や薪にまで金を払う都会の生活に我慢できず、ふたたび森へ帰ることを決意する。そして懐かしいタイガへの帰途、銃を狙った追い剝ぎに襲われ、命を落としてしまう。報を受けて現場にかけつけたアルセニエフは、みずから墓を掘って友に永遠の別れを告げるのだが、何年かのちにその場所を訪れてみると、開発が進んで村ができ、墓はあとかたもなく消えていた。

　探検記とも伝記ともつかないアルセニエフの『デルス・ウザーラ』を、私は一九七五年に出た文庫本ではじめて読んだ。言うまでもなく、これはその前年、[13]黒澤明《くろさわあきら》がモスクワ資本で完成させた映画の原作という触れこみで、表紙にスチール写真を配して刊行されたものである。訳者[14]加藤九祚《きゅうぞう》氏のあとがきによって、本書がアルセニエフの手になる『ウスリー地方探検記』と『デルス・ウザーラ』の二冊から、デルスに関係のある部分だけを抜粋した抄訳であり、完訳に近い業績としてすでに[15]長谷川四郎の仕事があると教えられた。これも映画公開を睨《にら》んでのことだったろう、じつはその版もべつの出版社から復刊されていたらしいのだが、そんなことを知る由もない私は、ただ長谷川四郎という涼しげな名前のみ記憶に留《とど》めて、この縮訳版の世界に夢中になったのである。

　ところがどうしたものか、黒澤の映画の方は見逃しているのだ。実際にその[16]七十ミリに接したのは、よほど経ってから、片田舎の公立中学が恒例の文化行事にしていた粗末な体

12 **天然痘**　かつて、世界中で大流行を繰り返して多数の死者を出した伝染病。一九八〇年に根絶が宣言された。

13 **黒澤明**　一九一〇—九八年。映画監督。「七人の侍」「生きる」などの作品がある。「デルス・ウザーラ」は一九七五年公開の日ソ合作映画で、米アカデミー外国語映画賞を受賞した。

14 **加藤九祚**　一九二二年—。考古学者。著書に『天の蛇』などがある。

15 **長谷川四郎**　一九〇九—八七年。小説家。作品に『シベリヤ物語』『鶴』などがある。

16 **七十ミリ**　映画でしばしば用いられる「七十ミリフィルム」のこと。

育館での「映画鑑賞」の席だった。この作品が演目に選ばれたのは、雄大なシベリアの自然と男の友情という、公開当時あまりかんばしい評価を得られなかった過度にヒューマニズム[17]的な側面が、教育の場では役立つと考えられたからだろう。しかし企画者の意図も、映画史的な評価も、私にはどうでもいいことだった。筋書きや役者たちの演技に多少の作為が見えたにせよ、原作のきわめて忠実な映像化であることにはまちがいなく、そしてその原作を何度も読み返した人間にとってはまことに興味つきないフィルムではあったのだ。

ウスリー地方を回った一九〇二年の探検でハンカ湖を目指したとき、流木が多くて危険なレフー川の遡行を目的地までわずかのところであきらめたアルセニエフは、隊員たちと別れ、デルスとふたり、徒歩で湖に向かう。朝十時に出発し、夕方には戻る計画だったから、野営に必要な品はいっさいテントに残しての軽装だった。万一に備えてアルセニエフは綿入れの上着を着こみ、デルスは厚手の布と毛皮の長靴を二足携えたが、これがのちに大きな役目を果たすことになる。

鳥たちの様子から天候の変化を予知していたにもかかわらず、デルスは隊長の意に従って歩きつづけた。だが案の定、ほどなくして空は重い雲に覆われ、あわてて引き揚げを決めたときには、いちめん葦《あし》の沼沢地で方角を見失っていた。風がぴたりと止《や》み、それから雪まじりの烈風がふたりを襲う。あたりには一本の灌木《かんぼく》すらなく、身を隠す場所も暖をとる薪もない状況での吹雪との遭遇は、そのまま死を意味していた。幾多の試練を乗り越えてきたはずのデルスが、恐怖におびえながら叫ぶ。「隊長、わしら、一生けんめい働く、よく働かないと、わしら死んでしまう、急いで草切る」。まさに時間との闘いだった。刈

17 ヒューマニズム　人間主義。人道主義。［英語］humanism

った草をどうするのかそれを問う暇もなくひたすら働きつづけ、寒さと疲労で気を失ったアルセニエフの身体に、デルスは持参していた布切れをかけ、その上に葦の束を乗せて紐《ひも》やベルトでしばりつけると、円形に刈り残しておいた周囲の葦に結んでぜんたいを補強し、即席の小屋をつくった。吹き付ける雪で葦が固まれば固まるほど、内部が温かくなってくる仕組みである。小屋が安定すると、デルスはアルセニエフの横にすべりこんで穴を塞ぎ、日の出を待った。翌朝、天気はみごとに回復し、彼らは救助に駆けつけた隊員たちと無事に合流する。

　判断を誤って危険を招いたアルセニエフの命をこうしてデルスが救い、彼らの絆《きずな》は絶対のものとなる。どんなふうに撮影したのか、一寸先も見えない吹雪のなかデルスが修羅のごとく立ち回って葦を刈る場面の迫力はかなりのもので、厳寒の光景にのまれて私は脱いでいたコートを思わず羽織ったほどなのだが、その寒い寒い画面に葦を積み上げていくふたりの姿を見ていたとき、Nとマッチの塚をこしらえた日のことが、ふいに蘇《よみがえ》ってきたのだった。もちろん私たちのあいだにあったのは、規模はどうあれ暖かな炎であり、凍《い》てついたシベリアの葦でつくった小屋とはなんの関係もない。車庫のなかの切羽つまった悪ふざけに、アルセニエフとデルスの共同作業へ繋《つな》がる要素があるとしたら、それはあの日から一年も経たぬうちに、Nが死んでしまったということだけだ。記憶の底に沈んでいたNとの夕刻が、肌寒い体育館でこんなふうに呼び覚まされたことに、私はなんとはない戸惑いをも感じていた。見つけなくてもいいものを見つけたと言おうか、出てくるはずはないと信じていたなにかが戻ってきたような居心地の悪さが胸のうちに巣くって、映画を観《み》た

問3　「Nとマッチの塚をこしらえた日のことが、ふいに蘇ってきた」のはなぜか。

あとしきりに彼の顔が目に浮かんだ。Nが生きていて、この映画の、ハンカ湖の嵐の場面を観たら、私とおなじようにあの日の情景を思い出しただろうか。

映画の後半、結末も近くなったあたりで、デルスがジャコウジカ[18]を撃ち損ね、それが信じられずに再度狙った樹木の標的をもはずして打ちひしがれる場面があった。視力の衰えを悟ったデルスは、アルセニエフにすがりつくように言う。「まえ、誰も最初のけもの、見つけない。わし、いつも一番に見つける。わし、射《う》つ、いつもけものの上衣《うわぎ》に穴つくる。わしのたま、はずれたことない。今、わし、五十八歳。目、わるくなり、見ることできない。ジャコウジカ、射つ、あたらない。木、射つ、これもあたらない。中国人のところ、いきたくない。あの人たちの仕事、わし、わからない。これから、わし、どうして、暮らす？」

取り乱したデルスに、アルセニエフが応える。「大丈夫だ、心配するな、おまえは私をいつも助けてくれたし、何度も困難から救い出してくれた。おまえには、借りがある、いつでも私のもとで宿とパンを見つけることができる」。するとそれまで都会を拒みつづけてきたデルスは、地面に膝をついて礼を述べ、さらに懇願するような口調でつづけた。じぶんは若い頃、ある中国人の古老から朝鮮人参《にんじん》[19]の探し方を教わった。そして教えの通りその高価な薬草を発見したが、売らないで株のままレフー川の上流の、人里離れた山中に運んで植えておいた。十五年前、最後にその秘密の人参畑を訪れたときには、順調に育っていて、ぜんぶで二十二本になっていた。いまでも残っているかどうかはわからないけれど、なによりも大切にしていたその宝の畑を、隊長、ぜひあなたにあげたい。アルセニエフは

18 **ジャコウジカ**　シカ科ジャコウジカ属に含まれるほ乳類の総称。

19 **朝鮮人参**　ウコギ科の多年草。朝鮮半島や中国東北部・ロシア沿海州にかけて自生し、根は漢方薬の原料として珍重される。高麗《こうらい》人参。

デルスの願いを素直に受け入れ、春になったらいっしょに探しに行こうと約束する。だが約束を果たす前に、デルスは殺されてしまったのだ。ハバロフスクの家で暮らしていた頃、アルセニエフは、デルスの話をもとに詳細な地図を書き留めておいたらしいのだが、それも第一次大戦を境に失われてしまったという。稀有《けう》な友人が誰にも言わずにいた朝鮮人参のありかは、ここで完全にわからなくなったのである。

しかしその畑は本当に存在したのだろうか。二十二株の朝鮮人参はデルスの夢のなかに自生する幻であって、現実には見つかるはずのない聖域だったと、どうして言えないことがあるだろう。◆夢は夢を紡いで群生し、やがて否定しようのない実在感を獲得する。こちらから望んだわけではないにせよ、黒澤の映画が引き出してくれた遠い日の一場も、デルスの脳裏に根付いた朝鮮人参の畑のように、Nの死を知っている私が記憶の奸策《かんさく》にはまって事後的に色づけした幻ではなかっただろうか。

*

白く細い棒がかなりの山を築きあげると、Nはそのうちの一本を擦って火をつけ、塚の基底部にそっと差しこんだのだった。種火はしばらくくすぶったあと他の火薬に移り、不規則な間隔でしゅうっと音を立てながら、休む間もなく炎を垂直に押しあげていった。車庫の暗がりに大きな炎があがって工具棚を照らし出し、その光を食い入るように見つめているNの野球帽の庇《ひさし》が、灯油缶の影とおなじ濃さで頬に隈《くま》をつくっている。ゆらめいては消え、またゆらめいては消えるマッチの不安定な炎に宿った影の振幅はひどくしなやかで、[20]幻灯を見ているようだった。

問4 「夢は夢を紡いで群生し、やがて否定しようのない実在感を獲得する。」とはどのようなことか。

20 幻灯 風景画などが描かれたガラス板やフィルムに光を当て、スクリーンに映写する仕掛け。

ところが、何度も消えかかっては息を吹き返す炎がいくらか下火になりかけたところでNはすっと立ち上がり、なにも言わずに店にあがると、驚いたことに、カウンターで座礁していたあのボトルシップを運んできたのである。炎は一挙に鎮静化して、大事に至る危険はもうなくなっていたが、おかげで車庫はさらなる闇に包まれ、階段から下りてきたNの顔もうっすらとしか見わけることができない。探検をお開きにするために、せめてもの戦利品としてその帆船を取りに戻ったのだとばかり思っていると、彼はゆっくり私に近づいて、かすかに微笑《ほほえ》みながら、今度はこれを燃やそう、と言うのだった。

燃やすってなにを？

船さ、船を燃やすんだ。

置き去りにするくらいだから店主がじぶんで組み立てたのではなさそうだけれども、誰かが気の遠くなるほどの手間をかけて完成させたその美しい船をなぜ燃やす必要があるのか。とはいえ観賞してくれる客のいなくなった船がこんな場所で朽ちていくのを想像するのも辛《つら》いことだった。なにをどう言うべきかわからずに黙っていると、その反応を了解と受けとめたのか、Nはいっしょにくすねてきたフォークの先でボトルの口をこじ開け、細く透明な首の部分から竹製のマドラー[21]を操って、船底を支える木の土台にマッチを一本ずつ送りこんでいった。幽閉された船に不可能な火を放つという行為の甘美な残酷さに、いつしか私も心を奪われてしまったらしい。気がつくと、暗がりで難航しているNの作業を

21 **マドラー** 飲み物をかきまぜるための棒状の道具。［英語］muddler

助けるため次々にマッチを擦り、手元に明かりを供給していたからである。白い火薬が葱《ねぎ》坊主《ぼうず》のようにくっついている細い棒を、息をつめてガラスの中に差し入れるその作業は、破壊ではなく、あらたな製作工程のひとつであるかに見えた。

　鎮火していたマッチの塚を平らにならしてそこにボトルを置くと、Nは小さな火を静かに内部へ導いていった。ぎくしゃくした炎がしばらく揺れたあと、突然、明るい橙色《だいだいいろ》の花弁が船を両側から包みこみ、真っ白なはずの船体が濃い黄色に浮かびあがった。海を知らない帆船が急ごしらえの芯となったランプは、暗く冷え切った車庫の中心でこの世のものとも思えぬ光を放ち、その火はシベリアの奥深いタイガで野営するアルセニエフ隊の焚《た》き火のように穏やかな宗教性すら帯びて、吸い付かんばかりに船を見つめているNの顔をほんの一瞬ゆらゆらと照らし、崩れていく船の周囲にあるはずのない風が立ち騒いで夢のバルコニーに張られたシーツの帆をはためかせ、消え入る寸前に、持ち主から二度も見放されたこの建物を遠い沖へと運び去っていった。

問5　「幽閉された船に不可能な火を放つという行為の甘美な残酷さに、いつしか私も心を奪われてしまった」とはどのようなことか。

読解

1　「記憶の奸策にはまって事後的に色づけした幻」（一四七・10）とはどのようなことか、説明しなさい。

2　「この建物を遠い沖へと運び去っていった」（一四九・12）とはどのようなことか、説明しなさい。

3　「ペンキの剝がれた巨船のごとく」（一三七・11）や「社長も住んでいたらしい大型帆船」（一三八・2）といった表現からわかるように、作品の中には「船」「航海」に関わる描写がちりばめられている。それらを抜き出して、作品全体にもたらしている効果を考えなさい。

歩行

尾崎《おざき》　翠《みどり》

恋をすると、人は運動不足になる。物思いにふけり、ため息をついてばかりになる。屋根裏部屋に閉じこもるのではなく、外を歩いてみなければならない。見知らぬ景色、人、物に出会うことで、気持ちを外に連れだそう。変化はそのあとで訪れる。

尾崎翠

一八九六－一九七一年。鳥取県生まれ。新感覚派などの影響を受け、短編を多く執筆した。本文は、『尾崎翠集成（上）』（ちくま文庫）によった。

おもかげをわすれかねつつ
こころかなしきときは
ひとりあゆみて
おもひを野に捨てよ

おもかげをわすれかねつつ
こころくるしきときは
風とともにあゆみて
おもかげを風にあたへよ

（よみ人知らず）

夕方、私が屋根部屋を出てひとり歩いていたのは、まったく幸田《こうだ》当八《とうはち》氏のおもかげを忘れるためであった。空には雲、野には夕方の風が吹いていた。けれど、私が風とともに歩いていても、野を吹く風は私の心から幸田氏のおもかげを持って行く様子はなくて、かえって当八氏のおもかげを私の心に吹き送るようなものであった。それで、よほど歩いてきたころ私は風のなかに立ちどまり、いっそまた屋根部屋に戻ってしまおうと思った。こんな目的に沿わない歩行をつづけているくらいなら、私はやはり屋根部屋に閉じこもって幸田氏のことを思っていた方がまだいいであろう。忘れようと思う人のおもかげというのは、雲や風などのある風景の中ではよけい、忘れがたいものになってしまう。――そして私は野の傾斜を下りつつ帰途に就いたので、いままで私の顔を吹いていた風が、いまは私の背を吹いた。さて背中を吹く風とは、人間のうらぶれた気もちをひとしお深めるものであろうか。私は一段と幸田氏のおもかげを思いながら家に着いたのである。

　家ではまだ雨戸と障子が閉めないであって、室内では、祖母がひとりごとを言いながら私の衣類をたたんでいるところであった。私の衣類は簡単服[1]、単衣《ひとえ》[2]、ネル[3]、帯などで、これはみな、私が無精のために次から次と屋根部屋の壁につるしていた品々である。

　私の祖母はいろりの灰に向かって簡単服の肩の埃《ほこり》をはたき（私の衣類はみな屋根部屋の埃を浴びていた。）膝のうえで私の古びた半幅帯[4]の皺《しわ》をのばし、そして縁さきに私の立っているのを知らない様子であった。そして彼女は、たえず私にかかわりのある事柄を呟《つぶや》いた。うちの孫はいい具合に松木夫人のところへおはぎを届けたであろうか。今ごろは松木夫人の許《もと》で、松木氏と夫人とうちの孫と三人でおはぎをよばれて[5]いるだろうか。私はそれが心配である。それとももはやおはぎの夕食を終わって、松木夫人と街の通りでも歩いているのなら私は嬉《うれ》しい。おはぎをたべているあいだには、松木夫人もうちの孫の運動不足に気づかれたであろう。そして孫を運動に連れて出てくれられたであろう。ああ、うちの孫はこのごろまったく運動不足をしていて、ふさぎの虫に憑《つ》かれている。屋根の物置小舎《ごや》からちっとも出ようとはしない。ふさぎの虫というのは神経の疲れのことで、神経には甘いものが何よりのくすりだという。ああ、うちの孫はおはぎをどっさりよばれてくれればよいが。そして今晩のうちに十里[6]でも歩いて来ればよいに……。

　そして祖母は私の単衣の肩についている屋根部屋の釘《くぎ》跡に息をかけたり、ネルの着物をながめたりして時間を送っていた。私は縁さきで哀愁◆の頭を振り、ふたたび家を出た。私は最初家

1 簡単服　単純な形に仕上げた婦人用ワンピース。夏場の家庭着。　**2 単衣**　裏地をつけないで仕立てた着物。　**3 ネル**　フランネル（〔英語〕flannel）の略。肌着や寝巻などに用いられる、両面を毛羽立たせた柔らかい織物。　**4 半幅帯**　普通の半分の幅に仕立てた女性ものの帯。羽織下や浴衣などに用いる。　**5 よばれて**　ここは、他の家に招待され、飲食の接待を受けること。　**6 里**　距離の単位。一里は約三・九キロメートル。

問1　「わすれかねつつ」を現代語に訳しなさい。

問2　「哀愁」を具体的に言い換えた表現を同じページから五字以上十字以内で抜き出しなさい。

を出たときから重箱の包みを一つさげていて、これはもうとっくに松木夫人の許に届いていなければならない品であったが、私の心の道草のためまだ届いていないのだ。

　今日の夕方に、私の祖母は急におはぎを作ることを思いついた。そして大急ぎでおはぎを作り、十数個を重箱に詰め、松木夫人の許に届けるよう私に命じた。この命令は、このごろ屋根部屋で一つの物思いに囚《とら》われている私を運動させるために祖母が企てたものであったが、（祖母は私のうつらうつらとした状態を、ただ運動不足のせいだと信じていたのである。）私は重箱をさげて家を出ると間もなく重箱のことを忘れてしまい、そしてただ幸田当八氏のことのみ思いながら野原の傾斜に来てしまい、そしてついに雲や風の風景のなかで、ひとしお私は悲しい心理になって家に引き返したのである。そのあいだ、私はついに重箱のことを忘れどおしであった。

　さてふたたび家を出た私は、もう心の道草をすることなくまっすぐに松木夫人の許に着かなければならない。私はふたたび重箱の重さを忘れまいとした。もう夕食の時刻も迫っている。そして私はまだ夕食前であった。祖母は私に夕飯を与えないで重箱の包みを与え、そして私を家の外にやってしまったのである。祖母の楽しい予想によれば、私はまず松木夫人の許でおはぎの夕食をよばれて神経の栄養をとり、それから松木夫人は運動不足の私とともに十里の道をも散歩しなければならないであろう。重箱のなかのおはぎはほぼこれだけの使命を帯びていた。

　私はなるたけ野原の方に迷いださないよう注意しながら松木夫人の宅《いえ》に向かった。けれど、私は、やはり幸田当八氏のことを考えていて、絶えず重箱の重いことを忘れてしまいそうだった。すると私は左手の重箱を右手に持ちかえ、そしておはぎの重いことのみを考えようとした。けれど右手が重くなって三十秒もすると私はすでに幸田当八氏のことを考えていたのである。

　さて私の心情をこのように捕らえた幸田当八氏について、私はいくらか打ちあけなければならないであろう。私がまだ屋根部屋に移らないでいたある日のこと、私の兄の小野一助《かずすけ》が祖母に当ててはがきの紹介状を一枚よこした。はがきは「余の勤務せる心理病院の一医員、分裂心理研究の熱心なる一学徒幸田当八を紹介申し上げ候。」という書き出しで、当八はこのたび広く研究資料を集めるため、各地遍歴の旅を思い立った。当八は余らが分裂心理学の上に一つの新分野を開拓すべき貴重な資料を齎《もたら》し帰るであろう。余ら数人は昨夜当八の門出を送る宴《うたげ》を張り、余は別離の盃《さかずき》にいくらか酔ったようである。そして当八は今日出発した。そのうち祖母の許にも到着するであろう。数日のあいだ滞在するであろう。そして滞在中はいろいろモデルを要するであろう。十分の便宜をたのむ。

小野一助のはがきの意味を祖母に理解させるのは、よほど骨の折れる仕事であった。祖母は私たちの家庭に来客のあるということをようやく理解した様子であったが、しかし「モデル」とは何のことであろう。この言葉の意味は、ついに私にもわからなかったのである。この疑問について私が小声で呟いていると、

「お前さんの字引にもありませんのか。」と祖母は言った。「いまどきは、兄さんたちや若い衆のあいだに、いろいろ難しいことがはやっていて、私らにはとんとわかりはせぬ。わかるまで字引を引いてみてくだされ。」

「モデルというのは絵かきの使うもので、絵の手本になる人間のことだけど、しかし、医者のモデルというのは字引にも出ていないでしょう。」と私は言った。

「これは困ったことになった。モデルというのは手本になる人間のことで、お医者様の手本になる人間というのは——（私の祖母はしばらく思案に暮れていた。）ああそうじゃ、お医者様の手本とは病人のことにちがいない。」

それから祖母は炉の灰に向かって吐息をつき、打ちしめった声で言った。お医者様のモデルが病人のことなら、世の中にモデルの種は尽きないであろう。世の中は病人だらけではないか。松木夫人の弟さんも毎日薬ばかりのんで、おかしな文章を書いておられるそうじゃ。たぶん頭の病気に罹《かか》っておられるのであろう。このあいだも、烏《からす》は白いという文章を書かれたという。うちの小野一助や、こんど来られるお客様の病院は、何でも頭や心の病気をほぐしてゆく病院ということじゃ。幸田当八様が来られてモデルが要るようであったらば、第一番に松木夫人の弟さんをモデルにしていただくことにしよう。

けれどこんな話の途中で、私の祖母は急に部屋の心配をはじめた。お客様がみえたら、どの部屋を幸田当八氏の居間にしたものだろうと祖母は苦心をはじめたのである。

「座敷では、夜淋《さび》しい音がして、お客様が眠れぬと思うのじゃ。秋風の音は淋しい。」

祖母は私を座敷に連れてゆき、室《へや》のまんなかに私を立たせ、そしてお前さんのよい耳でよく聴いてみてくれと言った。そして私は、耳の底に、もっとも淋しい秋風の音をきいたのである。これは隣家の垣根にある[8]芭蕉《ばしょう》の幹が風に揺れる音であった。

7 心理病院　精神疾患を治療する病院。現在の心療内科・精神科にあたる。

問3　「十分の便宜」とは具体的にはどのようなことか。

8 芭蕉　バショウ科の大形多年草。

この日のうちに私は屋根部屋に移転した。祖母と私とはしばらく考えた末、私の部屋を来客の居間に充てたのである。私の部屋は二坪半[9]の広さを持っていて、隣家の芭蕉がいくらか遠ざかっていた。

さて私の新居は、旧居よりも一階だけ大空に近かったけれど、たいへん薄暗い場所であった。私の新居には壁の上の方に小さい狐窓《きつねまど》[10]が一つしかなかったのである。これはまったく私の祖母が日ごろ物置小舎として使っている純粋の屋根裏で、天井板のない三角形の天井と、畳のない床板とのあいだに在る深さの浅い空間にすぎなかった。とはいえ、狐窓の外にはちょうど柿の枝が迫っていて、私の新居には秋の果物がゆたかであった。

私は狐格子のあいだから柿を取ってはたべ、またたべながら、新しい住居の設備をした。そして私はほとんど物置小舎の保存品だけで設備を終わることができた。壁に沿って横たわっている一個の長持《ながもち》[11]はちょうど人間の寝台によかったので私はその傍らに岐阜提灯《ちょうちん》[12]を一つ吊《つる》して電気の代わりとした。私の岐阜提灯はもはや廃物となっていて、胴体のあたりがかなり破れていたけれど、しかしこの破損も時には私の役に立つであろう。私がもし無精していて消灯したいときは、寝台から動くことなく提灯の破損を目がけて息をひとつ送ればいい。すると私の送った息は岐阜提灯の骨を越えて直ちに灯を消すであろう。――私が岐阜提灯を吊したのは、ちょうどその動作に適した場所であった。

次に私は四つの蜜柑《みかん》箱と、一年に一度しか要ることのない正月の餅板《もちいた》[13]とで机を作り、その前にうすべり[14]を一枚敷き、餅取り粉の吹きだしている机の片隅に古びた台ランプを一つ置いた。そして最後に私は旧居の壁に懸かっていた私の衣類を一枚のこらず屋根部屋の壁に吊した。私は薄暗い屋根部屋に、できるだけ旧居の情趣を与えたかったのである。祖母は夏の簡単服を新居に移すことは不賛成で、もはや秋だから、夏の服は洗濯して蔵《しま》いなされと注意した。しかし私は祖母に賛成することができなかった。そして私が古ぼけたおしめの乾籠《ほしかご》[15]に腰をかけ、旧居とおなじ順序に並んだ屋根部屋の衣類をながめ、そして柿をたべているとき、階下では祖母が幸田氏の部屋にはたきをかけていた。

私の移転から七日も経ったと思うころ、ようやく幸田当八氏は到着した。ちょうど私の祖母は来客を断念しかかったころで、お客様は途中でふと気が変わって、もはやうちに見えないであろう。お前さんももはや不便な思いで長持のうえに寝ずともよい、もとの部屋に帰って来なされと注意しはじめていたころであった。また私自身も、祖母がいろりの焚火《たきび》をするたびに、煙はみんな私の住まいにのぼって来て窓の狐格子のそとへはなかなか出て行かないので、もう旧居へ帰ってしまおうと考えていたのである。ちょうどこの折に、幸田当八氏は大きいトランクを一個提げて到着した。氏の持ち物はそれだけであった。そして氏はトランクとともに予定の部屋の客となり、二時間のあいだぐっすり眠り、眼《め》がさめると同時に私の旧居の机に向かって何か勉強をはじめた。

夕食後の炉辺で、私の祖母はモデルのことを幸田氏にきいたり、松木夫人の弟のことを告げた。幸田氏は氏の取り調べにモデルの要らない旨を答え、（とはいえ、幸田氏は、まったく私自身を研究のモデルに使ったのである。）それからトランクの中の書物を一冊取ってふたたび炉辺に帰った。これは戯曲全集第何巻という書物であった。

幸田氏はしばらく書物のページをしらべていたのち、披《ひら》いた書物を祖母にわたし、そのせりふを朗読してくれといった。

私の祖母はよほどあわてて、頭を二つ三つ続けさまに振り、急には言葉も出ないありさまであった。そして祖母は眼鏡をかけていないのに、眼鏡をなおす動作をしたのである。私は炉の部屋の鴨居《かもい》から老眼鏡をとり、祖母の眼にかけた。

「ああ――。」

祖母は指定されたせりふの最初の一句を発音しただけで、次の句を続ける術《すべ》を知らなかった。幸田氏は熱心な態度で炉の灰をながめ次の句を待っていたが、祖母はすでに戯曲全集を私の膝に移し、眼鏡の汗を拭きながら言った。

「ああ、何とむずかしい文字やら。私にはこのような文字は読めませぬ。」

このとき私はようやく理解した。私の祖母は、幸田氏の心理研究の最初のモデルに挙げられたのである。氏はたぶん、人間の音声や発音の仕方によって、人間の心理の奥ふかいところを究めているのであろう。しかし祖母のモデルでは、幸田氏はすこしも成功しなかった。氏は頭を一つ振って立ち上がり、戯曲全集の別の分を取って来て私に与えた。そして私は、ああ、何という烈《はげ》しい恋のせりふを発音しなければならないのであろう。私はただ膝のうえのページを黙読するだけで、すこしも発音はできなかった。すると幸田氏は「女の子というものはまるで内

9 坪　面積の単位。一坪は約三・三平方メートル。　**10 狐窓**　家の上部に設けた、狐格子（内側に板を張った格子）をはめた通風・採光用の窓。
11 長持　衣服・調度などを入れるための蓋付きの大きな長方形の箱。　**12 岐阜提灯**　岐阜特産の提灯。美濃紙などの薄い紙を貼り、秋草などの絵を描く。　**13 餅板**　つきあげた餅をのばしたり形を整えたりする際に台にする板。　**14 うすべり**　イグサで織った筵《むしろ》に布の縁をつけた敷物。
15 乾籠　乾かした洗濯物を入れておくかご。

気なものだ。これでは僕の研究が進まなくて困る。せめてお祖《ば》母《あ》さんのそばを離れてみよう。」

といって、私を氏の居間に連れていった。ちょうどこのとき私の祖母は炉辺で眼鏡をかけたまま居眠りに入ろうとするところであった。

けれど私は幸田氏の部屋でも戯曲を朗読することはできなかった。

「まだお祖母さんを恥ずかしがっているのか。仕方がないから二階に行くことにしよう。二階ならせりふがお祖母さんに聞こえないから大丈夫だ。」

私は私の部屋の岐阜提灯と台ランプを二つともつけ、それから幸田氏を室内に案内した。幸田当八氏は餅板の机に肱《ひじ》をかけて私の発音を待っていたが、そのうち洋服の肱に餅取り粉の付いていることに気づき、粉をはたくために狐窓に行った。そして当八氏は窓の柿を数個とり、私の机のうえに柿をならべたのである。

幸田氏と私とはいつとはなく柿をたべはじめていた。幸田氏はもううすべりの上に座るのは止めて椅子にかけ、そして秋の果物をよほどたくさん食べたのである。幸田氏のかけている椅子は、私の祖母が屋根裏の片隅に蔵っている古ぼけたおしめの乾籠であった。

柿を一つ食べると私はふしぎにせりふの発音をすることができた。たぶん、おしめ籠に腰かけて柿を食べている幸田氏の態度が私の心を解きほぐしたのであろう。

「ああ、フモール様、あなたはもう行っておしまいになるのでございますか。野を越え谷を越え、ああ、幾山河を行っておしまいになるのでございます。」

これは一篇《いっぺん》の別離の戯曲であろう。私がそんなせりふを朗読すると、幸田当八氏はまだ柿をたべながら男の方のせりふを受け持った。幸田氏のせりふは柿のために疲れたような発音であったが、そのために私たちの朗読はかえって哀愁を増した。

幸田氏の滞在はほんの数日間であったが、この期間を私はただ幸田氏と二人で恋のせりふの交換に費やした。私がマルガレーテ[16]になると幸田氏は柿をたべているファウスト[17]になり、私が街女になると幸田氏は柿をたべているならずものになった。そして何を演《や》ってもつねに柿をたべておしめ籠に腰かけていたのは、私を恥ずかしがらせないための心づかいであった。幸田氏のトランクは戯曲全集でいっぱいだった。けれど私たちの朗読に掛けられない恋の戯曲は、もう一ページもなかったであろう。そしてああ、幸田氏はついに大きいトランク一個とともに次の調査地に行ってしまったのである。

私を研究資料として書き入れていた幸田氏のノートが、どんな内容を持っていたかを私は知らない。私はただ、幸田氏の行ってしまったのちの空漠とした一つの心理を知っているだけである。私はただせりふの朗読に慣れた口辺が淋しく、口辺の淋しいままに幾つでも窓の柿をたべた。当八氏の残していった籠の椅子に腰をかけ、餅板の机に柿をならべ、そして私は幾つでもたべた。私は餅取り粉の表面に書いた。「ああ、フモール様、あなたはもう行っておしまいになりました。」

祖母はいくたびか旧居に降りて来ることを命じた。けれど私は屋根部屋に住み、窓の狐格子をとざし、そして祖母の焚火の煙に咽《むせ》んだ。

幸田当八氏に対する私の心境をすこしも知らない私の祖母は、すべての状態を運動不足のためだと信じ、できるだけ私を歩行させようと願った。そしてついにおはぎをつくり、私を松木夫人の許にやったのである。

私のおはぎはあまり松木家の夕食に役立たなかった。私が途上であちこちしてるうちに、松木家の夕食は済んでしまったのである。食卓の食器はみんな片づいていて、卓上には食事に関係のない二点の品が載っていた。それは一冊の薄い雑誌と、一罎《びん》のおたまじゃくしとであった。松木氏はおたまじゃくしと雑誌とを代わる代わるにながめよほど不機嫌な様子で、松木夫人は膝のうえにあまり清潔に見えないところのズボンを一着のせて綻《ほころ》びを縫っていた。以上のような光景のなかに私のおはぎはとどいたのである。

松木氏はまずそうな表情でおはぎを半分だけ嚥《の》みくだしそして言った。

「何にしても、土田九作くらい物ごとを逆さに考える詩人はいないね。言うことがことごとく逆さだ。烏が白いとは何ごとか。神を恐れないにも程がある。僕は動物学に賭けても烏のまっくろなことを保証する。お祖母さんのうちの孫娘も一度土田久作の詩を読んでみなさい。」

松木氏は雑誌を私の方によこした。そのページには詩人土田九作氏の「からすは白きつばさを羽ばたき、啞々《ああ》と嗤《わら》ふ、からす嗤へばわが心幸おほし」という詩が載っていた。この作者は松木夫人の弟で、いつも物ごとを逆さにしたような詩を書き、そして常に動物学者の松木氏の悲歎《ひたん》にあたいしていたのである。

「何にしても、あの脳の薬をやめさせなければ駄目ですわ。」

16マルガレーテ　ドイツの詩人・劇作家ゲーテの代表的な戯曲『ファウスト』の登場人物。　**17ファウスト**　戯曲『ファウスト』の主人公。悪魔メフィストフェレスの仕業により、さまざまな享楽にふける。

問4　「哀愁を増した」のはなぜか。

夫人はやはりズボンを繕いながら言った。このズボンはどうも土田氏のものらしかった。

「あらゆるくすりをやめさせなければならない。土田九作くらい薬を用いる詩人がどこにあるか。消化運動の代わりには胃散をのむし、睡眠薬を毎夜欠かしたことがない。だから鳥が真っ白に見えてしまうのだ。」

「だからちょっと外出してても自動車にズボンを破られてしまうのですわ。」

「ところでこんど九作の書く詩は、おたまじゃくしの詩だという。ああ、何という恐ろしいことだ。実物を見せないで書かしたら、土田九作はまた、おたまじゃくしは真っ白な尻尾を振り——という詩を書くにきまっている。まるで科学の冒瀆《ぼうとく》だ。だから僕は、僕の研究室で、時ならぬおたまじゃくしの卵を孵化《ふか》さしてやったのだ。眼の前に実物を見て書いたら、土田九作でもすこしは気の利いた詩を書けるであろう。ところで（と松木氏は私に向かって）お祖母さんのうちの孫娘は、非常な運動不足に陥っているようだね。だから（と氏は夫人に言った。）おたまじゃくしを届けがてら孫娘を火葬場あたりまで連れていったらいいだろう。ちょうどいい運動だ。」

けれど松木夫人はまだズボンの修繕が済まなかったのでおたまじゃくしは私が届けることになった。

私は季節はずれのおたまじゃくしを風呂敷に包み、松木夫人の注意で重箱の包みをも持った。土田九作氏がもし勉強疲れしているようだったらおはぎをどっさりと食べさしてくれと夫人はいって、九作氏の住居は火葬場の煙突の北にある。木犀《もくせい》が咲いてブルドッグのいる家から三軒目の二階で階下はたぶんまだ空き家になっているであろう。二階の窓には窓かけの代わりとして[18]渋紙色の風呂敷が垂れているからと説明した。

私は祖母の希望どおりたくさんの道のりを歩いた。けれどついに幸田当八氏を忘れることはできなかった。木犀の花が咲いていれば氏を思い、こおろぎが啼《な》いていれば氏を思った。そして私は火葬場の煙突の北に渋紙色の窓を見つけ、階下の空き家を通過して土田九作氏の住居に着いた。

九作氏はちょうどおたまじゃくしの詩について考えこんでいるところであったが、私が机のうえにおたまじゃくしの罎をおくと、氏は非常に迷惑な顔をしておたまじゃくしを机の下の暗がりにかくした。氏はおたまじゃくしの詩を書くときその実物を見ると、まるで詩が書けないという思想を持っていたのである。

それから土田氏は私に対し非常に済まない様子で、一つの願いを出した。

「[19]ミグレニンを一[20]オンス買って来てくれないか。二時間前から切れてて頭が苦しい。」

私は茶色の一オンス罐を受け取って薬局に出かけた。

私が頭の薬を買って帰ってみると、九作氏は重箱をあけておはぎを食べているところだった。

しばらくののち氏は箸をおいて頭をふり、ひとりごとを一つ言った。

「どうも、僕は、いくらか食べすぎをしたようだ。」

九作氏は机の抽斗《ひきだし》をさがして胃散をとりだし、半匙《さじ》の胃散をのんだ。氏の罐には胃散が半匙しか残っていなかったのである。氏はしばらくのあいだ頭を振ってみたり詩の帳面に向かってみたりして胃散の効き目を待っている様子であったが、ついに、ひどく言いにくそうな態度で、胃散を一缶買ってきてくれないかと言った。そしてなおおはぎと胃と頭脳のはたらきとの関係について述べた――甘いものは頭の疲れによいと人々は信じているようだが、度を過ごすと胃があまりに重くなる。胃があまりに重くなると、胃の重っくるしさは頭にのぼって来て、頭脳がじっと重くなってしまうのだ。この順序を辿《たど》ってみると甘いものの一つであるおはぎは、じつに頭に有害なものではないか。

土田九作氏は机の抽斗を閉めることをも忘れて、ただ頭の状態を気にしていた。そして氏の抽斗には、いろんな薬品のほかに何もなかった。

さて私は、ふたたび薬局をさして出かけなければならなかった。それにしても、この一夜は、私にとって何と歩く用事の多い一夜であろう。そして土田九作氏は、何と彼の住居にじっとしていたい詩人であろう。氏はいつもあの二階に籠もっていて、胃散で食後の運動をしたり、脳病のくすりで頭の明晳《めいせき》を図ったりして、そして松木氏や松木夫人の歎《なげ》きにあたいする諸々《もろもろ》の詩を作っているに違いない。――私は途々《みちみち》こんなことを考えて、◆ついにしばらくのあいだ幸田当八氏のことを忘れていた。

私が胃散の缶とともに帰って来ると、土田九作氏はおたまじゃくしの罐を机の上に取りだし、おたまじゃくしの運動をながめつつ何か呟いていた。そして氏は私の帰宅をも知らない様子だった。――僕はついにおたまじゃくしの詩作を断念した。実物のおたまじゃくしをひと目見て以来僕は決しておたまじゃく

18 渋紙　張り合わせて柿渋を塗った紙。敷物や包装紙に用いる。　**19 ミグレニン**　鎮痛作用のある医薬品。特に偏頭痛に有効とされる。　**20 オンス**　重さの単位。貴金属や薬量の計量に用いる場合、一オンスは約三一・一グラム。

問5　「眼の前に実物を見て書いたら、……」という一文から、松木氏は詩についてどのように考えているとうかがえるか。

問6　「ついにしばらくのあいだ幸田当八氏のことを忘れていた。」のはなぜか。

しの詩が書けなくなった。松木氏は何と厄介な動物を届けてよこしたのだろう。

さて土田九作氏は胃散の封を切って多量の胃散をのみ、詩の帳面に向かったが、しかし氏は一字の詩も書いた様子はなかった。そのあいだ私は罎の中のおたまじゃくしを見ていた。季節はずれの動物は狭い罎のなかを浮いたり沈んだりして、あまり活発ではない運動をしていた。このおたまじゃくしにも何か悲しいことがあるのであろう——そして私は、ふたたび幸田当八氏のことを思いだし、しぜんと溜息《ためいき》を吐《つ》いてしまったのである。
すると土田九作氏も大きい息を一つして、

「何か悲しいことがあるのか。悲しい時には、あんまり小さい動物などを瞶《なが》めると心の毒になるからおよし。悲しい時に蟻《あり》やおたまじゃくしを見ていると、人間の心が蟻の心になったり、おたまじゃくしの心境になったりして、ちっとも区別がわからなくなるからね。(そして土田氏は、おたまじゃくしの罎を幾重にも風呂敷で包んでしまい階段の上り口に運んで)こんな時には、上の方をみて歌をうたうといいだろう。大きい声でうたってごらん。」

といった。けれど私はついに歌をうたうことができなかった。そしてついに土田九作氏は、帳面の紙を一枚破りとり、次の詩を私に教えてくれたのである。しかしこの詩は九作氏の自作ではなくて、氏がいつかどこかから聞いたのだと言っていた。帳面の紙には——

おもかげをわすれかねつつ
こころかなしきときは
ひとりあゆみて
おもひを野に捨てよ

おもかげをわすれかねつつ
こころくるしきときは
風とともにあゆみて
おもかげを風にあたへよ

読解

1 本文に登場する詩は、「おもひ」を捨てる手段への助言になっているが、「私」に対して実際は役に立たなかったのはなぜか、説明しなさい。

2 「私は餅取り粉の表面に書いた。『ああ、フモール様、あなたはもう行っておしまいになりました。』」（一五七・上6）とあるが、私はどのような気持ちでこのせりふを書いたのか、説明しなさい。

3 「このおたまじゃくしにも何か悲しいことがあるのであろう——そして私は、ふたたび幸田当八氏のことを思いだし、しぜんと溜息を吐いてしまったのである。」（一六〇・上7）とあるが、「幸田当八氏のことを思いだし」たのはなぜか、説明しなさい。

想像力とアーカイヴ

アーカイヴ（［英語］archive）とは、重要な記録や資料を保存し、未来に伝達することを指す。欧米では、アーカイヴはとりわけ公的記録の保管所をさし、一般には訪れる人も多くはない。しかし、アーカイヴこそ、歴史の検証にたえうる場所であり、だからこそ永久保存を目指す場所ともなる。人々の暮らしとは切り離されるのもそのためである。

　欧米の発想法と異なり、アジアや日本では、アーカイヴは公的記録だけでない、もっと民間の、目につかないふつうの生活のなかに溶け込んでいた。たとえば、夏目漱石を考えてみよう。漱石は小説家になる前、イギリスのロンドンに留学していた。このときの漱石は、下宿に閉じこもり、本ばかりを読んでいた。いわゆる漱石発狂説が流れたのもそのためである。しかし、当時のロンドンを考えてみれば、漱石が気に入った十八世紀の英文学にしても、公的な記録の保管所として大英図書館があったはずである。しかし、漱石はそこに通ったという記録はほとんどない。むしろ自宅にたくさんの本を買い込み、その本のなかで読むことの方に情熱を注いだ。

　公と私がはっきりと切り分けられないということは、公的な保管所としての図書館がなかなか成長しないという問題点ともつながっている。しかし、他方、私的な空間に多くのアーカイヴが存在することにもなり、それぞれに個性的なアーカイヴを生み出すことになった。近現代におけるこうしたアーカイヴの数々は、その後、ふたたび公的な図書館などに寄贈され、保管場所を新たにしたが、逆にその意味をとらえにくくしてしまった。

　宮武外骨《みやたけがいこつ》のような人を考えると分かる。この人は、諷刺《ふうし》や皮肉の効いたジャーナリストであるだけでなく、みずからもそうであったがゆえに、発売禁止になった多くの書籍や新聞雑誌のコレクターになった。外骨のこうした個人蒐集《しゅうしゅう》をもとにして、東京大学の明治新聞雑誌文庫は出来上がった。貴族でも大地主でもない、ひとりの個性的なジャーナリストの趣味とこだわりがアーカイヴを作り出したのだ。

　想像力はそのアーカイヴのなかから生まれる。記録された言葉と言葉、資料と資料のあいだには無限の空間が広がっている。言葉にならなかった闇、記録されなかった沈黙。そこから新たな言葉を汲み上げていくのが想像力である。この想像力をもとに、さらなる調査と実証へ向かうのが歴史学であり、空白のなかに物語を構想していくところに文学の可能性がある。何もないところで、ただ想像するだけでは強い文学は生まれない。アーカイヴの鉱床を掘り当て、そこに測鉛をおろす。文学はそこからわき出てくる。

第四章

飛翔する言葉

世界は語られる言葉によって作られている。「語り」がありきたりで退屈なら、世界も色あせたまま、ぐったりと元気がない。だがもしも、その「語り」が色とりどりのパレットと心躍らせるリズムと想像の羽ばたきを携えていたら、世界は自由自在に飛び立つことができるだろう。小説はその飛翔する力によって、私たちに夢みる権利と、世界を思いのままに語り変える可能性を教えてくれる。小説の語りの冒険は、私たちをどこまで運んでいってくれるだろうか。

ブラックボックス

仕事の現場は、上司やリーダーが舵《かじ》を取っているように見える。部下は黙々と上司の指示に従っているように思える。しかし、本当に仕事のかなめを握っているのはひっそり目立たないところに座っている「あの人」なのかもしれない。

津《つ》村《むら》記《き》久《く》子《こ》

それは難しいですねえー、という田上《たがみ》さんの声が聞こえてきたので、私は振り返って彼女を見る。田上さんは、受話器を持ったまま、もう1ミリも難しくないという顔つきで、そうですねえー、やっぱりねえー、慎重にならないといけないし、そんなにすぐに書き上げられるものでもないですしねえー、などとにこにこ言いながら、左手を正確に動かして、デスクの上のひきだしから書類を取り出している。受話器を置いた後、田上さんはマグカップからお茶を飲み、ふう、と溜《た》め息をついた後、おもむろにデスクペンを取って書類を書き始める。

田上さんはあと十五分であの書類を処理し終わることを、私は知っている。田上さんの自己申告の所要一時間は、実質的には十五分弱に値する。さっきの応対などは、電話だったしちょろいものだろう。対面であっても、やはり困った顔がうまい田上さんは、それは難しいですねえー、と調子を変えて何度か言うことで、実際の仕事時間の三〜四倍の時間を確保する。そんなふうに中抜きしても、田上さんのところには次から次へと仕事が持ち

津村記久子
一九七八年―。大阪府生まれ。二〇〇五年、「マンイーター」（のち、「君は永遠にそいつらより若い」に改題）で太宰治賞を受賞し、デビュー。以降、芥川賞・川端康成文学賞などを受賞。本文は、『とにかくうちに帰ります』（新潮社）によった。

込まれるので、田上さんがさぼっている余裕はないのだが。

そして書類を書き上げると、営業の社員に示された期限のだいたい三十分前の時刻を書いたメモを、ゼムクリップで書類に挟んで、田上さんの真横にある窓際のキャビネット[1]の上の、もとはお中元のせんべいが詰まっていた黒い箱の中にしまう。席に戻った田上さんは、デスクマットの中に入れている予定表のメモ用紙に、先ほど黒い箱にしまった書類に添付した時刻を書き込む。あとは、その時刻通りに、書類を営業に渡すだけだ。

田上さんはたまに、予定表の時刻と書類の時刻を書き換えることがある。仕事を頼んできた社員が、その後理不尽なことを言ってきた場合である。田上さんは、いつも笑っている表情を真顔に変え、ほんの少しだけ雑な手つきで、先延ばしにした時刻を書き込む。十六時半を切ったらやばいんですかあ、そうですかあ、大変ですねえー、と受話器に向かって鷹揚《おうよう》に言いながら、田上さんが『16：29』と書類につけるメモ用紙に書き込んでいるのを、私は見たことがある。田上さんの真顔は、田上さんなりの怒った顔だ。また、雑すぎる指示や甘えた丸投げに遭遇した場合は、田上さんは普段より長く時間を吸い取る。応対の言葉は、「それは難しいですねえー。」が、「それは無理かもしれませんねえー。」だとか「持っている仕事が多いんで、だいぶ先になりますねえー。」などと変化する。

田上さんが、普段よりも高い頻度で、書類を返す時間の先延ばしや、いつも以上に長い時間の中抜きを繰り返していた時に、だいぶ忙しいんですか？　となにげなく質問してみると、田上さんは、垣内《かきうち》常務がすごく無理を言ってきて困っている、とほんの少しだけ愚痴った。私も常務とは何度か仕事をしたことがあるので知っているのだけど、確かにあの

1キャビネット　書類などを整理・収納するための戸棚。［英語］cabinet

問1　「普段より長く時間を吸い取る」とはどのようなことか。

人は指示が突発的で、社内で女がやっている仕事を軽んじる傾向にある。そのくせ、仕事を渡せば、期限すら示さなくても、私たちが私たちでも使えるような簡単な魔法を使って、なる早[2]で作業を仕上げるものだと思い込んでいる。垣内常務に限らず、社内にそういう人間は多い。得意先との仕事の困難さは知っていても、社内に流す仕事に関しては無知なお姫様のように振る舞うような。

　田上さんがときどき、怖いほど生真面目な目付きで眺めている、何の変哲もないタイトルなしのノートには、社内の人間の成績表が書いてあるのではないか、と私は疑っている。業務に関する成績ではなく、人間的な部分での成績表である。その成績の如何《いかん》によって、田上さんは仕事の仕上げ時刻を決めるのだ。ちゃんとした人にはできるだけ早めに、普通の人には妥当な時刻に、くそったれには冷や汗が滲《にじ》むほどスリリング[3]な時間に。

　私と同じ仕事をしている先輩の浄之内《じょうのうち》さんと、田上さんについて話したときに、あの田上さんのこみいった時間管理は、自分の仕事に対するブランディング[4]なのではないか、という話になった。社内の男連中が、田上さんの仕事を、誰にでもできる字を書くだけのもの、と侮っていることは、彼らの言葉の端々から伝わってきており、馬鹿だな、と私などは思うのだけど、田上さんは、入社以来培った仕事の精度を見せびらかさず、能力によって実現できる正確さを、時間によってのものであると装うことによって、自分の仕事がある程度は困難なものであると周囲に思わせているのではないか、と。要するに、十五分でできることを一時間かかると見せかけて、これは簡単な仕事ではないんだよ、おまえたちはちゃんとありがたがれよ、と主張しているのではないか、ということだ。自分の仕事の

2 なる早　なるべく早く、の意。

3 スリリング　はらはらさせるさま。［英語］thrilling

4 ブランディング　あるブランドを価値あるものとして構築し、また、その価値を維持するための活動。［英語］branding

問2　「自分の仕事の格を守

格を守るために、自分自身の能力を低く見積もらせるわけだ。
わからないでもないけれども、短期的には、にこにこしてなんでもはいはいと受けて、××さんはできる子だねなどとおだてられるよりはおよそ気分の悪いことだし、難しいことだと思う。ただ、「できる子だね。」と自尊心をくすぐられるということには必ず裏がある。すなわち、ゴミ箱にゴミを捨てるように、仕事を投げ与えられるということ。私も入社して最初の二年は、その罠《わな》にはまっていた。次々と名前を呼ばれると、自分は頼られている、仕事ができているとうれしがっていた。それは確かにそうなのかもしれないけれども、そんな気持ちをいいように利用する連中も当然存在する。田上さんは、早くからそのことに気がついて、作業の仕上げ時間を長めに言うことを覚えたのだろう。

田上さんは、短大を出てすぐに見合い結婚し、子供が保育所に通い始めると同時に飲食業のパート[5]を始め、しかし腰を悪くして事務職に転向し、この会社に入った。今年で五年目である。ぽっちゃりしていて、年齢より少し上に見える。動きもしゃべり方もゆっくりで、見るからにおっとり型である。実際におっとりした人だ。食事に行ってもメニューを決めるのはいちばん最後だし、ランチを食べ終わるのも誰より遅いし、私と同時に着替え始めてもロッカールームを出るのは私よりあとだし、調子の悪いパソコンの起動をモニタの前でじっと待てる人だ。彼女を、とろい、と謗《そし》る心無い人もいるだろう。事実、田上さんを年配の社員がそのように揶揄《やゆ》しているところに遭遇したこともあるけれど、私からしたら、あんたは田上さんが仕事をしている様子を見た事がないのか、と説教をしたくなるような愚かな考えだ。たぶんないのだろうけれども。そう確信できるぐらい、田上さんは

るために、自分自身の能力を低く見積もらせる」とはどのようなことか。

5 パート 「パートタイム」「パートタイマー」の略。正規の就業時間よりも短い労働形態、およびそれに従事する人のこと。

いつも静かに、まるでいないかのように働いている。

男の社員たちは皆、自分が田上さんに仕事を渡す段階にならないと、田上さんについては思い出さない。大声を出したり、不平を表したりはしない田上さん相手なので、まるで書類をシュレッダー[6]にかける時のように雑な様子で頼み事をすることもある。田上さんはそれに、それは難しいですねえー、と対抗し、自分の決めたペースでことを進める。少し離れた場所から、その状況を眺めていると、もう少し敬意を払えば、田上さんだって自らが決めた鉄のルールを緩めてくれるのに、と思う。用意できている書類が、「用意できている」ということを隠蔽されるために、せんべいが入っていた大きな黒い箱にしまいこまれることもないのに。私はこき使われることの不満を単純な無愛想さで示すけれども、田上さんは仕事の出来上がりの遅い早いで示す。どちらが上手《うわて》かは明らかである。そして田上さんが、新しい仕事にかかる時に必ず参照するノート。たぶんそこには、田上さんが判定した社員の人格が、容赦なく評価されているのだろう。閻魔帳《えんまちょう》[7]とはよく言ったものである。

私は、人間としての田上さんには好意を持っているけれども、会社員としての田上さんには、ときどき悪魔じみたものを感じる。片手にペンを持って静かにデスクに待機し、作業を頼みにくる哀れな社員を裁く。相手が、大声を出したり、くどくどと嫌味を言ったり、無言で舌打ちするような輩《やから》であっても、田上さんはまったく怯《ひる》まず、書類を黒い箱に隠しては、相手がいらついてくる時間帯、胃酸が分泌され、こめかみが震え出す時刻にこそ内線をかけ、書類を取りに来させる。田上さんは、言葉でも表情でも陳情でもなく、仕事そ

6 シュレッダー 書類を細断するための装置。［英語］shredder

問3 「どちらが上手かは明らか」とあるが、それはなぜか。

7 閻魔帳 生前の罪に応じて死者を裁く閻魔大王が、罪状を書き込むという帳面。転じて、教師が生徒の成績や品行などを書き込む手帳の俗称。

のもので、腹の立つ相手に一撃を加える。

見ていてはらはらすることもある。何年ぶりかの新入社員である河谷君が、ものすごく急いでいる様子で、悪辣な期限を切りながら田上さんのデスクに結構な量の書類を投げ出していったときなどには。私は指を突きつけて指摘したくなった。今日のあんたは終わったよ、まず余裕を持って先方を訪問することはできないし、かといって遅れる破目になって諦めることすら許されない、ぎりっぎりに間に合ってしまう時刻に会社を出て、焦りで心臓に負担をかけながら、息せき切って地下鉄の階段を上る事になるだろう。礼儀知らずだったせいで、寿命が何時間か縮んだな。

間に合うのは間に合うと思うんですけれどもぉ、難しいですねえー、という田上さんの声が聞こえて、これはかなり怒っているな、と私は判断した。河谷君は、もう約束しちゃったんで、などと墓穴を掘っている。そんな自分の事情を話したところで物事が動くと考えるのは間違っている。もしあなたの望む首尾通りに物事が運んだとしても、それはあなたが望んだからではなく、周囲が仕方なくそれに合わせたからだ。勘違いしてはいけない。自力で処理しない限りは、あなたに望む力など存在しない。

河谷君が去った後、田上さんは例のノートを参照し、マグカップからお茶を飲んで、一つ小さな溜め息をつき、いきなり河谷君の書類を黒い箱にしまった。田上さんが、まったく手をつけずに書類をしまうのは異例のことである。最高潮に怒っている、と私は田上さんの無表情から受け取る。私は、のちのちに河谷君が焦りに焦る様子を思い浮かべて、かわいそうにと思いつつも、心のどこかでほくそ笑む。そうやって仕事の作法というものを学んでゆくが良い。

田上さんはそれから、まったく河谷君の書類には手をつけず、べつの仕事を始めた。たぶん、田上さんが自分の中で設定した締め切りは、河谷くんの言った期限の一分前だろうから、当分はやり始めないだろう。自業自得である。

そうやって私が卑しい悦《よろこ》びにひたっていたところ、いつもとは違う手順が訪れたのだった。河谷君が戻ってきたのだ。田上さんは顔も上げず、黙々と別の作業に没頭している最中を装う。社内に長くいると、足音と気配で誰がやってくるかわかるようになるものなので、田上さんもきっと、河谷君がフロアに来たことには気が付いているだろう。

あの、と河谷君は、一向に自分を感知した様子を見せない田上さんのデスクに、のそのそと近付く。まさか早くしろとか言うんじゃないだろうな、と私は仕事の手を止めて、河谷君の動向を探る。すみません、と河谷君は馬鹿正直に田上さんの反応を待つ。年配の社員が、この会社の女子社員はみんな耳が悪いんじゃないかと愚痴っていたことを思い出す。それは間違っている。あの、だとか、この書類さ、などと自分を呼びつける相手には反応しないだけだ。声さえ出せば相手が振り向くと思い込んでいる連中には。

「田上さん、無理な期限を言ってすみません。さっきは余裕がない態度で申し訳なかったです。できるだけ手伝います。私の方で記入できるところはします。」

その言葉に呆《ほう》けたのは、田上さんではなく、その状況を観察している私だった。田上さんはゆっくりと顔を上げて、ちょっと待って、と言いながらマグカップからお茶を啜《すす》り、鷹揚に立ち上がって黒い箱を開ける。私は固唾《かたず》を飲んで、田上さんの様子を見守る。

問4　「卑しい悦び」とあるが、どのような点が「卑しい」のか。

「じゃあこのページのこことここ、たぶん河谷さんでも書けるんで、お願いします。わからないことがあったら訊《き》いてください。」

田上さんは静かに言いながら、河谷君に一枚の紙をわたす。そして、残りの河谷君の書類を再び黒い箱には戻さず、自分の手元に置いて書き始めた。河谷君は、なんとかがんばります、終わったらすぐに持ってきます。と分けられた書類を手に、早足でエレベーターへと消えていった。

田上さんは、少しの間だけ手を止めて、何とも言えない悲しそうな目をして、それでいて少しだけ笑っているように口角を上げて、エレベーターの扉を眺め、また仕事に戻る。私は、何か二人ともに取り残されたような気分になって、自分の仕事——地図を見てその場所の来歴の解説文を作ったり、他の人が作った文を校正したりする仕事——にも上の空で、かなりの長い時間を無駄に過ごした。

結局、河谷君は早い時間に会社を出発することができたようだった。助かりました、ありがとうございます、と河谷君は田上さんに一礼して、完成した書類の封筒を大事そうに抱えて持っていった。

私は、田上さんに対する悪魔じみているという評価を改めなければいけなくなり、少し居心地が悪かった。しかし、河谷君のリカバリー[8]は素早かったし、田上さんが仕事を遅延する理由はその時点で消え失せていた。◆どちらにもダーティ[9]な役割を期待するのは、私のわがままである。つくづく誰もが普通の人で、悪くもなりきれないし冷徹にもなりきれない。面白くないけど、良くないことでもないのかもしれない。

8 リカバリー 修復すること。ここは、特にミスを取り返すこと。[英語] recovery

問5 「どちらにもダーティな役割を期待する」とは、具体的にはどのようなことか。

9 ダーティ 汚れたさま。[英語] dirty

その後、フロアに私以外誰もいない時に、田上さんのデスクの上に、例のノートが無造作に置いてあるのを見かけ、誘惑に耐えかねて、表紙をめくってみたことがある。そこには、何のことはない、田上さん自身が決めた、仕事への心構えが、デスクペンのしゃんとした筆跡で、何項目かにわたって書かれていた。すべては思い出せないけれども、真ん中のあたりにはこう書かれていた。

・どんな扱いを受けても自尊心は失わないこと。またそれを保ってると自分が納得できるように振る舞うこと。
・不誠実さには適度な不誠実さで応えてもいいけれど、誠実さに対しては全力を尽くすこと。

私は、首を捻《ひね》って最初の1ページを見ただけでノートを閉じた。

読解

1　「人間としての田上さんには好意を持っているけれども、会社員としての田上さんには、ときどき悪魔じみたものを感じる」（一六八・14）とはどのようなことか、説明しなさい。

2　「何とも言えない悲しそうな目をして、それでいて少しだけ笑っているように口角を上げて」（一七一・7）とあるが、それはなぜか、説明しなさい。

3　「何か二人ともに取り残されたような気分」（一七一・9）とはどのような気分か、説明しなさい。

新釈諸国噺《ばなし》　裸川

争いや戦争は、もとをただせば些細《ささい》な損失のトラブルから始まる。それが原理原則や正義を振り回し、意地になるうちに途方もない労力を動員する結果となる。この割の合わない滑稽話を太宰治が書いたのは、戦火のさなかだった。

太宰《だざい》　治《おさむ》

はしがき

わたくしのさいかく、とでも振り仮名を付けたい気持ちで、新釈諸国噺という題にしたのであるが、これは西鶴《さいかく》[1]の現代訳というようなものでは決してない。古典の現代訳なんて、およそ、意味の無いものである。作家の為《な》すべき業《わざ》ではない。三年ほど前に、私は聊斎志異《りょうさいしい》[2]の中の一つの物語を骨子として、大いに私の勝手な空想を按配《あんばい》し、「清貧譚《たん》」という短編小説に仕上げて、この「新潮」の新年号に載せさせてもらった事があるけれども、だいたいあのような流儀で、いささか読者に珍味異香を進上しようと努めてみるつもりなのである。西鶴は、世界で一ばん偉い作家である。メリメ[3]、モオパッサン[4]の諸秀才も遠く及ばぬ。私のこのような仕事に依《よ》って、西鶴のその偉さが、さらに深く皆に信用されるようになったら、私のまずしい仕事も無意義ではないと思われる。私は西鶴の全著作の中から、私の気にいりの小品を二十編ほど選んで、それにまつわる私の空想を自由に書き綴《つづ》り、「新釈諸国噺」という題で一本にまとめて上梓《じょうし》しようと計画しているのだが、まず手はじ

太宰治
一九〇九―四八年。青森県生まれ。親しみのある語り口の裏に、俗物的なものに対する反抗と軽蔑が潜み、当時の青年に多大な影響を与えた。本文は、「太宰治全集」第六巻（ちくま文庫）によった。

1 **西鶴**　井原西鶴（一六四二―九三年）。江戸時代の俳人・浮世草子作者。

2 **聊斎志異**　清の作家・蒲松《ほしょう》齢《れい》（一六四〇―一七一五年）による怪奇小説集。

3 **メリメ**　Prosper Mérimée　一八〇三―七〇年。フランスの作家。

4 **モオパッサン**　Guy de Maupassant　一八五〇―九三年。フランスの作家。

めに、[5]武家義理物語の中の「我が物ゆゑに裸川」の題材を拝借して、私の小説を書き綴ってみたい。原文は、四百字詰めの原稿用紙で二、三枚くらいの小品であるが、私が書くとその十倍の二、三十枚になるのである。私はこの武家義理、それから、[6]永代蔵《えいたいぐら》、[7]諸国噺、[8]胸算用などが好きである。いわゆる、[9]好色物は、好きでない。そんなにいいものだとも思えない。着想が陳腐だとさえ思われる。

鎌倉山の秋の夕ぐれをいそぎ、[10]青砥左衛門尉藤綱《あおとさえもんのじょうふじつな》、駒をあゆませて[11]滑川《なめりがわ》を渡り、川の真ん中において、いささか用の事ありて腰の[12]火打ち袋を取り出し、袋の口をあけた途端に袋の中の銭十文ばかり、ちゃぼりと川波にこぼれ落ちた。青砥、はっと顔色を変え、駒をとどめて猫背になり、川底までも射透かさんと稲妻の如《ごと》く眼《め》を光らせて川の面《おも》を凝視したが、[13]潺湲《せんかん》たる清流は夕陽を受けて照りかがやき、瞬時も休むことなく動き騒ぎ躍《おど》り、とても川底まで見透かす事は出来なかった。青砥左衛門尉藤綱は、馬上において身悶《みもだ》えした。川を渡る時には、いかなる用があろうとも火打ち袋の口をあけてはならぬと子々孫々に伝えて[14]家憲にしようと思った。どうにも諦め切れぬのである。いったい、何文落としたのだろう。けさ家を出る時に、いつものとおり小銭四十文、二度くりかえして数えてたしかめ、この火打ち袋に入れて、それから役所で三文使った。それゆえ、いまこの火打ち袋には三十七文残っていなければならぬはずだが、こぼれ落ちたのは十文くらいであろうか。とにかく、火打ち袋の中の残金を調べてみるとわかるのだが、川の真ん中で銭の勘定は禁物で

5 **武家義理物語**　一六八八年刊。西鶴による武家物の浮世草子。

6 **永代蔵**　『日本永代蔵』。一六八八年刊。西鶴による町人物の浮世草子。

7 **諸国噺**　『西鶴諸国ばなし』。一六八五年刊。諸国の奇談を集めた西鶴による浮世草子。

8 **胸算用**　『世間胸算用』。一六九二年刊。西鶴による町人物の浮世草子。

9 **好色物**　『好色一代男』（一六八二年刊）、『好色五人女』（一六八六年）など、好色や恋愛に焦点を当てた西鶴による浮世草子のこと。

10 **青砥左衛門尉藤綱**　生没年未詳。鎌倉幕府の奉行人として『太平記』や『北条九代記』などに載る。

11 **滑川**　神奈川県鎌倉市を流れる川の名。

12 **火打ち袋**　火打ち石や火口《ほくち》などの火打ち道具を携帯するための袋。

ある。向こう岸に渡ってから、調べてみる事にしよう。青砥は惨めにしょげかえり、深い溜息《ためいき》をつき、うなだれて駒をすすめた。岸に着いて馬より降り、河原の上に大あぐらをかき、火打ち袋の口をあけて、ざらざらと残金を膝の間にぶちまけ、背中を丸くして、ひいふうみい、と小声で言って数えはじめた。二十六文残っていた。うむ、さすれば川へ落としたのは、十一文にきわまった、惜しい、いかにも、惜しい、十一文といえども国土の重宝、もしもこのまま捨て置かば、かの十一文はいたずらに川底に朽ちるばかりだ、もったいなし、おそるべし、とてもこのままここを立ち去るわけにはいかぬいかぬ、たとえ地を裂き、地軸を破り、竜宮までも是非にたずねて取り返さん、とひどい決意を固めてしまった。

けれども青砥は、決して卑しい守銭奴ではない。質素倹約、清廉潔白の官吏である。一汁一菜、しかも、日に三度などは食べない。一日に一度たべるだけである。それでもからだは丈夫である。衣服は着たきりの一枚。着物のよごれが見えぬように、濃茶の色に染めさせている。真黒い着物は、かえって、よごれが目立つものだそうである。濃茶の色の、何だかひどく厚ぼったい布地の着物だ。一生その着物いちまいで過ごした。刀の鞘《さや》には漆を塗らぬ。墨をまだらに塗ってある。主人の[15]北条時頼《ほうじょうときより》も、見るに見かねて、

「おい、青砥。少し給料をましてやろうか。お前の給料をもっとよくするようにと夢のお告げがありました。」と言ったら、青砥はふくれて、

「夢のお告げなんて、あてになるものじゃありません。そのうちに、藤綱の首を斬れというお告げがあったら、あなたはどうします。きっと私を斬る気でしょう。」と妙な理窟を言って、加俸を断った。欲の無い人である。給料があまったら、それを近所の貧乏な人た

13 潺湲たる　さらさらと水が流れるさま。またはその音の形容。

14 家憲　家族や子孫が守るべき一家の掟《おきて》。家訓。

問1　「惨めにしょげかえり、深い溜息をつき、うなだれ」たのはなぜか。

15 北条時頼　一二二七―六三年。鎌倉幕府の第五代執権。

ちに全部わけてやってしまう。だから近所の貧乏人たちは、なまけてばかりいて、鯛《たい》の塩焼などを食べているくらいであった。決して吝嗇《りんしょく》な人ではないのである。国のために質素倹約を[16]率先躬行《きゅうこう》していたわけなのである。主人の時頼というひともまた、その母の[17]松下禅《まつしたぜん》尼《に》から障子の切り張りを教えられて育っただけの事はあって、酒のさかなは味噌《みそ》ときめているほど、なかなか、しまつのいいひとであったから、この主従二人は気が合った。そもそもこの青砥左衛門尉藤綱を抜擢《ばってき》して[18]引付衆《ひきつけしゅう》にしてやったのは、時頼である。青砥が浪々の身で、牛をどなり、その逸事が時頼の耳にはいり、それは面白い男だという事になって引付衆にぬきんでられたのである。すなわち、川の中で小便をしている牛を見て青砥は怒り、

「さてさて、たわけた牛ではある。川に小便をするとは、もったいない。むだである。畑にしたなら、よい肥料になるものを。」と地団駄踏んで叫喚したという。

　真面目な人なのである。銭十一文を川に落として竜宮までもと力むのも、無理のない事である。残りの二十六文を火打ち袋におさめて袋の口の紐《ひも》を固く結び、立ち上がって、里人をまねき、懐中より別の財布を取り出し、三両出しかけて一両ひっこめ、少し考えて、うむとうなずき、またその一両を出して、やっぱり三両を里人に手渡し、この金で、早く[19]人足十人ばかりをかり集めてくるように言いつけ、自分は河原に馬をつなぎ、悠然と威儀をとりつくろって大きな岩に腰をおろした。すでに薄暮である。明日にのばしたらどういうものか。けれども、それは出来ない事だ。捜査を明日にのばしたならば、今夜のうちにもあの十一文は川の水に押し流され、所在不分明となって国土の重宝を永遠に失うという

16 **率先躬行**　自ら先頭に立って実践すること。

17 **松下禅尼**　生没年未詳。北条時氏《ときうじ》の妻で執権経時《つねとき》・時頼らの母。

18 **引付衆**　訴訟機関の職務にあたる、鎌倉・室町幕府の職名。

19 **人足**　荷物の運搬などの力仕事を行う労働者。

おそろしい結果になるやもしれぬ。銭十一文のちりぢりにならぬうち、一刻も早く拾い集めなければならぬ。夜を徹したってかまわぬ。暗い河原にひとり坐《すわ》って、青砥は身じろぎもしなかった。

やがて集まってきた人足どもに青砥は[20]下知《げち》して、まず河原に火を焚《た》かせ、それから人足ひとりひとりに松明《たいまつ》を持たせ冷たい水にはいらせて銭十一文の捜査をはじめさせた。松明の光に映えて秋の流れは夜の錦と見え、人の足手は、[21]しがらみとなって瀬々を立ち切るという壮観であった。それ、そこだ、いや、もっと右、いや、いや、もっと左、つっこめ、などと声をからして青砥は下知するものの、暗さは暗し、落とした場所もどこであったか青砥自身にさえ心細い有り様で、たとえ地を裂き、地軸を破り、竜宮までもと青砥ひとりは足ずりしてあせっていても、人足たちの指先には一文の銭も当たらず、川風寒く皮膚を刺して、人足すべて凍え死なんばかりに苦しみ、ようようあちこちから不平の呟《つぶや》き声が起こってきた。何の因果で、◆このような難儀に遭うか、と水底をさぐりながら、めそめそ泣き出す人足まで出てきたのである。

この時、人足の中に浅田小五郎という三十四、五歳のばくち打ちがいた。人間、三十四、五の頃は最も自惚《うぬぼ》れの強いものだそうであるが、それでなくともこの浅田は、氏育ち少しくまされるを鼻にかけ、いまは落ちぶれて人足仲間にはいっていても、傲岸不遜にして長上をあなどり、仕事をなまけ、いささかの奇智《きち》を弄して悪銭を得ては、若年の者どもに酒をふるまい、兄貴は気前がよいと言われて、そうでもないが、と答えてまんざらでもないような大馬鹿者のひとりであった。かれはこの時、人足たちと共に片手に松明を持ち片手

20 下知　指図や命令をすること。

21 しがらみ　水の流れをせきとめる目的で杭を打ち並べ、これに柴や竹を横に渡したもの。

問2　「このような難儀」とはどのようなことか。

で川底をさぐっているような恰好《かっこう》だけはしていたが、もとより本気に捜すつもりはない。いい加減につき合って手間賃の分配にあずかろうとしていただけであったのだが、青砥は岸に焚き火して赤鬼の如く顔をほてらし、眼をむいて人足どもを監視し、それ左、それ右、とわめき散らすので、どうにも、うるさくてかなわない。ちぇ、けちな野郎だ、十一文がそんなに惜しいかよ、血相かえて騒いでいやがる、貧乏役人は、これだからいやだ、銭がそんなに欲しかったら、こっちからくれてやらあ、なんだい、たかが十文か十一文、とむらむら、れいの気前のよいところを見せびらかしたくなってきて、自分の腹掛け[22]から三文ばかりつかみ出し、

「あった！」と叫んだ。

「なに、あった？　銭はあったか。」岸では青砥が浅田の叫びを聞いて狂喜し、「銭はあったか。たしかに、あったか。」と背伸びしてくどく尋ねた。

浅田は、ばかばかしい思いで、

「へえ、ございました。三文ございました。おとどけ致します。」と言って岸に向かって歩きかけたら、青砥は声をはげまし、

「動くな、動くな。その場を捜せ。たしかにそこだ。私はその場に落としたのだ。いま思い出した。たしかにそこだ。さらに八文あるはずだ。落としたものは、落とした場所にあるにきまっている。それ！　皆の者、銭は三文見つかったぞ。さらに精出して、そこな下郎の周囲を捜せ。」とたいへんな騒ぎ方である。

人足たちはぞろぞろと浅田の身のまわりに集まり、

22 **腹掛け**　胸から腹までを覆う下着の一種。前面に共布《ともぬの》で作ったポケット（どんぶり）を付ける。

「兄貴はやっぱり勘がいいな。何か、秘伝でもあるのかね。教えてくれよ。おれはもう凍えて死にそうだ。どうしたら、そんなにうまく捜し出せるのか。」と口々に尋ねた。

浅田はもっともらしい顔をして、

「なあに、秘伝というほどの事でもないが、問題は足の指だよ。」

「足の指？」

「そうさ。おまえたちは、手でさぐるからいけない。おれのように、ほうら、こんな具合に足の指先でさぐると見つかる。」と言いながら妙な腰つきで川底の砂利を踏みにじり、皆がその足元を見つめているすきを狙ってまたも自分の腹掛けから二文ばかり取り出して、

「おや？」と呟き、その銭を握った片手を水中に入れて、

「あった！」と叫んだ。

「なに、あったか。」と打てば響く青砥の蛮声。「銭は、あったか。」

「へえ、ございました。二文ばかり。」と浅田は片手を高く挙げて答えた。

「動くな。動くな。その場を捜せ。それ！　皆の者、そこな下郎は殊勝であるぞ。負けず劣らず、はげめ、つっこめ。」と体を震わせて更にはげしく下知するのである。

人足たちは皆一様に、妙な腰つきをして、川底の砂利を踏みにじった。しゃがまなくてもいいのだから、ひどくからだが楽である。皆は大喜びで松明片手に舞いをはじめた。岸の青砥は、げせぬ顔をして、ふざけてはいかぬと叱ったが、そのような恰好をすれば銭が見つかるという返事だったので、浮かぬ気持ちで、その舞いを眺めているよりほかは無かった。やがて浅田は、さらに三文、一文と皆の眼をごまかして、腹掛けから取り出しては、

問3　「げせぬ顔をし」たのはなぜか。

「あった！」

「やあ、あった！」

と真顔で叫んで、とうとう十一文、自分ひとりで拾い集めたふりをした。

岸の青砥は喜ぶ事かぎりなく、浅田から受け取った十一文を三度も勘定し直して、うむ、たしかに十一文、と深くうなずき、火打ち袋にちゃりんとおさめて、にやりと笑い、

「さて、浅田とやら、このたびの働きは、見事であったのう。そちのお蔭《かげ》で国土の重宝はよみがえった。さらに一両の褒美をとらせる。川に落ちた銭は、いたずらに朽ちるばかりであるが、人の手から手へ渡った金は、いつまでも生きて世にとどまりて人のまわり持ち。」としんみり言って、一両の褒美をつかわし、ひらりと馬に乗り、[23]戛々《かつかつ》と立ち去ったが、人足たちは後を見送り、馬鹿な人だと言った。智慧《ちえ》の浅瀬を渡る下々の心には、青砥の深慮が解しかね、一文惜しみの百知らず、と◆笑いののしったとは、いつの世も[24]小人はあさましく、救いがたいものである。

とにかくに、手間賃の三両、思いがけないもうけなれば、今宵《こよい》は一つこれから酒でも飲んで陽気に騒ごうではないかと、下人の意地汚なさ、青砥が倹約のいましめも忘れて、いさみ立ち、浅田はれいの気前のよいところを見せて褒美の一両をあっさりと皆に寄付したので一同いよいよのぼせ上がり、生まれてはじめての贅沢《ぜいたく》な大宴会をひらいた。

浅田は何といっても一座の花形である。兄貴のおかげで今宵の極楽、と言われて浅田、よせばよいのに、

「さればさ、あの青砥はとんだ間抜けだ。おれの腹掛けから取り出した銭とも知らない

23 戛々と　堅い物が互いに触れ合うときの音の形容。

問4　「笑いののしった」のはなぜか。

24 小人　度量が狭く、徳のない人物のこと。

で。」と口をまげてせせら笑った。一座あっと驚き、膝を打ち、さすがは兄貴の発明[25]おそれいった、世が世ならお前は青砥の上にも立つべき器量人だ、とあさはかなお世辞を言い、酒宴は一そう派手に物狂わしくなっていくばかりであったが、真面目な人はどこにでもいる。突如、宴席の片隅から、浅田の馬鹿野郎！　という怒号が起こった。小さい男が顔を蒼《あお》くして浅田をにらみ、

「さいぜん汝《なんじ》の青砥をだました自慢話を聞き、胸くそが悪くなり、酒を飲む気もしなくなった。浅田、お前はひどい男だ。つねから、お前の悧巧《りこう》ぶった馬面《うまづら》が癪《しゃく》にさわっていたのだが、これほど、ふざけた奴とは知らなかった。程度があるぞ、馬鹿野郎。青砥のせっかくの高潔な志も、お前の無智《むち》な小細工で、泥棒に追い銭みたいなばからしい事になってしまった。人をたぶらかすのは、泥棒よりもなお悪い事だ。恥ずかしくないか。天命[26]のほどもおそろしい。世の中を、そんなになめると、いまにとんでもない事になるにきまっているのだ。おれはもう、お前たちとの付き合いはごめんこうむる。きょうよりのちは赤の他人と思っていただきたい。おれは、これから親孝行をするんだ。笑っちゃいけねえ。おれは、こんな世の中のあさましい実相を見ると、なぜだか、ふっと親孝行をしたくなってくるのだ。これまでも、ちょいちょいそんな事はあったが、もうもう、きょうというきょうは、あいそが尽きた。さっぱりと足を洗って、親孝行をするんだ。人間は、親に孝行しなければ、犬畜生と同じわけのものになるんだ。笑っちゃいけねえ。父上、母上、きょうまでの不孝の罪はゆるして下さい。」などと、議論は意外のところまで発展して、そうしてその小男は声を放って泣いて、泣きながら家へ帰り、翌《あく》る朝は未明に起き柴《しば》刈り縄ない

25 発明　賢いこと。または、そのさま。

26 天命　天が下す罰のこと。

問5　「意外のところ」とはどのようなことか。

草鞋《わらじ》を作り両親の手助けをして、あっぱれ孝子の誉れを得て、時頼公に召し出され、めでたく家運隆昌《りゅうしょう》に向かったという、これは後の話。

さて、浅田の狡智《こうち》にだまされた青砥左衛門尉藤綱は、その夜たいへんの御機嫌で帰宅し、女房子供を一室に集めて、きょうこの父が滑川を渡りし時、火打ち袋をあけた途端に銭十一文を川に落とし、国土の重宝永遠に川底に朽ちなん事の口惜しさに、人足どもを集めて手間賃三両を与え、地獄の底までも捜せよと下知したところが、ひとりの発明らしき顔をした人足が、足の指先をもって川底をさぐり、たちまち銭十一文のこらず捜し出し、この者には特に一両の褒美をとらせた、たった十一文の銭を捜すために四両の金を使ったこの父の心底がわかるか、と[27]莞爾《かんじ》と笑い一座を見渡した。一座の者はもじもじして、ただあいまいに首肯した。

「わかるであろう。」と青砥は得意満面、「川底に朽ちたる銭は国のまる損。人の手に渡りし金は、世のまわり持ち。」とさっき河原で人足どもに言い聞かせた教訓を、再びいい気持ちで繰り返して説いた。

「お父さま、」と悧発《りはつ》そうな八つの娘が、眼をぱちくりさせて尋ねた。「落としたお金が十一文だという事がどうしてわかりました。」

「おお、その事か。お律は、ませた子だの。よい事をたずねる。父は毎朝小銭を四十文ずつ火打ち袋にいれてお役所に行くのです。きょうはお役所で三文使い、火打ち袋には三十七文残っていなければならぬはずのところ、二十六文しか残っていませんでしたから、それ、落としたのは、いくらになるであろうか。」

問6　「ひとりの発明らしき顔をした人足」とは誰のことか。

27 **莞爾と**　にっこりとほほえむさま。

「でも、お父さまは、けさ、お役所へいらっしゃる途中、お寺の前であたしと逢《あ》い、非人[28]に施せといって二文あたしに下さいました。」

「うん、そうであった。忘れていた。」

青砥は愕然《がくぜん》とした。落とした銭は九文でなければならぬはずであった。九文落として、十一文川底から出て来るとは、奇怪である。青砥だって馬鹿ではない。ひょっとしたら、これはあの浅田とやらいうのっぺりした顔の人足が、何かたくらんだのかも知れぬ、と感付いた。考えてみると、手でさぐるよりも足でさぐったほうが早く見つかるなどというのもふざけた話だ。とにかく明朝、あの浅田とやらいう人足を役所に呼び出し、きびしく糺《きゅう》明《めい》してやろうと、すこぶる面白くない気持ちでその夜は寝た。

詐術はかならず露顕するもののようである。さすがの浅田も九文落としたのに十一文拾った事について、どうにも弁明の仕様が無かった。青砥は烈火の如く怒り、お上をいつわる不届き者め、八つ裂きにも致したいところなれども、川に落とした九文の銭の行く末も気がかりゆえ、まずあれをお前ひとりで十年でも二十年でも一生かかって捜し出せ、ふたたびあさはかな猿智慧を用い、腹掛けなどから銭を取り出す事のないように、丸裸になって捜し出せ、銭九文のこらず捜し出すまでは雨の日も風の日も一日も休む事なく河原におもむき、下役人の監視のもとに川床を残りくまなく掘り返せ、と万雷一時に落ちるが如き大声で言い渡した。真面目な人が怒ると、こわいものである。

その日から浅田は、下役人の厳重な監視のもとに丸裸となって川を捜した。十日目に一文、二十日経《た》って一文、川の柳の葉は一枚残らず散り落ち、川の水は枯れて蕭々《しょうしょう》[29]たる冬の

28 非人　中世および近世の被差別民。一八七一年の太政官布告によって法制上は廃止されたが、不当な社会的差別はその後も残り続けている。

29 蕭々たる　もの寂しさを誘うさま。

河原となり、浅田は黙々として鍬《くわ》をふるって砂利を掘り起こし、出てくるものは銭にはあらで、割れ鍋、古釘《ふるくぎ》、欠け茶碗《ちゃわん》、それら廃品がむなしく河原に山と積まれ、心得顔した婆がよちよち河原へ降りてきて、わしはいつぞやこの辺に、かんざしを一つ落としたが、それはまだ出てきませんか、と監視の下役人に尋ね、いつごろ落としたのだと聞かれて、はっきりしませんが、わしがお嫁入りして間もなくの事だったから、六、七十年にもなりましょうか、と言って役人に叱られ、滑川もいつしか人に裸川と呼ばれて鎌倉名物の一つに数え上げられるようになった頃、すなわち九十七日目に、川筋三百間[30]、鍬打ち込まぬ方寸[31]の土も無くものの見事に掘り返し、やっと銭九文を拾い集めて青砥と再び対面した。

「下郎、思い知ったか。」

と言われて浅田は、おそるるところなく、こうべを挙げて、

「せんだって、あなたに差し上げた銭十一文は、私の腹掛けから取り出したものでございますから、あれは私に返して下さい。」と言ったとやら、ひかれ者の小唄[32]とはこれであろうかと、のちのち人の笑い話の種になった。

（武家義理物語、巻一の一、我が物ゆゑに裸川）

30 **間** 長さの単位。一間は、約一・八メートル。

31 **方寸** 一寸（約三センチメートル）四方。ごく僅かな面積。

32 **ひかれ者の小唄** 引き回しの刑に処せられた者が捨て鉢な気分でわざと小唄を歌って平静を装うこと。転じて、負け惜しみから強がりを言ってごまかすこと。

読解

1 「青砥の深慮」（一八〇・10）とはどのようなものか、説明しなさい。

2 「すこぶる面白くない気持ち」（一八三・9）になったのはなぜか、説明しなさい。

3 「滑川」が「裸川と呼ばれ」（一八四・6）るようになったのはなぜか、説明しなさい。

海と夕焼《ゆうやけ》

三《み》島《しま》由《ゆ》紀《き》夫《お》

奇跡や魔法の存在を素朴に信じることができた時期、世界はどんなに不思議と驚異に満ちて光り輝いていたことだろう。殺風景な日常に押しつぶされて生きている今も、荘厳な夕焼けに出会うとき、ふとあのころの燃え上がる憧れを思い出す。

文永九年の晩夏のことである。のちに必要になるので付け加えると、文永九年は西暦千二百七十二年である。

鎌倉建長寺[1]裏の勝上ヶ岳《しょうじょうがたけ》へ、年老いた寺男[2]と一人の少年が登ってゆく。寺男は夏のあいだも日ざかりに掃除をすまして、夕焼の美しそうな日には、日没前に勝上ヶ岳へ登るのを好んだ。

少年のほうは、いつも寺へ遊びに来る村童たちから、啞《おし》[3]で聾《つんぼ》のために仲間外れにされているのを、寺男が憐《あわ》れんで、勝上ヶ岳の頂までつれてゆくのである。

寺男の名は安里《アンリ》という。背丈はそう高くないが、澄み切った碧眼《へきがん》をしている。鼻は高く、眼窩《がんか》は深く、一見して常人の人相とはちがっている。そこで村の悪童どもは、蔭《かげ》では安里と呼ばずに、「天狗《てんぐ》」と呼びならわしている。

話す言葉はすこしもおかしくない。それとわかる他国の訛《なま》りもない。安里は、この寺を開かれた大覚禅師蘭渓道隆《だいかくぜんじらんけいどうりゅう》[4]に伴われてここへ来てから、二十数年になるのである。

夏の日光が斜めになって、昭堂のあたりは日が山に遮られてすでに翳《かげ》っている。山門は

三島由紀夫

一九二五—七〇年。東京都生まれ。華麗な文体と理知的な思考で、戦後文化の虚妄と日本文化に対する強烈な問題意識を展開した。本文は、『ちくま日本文学10　三島由紀夫』（筑摩書房）によった。

1 **建長寺**　臨済宗建長寺派の総本山。

2 **寺男**　寺で雑役などに従事する男。

3 **啞で聾**　「啞」は、発話障害のこと、「聾」は、聴覚障害のこと。ともに、差別的な表現であり、今日では使われなくなっている。

4 **大覚禅師蘭渓道隆**　一二一三—七八年。鎌倉初期の渡来僧。南宋より来日し、建長寺の開山となった。

あたかも、影と日向《ひなた》とを境にして聳《そび》えている。木立の多い境内全体に、にわかに影の増してくる時刻である。

しかし安里と少年ののぼってゆく勝上ヶ岳の西側は、まだ衰えない日光を浴びて、満山の蟬《せみ》の声がかしましい。草むした山道ぞいに、秋にさきがけて、鮮やかな朱の曼珠沙華《まんじゅしゃげ》[5]がいくつか咲いている。

頂に着いた二人は、汗を拭かずに、軽い山風が肌を涼しく乾かせてゆくに任せた。

建長寺の塔頭《たっちゅう》[6]の数々が、一望のもとに見える。西来院、同契院《どうきついん》、妙高院《みょうこういん》、宝珠院《ほうじゅいん》、天源《てんげん》院《いん》、竜峯院《りゅうほういん》。山門のかたわらには大覚禅師が母国の宋《そう》から苗木を持って来られた柏槙《びゃくしん》[7]の若木が、晩夏の日を葉に集めて、ここからもそれとわかる。

また勝上ヶ岳の山腹には、奥ノ院の屋根がすぐ真下に見え、鐘楼は更にその下に聳えている。禅師の座禅窟の下方には、花どきに一面の花の海になる桜の林が、ゆたかな葉桜の影を作っている。麓に大覚池が、木の間から水の鈍い反射で、そのありかを示している。

安里が見るのはそれらの景色ではない。

鎌倉の山や谷の起伏のむこうに、遠く一線をなして燦《きら》めいている海である。夏のあいだには、稲村ヶ崎《いなむらがさき》[8]あたりの海に日が沈むのがここから見える。

水平線の濃紺が空に接するところに、低くつらなった積雲がわだかまっている。それは動かないが、夕顔の花弁がほぐれるように、実はごく静かにほぐれて、形をすこしずつ変えているのである。その上にはやや色褪《いろあ》せたよく晴れた青空があり、雲はまだ色づくには早いが、内部からの光で、ほんのりと杏子《あんず》いろの影を刷《は》いている。

空はちょうど夏と秋とが争い合っているけしきである。なぜかというと、水平線からは

5 **曼珠沙華**　ヒガンバナ科の多年草であるヒガンバナの別称。

6 **塔頭**　一山内にある小寺院。

7 **柏槙**　ヒノキ科の常緑樹。イブキ。

8 **稲村ヶ崎**　鎌倉市にある岬。

るかに高い空には、横ざまに、鰯雲《いわしぐも》がひろがっているのである。鰯雲は鎌倉のかずかずの谷《やつ》の上に、柔らかなこまかい雲の斑《ふ》を敷き並べている。

「おお、まるで羊の群れのようだ。」

と安里が、老い嗄《しわが》れた声で言った。しかし唖で聾の少年は、かたわらの石に腰掛けて、寺男の顔をじっと見上げている。寺男は独り言を言うのも同じである。

少年には何もきこえず、少年の心は何事をも解さない。が、その澄んだ目はいかにも聡《さと》く、安里の言葉をではなく、安里の言おうとするところを、青い澄んだ目から自分の目へ直に映し出すことができそうに思われる。

それだから安里は、あたかも少年に話しかけるように言うのである。その言葉は、日頃彼が達者に操る日本語ではない。故里《ふるさと》の中央山地の方言をまじえた仏蘭西《フランス》語で、もしほかの悪童どもがこれを聞いたら、母音の多い滑らかに転《まろ》び出るようなその国語を、「天狗」にふさわしくない言葉だと聴いたろう。

もう一度安里は、溜《た》め息をまじえてこう言った。

「ああ、まるで羊の群れだ。セヴェンヌ[9]のあのかわいい子羊どもはどうしたろう。あいつらは子供をもち、孫ができ、曾孫《ひいまご》ができ、やがて死んだだろう。」

彼は一つの巌《いわ》に腰を下ろし、夏草が遠い海の眺めを遮らぬ場所に席を占めた。

蝉が山いちめんにこもって鳴いている。

安里は少年のほうへ、澄んだ碧眼を向けて、語りかけた。

「お前は何を私が言ってもわかるまい。しかしあの村人たちとちがって、お前は私の言うことを信じてくれるだろう。私は話すよ。きっとお前にも信じにくい話かもしれないが、

問1 「独り言を言うのも同じ」とあるが、それはなぜか。

9 セヴェンヌ　フランス南部にある「中央山地」を形成する山脈名、または地名。

きいておくれ。お前のほかに、誰も私の話を本当にしてくれそうな人はいないんだから。」

安里はたどたどしく話した。話に詰まると、何か見慣れぬ奇異な身振りをして、話を身振りでもって呼び起こそうとするように見えた。

「……むかし、お前ぐらいの年頃、いや、お前よりずっと前の年頃から、私はセヴェンヌの羊飼いだった。セヴェンヌは、フランスの美しい中央山地で、ピラ山の南の地方、トゥールーズ伯爵の御領地だ。そう言ってもわかるまい。この国の人は、私の母国の名前さえ知らないからね。

時はちょうど、第五十字軍[10]がいったん聖地を奪回したのに、また奪い返された千二百十二年のことだった。フランス人は悲しみに沈み、女たちはまたしても喪服をまとった。

ある夕暮れ、私は羊の群れを牧から追い戻して、ひとつの丘をのぼりかけた。空はふしぎな具合に澄んでいた。私の連れていた犬が低く唸《うな》って、尾を垂れて、私の蔭にかくれるような様子をした。

私は基督《キリスト》[11]が丘の上から、白い輝く衣を着て、私のほうへ下りて来られるのを見た。絵でよく見るのと同じ髭《ひげ》を生やし、大へん慈愛の深い微笑を湛《たた》えておられた。私は地にひれ伏した。主は、手をさしのべて、たしかに私の髪に触って、こう言われた。

『聖地《エルサレム》を奪い返すのはお前だよ、アンリ。異教徒のトルコ人たちから、お前ら少年がエルサレムを取り戻すのだ。たくさんの同志を集めて、マルセイユ[12]へ行くがいい。地中海の水が二つに分かれて、お前たちを聖地へ導くだろう。』

……たしかに私はそこまで聴いた。それから私は失神していたのだ。犬が私の顔を舐《な》めて起こし、気がついた私は、薄暮の中に心配そうに私の顔をさしのぞいている犬を間近に

10 **十字軍**　十一世紀から十三世紀にかけて、西ヨーロッパ諸国のキリスト教徒が聖地であるエルサレムをイスラム教徒から奪回するために行った遠征。

11 **基督**　キリスト教の始祖、イエス・キリストのこと。

12 **マルセイユ**　フランス南東部にある地中海交易で繁栄した都市。

見た。私の全身は汗に濡《ぬ》れていた。

帰ってからも私はその話を誰にもしなかった。誰も信じてくれないと思ったからだ。
四、五日して雨の降る日だった。私は番小屋に一人でいた。前と同じ薄暮のころ、戸を叩《たた》く者がある。出てみると、年老いた旅人が立っている。そして私にパンを乞うた。私はまじまじとその旅人を見た。高い鼻をし、白い鬚《ひげ》に包まれ、荘厳な顔立ちで、わけても目が深くおそろしいほど澄んでいる。雨が降っているから、家へお入りなさい、と私は言ったが、答えはない。見ると、着物は雨の中を歩いてきたのに少しも濡れていないのだ。
私は畏怖に打たれて、口をきけずにいた。老人はパンの礼を言って、立ち去った。立ち去りざま、彼がはっきりした声で私の耳もとでこう言うのを私はきいた。
◆『この間のお告げを忘れたのか。なぜ躊躇《ちゅうちょ》する。お前は神に遣わされた者なのだぞ。』
私は老人のあとを追おうとした。

しかしあたりはすっかり暗み、雨脚《あまあし》は繁《しげ》く、老人の姿はもう見えなかった。羊どもの、身をすり合わせて不安げに啼《な》く声が、雨のなかにきこえた。

……その晩、私は眠れなかった。

あくる日、牧へ出ると、私は最も親しい同年の羊飼いに、とうとうこの話をした。信心ぶかい少年は、話をきくなり、身をわななかせて、苜蓿《うまごやし》[13]の上にひざまずいて、私を拝んだ。

旬日[14]ならずして、私のまわりには近隣の羊飼いたちが集まった。私は決して傲慢な少年ではなかったが、みんなは進んで私の弟子になった。

そのうちに私の村から遠くないところで、八歳の預言者[15]が出現したという噂《うわさ》が立った。幼い預言者は説教をしたり、奇蹟《きせき》を行ったりするというのだ。盲《めくら》[16]の少女の目に手をふれる

問2 「この間のお告げ」とは何か。

13 苜蓿 マメ科の越年草。牧草・緑肥などにする。
14 旬日 十日間。
15 預言者 神のことばを預かり、それを人々に伝える人。
16 盲 目の不自由な状態、またはそのような人のこと。差別的な表現であり、今日では使われなくなっている。

と、開眼したというような噂もある。

　私は弟子たちとそこへ赴いた。預言者はほかの子供たちにまじって、おかしそうに笑い声を立てて、遊んでいた。私はその子供の前にひざまずいた。お告げの逐一を話した。子供は乳のような肌をし、金いろの捲毛《まきげ》が青く静脈の透けてみえる額にかかっていた。私がひざまずくと、笑いを納め、小さな唇のはたを二、三度ひきつらせた。しかし私を見ているのではない。起伏に富んだ牧場《まきば》の地平線をぼんやり見つめている。

　そこで私もそのほうを見た。そこにかなり丈の高い橄欖《かんらん》[17]の木が立っていた。梢《こずえ》に光が漉《こ》されて、枝々や葉が、内側から明るんでいるようにみえた。風が渡った。子供はおごそかな様子で私の肩に手を触れ、そのほうを指さした。すると私には、その樹の梢に、多くの天使が群がって、金いろにかがやく翼をうごかしているのがはっきりみえた。

『東へ行くんだよ。東のほうへ、どこまでも行くんだ。そのためには、お告げのとおりにマルセイユへ行ったらいい。』

　と子供は、さきほどとはまるでちがうおごそかな声で言った。

　噂はそうしてひろまった。フランスの各地で、同じようなことがつぎつぎと起こっていた。十字軍の戦死者の子供たちは、ある日父親の形見の剣を持って家を出てしまった。またあるところでは、今まで庭の噴水のほとりで遊んでいた子供が、にわかに玩具を放り出して、女中からわずかなパンをもらって出て行った。母親がつかまえて叱ると、マルセイユへ行く、と言って肯《き》かなかった。

　ある村の広場では、夜のあけぬうちに、寝床から忍び出て来た子供たちが集まって、聖歌をうたいながら、どこへともしれず旅立った。大人たちが目をさましてみると、村には

17 橄欖　カンラン科の常緑高木。

ごく小さくて歩けない子を除いては、子供という子供がいなくなっていた。

私がいよいよ多くの同志を連れて、マルセイユへの旅仕度をはじめていると、両親が私を連れに来て、泣いて私の無謀を詰《なじ》った。しかし私の大ぜいの弟子どもが、この不信心な両親を追っ払ってしまった。私と一緒に旅立ったものでも百人を下らなかった。フランスやドイツの各地から数千人の子供たちが、この十字軍に加わっていたのだ。

旅は容易ではなかった。半日も行くか行かぬに、最も幼い最も弱い者が倒れた。私たちは亡骸《なきがら》を埋めて泣き、小さな木の十字架をそこに立てた。

別の一隊の百人の子供たちは、黒死病[18]の流行している地帯へ知らずに入って、ひとりのこらず斃《たお》れたときいている。私たちの隊でも、疲労のあまり錯乱して、崖から身を投げて死んだ少女もある。

ふしぎなことに、死んでゆく子供たちは、必ず聖地の幻を見るのだった。それはおそらく荒廃した今の聖地ではなく、百合《ゆり》が咲き乱れ、蜜のあふれる沃野《よくや》の幻だった。どうして私たちがそれを知ったかというと、死んでゆく者が幻を物語りもし、もし物語らなくても、目が恍惚《こうこつ》として広大な光に直面しているように見えたからだ。

さて私たちはマルセイユに着いた。

そこではすでに数十人の少年少女が私たちを待っていた。私たちが到着すれば海の水が左右に分かれると思っていたのだ。到着した私たちは、すでに三分の一の人数になっていた。

私は頬を輝かした子供たちに囲まれて港へ行った。港には多くの檣《ほばしら》[19]が立ちならび、水夫たちはものめずらしげに私たちを見た。岸壁のところで私は祈った。夕日が射して、海

問3 「不信心」とあるのはなぜか。

18 黒死病 ペストのこと。中世ヨーロッパでしばしば大流行した伝染病。

19 檣 帆柱。マスト。

はまばゆかった。私は永いこと祈った。海はそのままの姿で水を満々とたたえ、波はすこしも頓着せずに岸へ寄せた。

しかし私たちは諦めなかった。主はきっと勢揃《ぞろ》いを待っておられるのだ。

子供たちは少しずつ到着した。みんな疲れ果て、なかにはひどく患っている者もあった。私たちは何日も空《むな》しく待った。海は分かれなかった。

そのとき一人の大へん信心深い様子の男が近づいて来て、私たちに喜捨[20]を申し出た。その上自分の持ち船で、エルサレムまで私たちを連れてゆく名誉にあずかりたいと遠慮がちに言った。半ばは乗船をためらったが、私を含めて半ばは、勇んで船に乗り込んだ。

船は聖地へは向かわずに、船首を南へ向けて、埃及《エジプト》[21]のアレキサンドリアに着いた。そこの奴隷市場で、私たちはことごとく売られてしまった。」

……安里はしばらく黙った。そのときの無念をまた思い返しているふうである。

空にはすでに晩夏の壮麗な夕焼がはじまっていた。鰯雲はすっかり紅になり、赤や黄の長い幟《のぼり》を、横に引きわたしたような雲もあった。海のほうでは、空がことに燃えさかる炉のようである。あたりの草木までが、空の焔《ほのお》に映えて、緑をひときわ鮮やかにしている。

安里の言葉は、もう夕焼に直に向かって、夕焼に話しかけているかのようである。彼の目には輝く海の焔の中に故郷の風物や故郷の人たちの顔が見えるのである。また少年のころの自分の姿も見える。友だちの羊飼いの姿も見える。夏の暑い日には、かれらの粗布の衣《きぬ》の片肌を脱ぎ、少年の白い胸に薔薇《ばら》いろの乳首を見せていた。殺され、あるいは死んだうら若い十字軍の戦士たちの顔が、海の夕映えに群がり立った。兜《かぶと》こそつけていないが、金髪や亜麻いろの髪は夕日に映え、焔の兜を戴《いただ》いているように見えるのである。

20 喜捨　貧しい人に進んでめぐむこと。

21 アレキサンドリア　エジプト北部、地中海に臨む都市。

生き残った少年も四散した。永い奴隷の生活に、安里は知った顔に行き会ったことが一度もない。あれほど憧れたエルサレムの地を訪れたこともとうとうない。

安里は波斯《ペルシア》[22]の商人の奴隷になった。さらに売られて印度《インド》へ行った。そこで鉄木真《テムジン》[23]の孫抜都《バツ》の征西の噂をきいた。彼は故国の危急を思うて泣いた。

当時、大覚禅師は仏教を学びに印度へ来ていた。ふとした機縁から、安里は禅師の力で自由の身にしてもらった。その御恩返しに、生涯禅師に仕えたいと思うようになった。禅師の故国へ従い、さらに師が日本へ渡るときいて、たってお願いして、お供をして日本へ来たのである。

◆安里の心には今安らいがある。帰国の空しい望みはとうに捨て去り、日本の土に骨を埋める覚悟が出来ている。師の教えをよくきいて、いたずらに来世をねがったり、まだ見ぬ国に憧れたりすることはない。それだというのに、夏の空を夕焼が染め、海が一線の緋《ひ》にかがやくときには、足はおのずと動いて、勝上ヶ岳の頂へ向かわずにはいられない。

夕焼を見る。海の反射を見る。すると安里は、生涯のはじめのころに、一度たしかに我が身を訪れた不思議を思い返さずにはいられない。あの奇蹟、あの未知なるものへの翹望《ぎょうぼう》[24]、マルセイユへ自分らを追いやった異様な力、そういうものの不思議を、今一度確かめずにはいられない。そうして最後に思うのは、大ぜいの子供たちに囲まれてマルセイユの埠頭《ふとう》で祈ったとき、ついに分かれることなく、夕日にかがやいて沈静な波を打ち寄せていた海のことである。

安里は自分がいつ信仰を失ったか、思い出すことができない。ただ、今もありありと思い出すのは、いくら祈っても分かれなかった夕映えの海の不思議である。奇蹟の幻影より

22 波斯 イランの旧称。

23 鉄木真 チンギス・ハン（一一六二？—一二二七年）。モンゴル帝国の創設者。「抜都」は、その孫バトゥ（一二〇七—五五年）のこと。東ヨーロッパへの遠征やキプチャク・ハン国の建国などで知られる。

問4 「安里の心には今安らいがある。」とあるが、それはなぜか。

24 翹望 ひたすら待ち望むこと。

いっそう不可解なその事実。何のふしぎもなく、基督の幻をうけ入れた少年の心が、決して分かれようとしない夕焼の海に直面したときのあの不思議……。

安里は遠い稲村ヶ崎の海の一線を見る。信仰を失った安里は、今はその海が二つに割れることなどを信じない。しかし今も解《げ》せない神秘は、あのときの思いも及ばぬ挫折、とうとう分かれなかった海の真紅の煌《きら》めきにひそんでいる。

おそらく安里の一生にとって、海がもし二つに分かれるならば、それはあの一瞬を措《お》いてはなかったのだ。そうした一瞬にあってさえ、海が夕焼に燃えたまま黙々とひろがっていたあの不思議……。

年老いた寺男はもはや何も言わずに佇《たたず》んでいる。夕焼は乱れた白髪に映え、澄んだ碧眼に一点の朱を鏤《ちりば》めている。

晩夏の日は稲村ヶ崎のあたりに沈みかけている。海は血潮を流したようになった。

安里は昔を憶《おも》う。故郷の風物や故郷の人たちを憶う。しかし今では還《かえ》りたいという望みがない。なぜなら、それらのもの、セヴェンヌは、羊たちは、故国は、夕焼の海の中へ消滅してしまったからだ。あの海が二つに分かれなかったときに、それらはことごとく消滅した。

しかし安里は、夕焼が刻々に色を変え、すこしずつ燃えつきて灰になるさまから目を離さない。

勝上ヶ岳の草木は、影にようやく犯されて、かえって葉脈や木の節々の輪郭がはっきりしている。多くの塔頭のいくつかは、すでに夕闇に没している。

安里の足もとにも影が忍び寄り、いつのまにか頭上の空は色を失って、鼠《ねずみ》いろを帯びた

問5 「その事実」とは何か。

紺に移っている。遠い海上の煌めきはまだ残っているが、それは夕暮れの空に細く窄《すぼ》められた一条の金と朱いろを映しているにすぎない。

そのとき佇んでいる安里の足もとから、深い梵鐘《ぼんしょう》の響きが起こった。山腹の鐘楼が第一杵《しょ》を鳴らしたのである。

鐘の音はゆるやかな波動を起こし、麓のほうから昇ってくる夕闇を、◆それが四方に押しゆるがして拡《ひろ》げてゆくように思われる。その重々しい音のたゆたいは、時を告げるよりもむしろ、時をたちまち溶解して、久遠のなかへ運んでゆく。

安里は目をつぶってそれをきく。目をあいたときには、すでに身は夕闇に涵《ひた》って、遠い海の一線は灰白色におぼめいて[25]いる。夕焼はすっかり終わった。

寺へかえるために、安里が少年を促そうとしてふり向くと、両手で抱いた膝に頭を載せて、少年は眠っていた。

問6 「それ」とは何か。

25 おぼめいて はっきりしないさま。

読解

1 「お前は私の言うことを信じてくれるだろう」（一八七・19）と言ったのはなぜか、説明しなさい。

2 「私たちは何日も空しく待った。海は分かれなかった。」（一九二・5）ということは、安里にとってどのような意味をもったのか、説明しなさい。

3 「寺へかえるために、安里が少年を促そうとしてふり向くと、両手で抱いた膝に頭を載せて、少年は眠っていた。」（一九五・10）という末尾の一文はどのような効果を持っているか、説明しなさい。

どんなご縁で

もしもし、あなた。私のことを憶《おぼ》えていますか？　私がだれだか分かりますか？
もちろん分かります、という返事が返ってこなくなったとき、「私」はこの世から少し消えてしまう。でも「あなた」のことを憶えている私は、まだここにいる。

耕《こう》　治人《はると》

家内は足腰のしびれなどで、便所を汚すことがあった。しかしそれは私も同じことで、一昨年《おととし》あたりから、はじまった。それがいつのまにか、私も家内も止まった。

お手伝いさんは、週二回来てくれるし、「デイホーム」[1]には週二回お世話になれる――そんなことが影響したのかもしれないと思った。これで私共の家庭（家庭といえるならば）もよい方へ向かってゆくような気がすることがある。

そんなある夜のことだが、ベッドでうとうとしていたら、大きな声を聞いた気がした。体を起こし、枕許《まくらもと》の電灯をつけると、家内は私を見ず、ベッドを降りた。家内の表情には異様なものがあった。あたりには異様な臭いが漂っている。もしかしたら、と思い、私もベッドを降り、家内の寝間着《ねまき》を調べると、裾の方に、褐色の斑点のようなものが、いくつかついている。

急いでシャツとズボンに着替え、家内の寝間着と襦袢《じゅばん》[2]、腰巻き[3]を脱がせた。腰巻きにはかなり付着している。このあと抱きかかえ、便所へ連れていったが、途中私の方がへたば

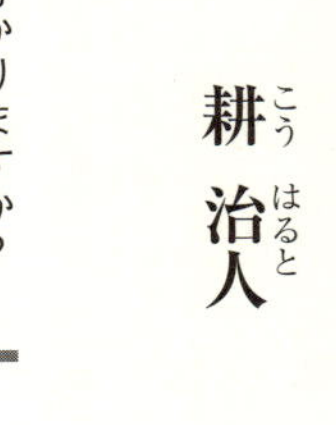
（時事）

耕治人　一九〇六―一八八年。熊本県生まれ。老いに直面する夫婦の日常を描いた「命終三部作」などで知られる。本文は、『一条の光・天井から降る哀《かな》しい音』（講談社文芸文庫）によった。

1 デイホーム　介護や世話を要する高齢者などを日中預かるサービス。デイケア。［和製英語］

2 襦袢　和服用の肌着。

3 腰巻き　女性が和装時に下

りそうになったので、

「我慢してくれ、もう少しの辛抱だ。」

と言い、引きずっていった。

　体内に残っていた便が出たので、板の間へ引きずってゆき、ようやく椅子にかけさせた。それから台所へ走り、湯沸かし器で、湯をわかした。

「次はおむつだ。」

　大きな声を出し、物置のタンスの下の方の引き出しをあけた。傷んだ浴衣やシーツ、着古したTシャツなどを、いくつにも切ったのが、風呂敷に包んである。それはもう何年も◆前家内がこしらえたものだ。

　そのころ家内は至って元気だった。ある日なじみの薬局へ買い物にいったら、三十五、六の奥さんが、男性用の紙おむつを買っていた。ひと包み六百円、ふた包みの代金を払いながら、奥さんは薬局のご主人に、「父が寝たきりで。」と言ったそうだ。

　家に帰ってから、家内はこの話をしたあと、「あたしは傷んだシーツや古くなったTシャツなどは捨てないで、おむつに使えるようにしています。」と言ったが、その時家内も寝たきりになったときのことを考えていると思った。しかしこのおむつを、家内のため使うことになるとは夢にも思わなかった。

　家内が老後のことを口にしたのは、このときだけだ。子のない夫婦の悲惨な老後など彼女の口から出たことはなかったのだ。

　湯沸かし器の湯を、金盥《かなだらい》に移し、手拭いを絞り、家内の腰から脚、足の裏など拭いた。


半身にまとう布。

問1 「家内がこしらえた」のはなぜか。

そのあと雑巾を湯にひたし、しぼり、畳や板の間などを、いそがしく拭いた。便所も掃除した。

あんなにきれい好きだった家内が——と思い、情けない気がしないでもないが、幸せな気持ちが湧いた。その気持ちはだんだん強くなっていった。[4]湯殿での家内の呟《つぶや》きを、耳の奥深くで、聞いた気もした。

拭き終わると、洗濯してある襦袢と、腰巻きを着せた。寝間着も取り替えた。

時計をみると午前二時だ。

「あなたにこんなことをさせて、すみません。」

低い、落ち着いた家内の声を聞いた。

次の日の午前五時頃澄んだ声で「和《かず》ちゃん」というのを聞いた。その声で醒《さ》めた。和雄《かずお》は一昨年暮れ死んだ家内の兄だ。この兄と対話していたらしいのだ。これまで三、四度聞いたことがある。夜中ベッドからずり落ちたことがあるが、そんなとき「和ちゃん」とか「兄《あん》ちゃん」といった。

「お母《か》あ」というのも聞いた。家内の郷里は東北の、N町だが、そこにいる姉の名は、これまで聞いたことがない。気付かないのかもしれないが。この姉は、八十五歳になるが、元気で、息子や孫達《たち》にかこまれ、過ごしている。

私の名は呼ばない。ベッドから落ちても起こしてくれ、とはいわない。哀れな、澄んだ声で私は醒め、抱き起こすのだ。

私は夜中醒め、台所へ水を飲みにゆくため、枕許の電灯をつけることがあるが、そんなとき、眼《め》に涙を一杯ため、静かに泣いていることがある。

4 **湯殿での家内の呟き**　「湯殿」は風呂場・浴室。以前「家内」は、「湯殿」で洗濯をする習慣があったが、一昨年のある晩に「あたしもう洗濯が出来ないわ。」と「私」に告げたことをさす。

問2　「こんなこと」とはどのようなことか。

R先生から五日ごとに呆《ぼ》け防止剤を貰《もら》っているが、時には「今度出来た新薬です。」といい、くださることもある。

家内が粗相をした次の日薬を貰いにゆき、そのことを話したら、「症状には波があるから。」と言い、しばらく黙っていられたが、

「早くBMホーム[5]へ、入所願いを出した方がいいですな。あなたはそばに置きたいだろうが。」

私は「Tさんに話して、すぐ出すことにします。」と答えたが、翌朝Tさんに電話し、お会いしたい、と言った。Tさんは「午後そっちへゆく用があるから、ついでに寄る。」といい、午後二時頃見えた。家内はその日「デイホーム」へ行く日で、留守だった。

私は一昨夜の出来事を話し、R先生のお考えを説明すると、Tさんも賛成され、書類をととのえることになった。

老齢福祉年金[6]や健康保険証、老人医療受給者証の番号のコピーが必要だった。戸籍謄本《とうほん》[7]も必要だが、あいにく私の手許になかったので、私の郷里である南の国の、有明《ありあけ》海[8]に面した町の役場に、三百円の小為替[9]を同封し、頼まねばならなかった。

そんなことをやっているうち、Tさんが多忙なため、寝たきり老人係のSさん（女性）と交替された。いつかTさんと一緒に来られた方と同じ係で、机を並べていられるということだ。

Sさんも、R先生と仕事の上で、連絡があるとのことで、家内の病名や使用している薬などを記入する文書が必要で、この文書を近日中に届けるから、R病院に持参し、記入し

5 **BMホーム**　特別養護老人ホームの施設名。「私」は「家内」にこの施設の「デイホーム」を利用させていたが、区の指導係である「Tさん」などから「家内」を入所させるように勧められていた。

6 **老齢福祉年金**　高齢などの理由により老齢年金を受給できなかった人に対する福祉年金。

7 **戸籍謄本**　戸籍の記載をそのまますべて写し取った文書。

8 **有明海**　九州西部の海湾。長崎県・佐賀県・福岡県・熊本県に囲まれている。

9 **小為替**　郵送用の定額の現金証書。

てもらってくれ——そんなことを私に言われた。

その日も家内は「デイホーム」へ行っていて、私はSさんと、板の間のテーブルで向かい合い、話したのだが、Sさんはそんなことを言ったあと、「奥さんがBMホームに入所出来たら、あとはあなた一人になるが、一人分の介護券[10]がきますからね。」といわれ、そばで座布団に座り、つくろいものをしていた岩田さんの方を見て、

「おじいさん一人になったら、よろしく頼みますよ。」と言ってくださった。

それから三日して、Sさんが文書を届けられたので、R病院へ持っていった。先生は、「すぐ記入してあげるから、待っていなさい。」といわれた。診察室の私の眼の前で、脳軟化症[11]としたため、家内のため使用している薬名をその下に記入し、署名、捺印《なついん》された。脳軟化症という病名が、私の頭に焼き付いた。


R先生の記入がすんだから、Sさんにこれで書類がととのった、と電話すると、自転車で来られ、自分が一両日中にBMホームに持ってゆくつもりだと言われ、それからふと思いついたように、紙おむつを使ってみたら、と言い残し、出てゆかれた。

先日のことだが、R病院へ薬を貰いにいった帰り、薬局に寄り、紙おむつを買った。顔なじみの薬局でなく、別の薬局だったが、分けて売れないというので、十回分（千二百円）買った。ところがどうしても使う気になれない。昨夜も一昨夜も明け方まで三、四度起こし、トイレへ連れていった。
◆家内は嫌がったが、我慢してもらうよりほかなかった。
Sさんの話によると、部屋で、腰掛け、用を足せるポータブルトイレ[12]がある、そのうち

10 **介護券**　介護扶助を受けるにあたって、福祉事務所から発行される書類。

11 **脳軟化症**　脳内の血管が詰まることにより、脳組織が軟らかくなること。徐々に進行し、認知症の形をとるものもある。

問3　「家内は」どのようなことを「嫌がった」のか。

説明書を届ける、とのことだったが、私がたやすく買える値段でないようで、寝たきり老人係のお世話になるよりほかないが、ＢＭホームへ入れば、不用になるから、取りあえず、紙おむつを使ったら——そんな意味だろうと私は考えた。

その夜のことだが、ドスンという大きな音で醒めた。電灯をつけたら、二つのベッドのあいだに落ちている。このところ私は口のなかが痛くて、食べものが喉を通らない。上も下も入れ歯だが、食べものを口に入れると、刺すような痛みが、歯ぐき、入れ歯、舌を走り、思わず両肩をちぢこめることがある。昨日も夕食は抜いたが、一日二食は、このところ珍しくない。そんなことから、眠れないこともあり、三、四度起こすが、どうやらうとうとしたらしい。昼間私の動作が物憂いことは、Ｒ先生も気付いていられ、「一度よく調べることにしましょう。」と言われたことがある。

落ちた家内は、私に背を向けているから、顔の表情はわからない。急いでシャツとズボンに着替え、両脇に手を入れ、起こしにかかった。重くて、抱き上げられない。起きる気持ちがないのだ。

二、三度こころみたあと、どうしたらよいか寝間着の裾の方をぼんやり見ていると、静かに流れ出、畳を這《は》い、溜《たま》りを作った。

呆然《ぼうぜん》と見ていたが、これも五十年、ひたすら私のため働いた結果だ。そう思うと、小水が清い小川のように映った。

「起きなさい。いま体を拭いてあげるからね。」

気力を奮い立たせ、抱き上げようとしたら、すっぽり抜け、私の脚もとにうずくまった。私の首筋は棒のようで、右にも左にも動かない。肩は石のようになって、力が入らない。

12 ポータブルトイレ　持ち運びが可能な小型の便器。［英語］portable toilet

起こすのをあきらめ、台所にゆき、湯沸かし器に点火し、沸くと、ポリ容器に移した。それから家内の体を避け、雑巾で、小水の溜りを拭き出した。すると家内は起き上がり、ベッドの縁に腰掛けた。

「しめた。」と思い、容器の湯を取りかえ、手拭いをしぼり、家内の腰から脚の爪先まで拭きはじめた。家内はその私を見ていたが、

「どんなご縁で、あなたにこんなことを。」と呟いた。

私はハッとした。

どうして家内と一緒になったか、私は郷里の町で、両親と兄姉妹を亡くした。みな肺病だった。一人残り、中学を卒業すると、東京へ出、ある学校に入り、卒業すると、会社に勤めた。そこへ家内が勤めていた。

四年目に胸を患い入院したとき、家内が上司の言い付けで見舞いに来た。そのときはじめて個人的な話をした。家内は私が入社する前から働いていたが、やめて自分の勉強をしたい、と言った。私が退院したらすでにやめていたが、彼女のことが忘れられず、彼女が兄の家に同居していることを聞いていたから、訪ね、それから交際が始まった。

両親、兄姉妹を肺病で亡くしたことを話し、結婚してくれ、と言った。彼女は、誰とも結婚する気はない、と言った。しかし私は自分でもどうしてかわからず彼女を追い求め、ようやく折れてくれた。私も家内も二十七歳だった。

三年経《た》ち、私が小説のようなものを書きだしたとき、家内は新聞広告を見て、私に黙って採用試験を受け、働き出した。長い戦争がはじまり、私は反戦運動家だという濡《ぬ》れ衣《ぎぬ》を着せられ、[13]特高に捕まってしまった。五十日間留置場にいたのだが、この間家内は、一日

問4 「ハッとした」私はどのようなことを考えたか。

13 特高 「特別高等警察」の

置きに池袋の奥の長屋から中野警察署まで歩いて差し入れに通った。そのお蔭《かげ》で私の疑いは晴れ、釈放されたと思っている。

両親の体質を受け継いだ私は早く死ぬだろうと思っていたら、家内のお蔭で、生き延びた。七十を越えると、急に衰え、寝たきりになるのを恐れ、郷里の町に死に場所を求めて、旅立った。家内には久し振りに墓参りにゆきたい、と言った。

家内は賛成し、私がいらないというのもきかずお墓に参るとき、着てくれと、新しいTシャツ一組を買ってきた。だが死に場所を求めさまよう私は背後に父と母、兄姉妹の足音を聞き、家内の許に帰れというささやきを、耳にした。私は目的を果たせず、帰ってきた。家内が「もう洗濯は出来ない。」と呟いた前の年のことだ。そんなことが腰や脚などを拭いている私の胸につぎつぎとよみがえり、にわかに両親、兄姉妹の名を唱え、◆一回拭き終わったあと、さらにもう一回拭いた。

略。第二次世界大戦の戦前・戦中を通じて、反戦・反体制的な活動家たちを取り締まり、苛烈な尋問などを行った。

問5 「一回拭き終わったあと、さらにもう一回拭いた」のはなぜか。

読解

1 「眼に涙を一杯ため、静かに泣いていることがある。」（一九八・20）とあるが、このときの私の心情を説明しなさい。

2 「脳軟化症という病名が、私の頭に焼き付いた。」（二〇〇・9）とあるが、それはなぜか、説明しなさい。

3 「どんなご縁で、あなたにこんなことを。」（二〇二・6）と呟いた「家内」の心情を、物語の全体を踏まえて説明しなさい。

一言主《ひとことぬし》の神

町田《まちだ》 康《こう》

言葉が霊力を持つと信じられていた時代があった。しかし現代の私たちも、わずかな言葉に傷ついたり感動したり癒やされたりしている。残酷な嘘《うそ》もやさしい嘘も、言葉は作り出す。ありえないとんでもない世界を、こんなふうに創りあげることもできる。やはり言葉には小さな神が宿っているのだと思いたい。

（時事）

町田康

一九六二年―。大阪府生まれ。ユーモアあふれる描写と軽妙な語り口で、独自の言語世界を切り開いている。本文は、『浄土』（講談社文庫）によった。

第十九代允恭《いんぎょう》[1]天皇の第五皇子、長谷朝倉宮《はつせのあさくらのみや》[2]にましまして天の下知ろしめしたもう大長谷幼武尊《わかたけるのみこと》[3]は気宇壮大な帝王であった。

そもそも幼武尊がこの国の大王になる経緯からして凄絶であった。

どんなことだったかかいつまんで言うと、允恭天皇が四五四年に薨《こう》[4]じたる後、いろんなことがあって結局、石上穴穂宮《いそのかみのあなほのみや》[5]にましますう、允恭天皇の第三皇子の穴穂尊《あなほのみこと》、安康《あんこう》天皇の位に即《つ》き、叔父の大日下《おおくさか》[6]のところに使者を遣わしたところから話が始まる。

その使者は根《ね》の臣《おみ》というもので、出かけていった根の臣は大日下に言った。

「わたしは天皇の使いですけどね、あんたの妹さんをね、天皇の弟はんの大長谷はんの嫁はんにもろたらどやちゅわれましてね。ほいでやってきたんだっけど、どないなもんだっしゃろ。」

言われた大日下は激烈に喜んだ。そらそうだろう、大長谷は天皇の同母弟である。その大長谷のところに自分の妹が嫁に行くということはこれは間違いなく出世の糸口で、喜ばない訳がない、大日下は、

「いやあ、もう、全然全然。」と言った。

承知したと言ったのである。承知したばかりか大日下は、無茶苦茶に贅沢《ぜいたく》でかっこいい、頭にかぶる冠みたいなものを差しだし、

「これこれ、これを天皇に渡してくらはい。」と言った。

贅沢な贈り物をすることによっていま始まったばかりの友好的な関係をより強固なものにしようと考えたのである。

根の臣は、

「よろしおま。渡しときまっさ。」と言って帰っていった。

ところがこの根の臣というのが極悪な奴であった。あろうことか根の臣はこの美々しい冠をみているうちに悪心を起こし、

「なかなかええ冠やん。なんや見てるうちに欲しなってきたわ。そや。これはわたいがもろとくことにしとこ。」と言うと、本当にこれを自宅に持って帰ってしまったのである。

まことにもってとんでもない人であるが平成のいま現在にもこんな人はいて、例えば部下の手柄をまるで自分の手柄のように幹部に報告して自分が出世しようとする。まったくもってソウル[7]の腐った奴輩《しやつばら》でそんな奴《やつ》は滅びてしまえばよい、と私は思うが、そんな奴に限って演技がうまく幹部はころっと騙《だま》されてしまう。

この根の臣も同様で、後で大日下と穴穂尊が話し合うと自分が冠を盗んだことが発覚するので、そうならないように滅茶苦茶な報告をした。根の臣は穴穂尊に、

「大日下はあんな腐った穴穂の弟に妹をやってたまるかあ、あほんだら、て言うてました。」と報告し、そればかりか、

「そう言うただけと違《ちご》てね、ぼけぇ、とか言うて刀で斬ってきたんですよ。」と付け加えた。不可抗力であったことを強調するためで、なんとも狡猾《こうかつ》な奴である。

自分の悪事が露見するのをおそれて罪を部下になすりつける上司である。

これを聞いた穴穂尊が怒ったの怒らんの、「なめとったらあかんど、こらあ。」と絶叫して大日下を殺した。

大日下にしたら災難のようなものである。

大日下には妻子があった。長田《ながた》の大郎女《おおいらつめ》と目弱王《まよわのみこ》である。これがどうだったのだろう、ちょっといい女だったのか、家につれて帰って皇后にした。

ところがある日、ふとした偶然からこの目弱王が、自分の父を殺したのは穴穂尊であるということを知ってしまう。このと

1 允恭天皇　五世紀半ば頃の天皇。仁徳《にんとく》天皇と葛城襲津《かつらぎのそつ》彦《ひこ》の娘・磐之《いわの》媛《ひめ》との間の子。　**2 長谷**　大和国城上《しきのかみ》郡の長谷郷。現在の奈良県桜井市初瀬。　**3 大長谷幼武尊**　のちの雄略天皇。允恭天皇の皇子、先帝・安康天皇の同母弟。　**4 薨じたる**　貴人が亡くなること。　**5 石上穴穂宮**　大和国山辺《やまのべ》郡（現在の奈良県天理市）にあったとされる安康天皇の居。　**6 大日下**　仁徳天皇の皇子。　**7 ソウル**　魂。［英語］soul

き目弱王はたったの七歳であった。にもかかわらずなんたる胆力のある子供であろうか、目弱王は、天皇の寝床に忍び込み傍らにあった刀で天皇の首を斬り、捕まったらえらいこととて、奈良県生駒郡[8]の圓《つぶら》[9]の大臣《おおきみ》という人の家に逃げ込んだのである。七歳でこんなことができるというのはやはり皇孫だからか。

　そして兄が殺されたと聞いた大長谷はそのときまだ少年だったのだが、怒った、怒った、火の玉になって兄の黒日子《くろひこ》という人のところへ飛んでって、

「目弱王が天皇を殺しました。」と告げた。

　大長谷はそう告げれば当然、黒日子は、

「なんやて、そらえらいこっちゃがな。さっそく軍勢集めて、圓の大臣の家取り囲んで目弱も圓も殺してまわなあかんな。」と言うと思っていた。

　ところが黒日子は、

「あ、そうなん?」と言うばかりで平然としているというかちっとも当事者意識がなく、薄ぼんやりしていて、目弱王を討とうという意欲がまるでない。

　その様をみた大長谷は怒った、怒った。

「まず天皇。そのうえ兄弟。その人が殺されたというのになにを薄ぼんやりしている。」と怒鳴り、黒日子の襟首を摑《つか》んで家の外に引っぱりだした。その間、黒日子は兄であるのにもかかわらず、「やめてください。やめてください。」と、ヤンキーにカツアゲされたパンクみたいな情けない声を上げていたが、大長谷は許さないばかりか、「うるさい。」と怒鳴って、刀で黒日子の頸《くび》を刎《は》ねてしまった。

　大長谷はその足でもうひとりの兄、白日子《しろひこ》のところへ行ってやはり、

「目弱王が天皇を殺しました。」と告げた。

　ところがそろいもそろってなんたる無気力であろうか、この白日子も黒日子と同じく、「あ、そなんや?」かなんかいって立とうともしない。

　一度ならず二度までもやる気のない態度をとられた大長谷尊は怒った、怒った、「ふざけるな。」と怒鳴って、白日子の襟首を摑んで表に引きずり出したがこれは白日子にとって気の毒であった。

　なんとなれば黒日子が自分と同じような態度をとっていたということを全然知らなかったからで、それを知っていれば、「いっやー、それは大変ですなあ。」かなんか言って大長谷の機嫌をとったはずで、でも知らないから同じような態度をとってしまった。

　しかも二回目ということで大長谷はマジ切れしたというか、さっきよりもっと怒ったというのも白日子にとっての不幸で、

大長谷は白日子を奈良県高市郡[10]まで引っ張っていくと、穴を掘ってそのなかに立たせ、上から土をかけて埋め始めた。白日子はその間、「やめてください。埋めんといてください。」と言って泣いたが、大長谷は、「甘い。」と言ってどんどん埋め、ついに腰まで埋まった際、白日子はどういう力の加減か、目玉ぼーん、になって死んでしまった。

目玉ぼーんとは漫画などでよくみるように、目玉がふたつながら、ぼーん、と抜け出てしまったような状態になることである。この状態をもっとリアルに知りたい人は手近の人に頼んで蜜《み》柑《かん》をふたつ目に当ててみてもらうとよろしかろう。そっくり目玉ぼーんの状態になる。若干黄色いけど。

それはよいとしてそれにつけても恐ろしいのは、ここでの大長谷である。

そもそも大長谷は半分は、天皇である穴穂尊が殺されたのを怒っていたのであるが半分は同母兄を殺されたといって怒っていた。

つまり兄を殺されてむかついていた訳である。そこで大長谷はもうひとりの兄に、「兄を殺されたらむかつくよねぇ。」と言いに行ったのだけれども、その兄の態度が気に入らぬといってこれを殺してしまったのである。

つまり大長谷は兄が殺されてむかつくといって別の兄を殺してしまった訳で、要するに大長谷はむかついたら兄でもなんでも殺すということである。

恐ろしい話である。

そんな大長谷だから、遠い親戚である目弱王などは殺して当然で、軍勢を集めると奈良県生駒郡の圓の大臣の家を取り囲んでこれを攻め、進退窮まった圓はその[11]慫慂《しょうよう》によって目弱王を刺殺、頸を切って自殺したのである。

それだけでも凄絶だけれどもその後、大長谷は滋賀県[12]愛知《えち》郡で従兄弟《いとこ》の履中《りちゅう》天皇の子、[13]市邊忍歯王《いちのべのおしはのみこ》を射殺、死骸をずたずたに切り刻んで馬の餌入れに入れて地面に埋めた。

そんなこんなの挙げ句に大長谷は大長谷幼武尊となって[14]天津《あまつ》日嗣《ひつぎ》、天皇の位に即いた。

まことにもってくわいい天皇である。くわいというのは恐ろし

8 生駒郡　奈良県の北西部に位置する郡。　**9 圓の大臣**　豪族の葛城氏。　**10 高市郡**　奈良盆地の南部に位置する郡。三世紀後半から五世紀にかけて奈良盆地南部には高市県があり、皇室の料地としての性格が強い。　**11 慫慂**　誘いすすめること。　**12 愛知郡**　滋賀県の東部に位置する郡。　**13 市邊忍歯王**　允恭天皇の同母兄であった履中天皇の子。　**14 天津日嗣**　天照大神《あまてらすおおみかみ》の系統を継ぐ意。天皇の位。

問1　「まず天皇。そのうえ兄弟。」には幼武尊のどのような気持ちが表れているか。

いという意味である。

そんな幼武尊はある日、むらむらと葛城山《かずらきやま》[15]に登りたくなったので百官《もものつかさ》に宣した。

「いまから葛城山に登るので用意するように。」

言われた百官は慌てふためいた。というのは、天皇が出かける場合、そこらの気楽なおっさんが雀荘《じゃんそう》[16]に行くようなわけには行かずそれなりの準備が必要だし、自分たちも外出用のちゃんとした服装にしなければならなかったからである。

「すぐに支度いたしますで少々お待ちを。」

「早くしろ。」

「はっはーっ。」

怒らせると殺されるのでみな必死で支度した。

その衣装たるや、さすがは天皇の鹵簿《ろぼ》[17]で、美々しいことこのうえなく、百官は、赤い紐《ひも》がついた青い服を着てぎゃらぎゃら行列して歩いた。

そんなことをして山を登っていると、なんたることであろうか、天皇の鹵簿とまったく同じ装いで反対側の尾根を登っていく行列があった。もちろん幼武尊は激怒した。

「この国で天皇と言えば俺ひとり。その俺とそっくりの格好をするとはなめているのか。」

天皇が怒っているのを聞いてある臣下は同僚に、「やべーよ。」と言った。

「やっぱやばいすか。」「そらやべーよ。だって前もよお、似たような奴いたじゃん。」「え？　マジすか？」「え？　知らねぇの。」

かつて幼武尊が暗《くらがり》峠[18]を生駒越え、河内に行ったときの話である。幼武尊は山の上から河内国を見渡し、「くほほ。このあたりもみんな俺に服属してけつかる。」と悦に入り、その直後に、しかし河内の国に来たからといってなにもすぐにけつかるなどと言うことはないな、と思っていた、そのとき、幼武尊はある家の屋根に大王の宮殿と同じく堅魚木《かつおぎ》[19]が上げてあるのに気がついた。堅魚木というのは鰹《かつお》のような形をした大きな木のことである。

幼武尊はむかついて、傍らの臣下に訊《たず》ねた。

「あの家はだれの家じゃ。」

「見てきますんでちょっと待ってください。」

臣下が戻ってきて報告した。

「志幾《しき》の大縣主《おおあがたぬし》てう人の家らしいです。」

幼武尊は即座に命じた。

「むかつく。燃やせ。」

命じられた臣下が大縣主の家を燃やしに行くと大縣主が慌て

て出てきていった。

「あんたら人の家、燃やしたらどんならんなあ。」

　実はかくかくしかじか、こうこうこうこうこういう訳ですよ。

臣下の説明を聞いた大縣主は青くなって平身低頭、

「すんません、あほやからこんな家こしらえました。ほんま、すんません。」と謝り、山ほど贈り物をして、それでようよう許してもらったのであった。

「マジ？　知らなかったよ。」

「くふふ。また、あんなことになるんと違うか。」

「おめぇ、おもしろがってねぇ？」

「だっておもろいじゃん。」と臣下は面白がっていたが、幼武尊はマジ切れし、

「この国に自分以外に君主はないはずだが、いま君主であるかのようにしてそこを行くのは誰であるか。」と聞きに行かせた。

「行って来たか。」

「へえ。行って参りました。」

「なんて言ってた。」

「いやそれが……。」

「いいから言えよ。」

「ほな言いますけど、わたいが言うてんのと違いますで、『この国に自分以外に君主はないはずだが、いま君主であるかのようにしてそこを行くのは誰であるか』ちいました。」

「なに？」

「あわわわ、わたいの首、絞めんといとくなはれ。そやからわたいが言うてんのんとちゃう言うてまっしゃろ、痛い痛い痛い。」

　激怒した幼武尊は矢をつがえ扈従《こじゅう》[20]する百官も一斉に矢をつがえた。

　すると驚き呆《あき》れたことに、向こうの奴らも同じように矢をつがえる。

　なるほど。ええ根性してるやないけ、と思った幼武尊は言った。
◆「まず名前言え。名前言いあってから射ちあいをしよう。」

15 葛城山　奈良県と大阪府の境にある葛城山脈のこと。
16 雀荘　麻雀《マージャン》をする場を提供する店。
17 鹵簿　天皇の行列の意。
18 暗峠　大和国（現在の奈良県）と河内国（現在の大阪府の一部）との境をなす生駒山地にある峠。交通の要所として知られる。
19 堅魚木　葺《ふ》いた草の散乱防止や装飾のために宮殿や神社の棟木の上に並べた鰹形の木。
20 扈従　付き従うこと。また、その人。

問2　「『やべーよ。』と言った」のはなぜか。
問3　「まず名前言え。名前言いあってから射ちあいをしよう。」には幼武尊のどのような気持ちが表れているか。

向こうの尾根の相手に聞こえるくらいだから大変な大声である。

たいていの者は幼武尊に大声でこんなことを言われたら恐ろしくて震えあがる。ところがこいつときたらちっとも臆さず、同じく大きな声で、

「吾《あれ》が聞かれたんだからまず吾から名乗ろう。吾は悪事《まがごと》も一言、善事《よごと》も一言、言離《ことさか》の神、葛城の一言主の大神といいます。よろしくお願いします。」と答えた。

なにを言っているのかというと、自分は、凶事についても、それから吉事についてもただ一言で断定する偉大な神だと言っているのである。

そしてそれは事実を言い当てたり、未来の出来事を予測したりするのではなく、言離の神、すなわち事実や未来の出来事を断定してしまうということで、だとすると実に偉大な神である。

例えば海外で国際紛争が起きたとする。となると国としてどっちに味方するかを決めなければならない。あっちを立てればこっちが立たず、こっちを立てればあっちが立たず、国論を二分するような議論になる。

味方した方が勝てばよいが負ければ悲惨である。下手をしたら向こう十年は冷や飯を食わされる。だからどっちに味方するのかでたいへんな議論になるのだけれども、もしこんなときに言離の神がいれば楽勝である。

「すんまへん。言離の神さん。Ａ国とＢ国、どっちが勝ちまっしゃろ。」と訊ねて、言離の神がＡ国といえばＡ国が勝つし、Ｂ国と言えばＢ国が勝つ。国民は心安けく生業《なりわい》に専念できるのである。

ところが時代が経って言離の神は姿を現さなくなり、指導者は自分でどっちに味方するかを決めなくてはならなくなって国民はえらい目に遭うようになった。なんとも残念なことである。

まあそれにつけてもそれくらい偉大な言離の神であるからさすがの幼武尊もこれを畏《かしこ》み、「恐れ入りました。そんな神様が実体化して現れるとはつゆ知りませんでした。」と言い、刀も矢も外して、それから百官に、

「おまえらみな服脱げ。」と命令し、それらを一言主に献上、一言主は、「どうもありがとう。」と言ってこれを受け取った。

受け取ったばかりではない。一言主は幼武尊を宮殿まで送っていった。こんな偉大な神が大王といえども人間を送っていくなどというのは通常、ありえない。幼武尊は大いに喜んだが服を脱いでしまった百官は寒くてたまらない、「へっくしょい。どうも寒いですな。」「ほんとですな。たまりませんな。」と不平たらたらでほとんどの者が風邪をひいた。

爾来《じらい》、一言主は幼武尊の守護神というか、参謀というか、連

れというかそんなことになった。葛城の大神と同格に語り合うとはさすがに幼武尊は偉大な帝王である。

ただでさえ偉大な幼武尊が一言主の助言を得るのだからもはや無敵である。

「東の方に服属しない奴らがいるんだけど懐柔すべきでしょうか。攻撃すべきでしょうか。」なんて問うと、悪事も一言、善事も一言、言離の神、葛城の一言主の大神は、ただ一言、

「攻。」と言う。

一言主が言うということはもうそれが絶対的に正しいということで誤謬《ごびゅう》はあり得ない。幼武尊は火の玉になって攻めていく。

ただでさえ強い幼武尊が自信満々で攻めていくのだからこんな強い者はない。たいていの者はその姿を見ただけで怯《おび》えて、

「すんませなんだあ。」と言って謝った。

直前までは、「ふん。あんなものは猿だよ。」とか言って威張ってたくせに。

そんなこんなで幼武尊と一言主は実によい関係だった。

一言主は長谷朝倉宮に常駐して気儘《きまま》に暮らした。

普段はこれといって仕事はない。ただそこらをぶらついて宮殿に勤務する若者と気さくに喋《しゃべ》ったり、ときに宮殿を抜け出し、百姓が脱穀をしているのを見学したりした。

ところが、最初のうちはそれでよかったというか、まあ問題ないと思われたのだけれどもそのうち、一言主がぶらついているということが大変なことであるということが分かってきた。

というのはなにしろ言離の神である。吉凶を占うだけではなく、一言いうたびに世界が変貌した。

どのように変貌したかというと物であろうと事であろうと、一言主が口にした途端、それら事物がたちまちにして世界から分離してその場に現出した。

まさしく言離の神である。

はじめにこの言離の不思議を目撃したのは若い舎人《とねり》[21]であった。

一言主は庭の池をながめてにやにやしていた。舎人は内心では、気色の悪い奴だ鯉《こい》をみつめてなにをにやにやしているのだ、と思ったが神様にそんなことを言ったら罰が当たるので黙って脇を通り過ぎようとしたところ一言主は舎人の肩を、がっ、と摑んだ。

舎人はぞっとした。

肩から身の内に強い霊力のようなものが侵入してくるのを感じたからで、その霊力はぶるぶる震えるこんにゃくのようであ

21 舎人　天皇や皇族のそばに仕えた者。

った。

舎人は無理に笑って言った。

「こんにちは。ええお天気で。」

一言主はそんなお追従《ついしょう》を言う舎人を無感動な目で一瞥《いちべつ》、ただ一言、

「下駄《げた》。」と言った。

たちまちにして正目《まさめ》の立派な下駄が長谷朝倉宮に現出した。

舎人は驚き惑い、一言主に尋ねた。

「これはどういうことでしょうか。」

一言主は答えた。

「吾は言離の神である。吾が口にした言葉は世界を構成する元素から物質として切り剝がされて現出する。よかったら履いてごらんなさい。」

言われて舎人はおそるおそる下駄を履いてみた。

その頃、下駄はまだなかった。履いてみると足元が軽快で足の裏に木の爽やかな感触があるのもまた気持ちよく舎人は、

「いい感じです。」と喜んだ。

「そうでしょう。最初のうちはまだ鼻緒がなじんでいないから足の指が痛いかも知れないがそのうち具合良くなるよ。」

「え？　僕、これもらっていいんすか？」

「吾は言離の神だから別にそんなものいらんよ。吾はただ言葉によって世界を切り分けているだけだ。気に入ったのだったら履いてきなさい。」

「わーい。嬉《うれ》しいな。ありがとうございます。」

舎人は喜んで履いていた沓《くつ》を手にとり、下駄をからんころん鳴らして行った。

そんな風にして一言主は言葉によって世界を切り分けていったが、一方、幼武尊は激烈に機嫌が悪かった。

幼武尊の秩序感覚は峻烈《しゅんれつ》で臣下が帝王と同じ様式の家を建てているといって激怒したくらいだから、自らの宮殿内となればなおさら厳密で、いつも掃除が行き届いていないとそれだけで苛々《いらいら》したし、あるべきものがあるべきところに収まっていないと落ち着いて物事を考えることができなかった。

ところが一言主が来て以来、長谷朝倉宮は滅茶苦茶だった。

幼武尊は、「いったいこの体たらくはなんなんだ。」と呟《つぶや》いて宮殿内を見渡した。

一言主が一言で言離したくだらないものや訳の分からないものがそこここに散乱していた。

柄付きブラシ。度付きサングラス。[22]メンソレータム。皮むき器。[23]カルパッチョ。マグカップ。セメント袋。軍手。スーパーボール。[24]鉈豆煙管《なたまめギセル》。[25]三八式歩兵銃。ゼラチン。[26]ランタン。寿司ネタケース。[27]長火鉢。アコーディオンカーテン。ルームランナ

ー。[28]フジカシングル8。鉋《かんな》。[29]サモワール。[30]カップジョリック。ドカベン。[31]ボンカレー。[32]マキシコート。豆乳。

幼武尊はこれら不分明で雑多な品々が宮殿内に散乱する様を見て唇を歪《ゆが》め、呆れたような口調で、

「なんなんだよ、これは。」と呟きつつ、政務に必要な書類を取り出そうと傍らの、宝石をふんだんに使った豪奢《ごうしゃ》な装飾が施してある戸棚の扉を開けた。

開けた途端、[33]キャベジンと[34]仁丹と蚊取り線香と琉球《りゅうきゅう》野草茶が雪崩をうって落ちてきた。戸棚のなかにはまだ電球や[35]月餅《げっぺい》など訳の分からないものがぎっしり詰まっていて大事な書類がそれらの下敷きになっているのが見えた。

どこかから、からんころんという喧《やかま》しい音が響いてきていた。

「もう我慢できない。」

幼武尊はそう呟いて執務室を出た。

出たところで舎人に会った。舎人は恐懼《きょうく》して言った。

「これは大王様。おはようございます。」

「じゃかましい。なにがおはようか。貴様の履いておるその喧しい履き物はなんだ。」

「あ、これすか。これは下駄といいまして非常に便利な……。」

「そんな不愉快な雑音を立てる履き物のどこが便利なのだ。今後、いっさい禁止する。それを履いてる奴は死刑だ。っていうか、いったいどこのどいつがこんなふざけたものを作ったのだ、むかつくなあ。できればそいつも死刑にしたいものだ。」

「連れてきましょうか。」

「え？　居所を知っているのか。」

「ええ。っていうか、この宮殿にいますよ。」

「なに？　群臣のうちのだれかが作ったと申すか。」

「いえ。群臣ではなく、一言主の大神様が、下駄、と一言言っ

22メンソレータム　皮膚の疾患を治療する家庭用の医薬品。
23カルパッチョ　イタリア料理の一つ。薄切りの牛肉や魚介類などをオリーブ油などで和えた料理。［イタリア語］carpaccio
24鉈豆煙管　ナタマメのさやに似た形状の喫煙具。先端の火皿にタバコを詰めて火を付け、その煙を吸う。
25三八式歩兵銃　一九〇五（明治三八）年に採用された、旧日本軍の小銃。
26ランタン　角灯。ちょうちん。［英語］lantern
27長火鉢　木炭を燃料とする暖房器具の一つ。
28フジカシングル8　富士写真フイルム社が発表した個人映画用フィルムの規格。または、そのフィルムやカメラのこと。
29サモワール　ロシア独特の卓上湯沸かし器。［ロシア語］samovar
30カップジョリック　一九七〇年代に発売されていたカップラーメンの一つ。
31ボンカレー　調理済みのカレーを耐熱・耐圧性の袋に密封した商品。
32マキシコート　くるぶし丈のロングコート。［英語］maxicoat
33キャベジン　胃腸薬の一つ。
34仁丹　口中清涼剤の一つ。
35月餅　中国の菓子の一つ。あんや干し果実などを小麦粉で包み、丸く整えて焼いたもの。

たらこれが出てきたのです。[36]ゆかしいことでございます。」

「ううむ。そうか。一言主様か。」と、幼武尊は唸《うな》った。実に苦々しい気分であった。できれば追放したかった。しかし神を追放するわけにはいかない。いまのとこ一言主が決定する吉凶に遵《したが》って国政はうまくいっていたし、反乱を起こしそうな勢力ももはやなく、また大陸との外交もうまくいっていた。

一言主を追放すればこの安定を維持できない。しかしこの宮殿の体たらくは、ううむ。穏和裡《り》に葛城に御[37]還幸願い奉るのが一番よいのだが、どうやって切り出したものか。ううむ。ううむ。

唸る幼武尊に舎人が言った。

「呼んできましょうか。」

「いや、いい。神様を呼びつけるわけにはいかんだろう。こっちから参ろう。どちらにおわす。」

「中庭にいらっしゃいました。」

「わかった。案内せよ。」

「こちらでございます。」

舎人は卑屈に腰をこごめて大王を先導した。下駄を禁じられたので裸足である。蹠《あしうら》が汚れていて宮殿の床に黒い痕がべたべた付着して幼武尊はそんなことも不愉快だった。

「一言主の大神様。」

幼武尊が声をかけると、中庭のベンチでくつろいでいた一言主が、「なに？」と言って振り返った。

実に安閑たる表情で幼武尊は内心で、これでも神か？　と思ってしまう。

しかし神であることに間違いがなく、それが証拠に振り返った一言主がたった一言、

「[38]メリヤス肌着。」

と言うと純白のメリヤス肌着が百ばかり中空に現出、そこいら木の枝に見苦しく垂れ下がった。

幼武尊は、まったく人の宮殿でなんということをしてくれるのだ、と思ったが神を畏れる気持ちがあるからもちろんそんなことは言えない。遠回しに、

「大神様はいつまでここにいらっしゃるのでしょうか。」と訊《き》いた。言外に、そろそろ葛城に帰ったらどうです、という意味をこめて言ったのである。

そんな幼武尊の気持ちを知ってか知らずか、一言主は言った。

「いやあ、いろいろよくしてもらって気に入ったから、もう少しいようかなあ。」

「もう少しというのはどれくらいです。一カ月くらいですか。」

「いやあ、あと一年くらいはいいようかなあ。」

あと一年と聞いてうんざりした幼武尊はやむなく本質的なことを言った。

「ひとつ聞いていいですか。」

「ああ、いいよ。」

「なんであなたはいろんなものを出すんですか。普段からそんなことやってるんですか。」

「いや。山にいるときはそんなことはしない。山の中は吾が言葉で世界を切り分けなくても別にそのままでまったき状態にあるからね。人間の住んでいるところに来るとどうしても言離をやってしまうんだよね。」

「なるほど。」と言って幼武尊は溜息《ためいき》をついたがしばらくしてあることに思いいたり、◆急に前向きな気持ちになって言った。

「じゃあ、一言主の大神様、もっと我々の役に立つものを出してもらえませんか。」

「役に立つものってなに？」

「だから、米とか麦とか、鉄とかそんなんでもいいですよ。鉄の武器とか。あるいは宝石や金銀、そんなものでもよい。」

「無理だね。」

「なぜ無理なんです。」

「吾は言葉で世界を切り分けているんだよ。君が言ったのはいまもうすでにこの世界にあるものじゃん。それを吾がもう一度、切り分ける必要はないからね。」

「ああ、そうなんですか。」

幼武尊は絶望してまた暗くなった。しかし、このまま引き下がるのもむかつくので一言、嫌味をいってやろうと思って言った。

「しかしあれですよね、結局、言離の神とか言っても、下駄とかそんなせこい物しか切り分けられない訳ですよね。つまり、世界を切り分けるっていってもそれは世界のほんの一部って言うか、下駄とかボンカレーとかそんなせこいものしか切り分けられない訳じゃないですかあ？　それってどうなのかなあ、って。結局、言離とかいっても雄大なものを出せないんじゃ意味ないのかなあ、って。」

幼武尊が嫌味を言うと、一言主の大神は一言、

「森ビル[39]。」

36 ゆかしい　心がひかれるさま。　**37 還幸**　神が臨幸した先から帰ること。　**38 メリヤス**　糸を布状に編んだもの。伸縮性があり、肌着などに適している。［スペイン語］medias　**39 森ビル**　東京都港区に拠点を置き、都市の再開発などを手掛ける不動産会社。ここは、六本木ヒルズ森タワー（二〇〇三年竣工）のことか。

問4　「急に前向きな気持ちになっ」たのはなぜか。

と言った。途端にあたりが暗くなった。

「あれ、雨でも降るのかなあ。」

空を見上げて幼武尊は驚愕《きょうがく》した。それでもなんとか立っていたのは幼武尊の帝王としての矜持《きょうじ》であった。一般の人民であればびっくりして馬鹿になって座り小便をしていただろう。

長谷朝倉宮の東方に銀色に輝く巨大なビルディングが忽然《こつぜん》として現れていた。その高さたるや途轍《とてつ》もなく、生駒・葛城・金[40]剛の山並みをも圧倒してそびえ立っている。

「あれはなんです。」

しばらく呆然《ぼうぜん》としていた幼武尊がようよう尋ねると、一言主は、

「いやあ、大きい物がいいって言うから。」と言って笑った。

その顔をみて幼武尊は、こいつは俺が嫌味を言ったのを分かって、それでこんな嫌味を返してきたのだ、陰険な野郎だ、と思ったがもちろん思っただけで直接当人には言わなかった。

そんなことをしたらどんな無茶をされるか知れたものではないし、というかもっというと、だいたいこんな嫌がらせみたいなことをするのも、最初に会ったときに誰何《すいか》したり、矢を射かけたりしたのをいまだに根に持っているからかも知れないと思ったからである。


それからというもの、幼武尊はなんだか嫌になってしまったというか、すっかりやる気をなくし、自室に引きこもって国政を顧みなくなった。人事や予算について臣下が判断を仰ぎに来ても、「うるさい。そんなものはおまえが適当にやっとけ。」かなんか言って書類を見ようともしない。

一言主が森ビルを出してから三月ほどたったある日も臣下がやってきて言った。

「すみません。ちょっとご相談が。」

「うるさい。俺はいまやる気がないのだ。いま俺になにもいうな。」

「いやあ、しかしそれでは困るんですが。」

「うるさいなあ。困るって言っても仕方ないじゃないか。こんな宮殿が散らかった状態では俺はなにも考えられないんだよ。」

「そうでしょうけど、この人事については各豪族も神経質になっておりますので、なんとか大王のご決裁をいただかないと……。」

「うるさいわ、ぼけ。決裁してほしかったらこの宮殿の惨状をなんとかしろ。なんですか？　このありさまは。もう無茶苦茶じゃないか。日当たりわっるいし。」

その通りであった。

それでも以前は不愉快そうにしている幼武尊に気を遣って、

舎人やその他のものも多少はそこいらをとり片づけるようにしていたが幼武尊が自室に引きこもってからは文句を言う人がいなくなったのを幸い、片づけもしないでげしゃげしゃになるがままに放置していた。

その後ろめたさもあってか、臣下は、

「いや、そんな言うほどではありませんよ。」とうそを言ったが、これが災いした。

幼武尊はその部下の一言に希望的観測を抱いた。

俺がひきこもるということは国事・国政が滞るということでそうなると臣下も民も困る。だからこそこいつらは一刻も早く俺が国政に復帰するようにという願いを込め、そこいらを取り片づけている。つまり宮殿は以前に比べ、よほど秩序を回復しているのではないか。

幼武尊はそんなことを思ったのである。

「わかった。ではちょっと様子をみることにしよう。」と言って幼武尊は三月ぶりに自室を出ようとしたが臣下は慌ててこれを押しとどめた。

「あわわ。しばらく、しばらくお待ちを。」

「なんでだ。みな俺を待っておるのであろう。」

「そうです。そうですが、そんな急に出られても困ります。」

「なにを焦っているのだ。怪しい態度だな。そこを退け。」

幼武尊は臣下を押しのけて部屋を出て、我が目を疑った。

もはや滅茶苦茶であった。

宮殿の壁の至る所にスプレー缶で落書きがしてあった。稚拙な筆跡で、「するめ参上」とか、「ＦＵＣＫ」とかそんなくだらないことが書いてある。

窓はどういう事情か、安っぽいベニヤ板で塞いであって、そのベニヤ板にも愚劣な落書きがしてある。もちろん床には、天ぷら油、[41]スコーピオンズのＬＰ、洗濯板、アロマポット、筆ペン、シュークリーム、マブチモーター、[42]江夏のサインボール、[43]スカルリング、[44]ベンザブロック、[45]テンガロンハット、煮込み、[46]アッパッパなど訳の分からぬものが足の踏み場もないくらいに

40 金剛　奈良県御所《ごせ》市西南部を南北に連なる金剛山地のこと。　**41 スコーピオンズのＬＰ**　「スコーピオンズ」は一九六五年にドイツで結成されたロック・バンド。「ＬＰ」は、一分間に約三十三回転する長時間用のレコード（音盤）。　**42 江夏**　江夏豊（一九四八年―）。日本の元プロ野球選手。　**43 スカルリング**　どくろの装飾が施された指輪。［英語］skull ring　**44 ベンザブロック**　総合感冒薬の一つ。　**45 テンガロンハット**　アメリカ西部やメキシコなどでカウボーイがかぶるつばの広い帽子。［英語］ten-gallon hat　**46 アッパッパ**　女性が主に家庭で着用する夏用のワンピース。

散乱しているうえ、そうして形のある物だけではなく、丸めたティッシュペーパー、吸い殻、握りつぶした煙草《たばこ》の袋、バナナの皮、ポテトチップスの空き袋といった完全なゴミも散乱していた。

それだけでも幼武尊にとっては許し難いことであったが、さらに血圧が上がって血管がぶち切れそうになったのは、そこいらを随意に横行している異様な風体の見知らぬ男女であった。

男はニット帽をかぶり、尻が半分みえるくらいに垂れ下がったジーンズを穿《は》き、くたくたのパーカを着ていた。ジーンズの裾を片方だけたくし上げている者もあった。衣服のあちこちから訳の分からぬ紐や鎖が垂れ下がっていた。

女はなんだかごたごたして破れたような、丈の足らないような花柄の服を着ていた。顔の色が黒く、若いのに頭が白髪だった。藁《わら》色の者もあった。目元が狸《たぬき》のようであった。

これらの者どもは幼武尊の姿を見ても[47]拝跪《はいき》しない。それどころか黙礼もせず、だらだらした態度でにやにや笑って通り過ぎるのである。

幼武尊は激怒した。

なんたるありさまか。

なかにはもっとでたらめな者もあった。あろうことか、調理パンやハンバーガーを食べながら歩いている者があったのである。大王の宮でものを食べながら歩くとは何事かっ。幼武尊は呆れてものも言えなかった。

◆どこからどう怒っていいか分からなかったのである。

見ているとソースや具が床に垂れていた。つか、男女は食べかけのパンを床に投げ捨てたりしていた。

幼武尊は怒りで喉が詰まったようになって危うく窒息するところだった。

よれよれになって先に進むと、その先に屋台が出ていて、勝手にパンやバーガー、弁当を売っていた。いったい誰がこんなことを許可したのか。誰も許可していない。つまりはこのふざけた男女も屋台もすべて一言主がたった一言、「ふざけた男」とか、「屋台」とか言って現出せしめたものなのだ。まったくなんということをしてくれるのだろう。

幼武尊は改めて周囲を見渡した。

そこまで来るともはや宮殿は一言主の出した首都高や都電、[48]ＳＨＩＢＵＹＡ－ＡＸや[49]ドン・キホーテで無茶苦茶になって、もはや原形をとどめていなかった。

臣下はどこかへ逃げていた。

なにが、言うほどではありませんだ。あいつ、見つけたら殺す。決意をしている幼武尊の脇で酔漢が反吐《へど》をついていた。

しかしそれにつけても一言主はどこにいるのだ。とにかくいくら神でもこれ以上、無茶苦茶をされたら困る。早く探し出さないと、とようやく現実的な判断ができるようになった幼武尊の脇にセルシオ[50]がとまり、出っ歯でつり目のネズミのような顔をしたサラリーマンが助手席の窓から首をつきだし、

「おい、おまえ。」と幼武尊に向かって言った。

幼武尊が黙っていると男は横柄な口調で、

「おい、おまえだよ、おまえ。道、聞きたいんだよ。早く答えろ。後ろに社長が乗ってんだよ。」と言った。

幼武尊は無言で佩《は》いていた剣を抜き振り下ろした。ずば。セルシオはサラリーマンの首を残して急発進して走り去った。

まだそれほど無茶苦茶になっていない中庭に一言主はいた。

まったく呆れ果てた体たらくであった。

一言主と臣下たちは中庭に横たわり、酒を飲みご馳走《ちそう》を食らいながら横になって一言主の出した、「どつき漫才」を見てげらげら笑っていた。

「ええ加減にせえ、どあほ。」

和服の女が相方にドロップキック[51]をかまして絶叫するのと同時に幼武尊もまた叫んだ。

「ええ加減にせえ、どあほ。」

「げらげらげら。」

百官は笑い転げている。幼武尊は再び怒鳴った。

「ほんまにええ加減にせえ。」

「げらげらげら。」

「大王の前でなにを笑う。」

「しまった。大王だ。」

百官は慌てて拝跪した。

気まずい雰囲気を察知した漫才師はこそこそ袖に引っ込んだ。

一言主と幼武尊だけが中庭に立っていた。

幼武尊が言った。

「一言主の大神様。いまのはなんです。」

「あ。いまの？ いまのはどつき漫才といって殴り合いをしながらこの世の万歳を言祝《ことほ》[52]ぐというおめでたい芸能だよ。」

「くだらない。」

幼武尊は吐き捨てるように言った。

47 拝跪 拝してひざまずくこと。 **48 SHIBUYA-AX** 東京都渋谷区にあるライブ会場。 **49 ドン・キホーテ** 全国各地に展開している大型小売店。 **50 セルシオ** 高級乗用車のブランドの一つ。 **51 ドロップキック** 跳び蹴り。[英語] drop kick **52 言祝ぐ** 慶事においてお祝いのことばを言うこと。

問5 「どこからどう怒っていいか分からなかった」のはなぜか。

「ああいうの嫌いなんだ。じゃあこういうのはどうだろう。」

そう言うと一言主はたった一言、

「[53]キャットファイト。」と言った。

突如として中庭に半裸のふたりの女が現れ、「どらあ。」とか罵りあいながら互いの髪の毛を引っ張ったり、腹を蹴ったり殴り合うなどし始めた。

幼武尊はもう我慢できないと思った。

「神だかなんだか知らぬが、ここまでなめられて黙ってられない。」

「どうするというのだ。」

「あなたを拘束します。」

幼武尊は臣下に命じ、一言主の大神を拘束せしめた。その際、これ以上、おかしなものを出さぬように、ただちに猿轡《さるぐつわ》をかますように命じた。しかし、神を畏れて臣下はためらった。幼武尊は、

「臆したかっ。」と絶叫すると自ら装束の袖を引きちぎって一言主に猿轡をかましたが一言主はその一瞬の隙を逃さず、たった一言、

「[54]ボンベイサファイア。」と言った。

さすがの幼武尊も大神を殺すわけにはいかず、喉を潰したうえで土佐に流した。

しかし、そこらをうろついていた兄ちゃんやギャル、酔漢やサラリーマンなどは容赦なくこれを叩《たた》き殺した。一部の者は、「マジかよー。」などと抵抗したが無駄であった。

森ビルや首都高や見苦しい屋台などもすべて燃やした。

そんなこんなで、長谷朝倉宮とその周辺は元の秩序を回復したが、幼武尊はときおり一言主の大神の狼藉《ろうぜき》を思い出して癇癪《かんしやく》を起こした。

己巳《つちのとみ》八月九日、幼武尊は久しぶりに一言主のことを思い出して癇癪をおこした。

まったくふざけた野郎だった。マジゆるせねぇ。

怒りつつ執務室の棚を見ると青いボトルがあった。一言主が最後に出したボンベイサファイアである。

ボトルを見ているうちに幼武尊はますます腹が立ってきた。あいつの出したものはすべてこの世から消滅させたというのになんでこのボトルだけが残っているのだ。しかもあれから俺はこの棚を毎日のように見ていたのだ。それでもこの青いボトルに気がつかなかったなんて。

幼武尊は自らの迂闊《うかつ》さを忌々《いまいま》しく思いつつ、舎人を呼ぼうとしてすぐに思いとどまった。

幼武尊はこのボトルがなにか一言主の挑戦であるような気が

してならなかった。

幼武尊は棚のボトルを手に取った。いかにも妖しい文字が書いてある。幼武尊には、ははは。おまえは怖くてこれが飲めないだろう。ばーか。と書いてあるように思えてならなかった。

「なにをいうか。俺はいまや[55]使持節都督倭《わ》新羅《しらぎ》任那《みまな》加羅《から》秦韓《しんかん》慕《ぼ》韓《かん》六国諸軍事安東《あんとん》大将軍倭王であるぞ、なめやがって。こんなもの飲んだくらいで死ぬか、馬鹿。」

幼武尊はボンベイサファイアを飲んでやろうと思ったが、しかし万が一、毒が入っているかも知れぬので舎人を呼んで、手ずから杯にこれを注ぎ、

「君も普段仕事のしすぎで疲れてるだろう。たまには一杯飲め。」と勧めた。

舎人は、なんか絶対ウラある、と思いつつ大王には逆らえないので泣く泣くこれを飲んだ。

「味はどうだ。」

「いやあ、ちょっと分かりませんけど、あっ。意外にうまい。」

「そうかそれはよかった。」

幼武尊は少女が[56]椋鳥《むくどり》を観察するような目つきでこれを見ていたが舎人は他愛なく酔っぱらい、[57]ジャイナ節のような歌を歌い踊った。

幼武尊は念のためもうひとり舎人を呼んでボンベイサファイアを飲ませたが、これも気持ちよく酔っぱらって踊ったり陰茎や尻を丸出しにつぶらな瞳をしたりしているので、この分だと大丈夫だと思って杯に注がせて一口飲んで叫んだ。

「なんだこれは。うまいじゃないか。」

幼武尊はほとんどひとりでボンベイサファイアを飲み干し、その日のうちに崩御した。

毒が入っていたわけではない。

ではなぜ幼武尊は亡くなったのか。

このとき幼武尊はもはや百二十四歳であった。そんな高齢の人がジンをボトル一本飲んだらどうにかなるに決まっている。

一言主はこの日あるを期して最後に、ボンベイサファイアといったのか。それとも偶然か。いまとなってはそれは永遠の謎である。

53 キャットファイト　女性どうしのけんか。または、その見世物のこと。［英語］catfight　**54 ボンベイサファイア**　ボンベイ・スピリッツ社が製造する、青いガラス瓶が特徴的な蒸留酒。　**55 使持節都督倭新羅任那加羅秦韓慕韓六国諸軍事安東大将軍倭王**　倭王の武（雄略天皇）が自称し、宋の順帝が詔《みことのり》をしてそれに任命したことが、「宋書倭国伝」に記されている。　**56 椋鳥**　スズメ目ムクドリ科に属する鳥の総称。　**57 ジャイナ節**　河内地域を中心に歌われていた河内音頭の節の一つ。

読解

1 この作品の特徴と思われる言葉や表現に注目し、それらがどのような効果をあげているか、考えなさい。

2 一言主の神が登場する以前と以後とでは、幼武尊の生活と感情にどのような変化があったか、説明しなさい。

3 幼武尊と一言主の神の言動における相違点と類似点をそれぞれまとめなさい。

奈良県御所市にある葛城一言主神社（KENPEI 撮影）

運動体としての小説

影響と模倣の連鎖

日本においても小説はすでに二世紀にわたって書かれてきた。新しく書かれる小説は、たいてい過去の小説の影響から出発している。メディアが活字文化だけでなく映像や音楽、ゲームやネットと多岐に発達した現在では、その影響関係も複雑である。あらゆる表現が、何らかの先行した表現の影響や模倣と無縁ではありえない。

たとえば「新釈諸国噺　裸川」は、井《い》原西鶴《はらさいかく》の作品を滑稽にパロディ化した小説だが、このような語り口は「一言主の神」にも受け継がれている。また猫が人間みたいに登場する「ミケーネ」は、遡れば『吾輩《わがはい》は猫である』に行き着くし、動物を主人公としたマンガ・アニメの影響も見られる。ちなみに漱石の「猫」にしても、ドイツの作家ホフマンの『牡猫《おすねこ》ムルの人生観』の模倣だったのである。

過去や同時代の文化を摂取し咀嚼《そしゃく》しながら、新たな作品を生み出して時代と交わっていく。そんな相互影響の運動を小説は繰り返しているのである。

一方で、無断でコピーされて著作権が侵害される事件や、匿名で書かれた二次創作がネット上に蔓延《まんえん》する現象も起きている。従来の近代的なオリジナリティの意識は、いま急速に揺らぎ始めている。

なぜ小説は書かれ続けるのか？

現代人は本を読まなくなったといわれる。書物を家に収集する習慣自体が廃れつつある。新刊の小説も、ひと握りの大ベストセラーを除けば、あまり売れない。にもかかわらず小説を書く人口は、減らないどころか増えている。

なぜ小説は今も書かれ続けるのだろうか。

それは小説が、人間の生を切り取って形を与える表現だからである。ひとは自分の人生に形と意味を与えたいのだ。自分という人間を、たとえば涙もろい繊細な心の持ち主だとか、人付き合いが不器用で損ばかりしている、というふうに考えるとき、実際に読んでいるかどうかを問わず、それはすでに小説的な人物の捉え方である。また恋人との出会いを運命の悪戯《いたずら》とか奇跡などと思うときは、現実を小説のストーリーのように読み替えているのだ。私たちの人間と世界の見方は、もとからすでに小説的なのである。

しかし世界は日々複雑に変容し、従来の観点では見通せなくなっていく。だからこそ、そんな現実と向き合って新しい形を与える小説が必要とされるのだ。そんな新しい小説を読むことによって、私たちもまた人間観や世界観を更新することができるのである。小説と人生は、こうして互いを写し合う鏡のように共生していく。

【編者】
紅野謙介（こうの・けんすけ）　日本大学名誉教授
清水良典（しみず・よしのり）　文芸評論家

高校生《こうこうせい》のための近現代文学《きんげんだいぶんがく》エッセンス
ちくま小説選《しょうせつせん》

二〇一三年一〇月　五　日　初版第一刷発行
二〇二四年　九　月一五日　初版第九刷発行

編者……………………紅野謙介・清水良典
発行者…………………増田健史
発行所…………………株式会社筑摩書房
東京都台東区蔵前二―五―三　郵便番号　一一一―八七五五
電話　〇三―五六八七―二六〇一（代表）
印刷……………………大日本法令印刷
製本……………………積信堂

ISBN 978-4-480-91727-0 C7093

高校生のための
近現代文学エッセンス

ちくま小説選

解答編

筑摩書房

高校生のための近現代文学エッセンス ちくま小説選

解答編 目次

第一章　日常のほころび

ミケーネ　いしいしんじ……1
ピアノ　芥川龍之介……4
わかれ道　樋口一葉……6
最近のある日　G・ガルシア＝マルケス／桑名一博……9
件　内田百閒……12
怒りの大気に冷たい嬰児が立ちあがって　大江健三郎……15

第二章　気がかりな痕跡

指　津島佑子……18
普請中　森　鷗外……21
七話集　稲垣足穂……23
秘密　谷崎潤一郎……26
さよならクリストファー・ロビン　高橋源一郎……29
弓浦市　川端康成……32

第三章　湧きあがる想い

歌のふるさと　円地文子……35
絞首刑　G・オーウェル／小野寺　健……38
それから　夏目漱石……41
ボトルシップを燃やす　堀江敏幸……44
歩行　尾崎　翠……47

第四章　飛翔する言葉

ブラックボックス　津村記久子……50
新釈諸国噺　裸川　太宰　治……52
海と夕焼　三島由紀夫……56
どんなご縁で　耕　治人……59
一言主の神　町田　康……62

第一章　日常のほころび

ミケーネ

いしいしんじ（本文8ページ）

【鑑賞のポイント】

①祖父の葬儀における「私」の不思議な体験と、祖父の思い出とを読み取り、猫を見ることのできる「私」の人間性を捉える。

②祖父を慕って葬儀に集う者たちと近隣の人々との祖父に対する対照的な印象を理解する。

③物語全体をふまえ、結びにおける「私」の心情を理解する。

④猫たちが祖父から「拝借していたもの」とは何かを考える。

【注目する表現】

・「鼻の両側に白い斑点がある以外、全身真っ黒な黒猫で、……白い斑点のあたりはもうとうにびしょ濡れである。」（八・2）

猫が人間の葬儀に参列していることへの違和感を、猫の尾や前脚などを細かく描写することによって際立たせている。

・「目には見えない、透き通った小鳥や虫まで群れてくるらしく、……ねじ曲がって映るようなことも何度かあった。」（一〇・9）

祖父が「身を寄せてくる小さなもの」に対しておおらかな態度をとり、あらゆる生き物に慕われていただけでなく、「目には見えない、透き通った」生き物すらも祖父を慕っていたという「私」の認識を示すことにより、猫の姿が見える「私」の人間性の背景にある、目には見えないがたしかに存在するものへの確信を印象付けている。

【作品解説】

この作品には、語り手である「私」の祖父の葬儀に猫が参列するという不思議な出来事が描かれている。

読者である私たちは、「私」の視点を通して作品世界を眺めることになるのだが、その「私」の視点こそが、ある意味で常識とはかけ離れた特殊なものであることにだんだん気づかされていく仕掛けになっている。なにしろ、猫が葬儀に参列している姿を見て、困惑して取り乱すどころか、「祖父には生前から常識ではかれないところがあった」という一言でその出来事を受け止めてしまい、猫に対して小えびを差し出し、丁寧に挨拶すら交わしているのである。

このような「私」の物の見方の背景には、「私」の幼い頃の祖父にまつわる記憶がある。「一緒には暮らしていなかった」にもかかわらず、祖父の記憶は「ひとつひとつが強烈で」「生々しい」ものとして残っている。特に、祖父が「身を寄せてくる小さなものに対しては、身内が呆れるほど鷹揚に接していた」ことを思い出す。祖父の周りにはいつも小さな生き物が寄り集まってきて、そこには「目には見えない、透き通った小鳥や虫」までもが含まれていたというのである。この記憶は、「私」の人格形成にも大きな影響を及ぼしたに違いない。すなわち、常識にとらわれない物の見方をするようになり、さらには、目には見えないものの存在感を感じることもできるようになっていたのだといえる。

そのような祖父が亡くなったとき、葬儀に「小さな」ものや「目には見えない」ものが集まってくることは、「私」の中では不自然なことではなかったはずであるし、祖父ならばそうしたであろう振る舞い（人間の習慣になじめずに困っている猫を丁寧に遇し、助けてあげる）も、祖父を慕う「私」にとっては自然な行動だったのである。猫もそのような「私」に信頼を寄せ、御礼を述べて去っていく。

このような「私」にとって、読者の側では「常識」に属するできごとが、むしろ滑稽にうつることがある。それが端的に現れているのが、納棺の際の「近隣からの弔い客」の反応に対する「私」の言葉である。「近隣の大人たち」は、猫が入れた「光り輝くもの」が原因で、棺桶が「軽く二度三度とその場で跳ねあが」った際に騒いでしまうのだが、それを「私」は「キャアキャアとはしたなく騒いだ」と語っている。動くはずのない棺桶が動いたので騒ぐという反応自体は、読者である私たちにとっても「常識」であるのに、「私」の視点に立てば、たしかに「はしたない」ことであるようにも感じられてくるのである。このような対照的な二つの視点が読者の中にいつのまにか残ってしまうという点に、この作品の面白さがある。

　ここまで見てきたような「私」と猫とのやりとりは、基本的に「私」の中で完結した、いわば「閉じた」出来事であったが、最後の場面で祖母が「ずいぶんちゃんとした猫だったね」と述べたことで、このやりとりが、実は祖父と物の見方を同じくする人々にとっては共有されていた「開かれた」出来事であったことが判明する。

　最後の一文「私は少し誇らしい気分で、ええそう思いますと相づちを打った。」という抑制された表現の中には、祖父のためにわざわざ葬儀に参列してくれた猫が他者に評価されたことへの喜びと同時に、自分と同じような見方をする人がいること自体への喜びが感じられる。

【作者解説】

　一九六六年、大阪に生まれたいしいしんじは、京都大学文学部卒業後、リクルート社で雑誌の編集に携わる。同社を退職後、九四年『アムステルダムの犬』でデビューし、二〇〇〇年、初の長編『ぶらんこ乗り』で注目を集める。〇三年には『麦ふみクーツェ』で坪田譲治文学賞を受賞し、『プラネタリウムのふたご』『ポーの話』『みずうみ』『四とそれ以上の国』はいずれも三島由紀夫賞の候補作になる。生きていることの不思議さ、不気味さ、愛しさを、幻想的で物語性に富む独特の文体で描くことを特徴としており、独自の世界観あふれる作品を生み出し続けている。一二年には『ある一日』で織田《おだ》作之助《さくのすけ》賞を受賞した。エッセイストとしても活躍し、人気ブログを書籍化した『いしいしんじのごはん日記』などもある。〇九年からは京都に在住し、近年は地元のラジオ番組のＤＪを務めるなど、活動の幅を広げている。

【脚問】

問1 故人に対する弔意を表すためだけに来たのに、自分に気付き、小えびまで出してもらったことに驚き、緊張して無理に笑顔を作っている様子。

▼解説 「曲がりにくいものを曲げ」るとは、無理をして行うということであり、本文でいえば、無理をして笑顔を作ったということである。ここでの猫の心情は、お世話になった方への弔意だけだったのに、自分の姿が人間に認められ、話しかけられたことへの驚きや、（後に「ゆうべより緊張の解けた様子」とあることから）初対面の人間と話すことへの不安や緊張などがあると考えられる。しかもここでは、わざわざ小えびまで出してもらっているのであるから、当然友好的な態度で対応しなければならないのだが、その他の感情が強すぎて、自然に笑顔が作れないのである。

問2 赤ん坊には真っ黒な猫が見えている（と思われる）から。

▼解説 さまざまなものへの先入観のない無垢《むく》な者には、起きている出来事がありのままに眼《め》に映っていることが示されている。

問3 周りの人々に猫が見えているのかが気になったが、今までと同様におそらく見えていないだろうと思ったから。

▼解説 「まわりに猫の姿は見えているのだろうか」（八・12）、「やはり見えてはいないのか」（九・19）とあるように、猫が周囲の目に

見えているものなのかを「私」は常に気にしていたが、猫の様子に気づいた者はいないようなので、今回も周囲に気づかれることはないだろうと判断している。

問4 猫が棺の中に入れた、光り輝く白い毛糸玉のようなもの。

▼**解説** ここでの「ほのかに輝き」とは、あくまでも「私」の目にはそのように見えたということであり、それは納棺の際に「光り輝く白い毛糸玉のようなもの」が見えたことに起因している。

【読解】

1 この猫が祖父に助けられ、その恩義で祖父を慕って葬儀に来てくれたことを聞き、幼いころから祖父の周りに様々な生き物たちが身を寄せてきた記憶と重なるものがあったから。

▼**解説** 一夜あけて再会しただけなのに「懐かしい」気持ちになるのは、本来であれば不自然なことである。にもかかわらずそのような気持ちになったのは、猫との出会いで想起された、「私」自身の幼いころの記憶があったからである。祖父の「小さなもの」に対するおおらかさという点で、両者には共通するものがあったのである。

2 目に見えるものだけを信じている「近隣」の人々は、祖父を外見だけで判断して畏れたり、棺が動いたことで騒いだりしており、目に見えないものの存在を認めて祖父を慕う「私」や、「猫」たちとは対照的な存在として描かれている。

▼**解説** 「近所のものたちは、菊や百合をつかみとり、横たわる祖父のからだを怖ず怖ずと飾った」（一一・3）などの描写からも、「近隣」の人々が一貫して祖父と距離を置く姿勢をとっていることがわかる。直前に「例の鳥や虫も集まって」いると描かれる他の生き物たちの姿とは対照的である。すなわちこの物語には、祖父を慕い近づいていこうとする姿と、祖父から距離を置こうとする姿の二種類の対照的な方向性が示されており、「近隣」の人々は後者の姿を象徴する役割を果たしている。そしてその対照的な方向性は、「透き通った」ものの存在を感じるか否かという形でも示されている。

3 真っ黒な猫は、私だけに見えていて他の人には見えてはいないと思っていたが、祖父を慕う人には見えていたことがわかり、祖父を慕って葬儀に参列した猫のことを、自分と同様に好ましく思っていることや、目に見えないものの存在を敬う人が自分の周囲にいることが嬉しくなったから。

▼**解説** 物語全体を通して、「私」と猫との関係性の中に他者が介在することはなかったが、この最後の場面ではじめて、猫の存在に気付いていた者が他にもいたことが示される。ここでの「誇らしい気分」とは、直接的には猫のことを高く評価する祖母の発言内容にその根拠が求められるが、同時に、「私」と猫との祖父を介した温かいつながりが、実は他者に広がりをもった関係性の中にあったことへの喜びでもあるはずである。

【読書案内】

・『ぶらんこ乗り』（新潮文庫）
ぶらんこ乗りと指を鳴らすことが得意で、動物と話ができ、作り話の天才だった弟。古びたノートに残された、亡くなった弟の真実とは。著者初の長編小説。

・『麦ふみクーツェ』（新潮文庫）
吹奏楽のことしか考えていない祖父、数学のことしか考えていない父に囲まれた少年は、ある日麦ふみをする小さな少年を目にする。

・『ある一日』（新潮社）
鴨川《かもがわ》のほとりに暮らす四〇代の夫婦に誕生した待望の赤ん坊。陣痛から出産まで、その誕生の一日を克明に描く。

ピアノ

芥川龍之介（本文14ページ）

【坂上卓男】

【鑑賞のポイント】

①震災で荒廃した横浜山手の状況と、放置されたまま埋もれているピアノの様子をまとめる。
②突然聞こえたピアノの音に対する「わたし」の反応をまとめる。
③五日ばかり後、同じピアノに対する「わたし」の心情がどのように変化していったか、まとめる。
④震災のため荒廃した町中で、野ざらしのピアノが音を発し続けていたことに、作者はどんな意味を込めようとしたか、考える。

【注目する表現】

・「ピアノはちょうど月の光に細長い鍵盤を仄めかせていた、あの藜の中にあるピアノは。」（一五・3）

ピアノを描写した箇所には、美的で情緒的な表現が意識的に用いられている。月の光を受け、まるで淡いスポットライトを浴びているかのようにほの見える鍵盤。しかも倒置法が効いて、それが荒廃の象徴である「藜」の中に浮かび上がって見えているのである。他に、「現にある家の崩れた跡には蓋をあけた弓なりのピアノさえ、半ば壁にひしがれたまま、つややかに鍵盤を濡らしていた。」（一四・4）や、擬人法を用いた「ピアノはあいかわらずひっそりと藜の中に蹲っていた。」（一五・13）などの表現にも同様の傾向が見られる。

・「湿気を孕んだ一陣の風のわたしを送るのを感じながら。……」（一五・7）

人がいないのにピアノが鳴ったという「超自然」的現象の後に、湿りを帯びた風を擬人化させ、さらに「……」で余韻を持たせるという演出によって、「無気味」な雰囲気を巧みに表現している。また、繊細で研ぎ澄まされた神経がその背景にあることにも着目したい。

【作品解説】

東京・横浜など首都圏に未曽有の被害をもたらした関東大震災は、一九二三年九月一日、正午近くに発生した。芥川龍之介は自宅で昼食を終えようとしていたときだったが、自身も家族も幸い無事で、家屋に軽微な損傷を受けた程度であった。しかし、震災の惨状は芥川に作家として芸術に対する自己の立場を再認識させる契機となった。

この震災の年、十一月一日発行の『改造』に寄せた小品「妄問妄答」で、彼は「菊池《きくち》寛《かん》氏の説によると、我々は今度の大地震のように命も危ないという場合は芸術も何もあったものじゃない。まず命あっての物種と尻端折りをするのに忙しいそうだ。しかし実際そういうものだろうか?」と、菊池の現実主義に疑問を呈している。そして、「無意識の芸術的衝動だけは案外生死の瀬戸際にも最後の飛躍をするものだ」と菊池に反論した。

このような芥川の芸術を重視する立場は、「大震雑記」（同年十月一日発行『中央公論』掲載）の次の箇所にも、鮮明に描かれている。

　僕はこういう景色を見ながら、やはり歩みをつづけていた。すると突然濠の上から、思いもよらぬ歌の声が起こった。歌は「懐かしのケンタッキイ」である。歌っているのは水の上に頭ばかり出した少年である。僕は妙な興奮を感じた。僕の中にもその少年に声を合わせたい心もちを感じた。少年は無心に歌っているのであろう。けれども歌は一瞬の間にいつか僕を捉えていた否定の精神を打ち破ったのである。

芸術は生活の過剰だそうである。成程そうも思われぬことはない。しかし人間を人間たらしめるものは常に生活の過剰である。僕等《ぼくら》は人間たる尊厳の為に生活の過剰を作らねばならぬ。更にまた巧みにその過剰を大いなる花束に仕上げねばならぬ。生活に過剰をあらしめるとは、生活を豊富にすることである。

僕は丸の内の焼け跡を通った。けれども僕の目に触れたのは猛火もまた焼き難い何ものかだった。

この少年の希望の歌声は、廃墟の中でなお音を発し続けている「ピアノ」の存在理由に通じている。風雨にさらされ光沢を失ったピアノでも、「人間を人間たらしめ」かつ「尊厳」を失わない芸術の象徴として、「わたし」の心に安らぎと光明を与えてくれたのである。

「ピアノ」は、「わたし」が「あるこみ入った用件」のために訪れた、震災の傷がいまだ癒えない横浜山手の町を舞台に、半ば壁に押しつぶされ蓋をあけたまま放置されているピアノが、「人手を借らずに」鳴ったという不思議な現象を前半の内容として展開してゆく。ミステリアスな期待感とともに、洗練された言葉の紡《つむ》ぎ合いの中からしっとりとした情感が漂う、その文章の妙技も味わいたい。

五日ばかり後、同じ用件で再訪した「わたし」は、無残なピアノの姿に「これでも鳴るのかしら」と「失望」の言葉を思わず漏らすが、その途端まるで「わたしの疑惑を叱ったか」と思わせるように再びピアノは音を発する。それは実は「落ち栗」のしわざだったのだが、「わたし」は「去年の震災以来、誰も知らぬ音を保っていた」このピアノに、深い感慨を寄せるのである。

ここで面白いのは、「超自然の解釈」を嫌う「リアリスト」の「わたし」が、鳴らないのではないかとの自分の「疑惑」を、ピアノが「叱ったか」と「超自然」的に解釈したことである。人知では計り知れない自然のなせる業。震災もまたその一つだろうが、「こみ入った用件」に頭を悩ます人の営みの空しさやその震災の傷を癒やしてくれるのも、この「落ち栗」のような自然なのである。震災にも負けずに高貴な音色を保つピアノも、この自然のいたずらがあったからこそ、かろうじてその存在を知らしめてくれた。しかも、「落ち栗」には毬《いが》が付いていることを思えば、「生活の過剰」もまた、無傷では済まずに痛みをともなう宿命を担っているのかもしれない。それらも含めて、小品とはいえ奥が深い作品となっている。

【作者解説】

芥川龍之介は、東京帝国大学在学中に久米《くめ》正雄《まさお》、菊池寛、松岡譲《まつおかゆずる》らと第三次・第四次「新思潮」を創刊。この雑誌に集った「新思潮派」は、現実の写実化を目標にした自然主義や、理想主義・人道主義を掲げた白樺派《しらかばは》とは一線を画し、現実や人間を理知の力で分析的に捉え、技巧を凝らした表現によって描き出そうとした。こうした姿勢から、「新理知派」、「新技巧派」とも呼ばれている。

芥川の作品は、素材を主に古典に求めた前期の作品群と、「秋」（一九二〇年）を境に現実や日常を描く後期の作品群とに二分される。前期の作品は、平安時代を舞台にした「鼻」「地獄変」などの王朝物、「奉教人の死」などの切支丹《キリシタン》物、「戯作《げさく》三昧」などの江戸物、「舞踏会」などの開化物、さらには「蜘蛛《くも》の糸」「杜子春《とししゅん》」などの童話といった具合に、多彩なジャンルに分類される。この時期の芥川の作品には、人生や現実世界を超えた芸術至上主義の立場に立った作風が見られる。

しかし、後期からは「保吉《やすきち》もの」など私小説の作風に転じ、自伝小説「大導寺《だいどうじ》信輔《しんすけ》の半生」を書く。また、当時台頭しつつあった社会主義、プロレタリア文学と自身の芸術至上の立場との矛盾に苦しんだほか、悪化する健康状態や発狂への不安などを抱え、「玄鶴《げんかく》山房」「河童」「歯車」などの作品を遺して服毒自殺を遂げた。

【脚問】

問1 スレートの屋根や煉瓦の壁が落ち重なっている中に、蓼が伸び放題になっている。また、ある家の崩れた跡に、蓋をあけたピアノが半ば壁に押しつぶされたまま放置され、そのそばに譜本が散乱している。

問2 わたしはわたしの訪ねた人とあるこみ入った用件を話した。（一四・7）

問3 長い間野ざらし状態になっているピアノが実際に鳴るのかという疑問。

【読解】

1 誰も人がいないのに、ピアノがかすかな音を出したから。

2 人がいないのにピアノが鳴った原因が、落ち栗だとわかったことと、鳴るのかどうか疑問に思っていたピアノが確かに音を出したことで、安堵の気持ちが起こったから。

▼解説 「超自然」的な現象ではなかったことへの安堵感と、もう音が出なくなってしまったのではないかと失望を覚えていたピアノが、確かに音を出してくれたことに対する安堵感の二つがあげられる。

3 震災で荒廃した横浜山手の地で、野ざらしにされ傷だらけになったピアノが、それでも人知れず音を出し続けていたことに、「わたし」に一筋の光明、希望の音色を感じている。

▼解説 震災で破壊し尽くされたかに見えた人間の文化的な営み（ピアノがその象徴）が、まだ生き続けていたと感じることができた点で、「わたし」は今後に希望を持つことができたのである。

【読書案内】

・「地獄変」（『地獄変・偸盗《ちゅうとう》』新潮文庫ほか）

愛娘が焼かれもだえ苦しむ様をモデルに、地獄変相図の屛風絵《びょうぶえ》を完成させて自死した絵仏師良秀の鬼気迫る生き様を描いた王朝物の短編。芥川の芸術至上主義の立場が鮮明に現れた傑作である。

・『奉教人の死』（新潮文庫ほか）

神に仕える少年が、恋を受け入れず逆恨みされた娘から、赤の他人の子供を自分の子だと言われ、教会から放逐される。浮浪生活をしながらその子供を養育し、さらに火事の中、自らが犠牲となって子供を救い出す。焼け破れた衣服から二つの乳房が現れ、この少年は実は女であったことが発覚するという物語。美的感動と宗教的・倫理的感動が渾然《こんぜん》となった切支丹物の代表作である。

・『河童』（集英社文庫ほか）

精神病患者が河童の国に迷い込み、そこで見聞する河童の世界の様子を回想的に語るという物語。河童の世界は人間社会の戯画化であり、晩年の芥川の関心事が寓意《ぐうい》的に描かれた後期の代表作である。

【松代周平】

わかれ道

樋口一葉（本文17ページ）

【鑑賞のポイント】

①「町内の暴れ者」として周囲から持て余されている吉（吉三）が、お京にだけは心を許す理由を整理する。

②恵まれない出自ゆえに、自らの人生を肯定的に捉えることができない吉の心情を理解する。

③安定した生活を求めて妾となることを選んだお京と、それによって裏切られたと感じる吉との感情のすれ違いから、現実と人情との葛

藤を読み取る。

【注目する表現】

・**「親がなかろうが兄弟がどうだろうが身一つ出世をしたらばよかろう」（二〇・19）**

「出世」に対して積極的な態度をとれない吉と、厳しい日々のなかでもより良い生活を求めるべきとするお京の積極的な考え方の対比が読み取れる部分。後に、お京が安定した生活のために妾となることを選ぶ伏線ともなっている。

・**「吉は涙の目に見つめて、お京さん後生だから此肩の手を放しておくんなさい」（二七・1）**

吉が普段の二人の会話で使われていたようなくだけた口調ではなく、他人行儀にもみえる丁寧な言葉を使っている点が重要である。それまでのお京との親密な関係を断ち切ろうとする、吉の強い反発心があらわれている。

【作品解説】

「わかれ道」は、一八九六（明治二九）年一月に発表された作品である。この頃の一葉は、次々と質の高い作品を発表し、〈奇蹟の十四か月〉とも呼ばれる創作力の絶頂期にあった。本作にもその勢いは反映され、一葉の得意とする庶民の人情描写が際立つ佳作となっている。

「わかれ道」という物語の軸となるのは、その題名が示すように、吉（吉三）とお京という二人の「わかれ」である。冒頭場面では、夜も遅いのにもかかわらず、気兼ねすることなく家に上がり込む吉と、それを笑って許すお京という、姉弟を思わせるような二人の関係が示される。だが一転して、最後の場面は「お京さん後生だから此肩の手を放しておくんなさい」という、お京に対する吉の強い拒絶の言葉によって閉じられてゆく。こうした二人の関係の急激な変化は、あまりに唐突にみえるかもしれない。しかし、本文を丁寧に読み解くならば、実はこの「わかれ」が必然的なものだったことがみえてくる。

この問題を考える際に手掛かりとなるのが、二人の「出世」観の違いである。お京の「出世」観は例えば、「親がなかろうが兄弟がどうだろうが身一つ出世をしたらばよかろう」といった言葉にあらわれる。ここでは、「出世」とは「身一つ」、すなわち自分の努力や選択によって果たせるものとしてイメージされている。それと比べて、吉の「出世」観はあまりに消極的である。「誰が来て無理やりに手を取って引き上げても俺はここにこうしているのがいい」といい、たとえ「出世」の機会が与えられようと、現状にとどまるつもりだという。

お京の言葉にもあるとおり、この弱気さは吉の「平常の気に似合わぬ情けない事」のようにもみえる。しかし、吉の生まれ育ちを考慮するならば、別の見方をする必要があるだろう。吉はもともと、新網という貧民窟で生まれ育った孤児である。本人の強い劣等感からもわかるように、現在よりもはるかに身分意識が強いこの時代に、社会の最下層に生まれたことの持つ意味は非常に重い。本来であれば、その段階で「出世」など夢のまた夢であっただろう。そのような吉が、まがりなりにも庶民の生活が営めているのは、傘屋のお松に拾ってもらうという大きな幸運に恵まれ、傘職人へと「出世」を果たせたからにほかならない。吉がこれ以上の「出世」を望まないのは、一つはもうすでに自分にとっては過分ともいえる「出世」を果たしていたこと、そしてもう一つは、それを可能にしてくれたお松との約束があったからだと考えられる。吉はお松に拾われた際、「新網へ帰るが嫌ならここを死に場と決めて勉強をしなけりゃあならないよ」と言われ、以後その言葉を忠実に守ってきた。吉の「出世」に対する消極性の背後には、すでに亡くなったお松への感謝と愛情が存在したのではないか。

このように、吉は「出世」がもたらす現実的な利益よりも、感情的なつながりを重視する。それは、感情的には抵抗を覚えながらも、妾になることによる生活の安定を選び取ったお京とは、どうしても相容れない感性であったといえるだろう。二人の「わかれ」は、両者の価値観の差異が生み出した必然であったのである。

ただ、この吉とお京の差異について、前者は純粋で正しく、後者は不純で間違っているといった道徳的判断を安易に下すことは避けなければならない。そのような見方では、妾になることを選んだ、というよりも、現実的にはならざるをえなかった彼女の事情や、複雑な心情を読みこぼすことになるだろう。吉のお京への純粋な想いは、切実で美しい。だがそれは、お京の事情や心情を全く想像できず、自分の感情のみを押し通そうとする点で、極めて幼いものだったともいえる。

【作者解説】

樋口一葉は、一八七二（明治五）年に東京府官吏の子として生まれた。本名は、なつ。小学校高等科を中途退学した後は、中島歌子の萩《はぎ》の舎《や》という歌塾に弟子入りし、和歌を学んだ。一八八七年に長兄が病死し、一葉が樋口家の跡取りとなったが、翌々年には父が病死してしまう。彼女に残されたのは一家を支える重責と、父が事業の失敗でつくった多額の負債であった。

一葉が小説を書き始める契機となったのは、萩の舎の姉弟子が小説を書いて成功したことだった。刺激を受けた一葉は、新聞小説家の半井桃水に弟子入りし、小説を発表し始める。「うもれ木」で認められたのち、「文學界」などの一流誌に、「大つごもり」「たけくらべ」といった代表作を立て続けに発表していった。一葉は、文語体と口語体を組み合わせた雅俗折衷体と呼ばれる文体を駆使しながら庶民、なかでも女性の悲哀を描くことを得意とした。それらの作品は、幸田露伴《こうだろはん》、森鷗外、斎藤緑雨《さいとうりょくう》ら文壇の有力者たちによって絶賛され、当代一の女性作家としての名声を得ていった。

しかし、困窮生活のなかで患った肺結核により、一八九六年に死去。死後に公開された日記も、その文学性が高く評価されている。

【脚問】

問1 十六歳にもかかわらず、十一、二歳にしかみえないほど身長が低かったから。

問2 物事に理解があり融通がきく、大きな度量を持った人がいないということ。

▼**解説** 「話せる」は、ものわかりがよいことの意。ここでは、「けちんぼう」なうえに「やかましい小言ばかり」言って吉の行動を抑圧しようとする人々ばかりで、彼のやんちゃさを受け止めるだけの広い懐をもった人物がいないことが嘆かれている。

問3 裕福な家の妾になることが決まり、長屋から引っ越すことになったから。

問4 自分のこれまでの主張を取り下げて、お京が妾になるような低俗な人間であることを認めなければならないということ。

▼**解説** 「兜を脱ぐ」は、降参の意。前の部分で、お京の潔白を信じる吉は、彼女が妾になるという半次の推測に反発して大喧嘩をしていた。だが、ここでお京の決心を察したことで、彼は不本意ながら自分のこれまでの主張を取り下げざるを得なくなっている。

【読解】

1　わがままも無条件に受け入れてくれるお京の愛情が、孤児だった吉には経験できなかった肉親の愛情を想像させるものであったから。

▼**解説** 孤児として生まれ、他人のなかで育った吉には、これまで人に甘えるということがほとんど許されなかった。吉は親や兄弟とい

った肉親を追い求めるが、その根底には、他人ではない人間ならば、自分を無条件に受け入れ、愛してくれるのではないかという希望的観測があったと考えられる。そんな彼にとって、お京は欠けた肉親の代わりを果たしてくれる存在だったのである。

2　妾に身を落とすのは辛いことではあるが、仕立ての仕事でなんとか生計を立てる今の貧しい生活から抜け出すことのできる数少ない好機であったから。

▼**解説**　「洗い張りに飽きが来て、もうお妾でもなんでもよい、……いっその腐れ縮緬着物で世を過ぐそうと思うのさ」（二五・7）というせりふから、お京は日々の貧しい生活に疲れ、そこからの脱出の手段として妾となることを自ら選び取っていることが読み取れる。ここでは、「上等の運が馬車に乗って迎いに来た」（二四・11）という表現からもわかるように、お京にとってはこの選択が単に否《ひ》定的なものではなく、「出世」の機会でもあったことを理解する必要がある。

【読書案内】

・「たけくらべ」（『にごりえ・たけくらべ』新潮文庫ほか）
妓楼《ぎろう》の養女・美登利《みどり》と竜華寺の息子・信如《のぶゆき》は、惹かれ合いながらもそれぞれに定められた別々の道へと進んでゆく。吉原に近い竜泉寺町の風俗と、そこに住む少年少女たちの淡い恋の目覚めを描く。

・「にごりえ」（前掲書）
酌婦のお力と、彼女に溺れる蒲団《ふとん》屋の源七、そして彼女が慕うなじみ客の結城《ゆうき》が織りなす人間模様が描かれる。すれ違う各人の想いは、ついには源七の無理心中にお力が巻き込まれるという悲劇的結末へとなだれ込んでゆく。

・『樋口一葉日記』（岩波書店）
一八八七年から晩年にかけて断続的に書かれた日記。一葉の日常から創作意識までが克明に描かれ、文芸作品としても高い評価を与えられている。

【竹内瑞穂】

最近のある日　G・ガルシア＝マルケス（本文28ページ）

【鑑賞のポイント】

①ドン・アウレリオ・エスコバールと村長とのやりとりから、作者が作品に込めた意図を探る。

②ドン・アウレリオ・エスコバールの行動を通して、彼が村長のことをどのように思っているか考える。

③細かな描写に注意して、作品の背後にある社会状況を想像する。

【注目する表現】

・「居ないと言っておけ。」（二九・6）
ドン・アウレリオ・エスコバールは、村長が訪ねてきた際、息子に居留守を使わせている。彼にとって、治療のためであっても村長がコミュニケーションをとりたくない相手であることを暗示している。

・「極端に静かな動作で……そこにピストルがあった。」（二九・19）
村長の脅しに冷静に対処しているドン・アウレリオ・エスコバールの態度を見ることができる。何事もなかったかのように振る舞いつつも、万が一のためにピストルに手《て》をかけている彼の対応が実に手馴《な》れている点に留意したい。

・「どっちだって同じさ。」（三二・7）
村長は軍人であり、彼が率いる軍隊によってドン・アウレリオ・エスコバールの仲間たち（恐らくはレジスタンス）は殺害されたと推測できる。村長の治療費を直接請求しても役場に請求しても同じだということは、舞台となっているこの村自体が村長率いる軍隊によって独裁的に支配されていることをうかがわせる。

【作品解説】

この作品は、歯科医であるドン・アウレリオ・エスコバールを主人公にして村長とのやりとりを描いている。物語の背景にある「村」の政治的な対立について全く触れずにいながらも二人の（二つのグループの）対立関係を見事に描き出している。ガルシア＝マルケスの作品では、しばしば政治弾圧の時代の社会情勢が風刺的に描かれる。中編小説「悪い時」では、歯痛に悩まされる町長が町を掌握し、彼と結託した富裕層が町の経済を支配しており、彼ら支配階級に対する町民の不満も描かれている。同じようなエピソードをもとにしつつも、直接的な描き方と、表面的には対立がわからないように描く間接的な描き方というように見事に描き分けられている。

本作は、ドン・アウレリオ・エスコバールの日常の中に、村長が訪ねてきたことで変化した一コマが作品化されている。村長が訪ねてきた際、直接的にドン・アウレリオ・エスコバールが出会うのではなく、まずは息子を介してやりとりが始まる。二人の対立関係を知らない者を挟み込むことで、彼らの簡潔なやりとりが静寂の中で次第に高まる緊張感を伝えている。そのような緊張感の中で、村長の治療が始まる。村長を診断したドン・アウレリオ・エスコバールは、麻酔なしで知歯（親知らず）を抜かなければならないと告げる。この診断は、村長の歯の状態から見て適切なものであったかどうかはわからないが、二人の対立の関係から、村長に対して苦しみを与えたい思いからこのような診断を下したとも考えられよう。そして、知歯を抜く場面におけるドン・アウレリオ・エスコバールの言葉は、二人の対立、もっと言えば独裁を行っている軍隊とそれに抗《あらが》う人々という社会対立を明確にする唯一の場面ともいえる。村長が彼を苦しめた知歯を見ても、その歯が痛みの原因だということが理解できなかった点からも、そのような社会風刺的な意味合いを読み取ることができるだろう。

このように、本作では、社会風刺を直接的に描いていないが、それを前提とする二人のやりとりを簡潔に描写することによって、作品の背後にある政治的対立の緊迫感をより鮮明に表出していると言える。

【作者解説】

ガルシア＝マルケスは、一九二八年、コロンビアの小さな町アラカタカに生まれる。両親と離別し、祖父母の元で育てられる。この頃祖母から聞かされたさまざまな物語が、後に『百年の孤独』を完成させる下地となった。ボゴタ大学法学部に入学するも、学校が閉鎖されたことなどにより中退。この時代のガルシア＝マルケスは、ジョイスやカフカ、フォークナーなどを読み、影響を受けている。その後、新聞記者となり五五年、デビュー作『落葉』を出版するも、寄稿していた新聞が廃刊となり、極貧生活を送る。また、ローマの映画実験センターで映画製作も学ぶ。五九年、キューバに渡り、キューバ革命成立とともにカストロ政権の機関紙に携わるが、編集部の内部抗争に嫌気がさし辞職。六〇年代以降、『悪い時』、短編集『ママ・グランデの葬儀』『百年の孤独』などさまざまな作品を発表し、ラテン・アメリカを代表する作家の一人となる。八二年、ノーベル文学賞受賞。

しばしば「魔術的リアリズム」といった用語で語られる彼の文学作品の根底には、幼少期から聞かされてきた無数の伝承・民話といった語りの蓄積がある。彼の作品では現実的な要素も超自然的・呪術的な要素も区別されることはなく、物語の主人公は人物と言うよりも、風土そのものであったり、土着的な語りそれ自体であったりするように思われる。彼の長編小説には、短編・中編小説で描かれたモティーフがしばしば登場するが、それは彼の短編が長編のための草稿に過ぎないといったことではなく、それぞれの短編が高い完結性を有している。おそらく「魔術的リアリズム」という言葉の「魔術的」というのは、単に超自然的な要素を現実であるかのように描いているという意味ではなく、そうした現実的・非現実的を問わずさまざまな物語を組み合わせることによって生み出される語りの圧倒的な存在感をもさしているのであろう。

【訳者解説】

桑名一博　一九三二年—。スペイン文学者・翻訳家。東京都生まれ。スペインやラテン・アメリカの評論や文学作品の翻訳で知られる。訳書にオルテガ・イ・ガセット『大衆の反逆』などがある。

【脚問】

問1 日々の仕事を無意識に行っている状態。

問2 右の知歯に膿瘍があり、ひげを剃れないまでに腫れあがっていたから。

問3 対立関係にある村長とできる限り関わらないように行動していたから。

問4 対立する者に対する恨み、憎しみよりも、これまでの苦しみや辛《つら》さを込めながらも穏やかに対応している態度。

【読解】

1　もし村長に撃たれることがあったならば、自分自身で反撃できるように準備していたから。

▼解説　ドン・アウレリオ・エスコバールと村長は対立関係にある。そのような中で、「歯を抜かないと撃つ」という言葉は単なる冗談ではなく、一種の脅しであり、万が一の事態にも対応できるような態度をとっている。

2　自分と対立し、仲間の命を奪った村長に痛みを与え、攻撃しようとする意図。

▼解説　村長の知歯に膿瘍があったかどうかは、ドン・アウレリオ・エスコバールの判断のみであり、事実であるかどうかは判断できない。「あんたはこの歯でわが方の二十名の死者の償いをするんだ」からもわかるように、麻酔をせずに村長に痛みを感じさせる理由としては、村長との対立関係が考えられる。

3　ドン・アウレリオ・エスコバールが右頬の腫れを治療するためではなく、村長自身を苦しめるために知歯を抜いたのではないかと考えた。

▼解説　直接的に二人の対立関係を描いてはいないが、これまでのドン・アウレリオ・エスコバールの行動から、村長に対して抱いている思いを読み取る。

【読書案内】

・『ママ・グランデの葬儀』（桑名一博ほか訳、集英社文庫）
本作品を含む八編を収めた短編集。どの作品も一九五八年にコロンビアに戻った頃に書きためた作品で、無駄のない、簡潔な文体で、こまごまとした事実描写を避け、人物と情景をくっきりと浮かび上がらせた描き方をしている。

・『百年の孤独』（鼓直訳、新潮社）
ブエンディア一族がマコンド村を創設し、隆盛から滅亡するまでを描いた長編小説。幻想的な奇想天外な出来事、奇態で個性的な人物の神話的物語が織り交ぜられたその特異な作風は大江健三郎・寺山修司・中上健次など多くの日本人作家にも影響を与えた。

・『エレンディラ』（鼓直・木村榮一訳、ちくま文庫）
「大きな翼のある、ひどく年取った男」など六編の短編と、中編小説「無垢《むく》なエレンディラと無情な祖母の信じがたい悲惨の物語」からなる作品集。天使・死者・幽霊船など、幻想的・超自然的なモティーフが盛り込まれた独特の作品世界が広がる。

【新井通郎】

件

内田百閒（本文33ページ）

【鑑賞のポイント】

①作中の情景描写や場面転換の妙を味わう。
②「私」は、件になった自分をどのように感じたか理解する。
③「私」や人々の揺れ動く心理を把握する。

【注目する表現】

・「水の底のような原の真ん中で、……どこで私の人間の一生が切れるのだかわからない。」（三四・5）
件に生まれ変わりながらも、人間であった自分を思い出しているところが特異である。「水の底のような原」にいる「私」は、羊水の中にいる胎児のようであり、前生と後生がまだ完全には分離されていない状態だと言える。

・「私は前足を折って寝てみた。……気持ちがわるいからまた起きた。」（三四・8）
牛の身体を操って感じる人間の不快の感覚であり、人間であり牛であることへの居心地の悪さである。

・「その声はたしかに私の生み遺した倅の声にちがいない。……こればかりは思い出した。」（四一・4）
百閒の作品には、「父と子」のテーマがよく現れる。主として、亡き父を想う子の心情である。そこでは「声」が、思い出を引き出す契機として作用している。思い出の中の肉親が、「肉声」という身体的な実感として想起される百閒の特徴は留意しておいてよい。

【作品解説】

「件」は、人間の顔と意識をもった牛の物語である。その形象は、「件」の漢字自体に表れている。すなわち、「イ」（人）と「牛」である。件になった「私」は、牛と人との融合した中間的存在として生まれ変わったのである。「私」は、人間の意識で思考し、牛の身体を感じるのである。また、牛という動物の形態によって、「人間」を全くの外部から観察することにもなる。その観察対象は、自分の「友達」「先生」「教えた生徒」「倅」などである。「私」はもと先生なのである。そのような人々が、他の群衆と一緒に「私」を取り囲み、予言を待っている。こうした「件」の作品空間に最も近似しているのは、「夢」の空間であろう。そこでは様々な現象が何の前触れもなく起こる。そもそも、「私」が件となってその身を「広い原の真ん中」に発見する始まり自体がそうである。「私」は、カフカの『変身』の主人公と同様、いきなり変身した自分を発見するのである。そして、その身に降りかかる現象は、「いつしか」の語義そのままに瞬時に生起する。時間は「いつの間にか」（現在）日暮れになり、「いつになったら予言するのだろう」（未来）と人々は固唾《かたず》を呑《の》み、「私」は自分の「人間の一生が切れ」たのが「いつだったか」（過去）知らない。「私」は『山月記』の李徴《りちょう》のように、「理由も分からずに押しつけられたものをおとなしく受け取って、理由も分からずに生きていくのが、我々生きもののさだめだ。」という感慨を抱くしかないのである。その意味では、この作品は、いかに極端に見えるにしろ、「人間」というもののありようを、ありのままに指し示している。「私」に未来は皆目分からず、したがって、「何を予言するんだか見当もつかない。」

「件」という存在が最初に現れるのは、近世の瓦版においてである。百閒の生まれた岡山は、その「件」伝説の残る土地であった。当時岡山駅前の痔《じ》の民間薬の広告看板には件が描かれており、百閒はそれを目にしていたはずだと岡山出身の吉行淳之介《よしゆきじゅんのすけ》は言う。百閒の「件」は、「夢」のフレームの中に転生譚《たん》・変身譚として描かれたと言えるだろう。特異なのは、「件」に転生した「私」が、前生の人間であった自分を覚えていることだ。「私」は、その時の自分を「後悔」する。その点では、同じ短編集の表題となった「冥途」と類似する。「冥途」では、あの世へ行った「父」が、この世に寂しく残る「子」を連れと一緒に見眺めている。しかし、両者の間の薄膜は決して破れない。「件」では、両者が同じ地上に存在している。それが出来るのは、「父」が件に生まれ変わっているからだ。件に変身した「父」に「息子」は「何も言わないうちに、早くあの件を殺してしまえ。」と言う。「私」が「息子」を見ようとすると、「息子」は予言を恐れた群衆とともに逃げ去ってしまう。ここでも「父」は、「息子」と対話することは出来ないのである。そして「私」は予言を行えず、いつ死ぬとも知れない「件」の生を宙吊《づ》りにされる。百閒における「件」とは、家族や知人や大衆という「人間」を、そして前生で人間であった「自分」を、観察・吟味するニュートラルな場であり、それは、「死」をさえ通過した究極的な視点である。加えて、そのような悲劇的な状況にありながら、なんともユーモラスな性格を「件」はもっている。この作品のもつ生と死、肉親と他人を超越したユーモアは、百閒の幻想的な作品以外にも、広く「百鬼園随筆」の底に流れている。「件」は、百閒の小説と随筆の間にもニュートラルに横たわっているのである。

【作者解説】

内田百閒の人生には、不思議と「没落」と「死」の色が濃い。そして、その中からまた「恋」や「ユーモア」も生まれてくるのである。生家の造り酒屋・志保屋は、栄造（百閒）が十六歳の時に倒産している。高等学校時代に作品を送りその門下となった夏目漱石は、五年後に他界している。同じ漱石門下である芥川龍之介の死の直前に百閒は借金をしに行き、そこで朦朧《もうろう》たる意識の芥川を見る。二十三歳で堀野清子と結婚した百閒は、それ以前に彼女との間に多数の「恋文」がある。芥川推輓《すいばん》の海軍機関学校や陸軍士官学校の教授を兼任していたにもかかわらず、なぜか百閒には借金が多い。百閒は、長男・久吉を亡くし、親友・宮城道雄を亡くし、追悼の随筆を記している。また、娘を養女に出し、自身は清子以外の女性の世話を受けている。誕生日の祝宴を（死ぬのは）「摩阿陀《まあだ》会」と命名し、晩年には芸術院会員の推薦を辞退している。「生」と「死」の間を夢幻的な小説に描き、人生の悲哀と喜びを独特のユーモアで表現した。二つの極をもちながら、そのどちらでもない宙吊りの位置に百閒は立っていた。小説家とも随筆家とも名付けえぬ、不思議な作家であった。

【脚問】

問1 人間。

問2 予言することが何もないのに、群集から「件」として予言することを期待されており、どうにもしようがないから。

問3 「件」を霊験あらたかな御神体のごときものとして扱っている。

問4 これから予言しようとする時。

問5 「私」が恐怖のあまり水を飲んだことによって人々の予言への期待感が高まり、もはや予言をせざるをえなくなったこと。

【読解】

1　最初の夜は、「件」に生まれ変わったことを発見し、「どうしていいかわから」ず、また、「人間でいた折の事を色々と思い出して後悔した。」牛の身体を操って動いてみても、「気持ちがわる」かった。翌日は、予言を期待する群衆に取り巻かれて「途方に暮れていた。」また、群集の中に親類や知人を見つけて「嫌な気持ちになった。」そして、自分が「件」になったことを知られたら、と「恥ずかしく」なった。翌々日は、群集の「穏やかならぬ気配」に「不安になった。」次に、予言を強いるような男のふるまいに「腹が立っ」た。そして、「予言をしなければ、三日で死ぬとも限らないのかもしれない」と思いつき、「命が惜しくなった。」その後、「件を殺してしまえ。」と言うのが「倅の声」だと気づき、「びっくりした。」最後に、群集が逃げ去り、三日目の夜を迎えたことで、「ほっとして」「何だか死にそうもないような気がし」た。

▼解説　最初の夜は、牛の身体と人間の意識の共存に対する違和感。翌日は、群集の期待感に対する呆然たる思い。及び、親類・知人に対する羞恥心。翌々日は、群集に対する不安と立腹。及び、「倅」の言に対する驚愕と、群集がいなくなり三日目の夜を迎えたことへの安堵である。物語の進行に従って、群集が細分化され、肉親の存在へと意識が集中化することに留意したい。

2　一日目は、人々は怖いもの見たさの好奇心によって「件」のもとへと集まってきた。「件」の周りに桟敷をこしらえ、まるで見世物を見るような態度である。人々は重大な予言を聞くのだという期待感を募らせている。二日目は、その期待感がいよいよ高まり、「件」の一挙手一投足に視線が集中するが、なかなか予言を言わないので、忌ま忌ましさを感じ、いらだちを覚える。「件」の怒りの言葉に反応し、一層期待感は高揚するが、その緊張に耐えられず、不安と恐怖の影がさし出す。その頂点で心理は反転し、予言を聞くことを放棄し、「何も言わないうちに、早くあの件を殺してしまえ。」と、殺意に変わる。しかし、「件」が立ち上がりかけるや、一目散に逃げ去る。

▼解説　人々は、好奇心・期待・いらだち・更なる期待・不安・恐怖・殺意へと心理を移ろわせるが、注目したいのは、不安と恐怖のあまりの殺意への「反転」の心理である。

3　未来の凶福について重大な予言を人間にもたらす、超越的な存在として認識されている。そして同時に、人々の期待や不安などの感情をそのままに映し出す鏡のような存在としても機能している。

▼解説　人間と牛をかけ合わせた奇妙な生きもので、それゆえ人々からは日常の次元を超えたものとされていた。また、一種グロテスクな形象なので見世物的な好奇の目で見られる存在であったことも否めない。人々が「桟敷をこしらえた」ゆえんである。それは、古来宗教的な予言者が聖と俗、貴と賤とを併せもっていたことを連想させる。人々は「件」の中に「予言」という未知の領域を設定し、期待、不安、恐怖等の感情を投影したと言えるだろう。それは、個々人の意識・無意識を融合した集合的意識・無意識であると言える。

【読書案内】

・「冥途」(『内田百閒集成3』ちくま文庫)
百閒の第一短編集。夢の世界を現実にしたような幻想的な作品集である。幽冥界を隔てた父と子、疱瘡神、生まれなかった兄の道連れ、幻獣に変身した人間、等々、既視感に溢れた世界が展開する。

・『百鬼園随筆』(新潮文庫)
一九三三年に上梓された百閒の代表作。大いに評判を呼び、随筆ブームを巻き起こすとともに、百閒の名を高からしめた。漱石や友人の思い出、大学での教師生活や貧乏話などの身辺素材、はては幻想小品まで、百閒の縦横無尽な話術とユーモアが繰り広げられる。

【真杉秀樹】

怒りの大気に冷たい嬰児が立ちあがって

大江健三郎（本文42ページ）

【鑑賞のポイント】

①「イーヨー」の発言をきっかけとして、息子の内面、特に死に対する想念を理解しようとする「僕」の心の動きを追う。

②「僕」が「イーヨー」の障害をどう捉えていたか、また、息子の生をどのように受け入れていったかを読み取る。

【注目する表現】

・「一瞬、息をのむような間があって……妻がこうつづけていた。」（四四・上18）

「息をのむような間」に、夫婦の間には同じ驚きがあり、「息子」の予想外の言葉にたじろぎながらも、どう対処するべきかを必死に考える妻の思考が伝わってくる。作者が多用するこうした注釈的な表現は、時に文章を複雑にし、難解な印象を与えるが、この作品においては、登場人物の細かな心情を読み取らせてくれる。

・「イーヨーは、人指しゆびで、まっすぐ横に、眼を切るように涙をふいていたよ。……誰もあのようにはしないけど」（四五・上10）

イーヨーの独特の涙のふき方を弟の目を通して率直に表現し、そのふき方を肯定することで、障害を持った兄の存在を丸ごと認め、両親に抗議の気持ちを表そうとする弟の姿が浮かび上がる。障害を色眼鏡で見ないことの意味にハッと気づかされる表現である。

【作品解説】

「この小説は難しい」。ケータイ小説など登場人物の思いが率直な言葉で綴《つづ》られる作品に読み慣れた世代には、大江の作品はそう映るに違いない。小説の楽しさは登場人物の思いと自分の思いとの同調にある。この作品には障害を持つ「イーヨー」という少年が登場し、最後にはブレイクの難解な詩が象徴的に引用される。「イーヨー」と同調すること、ブレイクの詩を読み解くことは確かに難しい。しかし、自分と違う価値観を持ち、自分とは違う環境に生きる登場人物の思いを理解する過程にも、小説の楽しみはある。そしてそうした時間が、今の自分を見つめ直し、「生きること」の意味を教えてくれる。

　てんかんの発作を契機としてその言動に変化が生じ始めてきた「イーヨー」。息子はいつまで生きていられるのか。障害を持っているがゆえに、息子の心も体もすべて理解したいと願う「僕」。この願いは、障害児を持った親としては切実なものであろう。小説には必ず「事件」が起こり、それを通して登場人物の心情が変化していく。この小説では、息子「イーヨー」の発する言葉こそが「事件」であり、物語は太字で表現された「イーヨー」の発言を契機に展開していく。「僕」にとってその発言は、大人になろうとしているイーヨーの「探索不可能な彼の内部」の端的な表れであり、にわかには摑《つか》みかねるその真意を、読者は「僕」と一緒にひもといていくのだ。「死」という概念を息子はどのように理解したのか。そしてその理解は彼自身の「生」をどう捉えるのか。夫婦の息子への発言が、死の概念を形づくってしまったことを悔やみながらも、父親としてこの答えを得ようとしたとき、思いがけずたどり着いたのは、息子の障害、そして息子の「生」を受け入れられていなかった自らの姿であった。

　鍵を握っていたのは、もう一つの脳の存在である。生まれてきた息子の頭に肉色の塊としてあり、成長を続けるそれは、手術で切除されてもなお、「僕」の心の奥底に息子の障害の元凶として存在していた。「僕」は、「脳分離症」という病とその治療について主治医から聞いていたにもかかわらず、意識の背後に追いやり、てんかんという病名として受け入れようとしていた自分の心の動きに気づく。そこには息子の命を守るためとはいえ、もう一つの脳を殺さなくてはならないという罪の意識も働いていたのであろう。書斎に飾ってある脳のデッサンがもう一つの脳ではないのかという妻の指摘が、隠されていた「僕」の意識を露わにする過程は劇的である。

「イーヨー」が、自分にはもう一つの脳があったことや、その脳の死によって今の自分があることを知り、前向きに生きたいという姿勢を見せたとき、父親である「僕」も「イーヨー」の生きる意味を認めることができたのである。「脳分離症」という障害も切除されたもう一つの脳もまるごと引き受けて。息子の「生」を「僕」と「イーヨー」に肯定させてくれたのは、その存在を無意識下に封じ込めていたもう一つの脳であった。最後の詩は、忘れ去られていた自らの存在を主張するもう一つの脳の叫びであると同時に、切除された脳に対する「僕」の、二度にわたって息子を救ってくれたことへの感謝にも似た思いも映している。

　また、採録されていないこの小説の前半部分には、「僕」の死の定義が川で溺れかけた幼少期の体験に起因しており、その時の頭の傷跡が「イーヨー」の瘤と同じ場所にあることが語られている。そこで引用されている《人間は労役しなければならず、悲しまねばならず、そして習わねばならず、忘れねばならず、そして帰ってゆかなければならぬ／そこからやって来た暗い谷へと、労役をまた新しく始めるために》というブレイクの詩からは、「僕」の中に、自分の怪我を息子が障害として引き受けてくれているのではないかという、生を連鎖的なものとして捉える考えが窺《うかが》える。この考えに立てば、息子の生の肯定は「僕」自身の生の肯定でもあるのだ。

【作者解説】

　川端康成に次いで日本人として二人目のノーベル文学賞を受賞した大江健三郎は、学生作家として出発し、戦後日本の閉塞下で生きる若者の苦悩をテーマとした前衛的な作品を発表していた。開高健《かいこうけん》、石原《いしはら》慎太郎《しんたろう》とともに「第三の新人」の後を受ける作家の一人として注目され、デビューの翌年に『飼育』で第三九回の芥川賞を受賞したことからも、その評価の高さが窺える。その作風を私小説的な方向へ変化するきっかけとなったのが、「イーヨー」のモデルとなった長男・光の誕生である。頭蓋骨異常のために知的障害を持って生まれた息子が音楽家として成長するまでの過程を見つめ、その障害を受容していく父親としての体験が、後の作品に大きな影響を与えている。修飾・被修飾の対応関係が複雑で、挿入句や注釈が混在する独特の文体は、しばしば難解と評されるが、その詩的な表現は世界的にも評価が高い。

　戦後民主主義者を自認し、社会問題に対しても積極的な関わりを見せる大江の発言は、時に物議を醸すこともあるが、社会状況の変化に対応した作品を書こうとする意欲は旺盛で、近年では東日本大震災に伴う福島第一原子力発電所事故に対する意見を米国誌に寄稿するなどしている。

【脚問】

問1　最初のてんかんの発作の後と今回の音楽家の死を聞いた後の、「僕」の問いかけに全く反応しない息子の様子。

問2 ＦＭ放送の音を小さくしてと頼んだことによって、自分を威嚇したイーヨーが、母に叱責されて「僕は死にますから」と言ったきり、両手で顔を覆い身じろぎしなくなってしまった状況。

問3 何気なく続けようとした「自分が死んでしまうことになるよ」という言葉が、息子のうちにすみついた死の想念を強めてしまうことを恐れたから。

問4 頭の穴を手術で埋めたプラスチックの蓋の上の髪の毛を抜いてしまうという息子の行為。

問5 息子には頭蓋の欠損をはさんで二つの脳があり、瘤のような活動をしていない外側の脳を手術で切除するということ。

▼解説 「僕」が息子の手術の時にM先生から聞いた内容のこと。新しい先生が「御主人は知っていられたはずだ」と言っていることからも、息子の「脳分離症」とその手術に関する説明だとわかる。

問6 ふたつ脳があったこと、その新情報をどう受けとめるか？（五〇・下3）

▼解説 「イーヨー」が、もう一つの脳が死んだという事実を自分も死んでしまうという思いと結びつけてしまうことを心配している。

【読解】

1　息子には理解しがたいと思っていた死を概念的に捉えたのではないかという思いであり、最初は未熟に思えたそれが、息子の言動を見るにつれ、自らの生を否定するものとして意識されたのではという疑問に変化する。

▼解説 息子のすべてを知っていると思っていた「僕」にとって、音楽家の死を嘆く「イーヨー」の言葉は最初滑稽でさえあった。しかし、妻の叱責に対する「大丈夫ですよ！　僕は死にますから！」という息子の言葉に衝撃を受ける。そこには自らの生を否定するような死の想念を形づくらせたのは「私たちが死んでしまった後は……」という自分たちの日常的な発言であったという自責の念がある。

2　もう一つの脳を犠牲にすることでしか息子が生きていくことができないという事実を意識から素通りさせた一方で、無意識のうちにひとつ眼の脳のデッサンに切除された息子のもう一つの脳を重ね合わせていたからだと考えた。

▼解説 妻の指摘は「僕」の意識に隠れていたものに光を当てる。骨に類するものと感じてきたピンポン玉のようなものが、「僕」には息子のもう一つの脳が内包していた「眼」のように感じられ、息子を救うためとはいえ、もう一つの脳を犠牲にしたという親としての罪の意識から「僕」は逃れようとしていたのである。

3　もう一つの脳が、自らが死んだことで息子の生があるという事実をわかってほしいと訴えているように感じられ、息子の命を救い、今また息子を死の想念から解き放ってくれたことに感謝したい思い。

▼解説 「僕」の思いえがいていた景観は、嬰児が憤怒の大気の中で叫ぶ光景である。これはブレイクの詩の一節であるが、「冷たい嬰児が――それも小ぶりの脳髄に眼がひとつ開いているのみの嬰児」とあることから、声をあげているのは「イーヨー」の切除されたもう一つの脳である。意識していなかったもう一つの脳の存在が「僕」に意識された時、「イーヨー」は死の想念から解放され、「僕」も息子の障害を前向きに受け入れることができた。もう一つの脳の死は、息子を救い、「僕」を罪の意識から救ってくれたのであり、同時にそれは切除された脳自体が救われたことを意味している。

【読書案内】

・『飼育』（新潮文庫）

芥川賞受賞作。昭和二〇年の夏、小さな山村にアメリカ軍機が墜落する。生き残った黒人兵士と村人たちの異様な関わりを少年の目を通して描く。一九六一年に大島渚《おおしまなぎさ》監督の手によって映画化された。

・『個人的な体験』（新潮文庫）

新潮社文学賞受賞作。アフリカへの冒険旅行を夢みていた父親（バード）は、知的障害を持って生まれた子を呪いその死を願う。長男光の誕生を受けて書かれた私小説。

・『ヒロシマ・ノート』（岩波新書）

一九六三年夏、広島を訪れた大江の眼に映ったものは、突如として死の宣告を受けねばならない被爆者たちと、それを支える医師たちの姿であった。原爆の悲劇は過去のものではない。大江と広島との深い関わりを述べる随想作品。

【細矢瑞紀】

第二章　気がかりな痕跡

指

津島佑子（本文54ページ）

【鑑賞のポイント】

①場面とその転換が意味するものに注意して、内容を読み味わう。
②地の文と会話とが、明確に区別されていない点に留意する。
③登場人物のことばから人物関係・状況・心情を的確に読み取る。
④比喩表現に着目して登場人物の細かな心の動きを理解する。

【注目する表現】

・「いつもお風呂場だったわ。」（五四・7）

発話に「　」を用いず、地の文にとけ込ませている。日本の伝統的な物語にも似た方法で、読者を違和感なく作品世界に導き入れる効果がある。作者の他作品にも用いられる手法である。

・「照れくさくて、だめ。」（五六・3）

小さな子がいる親なら何のてらいもなく加われるであろう子どもの遊びに照れてしまう点から、子どもが小さかった時から、かなりの時間が経ってしまったことがうかがえる。

・「もういいの、とおばさんは兄に言った」（五七・16）

息子の指あとのある粘土を長年冷蔵庫で保存してきたが、甥《おい》の成長で時間の経過を痛感し、息子の生きていた痕跡をモノで残すより、心の中に残すことの方に意義を感じた。

【作品解説】

子どもの頃、小さな箱を列車に見立てて電車ごっこをしたことはないだろうか。人形と話をしたことはないだろうか。子どもには「ごっこ遊び」を本物と思える特殊な感覚があるのだろう。大人の「見立て」は芸術的創作的観点からの作為であり、子どもの「ごっこ遊び」は、作為がなく、見えるものとして遊ぶのである。本作品は、その子どもの感覚になって大人が指を生きものに見立てて遊ぶという話である。

亡き従兄弟の母である叔母が来訪した際、「女」は子どものころ興じた指遊びをして見せる。「女」の兄が指しか動かせなくなったことで思い出した遊びである。かつてその遊びには兄も参加しており、兄と指の組み合わせから「女」は兄が従兄弟の指跡の残る粘土塊をもらった時のことを想起し、元気な頃の兄との思い出に浸る。すると、突然、「女」が始めた指遊びに初めは興じられなかった「おばさん」が、「女」を指遊びに誘う。指遊びをすることで、自分の息子の存在を認識できることに気づいたのだろう。指遊びは、二人の女性の、愛する肉親を思うよすがとなり、元気な時を彷彿《ほうふつ》とさせる契機となる。

作品の登場人物は叔母と姪《めい》の二人の女性である。産む性である女性にとって、存在はそうたやすく消滅しないものと思われるのであって、愛息を八歳で亡くした作者にはその思いが強い。雑誌のインタビューで作者はこう語る。「息子が亡くなったことは、一生納得できないこととしてつきあっていくしかありません。」「ちょうど十五年になりますが、今でも彼のことを思わない日はないし、私には子どもがふたりいるという意識は変わりません。ちょっといる場所は違うけど。」と語る。つまり、息子を異界の存在として受容しているのであり、この思いは、本作品の「おばさん」に投影される。

「おばさん」は亡き息子の指あとのある粘土塊を七年間も冷蔵庫に保管し、その後、甥に譲渡する。保管は息子と生きた証を残すことであり、譲渡は形に残すことではなく心に存在させることを意味する。末尾で「おばさん」の指がうれしそうに言う「ズット遠クノ方カラ、ナニカガ泳イデクルヨ。コッチニ近ヅイテクル。」にその思いは強く打ち出される。ハジメは「おばさん」にとってはいつまでも自分の息子であり、指遊びを通して異界から現世にやってくるのである。ちなみに作者の小説の一つ「真昼へ」にも、「わたしの子どもですよ。死んだって、生き返ったって、わたしの子どもだわ。」という部分があり、作者の子どもへの思い、つまり、生死にかかわらず息子は息子としてあるという思いを見いだすことができる。

子どもは、なぜ遊ぶのか。楽しいから遊ぶのであり、「遊びをせんとやうまれけむ」（梁塵秘抄《りょうじんひしょう》）のごとく、千年前も今も子どもの日常は遊びなのである。遊びが子どもの存在そのものであり、指が子どもの存在を意識させたのであろう。短い作品でありながら、想像と現実に境界を設けない発想が強く打ち出された、印象的な作品である。

【作者解説】

津島は、大学在学中に作品を発表しはじめ、結婚により就職先を退社した翌年の一九七一年に第一作品集『謝肉祭』を刊行し、以後今日まで創作を続ける。九一年十月、フランス国立東洋言語文化研究所に招聘《しょうへい》され日本の近代文学を講義したのは、日本を代表する作家の一人と目されてのことと言えよう。

父や兄の死に伴い、幼時より女系家族で生育したこと、成人後は息子の死を経験したことから、肉親や女性としての思いを描く作品が多い。身辺のことを洗いざらい書く私小説で知られ、「真昼へ」等では、はたから見たらそこまで暴露しなくてもよいと思われること、例えば排泄物などについても事細かに描いている。

その一方で、夢や想像と現実が入りまじった世界が描かれることも多い。注意深く読まないと、現実なのか非現実なのかわからない書き方をするが、それも津島のねらいなのであろう。失った肉親のように現実に触れられないものや見られないものは、想像や夢で思い描くしかなく、したがって想像や夢においてのみ見られる現実があるということを重視するのである。津島は伝統的な物語に心を寄せる。ものをかたるということは、語り手にも登場人物にもなることであり、かたるとは作り出すことである、という手法を踏襲し、自在に虚実を飛び回って作品世界を作りあげる。

父である太宰治（本名・津島修治）の作品に、津島は早い時期から触れている。津島の露悪的な作風と息もつかせぬ短い文の連続による表現は、「桜桃」の自堕落な生活の赤裸々な描写や「富嶽百景」の簡潔な文章を彷彿とさせる。父・太宰が純文学作家の登竜門とされる芥川賞に三度挑戦して果たせず、津島も三度芥川賞の候補に挙げられたが、受賞することはなかった。偶然の一致とは言え、興味深いことである。

【脚問】

問1 指を見立てた生きものが出す、子どもに似せた甲高い声であることを表すため。

▼解説 「なつかしい生きもの」「子どもに似せた高い声」に着目する。叔母の来訪で子ども時代を思い出し、「女」とその兄、従兄弟のハジメがお風呂で興じた指遊びを懐かしんでやっているので、子どもの声を出している。

問2 兄が「おばさん」からハジメの指あとのついた粘土塊を譲り受け、古代エジプトの墓のことを「女」に話したとき。

▼解説 「おばさん」のことばから、「女」は兄と指とハジメに関わることを思い出す。それは経過する時間の重みを感じさせるとともに、「おばさん」のハジメへの思いを知る出来事であった。

問3 経過した時間のなかで残された痕跡から、かつて存在していた物の価値を見定めるかのような態度で熟視すること。

▼解説 兄の話で出てくるように、考古学者とは、時間の経過によって埋もれてしまった過去の遺物を再発見する存在である。当時中学生で知的好奇心の高まる時期であった「女」は、兄の説明に刺激され、指あとの付いた粘土塊を興味津々で見つめているのである。

問4 幼くして死んだ愛児の痕跡を長く保存したかったから。

▼解説 死んだことを是認しつつも、息子が生きていた証拠の指あとがあればその存在を感じられるのである。

問5 人間の命には終焉があるのに、指の痕跡だけが時間を超えて残ったことに対する驚愕と恐怖。

▼解説 前後の記述が手がかり。指あとが残った例を二つ知り、生きていた証が残るという事象に驚き、畏れを抱いた。

問6 子どもの頃のハジメ。

▼解説 「ココハオ風呂ジャナイケド、遊ベルヨネ?」は指遊びを熟知していない「おばさん」のことば。その「おばさん」が存在を期待するのは亡き息子ハジメである。

【読解】

1 指遊びのことを息子の生前に教えてくれたなら、子どものことを理解するのに役立ったろうし、死後の早い時期に知ったなら息子を身近に感じるよすがとして有効だったろうと思われたから。

2 古代エジプトの墓の入り口に残った指あとのようなロマンのあることや、ハジメの指あとの残った粘土などをめぐる、兄との会話や元気だった兄の様子などの、懐かしい思い出。

3 子どもの頃の「兄」やハジメとの指にまつわる思い出を想起した「女」とそのことを初めて知った「おばさん」は、彼らが自分たちのもとにふたたびやって来てくれることを期待しているから。

【読書案内】

・『ナラ・レポート』(文春文庫)
生と死を繰り返しながら、伝説や物語の世界を生きる人々を描く。権力闘争の場となったあと信仰の場ともなった奈良を舞台に、血と悲しみの記憶のなかで、母と子は生き続けてゆく。

・『ヤマネコ・ドーム』(講談社)
敗戦後のアメリカ軍占領により生まれ、親の置き去りや社会の差別に遭いながらも生き抜いていった「混血児」たち。彼らの歴史のなかにベトナム戦争、チェルノブイリ、そして東日本大震災と原発事故が影を落とす。彼らとそれを取り巻く人々の生と死が交錯し、過去と現在、現実と思念を自由に行き来したものがたりが、冷酷かつ連綿と綴られる。

【小泉道子】

普請中

森 鷗外（本文61ページ）

【鑑賞のポイント】

①かつてドイツで交際し、日本で再会した「女」と渡辺の対話を通して、文化的差異や心理の移ろいを味わう。

②作中の文物に表れる明治日本の近代化のありようを、「普請中」というキーワードを通して考察する。

③渡辺がホテルの周囲に見た旧時代と新時代の混在する風景について、その意味するところを考える。

【注目する表現】

・「それがよい。ロシアの次はアメリカがよかろう。日本はまだそんなに進んでいないからなあ。日本はまだ普請中だ。」（六七・3）

「女」が各国を渡り歩く歌うたいであることから必然的に国名が出ることになるが、それは渡辺の国際感覚と「日本」への意識を自然に引き出すことになる。「普請中」という語は、渡辺のもつ「日本」観の現実的かつ流動的な性格を端的に象徴する言葉である。

・「恐ろしくよい。本当のフィリステルになり済ましている。きょうの晩飯だけが破格なのだ。」（六七・9）

「女」の軽口に対して「俗物」に「なり済ましている」と言うのは、渡辺の本音だろう。それは、かつての自分ではないという表明でもある。「本当の」俗物に「なり済ましている」というのは逆説である。つまり、擬態の中の真の「自分」は明かさないということだ。

【作品解説】

「普請中」は、短編であるが優れて多面的な小説である。もと恋人同士の再会ということでいえば恋愛小説であり、その内心を描くということでは心理小説であり、それが鷗外のドイツ留学を下敷きにした主人公の参事官・渡辺の内心を描くということでは、心境小説的である。渡辺がドイツ人女性と会う築地精養軒ホテルは、来日したエリーゼ（「舞姫」のヒロイン、エリスのモデル）が宿泊した場所である。それは、鷗外が手配した可能性が濃厚である。そして、エリーゼが鷗外と結婚するために来日したということも。鷗外のエリーゼとの再会が、この作品に投影されている可能性は高い。もっとも、作中の「女」の挑発的、官能的な形象は、「舞姫」のエリス像とはかけ離れているが。

しかし、そのような舞台設定を念頭に置かなくても、この作品はそれ自体で自立し、入念な小説的結構を備えている。三島由紀夫がロマネスクな小説らしい小説だと言ったのも頷《うなず》ける。歌うたいである「女」は、アメリカへ行く途中かつての恋人である渡辺に会うために来日した。その時、日本は「普請中」であった。「ロシアの次はアメリカがよかろう。……日本はまだ普請中だ。」と渡辺は言う。そして渡辺は、「本当のフィリステルになり済ましている」。それに対して「女」は、かつてのドレスデンでの渡辺との蜜月を想起して話を進めている。もと恋人の今に立ち会い、自分に対する思いの残響を量るかのように。渡辺は、自身の彼女への「冷澹」さを不審に思っている。顔見知りのポーランド人と彼女が今も結びついていることを知っても、特に不信感をもつというわけではない。治まりのつかない気持ちを感じているのは、彼女の方だ。鷗外その人が内心を秘して軍医総監を擬態していたように、渡辺も俗物官吏に「なり済まし」て、国家的営為に参画している。しかし、その「普請中」の日本を完成に向けて腐心していない心意は偽りではない。日本の「脱亜入欧」の書き割りめく建設に諦念をいだきつつも、真摯に携わっているところに、渡辺（また鷗外）の人生の重みもあるのである。その重みと実感、また人間関係の真実を冷徹に描くところに鷗外の文学の「真実」もまたあるのである。そのような眼で渡辺もまた、「女」を見ている。

　作品中の時間は、かつての二人のドレスデンでの生活とそれぞれの今の生活とに重層化されている。そして、はっきり別れゆく未来（アメリカと「普請」後の日本）へ。「女」は、なにがしかの未練をもちつつ日本を訪れた。渡辺はそれを受け入れつつ、かつてのごとくホテルのシャンブル・セパレエ（個室）で語る。ドレスデンでの彼女との生活と言葉が真実であったように、ここ日本での生活と今の言葉もまた真実である。そして違っているのは、かつて以上に、今の渡辺が冷徹であるということである。「コジンスキイの健康を祝す」と言って乾杯する渡辺は、自分の懐古の思いも含めて過去を切り捨てる「私」である。それに対して「女」が、「凝り固まったような微笑を顔に見せ」るのは当然である。渡辺のその態度自体が「俗物」官吏という擬態そのものである。渡辺は、「女」の言動に「芝居」を見るが、彼のこの乾杯や「ここは日本だ。」という言葉の繰り返しもまた「芝居」じみる。その一方で、渡辺は、「シャンパニエの杯を上げた女の手」が「人には知れぬ程顫ってい」るのを見逃さない。渡辺の「眼」と「心」は、もはや作家一歩手前である。渡辺は、鷗外によって描かれた森林太郎であるとも言えるだろう。「普請中」は、短編小説の醍醐味を充分に味わわせてくれる作品である。

【作者解説】

　森鷗外は、陸軍軍医・詩人・小説家・戯曲家・評論家・翻訳家という多方面な学才を一身に体した総合的な学問人・芸術家であった。しかも、どの分野の業績においても当代一級の水準を示していた。明治政府は各分野の俊英たちをヨーロッパに留学させたが、その中にあっても一際優秀な存在であったと言えよう。鷗外の中には、理科系と文科系が併存し、国家の要人と個としての文人が共存していた。つまり鷗外というのは、対極的とされるもの同士が「個人」の中に融合されうることを示した人物であり、知性と感性が高度に統合されうることを示した作家なのである。文学的には、文語文から口語文への移行を作品に体現した作家であり、文語文の語りとリズムの中に欧文脈と近代的論理を溶かし込んだ小説家である。また、国語改良や医学雑誌、文芸雑誌の編集にも意を注ぎ、近代的なエディターの先駆でもあった。万能人・鷗外が果たした役割は、極めて大きかったと言えよう。

【脚問】

問1 掛物の選び方や配置に何の統一感もなく、ただ並べられているだけで美意識が感じられないこと。

問2 「女」が様々な国の舞台を渡り歩く歌うたいで、その生活に安定と落ち着きがないこと。

問3 前者は、「女」の発言に対して、日本ではそういう習慣はないという否定とたしなめを含めた言葉。後者は、給仕がドアを叩かずに入って来たのを見て、改めて日本のホテルの不作法を認識し、揶揄《やゆ》するような気持ち。

問4 かつて渡辺が、「女」とドレスデンでもホテルの個室を使って食事などをしていたことを「女」が思い出し、殊更に渡辺に語りかけている。「女」の渡辺に対する気持ちは、まだ冷め切っていないのである。

【読解】

1　会った早々「女」が手を差し伸べた行動に対しては、渡辺は外国風の親愛のしぐさで応じた。暗黙の「芝居」である。二度目の同じ行為に対しては、その手袋を脱いだ手を「真面目に」「しっかり握った」。しかし、キスの申し出に対しては、顰蹙《ひんしゅく》の表情と「ここは日本だ。」という明言で締めた。「女」が「シャンブル・セパレエ。」と言って渡辺の顔を覗いたのは、二人だけの思い出を確認する挑発的言動であるが、渡辺はこれに対して平気で返答し、最終的には最大の演技的行動に出る。それが、「Kosinski soll leben!」である。

▼**解説** 「女」の「芝居」じみた言動は、最初は第三者を意識したものであり、次は、渡辺のみへの外国人的習慣行為であり、最後には、渡辺への親愛と挑発の心理的効果をねらう言葉としぐさとなる。渡辺はそれらを冷めた心で観察し、自身の反応を意図的に返してゆく。

2　精養軒ホテルを改築していることと、それにかけて日本が近代社会に向けて建設途上にあること。

▼**解説** 渡辺は、日本の近代化への建設に参画している官吏の一人である。渡辺の頭にあるのは、洋行で垣間見たヨーロッパの近代社会であり、それを模して建設している日本国家のありようである。しかし、渡辺には国家的営為を鵜呑《うの》みにはしない醒《さ》めた眼があることに留意したい。そのような眼をもち、「なり済まし」をしつつ建設に参画中というのが、渡辺の真実であろう。

3　コジンスキイの健康を祝す乾杯は、同時に「女」の行く末を祝う最後の言葉である。渡辺の心はすでに冷えており、その乾杯もまた、「俗物」としての「芝居」であると言えよう。「女」は、渡辺の乾杯の言葉にショックを隠し切れない。コジンスキイへ向けての言葉は、そのまま彼を「女」の同伴者として決めつけたもので、期待とは相違した渡辺の態度に「女」は固まった微笑を見せるしかなかった。

▼**解説** 渡辺は、コジンスキイを「女」の愛人と位置付け、祝福の杯を上げたのである。そのドライな態度に、「女」はたじろいだような固まった微笑を浮かべ、手を顫わせたのである。それは、渡辺の表明した「俗物」の実践であり、「女」との訣別《けつべつ》の行為であった。それが「なり済まし」という仮面をつけた演技であったため、「女」にとっては馬鹿にされたような悲喜劇になったと言える。

【読書案内】

・「舞姫」（『阿部一族・舞姫』新潮文庫）
鷗外の文壇処女作。ベルリンに留学したエリート官吏・太田豊太郎の近代的自我の覚醒と恋愛体験、心の変容を描く。雅文体の中に西欧感覚の清新なロマンと現実が描かれる。

・「阿部《あべ》一族」（前掲書）
細川藩主忠利《ただとし》の死にあたって殉死した武士たちの中で主君の許可を得ずに追腹を切った阿部弥一右衛門《やいちえもん》とその一族の悲劇を描く。

・『青年』（新潮文庫）
夏目漱石の『三四郎』が一つの刺激となって書かれた小説。作家志望の小泉純一は、上京後医科大学生の大村からの啓発や、坂井未亡人との親密な関係を経た後、独自の小説を書く決意を固める。

【真杉秀樹】

七話集

稲垣足穂（本文70ページ）

【鑑賞のポイント】

①七つの小話それぞれのテーマや舞台・時代設定がどのようなものか考える。

②それぞれの小話における行動や出来事の意図しているものを考える。

③各小話にどのような連関を見いだせるか、自由に想像する。

【注目する表現】

・「こうしてギリシアには明るい春がきた。」（七一・8）

「笑い」とはどのようなものであるかを理解していなかったギリシアの人々が「笑い」とはいかなるものかを理解したことにより、表情が生まれるさまを「明るい春」という表現で描いている。

・「話というのはただそれだけである。」（七三・8）

墨子と木の鵲との関係を短くまとめ、事実だけを描いたことをさらに強める役割として、「それだけ」という言葉に重きを置いている。

【作品解説】

稲垣足穂「七話集」は、一九二四年に「香炉の煙」として一四の小話として発表されたものが、一九二九年に七つを選んで改訂し、「七話集」として改題されて発表された。その後、一九四八年に『ヰタ・マキニカリス』に収録された。一九二三年に発表された『一千一秒物語』と同様、難解でありながらどこか興味をひかれる部分がある作品が集められている。特に、『七話集』では、古代の海外の著名な人物の逸話を小話にして描いている。

この作品については、足穂自身が「『ヰタ・マキニカリス』註解」のなかで、「私の頭の中に、のちに『一千一秒物語』としてまとめられた数々の小説が続々と生まれていた頃、傍らにいくつかの東洋的な断片が出来た。その中から選んだものである。／『タルホ君には違いないが、どうもきょうは変だ。どうしてだろうと考えてみたら、タルホ君が笑っていたのだ』と石野重道が私に語った。これが第一話『笑』の動機である。又、『夕焼けとバグダッドの酋長』は、級友猪原太郎が、『家を飛び出すなり夕焼けの赤い棒で殴られた』と手紙の中に書いてよこしたのを、応用したのである。李白、老子、荘子、墨子に関するエピソードは、自分で編み出した。」と、執筆過程を説明している。

ここではこの記述を踏まえていくつかの小話について述べたい。

「笑」では、ギリシア神話が舞台となっている。「笑い」というものがいかなるものであるのか認識されていない中で、表情の変化に疑問を持ち、不吉な前兆とまで発展していく。しかし、それが「笑い」というものと認識されることにより、市民らにも「笑い」が起こり、明るい世界へと開けていく。未知なるものとの出会いから、気づきと変化が起こることを作品化している。

「李白と七星」から「墨子と木の鵲」は中国の詩人・思想家をもとに描かれている。足穂自身は、自ら創作したと言っているものの、その創作は彼らの作品・著作に対する理解に裏付けられている。例えば、「李白と七星」に描かれている李白は、北斗七星についていくつかの詩を詠んでおり、そうした詩との関係性もうかがえる。筆入れの中に星が入っているかもしれないというファンタスティックな発想も稲垣足穂らしい表現といえる。また、「荘子が壺を見失った話」は「胡蝶之夢」との関係が、「墨子と木の鵲」についても、『墨子』「魯問篇」にある、公輸子が木で鵲を作り三日間飛び続けて降りてこなかったことを自慢する話との関係が、それぞれうかがえる。人に役に立つ技でなければ稚拙な技に過ぎないことを述べている話であるが、この話をもとに作られた小話であるのだろう。このように、「七話集」は、稲垣足穂が身近な出来事や様々な人物を題材として、自在に空想の世界を構築した作品群といえる。

いずれの小話も、筋（プロット）のみを書き記したようなごく短いものであり、そこから何かしらの統一的な主題を読み取ることは難しい。それゆえに、各小話から何を読み取るか、またそれぞれの小話どうしにどのような関係性を見いだすかといった点は読者に委ねられる。足穂に大きな影響を与えたと言われるイタリア未来派が、状態よりも運動を、静性よりも動性を重んじたように、この作品を読み解くにあたっては、読み手の主体的な参与が欠かせない。小説を読むという行為は与えられた情報をただ受け取るという静的なものではなく、作品世界を読み手自身が作り上げていくようなダイナミクスのなかにあることをこの作品は教えてくれる。

【作者解説】

一九〇〇（明治三三）年大阪に生まれた稲垣足穂は、小学生の頃、祖父母の住む明石に移った。小さい頃から映画や飛行機に興味を持ち、その影響は後の作品にも及んでいる。一四年、関西学院普通部に入学。神戸《こうべ》というエキゾティズムの漂う町で過ごしたことが、足穂の精神に影響を与えた。一六年には飛行家を目指し、日本飛行機学校に応募するが、近視だったために不合格となった。卒業後、複葉機の制作に携わった後に上京し、佐藤春夫と交流を深める一方、未来派美術協会展に「月の散文詩」を出品し入選する。その後、『一千一秒物語』を刊行。独自の文学により、足穂は新たな時代を体現する新文学の旗手として注目を浴びていく。関東大震災により、西巣鴨に転居する。この時代、雑誌「文藝春秋《ぶんげいしゅんじゅう》」、「新潮」などを中心に作品を発表した。二六年には『星を売る店』、二八年には『天体嗜好症』を刊行する。この頃、足穂は新感覚派の一角と位置づけられていた。足穂の新しさは認められてはいたが、菊池寛に否定的に見られ、佐藤春夫との仲もこじれたことにより、文壇から遠ざかってしまう。明石に戻った後も苦労が続き、アルコール、ニコチン中毒により執筆が滞ることも多くなった。五〇年、篠原志代と結婚。この頃から、少年愛やエロス等を扱った随筆を多く発表していく。六八年、三島由紀夫の後押しにより『少年愛の美学』で日本文学大賞を受賞する。七七（昭和五二）年死去。

【脚問】

問1 笑っているかお。

問2 赤い棒で背中を殴られたにもかかわらず、後ろには誰もいなかったから。

問3 夕暮れに城址を通り抜けた時に金色の花びらが落ちていたことを思い出したから。

問4 路ばたにころがっている青い壺を見たとき、どこかで見覚えがあると思ったから。

問5 頭の中に浮かびかかっていたある思想。

【読解】

1 笑ったかおを知らなかったギリシアの人々は、アポロの笑ったかおを見て、アポロの身に不可思議なことが起こっているように思ったから。

▼**解説** ギリシアの人々は、笑ったかおがいかなるものであるか理解していなかった。そのために、日常と異なることが起こったことで、不吉なことが起こるのではないかと考えが及んでいる。

2 雁が李白と北斗七星のあいだを飛び、さえぎられたために見えなかったと考えた。

▼**解説** まず星が筆入れに入っているのではないかと考えているが、その後、雁がさえぎっていたと考えが及んでいる。

3 金色の花びらが落ちていたのを見たとき、老子は考えごとをしていたが、その考えていたことも思い出せなかったので、金色の花びらが落ちていたことも事実かどうか疑わしく思うようになったから。

▼**解説** 老子は金色の花びらが落ちていたのを見たときを振り返っているが、そのときのことをうまく思い出せていないことから考える。

【読書案内】

・「一千一秒物語」（『稲垣足穂コレクション』第一巻、ちくま文庫）
十七歳の頃から書き溜めた掌編群を、一九二三年刊行する際、六十八編自選した。一九五七年には七十編に改訂している。収録されている作品のストーリーは、どれもファンタスティックで現実離れしたものが多い。

・『A感覚とV感覚』（河出文庫）
人間を口から肛門にいたる一つの筒と見立てて描いている随想。独自の性愛論を示し、澁澤龍彦《しぶさわたつひこ》や荒俣宏《あらまたひろし》など多くの人に影響を与えた。

・『少年愛の美学』（河出文庫）
「少年愛」に関する古今東西の膨大なエピソードが網羅されている。稲垣足穂独特の理論が展開されている。

【新井通郎】

秘密

谷崎潤一郎（本文75ページ）

【鑑賞のポイント】

①「私」が身を隠そうとした動機や選んだ場所の特性、およびその結果について整理する。

②「私」にとって、どのような事柄が「秘密」なのか、その内容を多面的に捉える。

③女装することによって、「私」の心に生じた変化をまとめる。

【注目する表現】

・「天気のよい日、きらきらとした真昼の光線がいっぱいに……毎日毎日幻覚を胸に描いた。」（八〇・1）
眩惑するほどの強い刺激を求めて、神秘的・怪異的な仏画や書物に囲まれた中で、「私」が夢幻の世界に遊ぶ様子が具体的に描かれた箇所。「惨殺、麻酔、魔薬、妖女」といった悪魔的なものの中に美を求める谷崎文学の初期作品の特徴がよく現れている。

・「私は自分で自分の手の美しさに惚れぼれとした。……さまざまの罪を犯したならば、どんなに面白いであろう。」（八二・6）
「私」が女装をし、念入りに化粧をして、お高祖頭巾で顔を隠した上で夜の街を歩く場面での心境である。ここには、自分の手の美しさに酔いしれるナルシシズム、女性美への飽くなき憧憬、犯罪さえも快楽と感じる唯美主義といった、谷崎文学の三つの特徴が揃って描き出されている。

【作品解説】

今回採録したのは「秘密」の前半部分である。

この小説は、「私」が自分の身を隠すことから始まる。タイトルとなっている「秘密」には、多義的な意味が込められているが、自分の所在を他人に知られないように隠匿することが、複数ある「秘密」の最初の内容である。

「私」が選んだ隠れ場所は、「浅草の松葉町辺の真言宗の寺」であった。そこは、賑やかな通りから少し離れたうら寂しい感じの所だった。本当に人に知られないために隠れるのなら、もっと遠くの郊外が選択肢に入りそうなものだが、「私」には特異なこだわりがあった。それは、「市内のどこかに人の心付かない、不思議なさびれた所」があるはずで、「下町の雑沓する巷と巷の間に挟まりながら、極めて特殊の場合か、特殊の人でもなければめったに通行しないような閑静な一郭」である。これを象徴的に表せば、繁華で人通りが多い場所が「陽」であり、「陰」に当たるのが「私」が望む隠れ家ということになるだろう。

さらに、「私」がそんな場所を「隠遁」の地に選んだ動機として、十一、二歳の頃の体験が紹介されている。それは父に連れられて初めて深川八幡の裏通りに足を踏み入れた時のことである。初めて見る境内の裏手は、「謎のような光景」であり、「不思議な別世界」であった。そこは、「いつも正面の鳥居の方から社殿を拝むだけで」「表ばかりで裏のない、行き止まりの景色のように自然と考えていた」少年の心に、忘れがたい鮮烈な印象を焼き付けたのである。

この部分が示唆するのは、人間の意識の表と裏という関係であろう。よく通る表通りにも、実は目立たない裏通りがあり、そこには隠れたような街並みが開けているのだが、普通、通行人はそこまで足を踏み入れることはしない。人間も普段意識しない隠れた願望が心の裏側に眠っていて、心の表側ではそれを抑制している。この潜在意識、換言するなら「裏」の意識、「陰」の願望をあえて明るみのもとにさらけ出し、その「陰」の魅力と「裏」の世界の奥深さを描き出そうとしたのが谷崎潤一郎であった。

さて、「陽」に隣接した「陰」の隠れ家に身を潜ませた「私」は、「表」の束縛から解放され、「裏」に眠っていた潜在的願望を全開させる。まず、都会の喧騒の中で鈍麻した神経と感受性に生気を吹き込むため、「哲学や芸術」といった「表」の志向から離れ、摩訶不思議な雰囲気の中で、「裏」の欲望を満たす背徳の書物を耽読し、「現実をかけ離れた野蛮な荒唐な夢幻的な空気」の世界に浸る。これが、「秘密」の二つ目の行動である。

こうして、徐々にタブーから解放されて大胆になった「私」の「裏」の願望は、変装して他人を装う行動へと発展してゆく。これが「秘密」の第三の内容となろう。本来の自分を消去して別人になる。この「変身」願望は、身を隠すという第一の「秘密」願望とは相反矛盾の関係となる。つまり、変身した姿を人前にさらして、それが本来の自分であると悟られないことに快感を得る、すなわち、隠すのではなく見せて楽しむという正反対の快楽へと転換されることになる。

その顕示欲が最終的に辿り着くのが「女装」である。これが「秘密」の四番目の意味となる。しかし、顕示欲は副次的な願望であって、女の装いをする背景には、女性の着物への「私」の異常なほどの愛着があった。こうして、「藍地に大小あられの小紋を散らした女物の袷」を纏った「私」は、入念に化粧も施す。

憧れの着物に身を包み、芸者風の厚化粧をお高祖頭巾で仄見えにして、夜の繁華街を歩く「私」は、本物の女も羨む美しい女になりきったような気分になり、「自分の手の美しさ」に自己陶酔する。こうして、「表」の制約から解放された「私」は、犯罪という背徳の夢想さえもためらわない。誰にもこの「秘密」を知られていないと思う「私」は、鈍って麻痺した神経と感受性に新鮮な感覚が蘇り、新しい世界の扉が開かれた興奮を覚えるのである。

【作者解説】

谷崎潤一郎は、永井荷風《ながいかふう》とともに耽美派を代表する作家である。彼らは、反自然主義の立場に立ち、官能的・唯美的な世界を描き出すことで、明治末から大正にかけての日本文学に独自の彩りを添えた。「刺青《しせい》」のほか、「麒麟《きりん》」「悪魔」など谷崎の初期の作品には、女性美に耽溺し、官能の享楽をひたすら追い求める人物が多く描かれている。アメリカの怪奇・推理作家ポーやイギリスの唯美作家ワイルドの影響を受け、反倫理的で退廃的な美の世界を追求し続けた姿勢から、彼は「悪魔主義」の作家とも呼ばれた。

関東大震災を契機に関西に移住してから戦後に至るまで、谷崎は日本の伝統美・古典美に魅かれ、「蓼《たで》食う虫」「吉野葛」「春琴抄」「細《ささめ》雪《ゆき》」「少将滋幹《しげもと》の母」などの名作にそれを結実させたほか、『源氏物語』の現代語訳や、日本の伝統的な美意識を陰影の中に見いだした随想「陰翳礼讃《いんえいらいさん》」も書いている。

【脚問】

問1 東京に二十年来暮らしている自分でも、まだ一度も足を踏み入れたことがない通りがたくさんあるはずだ、ということ。

問2 十一、二歳の頃、父に連れられて深川八幡の境内の裏の街並みを初めて見た時の、全く趣が異なる夢の中の世界のような光景。

問3 都会のきらびやかな雰囲気の中で長年生活し、「派手」さや「贅沢」さに慣れてしまい、感覚が麻痺したようになってしまったから。

問4 人目に付かない場所に隠れ、自分の行動を人に知られないようにすること。

問5 男である「私」が女に扮していること。

【読解】

1 都会の刺激も平凡と感じるようになった「私」の鈍化した神経に、一風変わった別の強烈な刺激を与えて活性化させることを目的に、賑やかな世間から身を隠し、自分の行動を「秘密」にして、夢幻的・怪奇的な世界に浸ろうと考えたこと。

▼**解説** 「隠遁をした目的は」（七八・2）から、「ロマンチックな色彩を自分の生活に賦与することが出来ると思った」（同・16）までの内容が答えとなる。この「考え」を具現化したものが、間借りした庫裡での怪奇的・神秘的な文物に囲まれた妄想や、変装・女装をしての町歩きということになる。

2 賑わっている表通りからちょっと離れた裏手にある、まだ足を踏み入れたことのない未知の場所。

▼**解説** 「市内のどこかに人の心付かない、不思議なさびれた所がある」や、子どもの頃の深川八幡の裏手の街並みの印象、また、「六区と吉原を鼻先に控えて……淋しい、廃れたような区域を作っているのが非常に私の気に入ってしまった」という言い回しに共通した内容が答えとなる。

3 憧れていた美しい女に実際になったような快感と、悪事を犯してみたいという倫理の縛りからの解放を願うスリリングな欲望、さらに、誰も自分を男だとは気付かない「秘密」を所有している満足感。これらが一体となって、平凡さから脱却できた新鮮な感覚を味わっている。

▼**解説** 一つ一つの気分を分析的に捉えるとともに、それが複合されて普通の刺激では感じなくなっていた「私」の神経が、新鮮な刺激に喜び奮えている様子を把握する。

【読書案内】

・「刺青」（『刺青・秘密』新潮文庫）
刺青師・清吉は、かねてから憧憬していた美しい足の女を麻酔で眠らせ、その女の背中に見事な女郎蜘蛛《じょろうぐも》の刺青を施す。麻酔から目が覚めると同時に魔性にも覚醒した女は、あたかも清吉を自分の奴隷ででもあるかのように見下すのだった。女性美への拝跪《はいき》を描いた谷崎文学の原点となる作品。

・『春琴抄』（新潮文庫）
盲目の三味線の師匠・春琴と、幼い時から彼女の世話を続けてきた佐助の物語。佐助はわがままで辛く当たる春琴に、ひたすら献身的に仕え自らも弟子となる。ある時、春琴は何者かによって顔に大やけどを負わされ、以後、佐助に顔を見せようとしなくなる。佐助は自らの両眼を針で突いて失明させ、春琴の美しい面影を永遠に脳裏に焼き付けたのだった。女性美への崇拝と献身を描いた傑作。

・『細雪』（中公文庫ほか）

大阪船場の旧家、蒔岡《まきおか》家の四姉妹・鶴子・幸子・雪子・妙子《たえこ》が、それぞれに繰り広げる人間模様を描いた長編小説。昭和十年代の没落してゆく関西上流階級の生活や風俗を、古き良き日本の伝統美の残影として、絢爛《けんらん》な絵巻物のように展開した大作。

【松代周平】

さよならクリストファー・ロビン

高橋源一郎（本文84ページ）

【鑑賞のポイント】

①登場人物や舞台がどのように設定されているかを読み取る。

②登場人物の造型が、私たちがよく知っている物語と比べてどのように異なっているかを整理する。

③それぞれの登場人物が何におびえ、何を嘆いているのかを考察する。

【注目する表現】

・「それが、仮にお話の中の出来事であろうと、……また助けてやるつもりだ。」（八四・上9）

浦島太郎と思われる人物の発言。私たちの知る浦島太郎に比べ、非常に理知的な存在として描かれている。それはこの作品の登場人物に共通する特徴でもある。

・「ねえ、クリストファー・ロビン。／それでも、ぼくたちは、頑張ったよね。」（九三・下8）

冒頭に登場する人物たちが、自分たちが物語世界の登場人物であることに反抗、いらだちを覚えているのに対し、この部分からは物語が消え去ることで自分たちも消えていく運命にあるということを受け入れている絶望感や諦念へと変わっている。

・「世界がこんな風になったのは、向こうの世界で……、とんでもないことが起こったからだ、というやつがいた。」（九六・下9）

現実世界において起こった「あること」によって、物語世界が「虚無」に押しつぶされようとしている。物語によって多くの人物たちを生み出しながら、彼らを消し去るのも現実世界の都合によるのだ、ということへの作者の反省や諦めが投影されているともいえる。

【作品解説】

この作品を読み進めていくうちに、描かれる人物が、私たちがよく知る童話やファンタジーの登場人物である点にまず気が付くだろう。そういった意味では、本作は「パロディ」や「パスティーシュ（文体模写）」といったジャンルとして捉えられるかもしれない。しかし、しだいにこの作品の中にパロディの持つ風刺性や単なる文体模写とは異なった世界観を発見し、少なからず解釈に混乱を来すに違いない。

まず、この作品は大別して三部に分かれている。そしてそれぞれの部で登場人物が入れ替わり、一見したところでは彼らの間に有機的なつながりを見いだせない。そうした意味ではこの作品には主人公は存在しないのである。

第一部には、我々のよく知る童話や昔話の主人公が登場する。そして、彼らは「ぼくたちはみんな、誰かが書いたお話の中に住んでいて、ほんとうは存在しない」という「うわさ」を耳にし、その呪縛から逃れようと苦悩する。また、浦島太郎と思われる人物は、彼自身の行動が我々の知る浦島太郎の物語と同じだったとしても、それらは「どれも、なされねばならぬことばかりだった」と主張し、消え去っていく。

次に描かれるオオカミは、「赤ずきん」「おおかみと七ひきのこやぎ」「三匹の子ぶた」に登場するオオカミだが、彼の苦悩は浦島太郎より深刻である。彼は己が物語に束縛されない確立した自己であることを確認しようとし、ついには私たちの親しんできた物語の展開を裏切り、「おばあさん」や「女の子」を脱出不能となるようにかみ砕いてしまうのである。

第二部は、描かれている世界が物語の中の世界なのか、我々の現実世界のことなのか、読みの分かれる部分である。ここでは、物語世界を離れ、現実世界を舞台としているものとして読み解いていきたい。

ここで登場する「天文学者」や「物理学者」は他の誰も気づかない「孤独な発見」をする。それはこの世の消滅を予兆するものであり、ついには「あのこと」が起こるのである。この「あのこと」の内実について、明確には描かれていないものの、この世を消滅させるような大事件だと推察できる。それはこの作品をはじめとする短編集『さよならクリストファー・ロビン』に掲載された作品の連載が、東日本大震災と時期を同じくしていることとの不思議な符号として指摘されている。本作自体は東日本大震災の直前に書かれたものであるが、それによって顕在化したこの世に対する無常観を表す作品としても位置づけられるかもしれない。いずれにせよ、この第二部では、第三部の〈物語〉世界を崩壊させる「虚無」の出現が描かれている。

第三部では、「不思議の国のアリス」と「くまのプーさん」というファンタジーの登場人物たちが再び登場する。

「アリス」は彼女を楽しませてくれるはずの不思議の国の住人が誰一人として現れないことに「ありうべからざることが起こっている」という不安」を感じつつも、勇気をふりしぼって最後の「扉」を開ける。それが彼女の世界の消滅を証明するかもしれないにもかかわらず。

最後の「プーさん」だけはそれまでとは異なった視点から描かれている。それは物語の語り手が、これまではおそらく作者と思われる第三者（天の声）であったのに対し、「プーさん」自身が語り手として書かれている点である。つまり、この部分には作者の客観ではなく、登場人物の主観が描かれている。「プーさん」たちは、物語世界を消滅させる「虚無」から逃れるために、自ら物語を書き続けるという方法を発見した。最初そのことに喜びを覚えた登場人物たちも、一人また一人と創作に疲れ、「虚無」に取り込まれていく。最後に残ったのは、「プーさん」と彼の描いた「クリストファー・ロビン」だけである。しかし、彼もまたついには力尽き、消滅しようとするのである。

この「プーさん」の箇所は語り手が登場人物自身ということもあり、私たちに様々な共感を呼び覚ますことだろう。それはこの現実世界の消滅とそのために自らも消え去る運命にある物語の登場人物への哀愁であったり、無常観であったりする。先にこの作品は多くの知られた作品を素材にしたパロディやパスティーシュのような手法を採っていると述べたが、この作品は過去の作品の単なる焼き直しなどではない。本作の最も難解な部分は、この物語自体の設定が誰もが知る物語でありながら、そこに登場する人物たちがその物語を離れ、「物語」という独自の世界に生きているということである。それを理解して初めてこの作品の鑑賞は始まると言ってよい。

【作者解説】

高橋源一郎は、一九八一年『さようなら、ギャングたち』が評価され、文壇デビューを果たした。当初、作者は「ポストモダン文学」の旗手と評価されることが多かった。「ポストモダン文学」の「ポスト」とは英語で「〜の後」といった意味を持つ。つまり近代文学の次の世代という意味である。近代文学では矛盾性のない、秩序だった明晰《めいせき》な文体と独創性などが特徴として挙げられるのに対し、ポストモダン文学では物語の矛盾や時間的な秩序の無視などの非論理性を作為的・積極的に取り入れる。また、パロディやパスティーシュなどの試みや、漫画や雑誌などのポップ・カルチャーの要素も盛り込まれる。高橋の作品にも同様の傾向が見られるが、それだけでなく、その傾向と相反するような叙情性を併せ持つのが彼の作品の特徴である。

また、作者は日本文学の本質についての論評も積極的に行い、「文学」についても深く考察してきた。著書『ニッポンの小説』のあとがきの中で、「遠くにある異なったものを結びつけるのが、『文学』の仕事」だと言及しているが、特に二〇一一年の東日本大震災以降、執筆活動を活発化させている。それは作者が現実社会で起こる大事件などに対し、文学者としてどう向き合うかを常に考え、積極的に発言しようとしているためだろう。そういった意味でも、今まさに目の離せない作家である。

【脚問】

問1 自分もあの元漁師と同様に、いずれ消え去るのではないかという不安。

問2 よく知られている「赤ずきん」の話とは違う行動をとってやろうという陰謀。

▼解説 よく知られている「赤ずきん」の話では、オオカミはおばあさんと赤ずきんを丸呑みにして、二人は後から猟師に助けられる。しかし、ここでオオカミは自分が物語の中の登場人物であることを否定するために、わざと物語とは違う行動をしようと考えたのである。それは、オオカミの心の底からふつふつと湧き出てきたものであり、物語世界を裏切ってやろうという思いであった。

問3 星の数が本当に一定の割合で減少しているのか、あらゆる可能性を考えて検証したいと思ったから。

▼解説 星の数が一定の割合で減少していくのは、天文学者にとってはあり得ない事実であり、それが本当に起きている現象なのかどうか、彼にとっては再考の余地もないはずの「月食が起こる理由」まででも、もう一度検証してみようと考えたのである。

問4 「物質」を形作っている、もっとも小さく、もっとも根源的な粒子の一つが消失してしまったこと。

問5 科学者としてなすべきと信じたことをしてきた、ということ。

問6 少女のいる物語世界。

問7 自分たちは誰かが書いたお話の住人に過ぎないといううわさ。

【読解】

1 「赤ずきん」の登場人物のオオカミとはかけ離れた存在へと自らを変貌させてしまったから。

▼解説 オオカミが物語の中の登場人物ならば、この後猟師に腹を割かれておばあさんと女の子は助かるはずである。しかし、オオカミは物語の世界を裏切り、おばあさんも女の子も助けられないようにかみ砕いて食べてしまった。それは物語世界から逸脱した行為であり、もはや物語世界の住人ではいられず、また現実世界にも存在しない者へと自らを追い込んでしまったのである。

2 現実世界で生じた何らかの変化によって、物語世界が消失しようとしているということ。

▼解説 この小説の舞台は物語の中であり、窓の「外」とは現実の世界を表している。つまり、虚無に侵されるとは、現実世界から物語がなくなる状況が起き、この物語世界も消え去ることを意味する。

3 自分たちは所詮物語世界の登場人物であり、現実世界から物語が消えてしまえば、消えるしかない運命にあるのだという諦め。

▼**解説**「それ」とは物語の登場人物が次々に消えていくこと。そこから、最後に残った自分たちもその運命からは逃れられないと感じているのである。

【読書案内】

・『さようなら、ギャングたち』(講談社文芸文庫)
群像新人長篇小説賞優秀作に輝いたデビュー作。現代詩の要素を取り入れ、言葉の本質に迫ったポップ文学の代表作。

・『優雅で感傷的な日本野球』(河出文庫)
第一回三島由紀夫賞受賞の名作。フィリップ・ロスの『素晴らしいアメリカ野球』に刺激され、自身も日本のプロ野球について書くことで、日本人の心の秘密に迫り、更には日本文学の謎を解き明かそうとした意欲作。

・『ニッポンの小説』(ちくま文庫)
日本の近代文学とはどのようなものだったのか。そもそも小説とは何か、文学とは何か。作者は小説家としてこの根源的な問いに真正面から立ち向かっている。

【大橋浩二】

弓浦市

川端康成(本文98ページ)

【鑑賞のポイント】

①様々な描写を通して、婦人客の香住に対する情念を読み味わう。
②婦人客の回想世界で次第に現実味を帯びていく香住の姿と、そのような記憶のない香住の隔絶した心理を対比する。
③自分自身では忘却しているが、他人にのみ記憶されている自分の過去が存在する可能性について考察する。

【注目する表現】

・「その国の生者と死者とのような隔絶である。」(一〇三・10)
香住との想い出を生き生きと語る婦人客の回想世界に在りながら、その記憶の全くない香住は、彼女との間に国境のような隔たりを感じつつ、彼女の物語の登場人物として死者のように存在している。そうした香住のもどかしい心理を、巧みに表現している。

・「香住自身には忘却して存在しないが、他人に記憶されている香住の過去はどれほどあるか知れない。」(一〇六・18)
香住の記憶になく、実際に弓浦という市もない婦人客の回想話は、妄想として片付けるしかないが、他人の中で生き続ける自分の知らない過去が存在する可能性を読者に提起している。

【作品解説】

「弓浦市」は、一九五八年一月、川端康成五十九歳となる年に、「新潮」に発表された。この年は、二月に国際ペンクラブ副会長に選出されたり、三月に国際ペン大会日本開催への功績が認められ、菊池《きくち》寛《かん》賞を受賞したりと、既に名作家の地位を確立していた川端が、国際的文学者として飛躍する契機となる年であった。一方、十二月には胆石症を患い入院するなど、自身の老いを意識する年でもあった。

大正から昭和にかけての約十二年間に執筆された『篝火《かがりび》』『非常』『南方の火』『霰《あられ》』の四作品は、川端自身が認めているように同一の恋愛を扱った短編小説である。そこに登場する女主人公にはそれぞれ異なる名が与えられているものの、いずれも川端が東大在学中の二十三歳の時にカフェの女給として知り合い、岐阜で結婚を申し込んだ十六歳の少女がモデルとなっている。その結婚話はまとまりかけたものの、結局は破談となってしまう。「川端康成集」第二巻（集英社）によると、破談後しばらくして川端は、彼女が二十一歳の学生と結婚し、九州へ去ったと聞かされる。そして、その後彼女が東北の実父のもとへ帰ったという噂《うわさ》を耳にする。彼女は十数年後に、落ちぶれた様子で川端のもとを訪れたらしい、とのことである。

　このことから「弓浦市」は、川端のもう一つの現実を描いた自叙伝であるとも言える。作中の香住庄介は川端自身であり、実際に川端は、終戦の年の四月に、海軍報道員として鹿屋の特攻隊基地へ赴いているし、戦後の一九五〇年、原爆後の長崎を視察している。先輩作家の貴田弘と秋山久郎の内一人は、川端の恩人である菊池寛であり、川端が菊池に取り立てられた時期や年齢が作品と一致する。

　架空の街、弓浦市は、現在の長崎県大村市辺りがモチーフであろうか。当時、川端がどのような経路で長崎入りしたか定かではないが、長崎本線ではなく大村線を経たとすると、本作で婦人客が語るように、沿線は夕焼けの海の絶景ポイントが続く。

　川端は、実際に女性に結婚を申し込んだ岐阜ではなく、彼女の去った九州の地へ弓浦市を創造する。そこで、生涯忘れ得ることのなかった過去を、香住の思い出すことのない過去の記憶とするのである。そして、われわれ読者に対しては、自身が忘却して存在しないが、他人に記憶されているもう一つの過去が存在するという不思議な可能性について、提起していく。それは、一見非現実的である。しかし、われわれ自身の現実が他者からの承認によって成立する以上、現実とはそもそも不確かなものである。

　とりわけ、過去の記憶については、それが顕著である。例えば、ある同一の事象について、自身の記憶と他人の記憶が一致せずに異なる時、そこには二つの過去、二つの現実が存在することになる。また、人生のある過去の分岐点において別の選択をした時、木が枝分かれするように、別の現実が存在していた可能性もある。その別の現実の国から、「国境の長いトンネル」を越えてもう一人の自分を提示されたら……。トンネルのこちら側では非現実の自分も、あちら側では現実の自分として存在しているのである。

　川端は、求婚した現実の女性の実名を生涯明かすことはなく、数々の作品において、「あちら側」の人間として登場させてきた。しかし、老いを意識して描いた「弓浦市」では、国境を越えてやってきた「こちら側」の人間として描くことで、自身の過去の現実を、死後も婦人客の中では永遠に生き続ける現実として、清算したのである。

【作者解説】

　大阪市此花《このはな》に生まれた川端は、幼少時に父母を亡くし、祖父母に育てられるが、その祖父母も中学校を出るまでには亡くなり、天涯孤独の身となる。東京帝国大学在学時に、第六次「新思潮」に発表した「招魂祭一景」が、菊池寛に認められた。卒業後の一九二四年、横光《よこみつ》利一《りいち》らとともに「文芸時代」を創刊し、二六年には、出世作となる『伊豆の踊子』を発表する。そして、斬新な感覚をもとに「文学の革命」を目指し、知的に構成された現実世界を表現するべく、新感覚派の作家として、本格的に活動を始めた。

　その後は、文学の芸術性を守るために反プロレタリア文学を掲げた新興芸術派に加わったり、内面の意識の流れを表現しようとした新心理主義（伊藤整《いとうせい》や堀辰雄《ほりたつお》の提唱）の作風を試みるなど、多彩な感覚をもとに作品世界を表現していった。「国境の長いトンネルを抜けると雪国であった。」という冒頭で知られる三七年刊行の『雪国』は、その感覚の集大成とも言える。

　川端作品の感覚美の根底には、常に日本美の精髄があり、その中に日本女性の哀愁美が巧みに織り込まれ、表現されている。そこが、国際的にも高く評価されるゆえんであり、六八年には、ノーベル文学賞を受賞した。しかしながら、その後は健康不良により、短編を数作品発表するにとどまり、七二年、ガス自殺により生涯を終えた。

【脚問】

問1 三十年来、思いを寄せていた香住にようやく会えた喜びに満ちあふれていたから。

問2 小説家として感化を受けた貴田弘や秋山久郎との三十年前の恩顧の数々が思い出され、追憶の優しい感情にひたる思い。

問3 先客たちや香住をはばかることなく、香住との昔話を、一方的にまくし立てるように話そうとする気配。

問4 回想という同じ世界に存在しながらも、境目があり隔絶しているということ。

問5 むやみに結婚を申しこむような男ではない自分が、結婚の申しこみをし、そのことをまるで忘れたことに、驚きよりも不気味さを感じたから。

問6 おなかの子が香住の子ではないかという思いを、婦人客が息子と娘の二人の子どもに話していたこと。

【読解】

1 自分との思い出を生き生きと語る婦人客に対して、香住は話の中の景物は頭に浮かぶものの、若かりし日の婦人客のことは全く思い出せず、その回想世界の中で、まるで死者のように自らの意思もなく、ただ一方的に話を聞くだけになっている状況。

▼解説 婦人客の景物に関する回想世界は同じにすることはできても、肝心の婦人客の記憶がなく、住む国まで同じにできないという比喩表現の意図を摑《つか》む。そして、死者のように婦人客の話を聞くだけという「隔絶」の比喩表現の内容も把握し、あわせて説明する。

2 若かりし日の婦人客に結婚の申しこみをするほど深い仲になっておきながら、自分に全くその記憶がなく、彼女の方は三十年もの間その思いを引きずりながら、不幸な人生を送り、二人の子にまで不幸の影響を及ぼしてしまった罪。

▼解説 ①婦人客に記憶があって、自分にその記憶がないこと。②彼女は、三十年もの間、香住への思いを引きずり不幸な人生を送ってきたこと。③彼女の二人の子にまで、不幸の影響を及ぼしてしまったこと。この三点について、直前の女のせりふを中心に、これまでの言動もふまえてまとめる。

3 香住の死後も、婦人客の中で生き続ける香住の知らない過去の現実があるのと同じように、香住自身には忘却して存在しないが、他人に記憶されている香住の過去の現実があるかもしれないということ。

▼解説 自らの記憶にない、もう一つの現実の過去が存在する可能性について説明する。それは、本作品のテーマである。

【読書案内】

・『伊豆の踊子』（角川文庫ほか）

旧制第一高等学校在学中の一九一八年に伊豆へ一人旅をし、旅芸人の娘たちと同行した原体験を素稿とする、川端康成の出世作。

・『雪国』（新潮文庫ほか）

夢幻的情緒とも言える叙情的哀感が漂う不朽の名作。『夕景色の鏡』『白い朝の鏡』の断章を経て、一九三七年に刊行。その後、幾度も改稿が試みられ、七二年にガス自殺した際、その机上には推敲《すいこう》を続けていた『雪国』があったほどの生涯作。

・『古都』（新潮文庫）

京都の風俗・祭事・自然を背景に、二人の姉妹の数奇な運命を叙情的に描きあげた、後期の代表作。

【内藤智芳】

第三章　湧きあがる想い

歌のふるさと

円地文子（本文110ページ）

【鑑賞のポイント】

①『伊勢物語』「芥川」を読んだ時の印象と比較して、作者が作品世界をどのように読み込み、表現を補っているか考える。

②道ならぬ恋に足を踏み入れてしまった男女がそれぞれに抱く理性と感情との葛藤を読み取る。

③用語のちがいによって生み出される文章の格調について考え、文章作成の参考にする。

【注目する表現】

・「人もなげなふるまい」（一一〇・11）

「傍若無人な行動」という意味にもなりそうだが、ここは人目もはばからずに帝の寵姫《ちょうき》のもとへ通っていく男を世間がどう見ているかということであるから、「人としてあるまじき行動」という意味合いもあろう。このような常識破りの行動も辞さない男の姿をここで印象づけておくのは、「真実の愛に生きること」という『伊勢物語』の主題を描き出す上で不可欠だからである。

・「姿かたちは朝日に照り映える……微妙な楽の音の余韻を残した。」（一一一・2）

在原業平《ありわらのなりひら》について伝承されている人物像や歌人評を、文学的表現を織り込みながらまとめている。眉目秀麗な色好みの人物で、実生活そのものが物語の世界、和歌の世界と重なり合うような「昔男」の姿がここに描かれる。世間のしがらみを超えて男女間の愛のまことを貫き通そうとする、この男の姿があったからこそ、女はすべてをなげうって男と行動をともにするのである。

・「鬼にとられたか、……追っ手が女を連れさったのだと気づいた。」（一一四・1）

『伊勢物語』第六段においては、「鬼はや一口に食ひてけり。」と一旦書いておき、「白玉か～」の歌の後に書き加えられた部分で女の兄弟が取り返したのだと説明している。確かに、兄弟によって取り返されたのであれば、残っている「人馬のあしあと」に男が気づかないはずはなく、鬼に食われたというプロットは幻想的世界に流れ過ぎる。よって、物語世界と現実世界の妥協点を求めるべく、鬼が食べたとするくだりを採用しなかったものと考えられる。

【作品解説】

古典に取材した作品を多く書いていた円地文子が、後に「歌のふるさと」と改題される「『伊勢物語』文芸」を著したのは、一九五三年のことであった。いくつかの成長過程を経て現在の形になったとする説が有力な『伊勢物語』だが、円地文子のこの仕事もそれらの増補の一環と捉えておけるほどに、自然で、かつ豊かな解釈を加えた作品である。

本文の表題は「あくた川」となっているが、内容は『伊勢物語』第六段だけでなく、第五段の「関守」もオーバーラップされており、二条后との道ならぬ恋愛を描いた物語の総集編とも言うべきものとなっている。足を踏み入れてはならない恋愛にその身を投じてしまい、ついには逃避行を企てるという話は、古来、物語によく見られる一類型であるが、『伊勢物語』の語り手は「白玉か〜」の絶唱を据えて、思い人を失ってしまった喪失感に絶望する男の姿を描きつつ、「白玉」を重ね合わせた「露」の持つ美しくもはかないイメージによって、刹那的に燃え上がり、燃え尽きたこの恋愛のかけがえのなさをも描いてみせた。この構成により「芥川」という章段はたぐいまれな悲恋の物語として成立しているのである。

そんな『伊勢物語』第六段を、現代において読むのに必要となる描写を加筆しながら完成させたのがこの作品である。もちろん、この場合の「現代」とは作者の生きた時代における「現代」ということになるので、文体や用語が古めかしく感じられるかもしれないが、例えば「女」について「高貴な身分の方であった。」と説明するのではなく、「禁色の袿も着られるかりそめならぬ身ぶんであった。」と表現しているのを読むにつけても、その格調の高さが感得されるであろう。

原文で「女のえ得まじかりけるを、年を経てよばひわたりけるを、からうじて盗み出でて」としか書かれていない部分に、作者は必要と思われる部分を増補していく。いたずらに説明的になることを避け、適宜、会話体を利用しながら描き出されていくのは、この男女の抱える背景と、双方の気持ちがいかにのっぴきならぬこととなっているかということである。「そんなになさるとおたがいの身をほろぼすことになりますよ、我慢なさって……。」「こんなけだかい君に二心なく仕えられないで、あのような男にほだされて……。」という女の心内語からは、引き裂かれた自分の気持ちに当惑しつつも、「男」の愛情を拒むことができず、その立場を気遣いさえするという「女」の胸中がうかがえる。そして、「男」はその「女」の気持ちに、「我慢が出来るくらいなら、こんな恥ずかしいおもいをしはしない。いまのひとときあなたの顔さえ見られればどんなめにあってもいい。」と、おのれの全存在を賭けて応えるのだった。感情と理性の相克に悩みつつも、「女」が自らを律することのできない理由、それはこの「男」が生まれながらにして持つ美質のためであったと作者は解釈し、それを次のように見事な文学的表現で補っている。「姿かたちは朝日に照り映えるさくら花のようにすがすがしく、心にはみなぎり落ちる深山の滝つせのような嘆きやよろこびがたえず鳴りたぎって、しばしも現しみを憩わせないのだった。渦まきほとばしるおもいは、歌になって、冬木に咲く氷の花のようにきらきらしいいのちに凍り、一度相抱いた女のむねには、微妙な楽の音の余韻をのこした。」このような「余韻」があればこそ、「女」の心は千々に乱れることとなるのであった。

読者の人生において、このような情熱を抱くことやそれに触れること、こういう存在に出会って身も焦がれるような思いを味わうことがいったいどれほどあるだろうか。これらの加筆された表現に込められた円地文子の「文学的真実」を、『伊勢物語』の原文をかたわらにおいてじっくりと味わってみたいものである。

【作者解説】

円地文子は、東京帝国大学の国語学教授・上田万年《かずとし》の娘として生を受け、父の持つ書物や、父方の祖母いねが好んだ江戸後期文学の世界をもとに文学的素養を身につけていった。しかしながら学校教育制度には適応することができず、個人教授によって教養を身につけながら、物語や芝居の世界に傾倒する。ここから、現実を生きる生活感覚を離れた観念の世界を展開する、作家・円地文子の土台が形成されていったのである。

大正末期から昭和初期にかけて、劇作家としてその創作活動をスタートした円地は、古い因襲や、家の中でその中心に位置している夫という存在によって疎外され、怨念とも言うべき情念を抱く女性を主人公とした物語を描く方向へ歩みを進めていく。物語の背景には、国文学への造詣の深さが投影されており、その豊かな古典作品の知識に基づいて書かれた著作も多い。円地が手がけた『源氏物語』の現代語訳は、原文の行間に潜んでいる登場人物の内面にまで踏み込んで、それを加筆したものとなっている。

【脚問】

問1 空想の世界だけでなく、現実の日常においても、さまざまな感興がひっきりなしに浮かんでいる様子。

問2 流す涙で自分の体も浮かんでしまうほど泣いている様子。（自分の心を量りかね、不安にさいなまれて泣いている様子。）

問3 心から愛していた女があっけなく目の前から消えてしまって断腸の思いを味わっているが、自分自身は、はかない命というものの、恋破れても身は消えもせずに生き残って、喪失感にさいなまれ続けているという姿。

▼解説 歌の下の句「つゆとこたへて消えなましものを」に集約されている心情をふまえて解答する。「あれは露だよと答えて、いっそその露のようにはかなく、自分の身も消えてしまえばよかったのに」という解釈を正確に導いて答えることが必要。紀貫之《きのつらゆき》が『古今和歌集仮名序』の中で業平を「心余りて詞《ことば》たらず」と評しているが、その足りなかった部分を汲《く》み取って解答したい。

【読解】

1 帝の寵愛を受ける身であることがわかっているにもかかわらず、大罪に問われることも周囲の批判もかえりみずに心を寄せてくる男に当惑しているのだが、きっぱり関係を断ち切ろうと決心することもできないという葛藤に苦しんでいる。

2 ・世間とは隔絶されたところで育ってきたために、夜露に濡れる草も見たことがないような貴族の令嬢であることを象徴している。
・女の目におそろしげに映る露によって、この後で悲劇が起きるような不気味な雰囲気であることを象徴している。

3 当時の女性としてはあまりに破天荒な恋の逃避行を敢行したにもかかわらず、その後大罪に問われることなくして帝の男の子を授かるに至ったということを考えれば幸福な結末だと言えるだろうし、何もかもをなげうつまでして求めた相手と添い遂げられずに終わったことを考えれば悲しい結末に終わったとも言えるということ。

【読書案内】

・『女坂』（新潮文庫）
家や夫のためにその身を尽くすという封建道徳に従って生きなければならなかった明治期の女性の姿を描く。坂道を上るような日々を送る主人公倫《とも》は、苦しみながら登る坂の上には必ず「幸福」があるはずと信じ、決してその道から逃げることなく歩み続ける。

・『源氏物語』（新潮文庫）
原文をそのまま訳したものと比較しながら、円地が本文の行間をどう読み、登場人物の内面をどのように加筆して描き込んでいるのか、読んでみたい。

・「古典夜話――けり子とかも子の対談集」（『白洲《しらす》正子《まさこ》全集』別巻、新潮社）
日本の古典文学を題材に、円地と白洲正子が対談したもの。『伊勢物語』「芥川」にまつわる部分もあり、「芥川」の人物関係と『源氏物語』の朧月夜《おぼろづきよ》をめぐる関係との共通性について触れられている。

【大島貴史】

絞首刑

G・オーウェル（本文115ページ）

【鑑賞のポイント】

①一見矛盾する二つの反応を通して「わたし」の人物像をまとめる。
②「犬」や、最後の酒宴が暗示するものについて考える。
③作品の背景にある作者の問題意識について考察する。

【注目する表現】

・「いったいどこから来たのか、犬が一匹、庭に現れた」（一一六・18）

絞首台への移動中、突如一匹の犬が登場する。その静から動への演出効果もさることながら「犬」の役割についても考えたい。また「いったいどこから来たのか」のニュアンスにも注意したい。

・「その囚人が水たまりを脇へよけたとき、……言葉では言いつくせない誤りに気がついた」（一一八・3）

囚人の何気ない動作をみた瞬間、主人公は死刑囚が「われわれ」と同じ精神をもつ健康な人間であることに気づく。しかし逆に言えば、このときまでは気づくこともなかったという告白とも読め、囚人を死にかけた獣のようにみなしてきた「わたし」の日常感覚を同時に伝えている箇所である。したがってこの気づきに「わたし」と「われわれ」との相違点を見いだすことは可能だが、これをもって彼を倫理性の高い人格者とみなすのは早計である。

・「わたしは思わず大声で笑った。」（一二二・1）

先の気づきとは対極にあるように見える主人公の行動である。この落差をどう解釈するかが人物像考察の焦点である。

・「われわれは原住民もヨーロッパ人の区別もなく、……死んだ男とは、百ヤードしか離れていなかった。」（一二二・6）

この末尾の二文はさまざまな解釈ができる。この場所が刑務所の「外」であることと「区別もなく」「仲良く」という表現との間にどれほどの因果性を読みこむか、また最後の一文を付け加えた作家の意図は何かなど、考えるべき点は多い。

【作品解説】

本作品の舞台はイギリスが植民地支配していたビルマ（ミャンマー）の刑務所であり、そこでは少なからぬ死刑囚が獣の檻のような独房に押しこめられ、執行日を待っている。作中の刑務所は、イギリス帝国主義の象徴もしくは縮図として読むことができる。作者G・オーウェルは一九二二年から五年間、インド帝国の巡査部長としてビルマに赴任し、植民地における「支配・被支配」の実態をつぶさに見聞し、その折の経験を題材にして幾つかの作品を残した。本作はその一つであり、一九三一年に「アデルフィ」誌十月号に発表された。

本作品を読み解いていくポイントとして、ここでは「わたし」の人物像と、表現上の解釈とそこから浮かび上がる作家の問題意識に注目したい。

この作品のなかで、「わたし」に関する描写は実はさほど多くなく、例えば「わたし」が刑務所においてどのような仕事を行っているかも明らかではない。そうした「わたし」の人物像を探るうえで手がかりになるのは、「水たまりをよけ」た囚人を見た際の心の動き（以下Ⓐとする）と、死刑執行後の「思わず大声で笑」う行動（以下Ⓑとする）の二点である。Ⓐからは「人が人を殺す（支配する）ことへのうしろめたさ」が、Ⓑからは「逃れられない現実からの逃避」がうかがえる。やり場のない感情を強引に払拭しようとする行為が「笑い」なのである。この二つの感情をいかに統合することができるだろうか。

　本文からは「意識のある一人の健康な人間」を殺すことに対して葛藤する主人公の姿を読み取ることができる。彼は「まだ盛りにある一つの生命」を人為的に中断することの「誤り」に気付きながらも、それを回避することができない自己の無力さに呆然とするほかないのである。結果として、彼は「仕事」を放りだしてまで「一つの生命」の消滅を断固阻止しようとはしない。しかし、だからといって死刑執行を単なる「仕事」として割り切るあきらめや鈍感さもここにはない。つまり、一方でこんな仕事はしたくないと思いつつ、他方で現実を受け入れることを肯定しているのだ。「わたし」は相矛盾する二つの思いにさいなまれながらも、そのどちらにも重心をおかず、自らが宙吊《づ》りされたかのような状態にあることを率直に認めることができる人物である。我々は往々にして、小説の登場人物について単純化・典型化などを行いがちだが、本作の「わたし」（おそらくオーウェル自身）はそうした安易な概念化を拒む存在である。

　この作品を読み取く参考として、作家がわずか五年で病気を理由に仕事を辞め欧州に戻っている事実が挙げられる。さらに、同じ地域での出来事に想を得た「象を撃つ」（一九三六年「ニュー・ライティング」誌秋号に発表）から次の一節を引用しておく。「〔私が〕わかっていることはといえば、せいぜい自分が職を奉じている帝国に対する嫌悪と、わたしの勤務をどうにも我慢できないものにしてやろうと企てている、たちの悪い小さな奴らに対する憤怒との板ばさみになって、わたしがにっちもさっちもいかなくなっている、ということぐらいだった。」

　二点目の表現上の解釈として、「犬」の意味あいと、最後の場面が「刑務所の外」である点に注目しよう。帝国主義は悪だと認識しつつ、警察官としての任務を果たさねばならない「わたし」の苦しさや自責の思いはどうすれば晴れるのか。本作に描かれる刑務所の論理にしばられない特性をもつ存在・場所が「犬」と「刑務所の外」である。犬は、人間世界の立場・利害・仕事を顧慮することなく天真爛漫《らんまん》に跳ね回ることができる。この自由にして快活な姿は、独裁や全体主義に違和感をもつ作者の願いに親和的なものだ。「いったい、どこから来たのか」には、刑務所とは最も異質なものがなぜここに、というニュアンスがある。しかし、「犬」は犬でしかなくその退場の描写はいかにも弱々しい。「犬」はあくまでも予兆的な象徴としての役回りにとどまるのだ。「犬」の登場は刑務所の異常性を際立たせるとともに、その弱さは「わたし」の無力感のメタファーという読み方も可能だ。本作品の最後が「刑務所の二重になっている大きな門」の「外」に設定された意味についても同じことがいえる。帝国主義の論理とシステムが貫徹する刑務所の中にいる限り、人間における支配・被支配という構造から自由になることはできない。「われわれは原住民もヨーロッパ人の区別もなく、みんなで仲良く飲んだ。」（一二二・6）の一節には理想的な社会への憧憬のような味がある。しかし刑務所には「外」があるが、帝国主義や全体主義の「外」とはいったいどこか。本作品の底には「人が人を支配しないシステム（真正の社会主義）の実現」という難問に向き合おうとする作家の問題意識を見いだすことができるだろう。


【作者解説】

　ジョージ・オーウェル（本名エリック・アーサー・ブレア）は一九〇三年、英領インドのベンガル地方に植民地官僚の子として生まれた。パブリック・スクールの名門イートン校を卒業しながらも大学に進学することはなく、英領インドの警官となった彼は、植民地支配の実像を目の当たりにする中で、植民地主義への批判意識を育んでいく。そうした経験をもとに書かれたのが本作や「象を撃つ」といった作品である。イギリスに戻ったのち、下層階級のルポルタージュで名を馳せ、スペイン内戦にも義勇軍として参加した。この体験は、彼に多大な影響を与え、以降、世界を飲み込みつつあった全体主義的傾向への痛烈な批判を寓話化した小説を多く著すようになる。『動物農場』『一九八四年』はそうした彼の批判意識を鮮やかに結実した傑作であり、刊行から数十年を経た今日でも広く読み継がれている。

【訳者解説】

小野寺健　一九三一年—。英文学者。神奈川県生まれ。イギリスの作家E・M・フォースターの研究・翻訳で知られる。著書に『イギリス的人生』など、訳書にパール・バック『大地』などがある。

【脚問】

問1　本来であれば、すでに死刑の執行が終わっているはずの時間なのに、まだその準備に手間取っていたから。

問2　囚人の処刑が無事完遂したということ。

問3　囚人や衛兵などの人間世界の差別を顧慮することなく、本能のまま人になつこうとする振る舞い。

問4　死刑が無事に終了し、それまでの緊迫感と重苦しさから解放されたから。

【読解】

1　「とつぜん」という表現によって、犬の出現や所長の処刑の合図の場面においては、その出来事が以前の文脈とは無関係に突如として生じたことであることが強調される。特に、死刑執行後の場面においては、執行人たちの言動の不自然さ、ぎごちなさを強調する効果を挙げている。

▼**解説**　本作では「とつぜん」あるいはそれに類する「瞬間」「思わず」といった語が頻出する。「とつぜん、命令も警告もなしに急に行進が止まった」（一一六・17）、「その瞬間まで」（一一八・2）、「とつぜん、所長は意を決した。」（一一九・19）、「とつぜん、みんなが陽気に喋り出した。」（一二〇・19）、「思わず大声で笑った」（一二一・1）、「ビルマ人の判事がとつぜん大声で言うと」（同・5）の六か所である。ここに挙げた解答は一例であり、ほかにもさまざまな解釈が可能だろう。

2　囚人の行動の観察から生の営みの意味、その生を奪うことの誤りに気付く冷静で思索的な人物であると同時に、誤りに気付きながらもそれを正すことのできない自身の無力さを笑いによって忘れることしかできない人間。

3　死刑を執行される囚人と「わたし」を含めた執行人たちそのいずれの側にも属さず、むしろそうした植民地社会における支配・被支配の構造から自由であると同時に無力でもある存在。

▼**解説**　多様な解答が予想されるが、ここでは、「犬」の差別を知らない、人懐っこさと弱さを踏まえ、オーウェルの追求する「仮面的でない、真正の社会主義」の方向を、弱さを自覚しながらも求める存在とみる解答例を提示した。

【読書案内】

・「象を撃つ」（小野寺健訳『オーウェル評論集』岩波文庫ほか）
ゾウが暴れているとの通報を受け現場に向かった「私」。現場にいたゾウはすでに落ち着きを取り戻していたが、被支配者である人々の好奇の視線を浴びた「私」はゾウを撃つことを余儀なくされる。植民地官僚の「無力」を描いた短編小説。

・『一九八四年　新訳版』（高橋和久訳、ハヤカワepi文庫）

「ビッグ・ブラザー」に監視・支配された全体主義的な国家に勤める公務員であったウィンストン・スミスは国家のあり方に疑問を抱き、反政府運動に加わろうとする。風刺に彩られたSF小説の古典。

・『動物農場』（川端康雄訳、岩波文庫）

搾取されてきた動物たちが農場から人間を追い出し、理想郷を築こうとする。だが、今度は指導者が独裁者と化し、次第に恐怖政治が台頭していく。当時のスターリン主義を批判した風刺小説。

【武井秀行】

それから

夏目漱石（本文123ページ）

【鑑賞のポイント】

①代助が「自然の昔」に帰るためにしようとしたことをまとめる。

②代助と三千代との関係におけるこれまでの経緯をまとめる。

③作中からうかがえる代助と三千代の考え方や認識の違いを整理する。

【注目する表現】

・「今日初めて自然の昔に帰るんだ。」（一二四・15）

かつて代助と三千代は彼女の兄を介して親しい関係にあったが、この兄の死後その平衡は崩れ、三千代は代助の友人である平岡の妻となった。代助が考える「自然の昔」とは代助と三千代が親しい関係にあった頃をさす。

・「なぜ棄ててしまったんです。」（一三二・10）

兄が存命の頃、代助と三千代は一番身近な関係にあった。しかし、兄の死後、代助は友人の平岡と三千代を結びつける行動をした。このことが彼女には「棄てられた」と感じられたのである。

【作品解説】

採録箇所は代助が友人・平岡の妻である三千代を我が家に呼び寄せ、彼女への思いを告白する有名な部分。

代助は三千代を迎えるにあたって、大きな白百合を部屋に飾っていた。「この間百合の花を持って来て下さった時も、銀杏返しじゃなかったですか。」という代助の言葉から分かるように、実は前回借金のことで訪れたとき、三千代は白百合や銀杏返しで代助に昔のことを想起させようと無言のうちに働きかけていたのである。代助はこれに応じるようにして白百合を買って花瓶に挿したのだ。

三千代を待つ間、代助はぶるぶる震え、百合の傍へ行ってその香りをかいでいる。告白を終えた彼は彼女を見送り、帰宅した際には百合の花を座敷から取って来て自分の周囲に撒き散らした。姦通罪が存在していたこの当時、人妻に思いを告白するというのは相手をも巻き込んで社会から放逐されることを意味した。この大胆な行為をするには百合の強い香りが必要だったのかもしれない。

呼び出しを受けた時点で、三千代にはある種の予感があった。彼女にとって代助は亡き兄の親友であり、兄の存命の頃は代助とも親しく、兄の意向を受け代助が彼女に趣味の教育をしていたのである。ところが兄の死後、この関係が崩れ、三千代は平岡の妻となった。この結婚を成立させるべく積極的に動いたのは他ならぬ代助であった。代助の告白を受けた後、彼女が三年前のことに触れ、「なぜ棄ててしまったんです。」と疑問を投げかけずにいられなかったのは、このときの代助の行為が三千代には裏切りのようにも感じられたからである。

代助にとって、三千代への告白は「自然の昔」に帰ることを意味していた。だが、「僕は三、四年前に、あなたにそう打ち明けなければならなかったのです。」という代助の言葉は、そのまま受け取るわけにはいかない。代助が三千代への思いを意識するようになるのは彼女が平岡と結婚してからであり、三年後に再会した平岡夫妻の関係がしっくりいっていないことを目の当たりにして、代助の後悔の念は強まったのである。また、三十歳になっても職を持たず独身の彼は、父親からいわば政略結婚の要請も受けていた。代助が三千代への思いを告白するに至ったのもこのような状況に左右された部分が大きい。

さらに、代助の告白は彼と三千代の認識の違いを図らずも浮き彫りにする。代助は三千代が結婚して三年以上も経つのに自分が独身でいることを、「僕はそれだけの罰を受けています。」と述べるが、三千代は「だって、それはあなたのご勝手じゃありませんか。」と答える。三千代は代助が他の女性と結婚することを願っていたのである。独身を「罰」として受け取る感覚は代助の独りよがりという側面があった。

代助の告白を受け、三千代は「しようがない。覚悟をきめましょう。」と言い放つ。たとえ社会的に放逐されることになるとしても、代助との愛に生きる覚悟をしたのである。しかし、この言葉を聞いた代助は背中から水を被ったように震えた。彼女の「覚悟」という言葉によって、代助は自分が厳しい現実の前に立たされたことを実感する。三千代と共に生きる決意をするということは、父をはじめとする家族や平岡と向き合わねばならないし、それまで趣味人を気取っていた彼は生活するための手段を得る必要がある。それは生活のために労働することを批判していたかつての自分を俎上《そじょう》に載せることにもなる。三千代への告白は代助を次なる段階へと導かずにはおかないのである。

【作者解説】

一八六七（慶応三）年、東京に生まれた夏目漱石（本名・金之助）は、幼少の頃から漢籍に親しみ、後年は正岡子規との出会いにより俳句にも造詣を深める。一九〇〇年、文部省からの派遣でイギリスに留学するが、神経衰弱を悪化させて帰国。高浜虚子のアドバイスもあり、文章を書き始める。気晴らしのために書いた『吾輩《わがはい》は猫である』が評判となり、その名が知られるようになる。〇七年、東京帝国大学を辞し東京朝日新聞社に入社、プロの作家としてのスタートを切った。連載小説を続けていく中で読者の存在を意識した執筆活動を展開。やがて国民的作家としての地位を揺るぎないものとした。個人主義を尊重しつつ、自我をもった人間同士がどう関わっていくかに彼の文学テーマはあった。

古今東西の幅広い知識や視野に裏づけられた漱石は、当時の文壇の主流であった自然主義とは明確に一線を画し、森鷗外と共に「余裕派」と称される。一六（大正五）年、死去。芥川龍之介や武者小路《むしゃのこうじ》実《さね》篤《あつ》など、後世の文学者に与えた影響は計り知れない。現在も高校教科書には「こころ」をはじめとする彼の作品が数多く掲載されている。

【脚問】

問1 今日三千代を自宅に呼んで話をしようとしており、青山の実家から誰かが来て鉢合わせすることを避けたいため。

問2 一滴の酒精が恋しくなり、次の間へ立って、いつものウィスキーを洋盃で傾けようとすること。

問3 三千代は二人の記憶にある銀杏返しをこの間意図的にしたのだが、このことを二人が話し始めるとお互いの心にさざ波が立ち始めるような予感があったため。

問4 三千代の兄が代助と親しくなり、その妹である三千代と代助の仲も深まっていくことへの期待。

問5 僕の存在にはあなたが必要だ、ということ。

問6 三千代から「しようがない。覚悟をきめましょう。」と言われ、自分が三千代に告白した事実の重さを痛感させられたから。

問7 代助の三千代への告白は、百合の香りが漂う部屋の中で行われた。この行為が代助と三千代の人生を大きく変えてしまうことを予感し、そのことにおののく思い。

【読解】

1　三千代との思い出である白百合を買って自分の部屋の花瓶に挿して部屋をその香りで満たし、三千代にも昔の雰囲気を味わってもらうなかで、自分の思いを彼女に伝えようとしたから。

▼解説　文中に「再現の昔」（一二四・17）という表現がある。代助はこの当時の男性としては珍しく、「男らしさ」からは逸脱した人間であった。他人からの視線を意識したおしゃれを常に心がけ、花を買って挿したりする趣味人だったのである。三千代が代助に心惹かれたのは、このような洗練された知的男性というのが新鮮に思われたからである。代助もまた三千代がこのような自分を憎からず思っていることを、無意識のうちに感じ取っていた。

2　少なくとも三千代の意識では、それまでの経緯から見ても代助と自分はごく自然な形で結婚できるものと思い込んでいた。また、彼女をそう思わせても仕方がない関係が二人の間で築かれていたのであり、代助が自分を平岡と結婚させようと画策したとき、彼女は代助に棄てられたと思ったということ。

▼解説　三千代は代助にとって親友の妹であった。この兄は妹を非常に可愛がっており、彼女の上京に際しては代助にその教育係を委ねてもいた。彼ら三人の親密さは増していき、三千代の兄は明言こそしなかったものの、この親密さのうちに代助は「一種の意味」（一二九・2）を感じたくらいである。三千代の兄の死後、この関係は平衡を失い、そのようなときに平岡が三千代への思いを代助に告白することになる。このとき、代助は平岡のために積極的に働いた。このことが三千代に「棄てられた」との思いを抱かせたのである。

3　代助が人妻、しかも友人の妻である三千代に思いを告白したから。かつて代助はこの二人を結婚させるべく積極的に動いた事実があり、法律的にも道徳的にも罪を犯したと言わざるをえなかった。

▼解説　当時は姦通罪というものが存在し、有夫の女性が別の男性と深い関係に陥った場合、夫からの訴えがあれば当事者二人は逮捕された。代助が三千代に告白するということは、自分ばかりか三千代までも犯罪者にしてしまうことを意味する。また、かつて平岡と三千代を結婚させるために積極的に動いたのが代助であった。平岡にしてみれば、自分のために骨を折ってくれた友人の裏切り行為に遭遇することを意味する。代助の行為は法律的にも道徳的にも人々の非難を免れないのである。

【読書案内】

・『吾輩は猫である』（新潮文庫ほか）
苦沙弥《くしゃみ》家で飼われることになった野良猫「吾輩」の眼を通して、人間の生態や習慣のおかしさをユーモアたっぷりに描いた長編小説。

・『三四郎』（新潮文庫ほか）
九州から上京し大学生活を始めた小川三四郎が都会のカルチャーに触れ、魅惑的な女性美禰子《みねこ》に翻弄される姿を描いた青春小説。

・『道草』（新潮文庫ほか）
金を無心するかつての養父、絶えず確執を繰り返す夫婦関係の深刻さを淡々とした描写の中に浮き彫りにした、作者唯一の自伝的小説。

【小田島本有】

ボトルシップを燃やす

堀江敏幸（本文137ページ）

【鑑賞のポイント】

①少年時代の密やかな思い出と映画「デルス・ウザーラ」の場面とが、どのような接点を持つのか、読み取る。

②作品全体をおおう船のイメージが細部の巧みな表現によって構築されていることを読み取る。

③現実と虚構の交錯する経験について、読み手の少年時代に照らして振り返る。

【注目する表現】

・「記憶の底に沈んでいたNとの夕刻が、肌寒い体育館でこんなふうに呼び覚まされた」（一四五・16）

時間も場所も異なる二つの場面が、一つの像に結ばれる箇所である。建物に侵入した少年時代の回想に、なぜ映画の一場面が挿入されたのか、作者の意図をくみとりたい。

・「その火はシベリアの奥深いタイガで野営するアルセニエフ隊の焚き火のように穏やかな宗教性すら帯びて」（一四九・8）

うねうねと続く特徴ある長い文の一部だが、火をともされたボトルシップの帆船が「光を放ち」、その火が「アルセニエフ隊の焚き火」と重なり合い、うしろめたさの伴う行為が深遠で荘重なもののように感じられるのである。

【作品解説】

作品は、導入からどこか古ぼけた写真をなぞるように、色あせた記憶をたどりつつ一棟の建物を浮かび上がらせて始まる。そして建物の来歴に触れつつ、建物そのものがしだいに船のイメージに重なっていく。一方、次に展開される映画や伝記『デルス・ウザーラ』によって喚起された回想は、全体的にはっきりした輪郭を伴ったものになっている。ディテールにいたるまで詳細な記述が見られ、読者は「私」の見た（読んだ）一場面一場面をなぞるようにたどっていくことになる。劇中、デルスとアルセニエフが葦を積み上げる場面で、「私」は突然記憶の奥底に眠っていた「ある出来事」を蘇らせ、やがてデルスの言う朝鮮人参の畑の存在にまで疑いを抱きはじめる。再び建物内での回想が展開されると、途端に回想内の場面の輪郭がマッチの火のようにゆらいでいく。Nとの一時の出来事そのものが、遠いどこかへ運び去られていくように「私」には感じられるのである。

作品全体を概観すると、すべてが回想場面によって構成されていることに気づく。全体は四段に分けられ、

(1) 回想の導入部分、船になぞらえる建物の紹介。

(2) 建物に侵入した場面の回想。

(3) 映画「デルス・ウザーラ」に触発された回想。

(4) (2)の続きの回想。

と整理できるだろう。(1)(2)(4)の回想が(3)の回想をはさむかたちで構成されているが、回想の最中に別の回想があらわれるという「入れ子構造」ではない。(1)(2)(4)の回想と(3)の回想は、一方からのある刺激によって共振的に引き起こされた回想だと考えるべきだろう。

ではどちらの回想がもう一方の回想を誘引したと見たらいいのだろう。作品から読み取るかぎり、中学生の「私」が見たデルスとアルセニエフが葦を刈る映画の一場面が、スイッチの役割をはたして、Nとマッチの塚をこしらえた日を蘇らせている。この事実は重要で、Nとマッチの塚を燃やした場面を、「見つけなくてもいいものを見つけたと言おうか、出てくるはずはないと信じていたなにかが戻ってきたよ

うな居心地の悪さ」と「私」は評する。忘却された幼少年期の記憶を説明するために「無意識」という仮説をたてたのはフロイトだが、無意識にせよそうでないにせよ、Nとともに過ごした出来事はパンドラの匣《はこ》のように封印されたものであった。忘却という形をとって記憶の奥底にしまわれていたものが、まさに偶然掘り起こされたのである。

　作品中に回想が挿入される場合、その回想は行動や出来事が主で、心情や心理が描かれることは少ない。これは回想内容よりも、回想という行為そのものがもたらす微妙な心理的変化を描出することに作品としての主眼がおかれるからである。回想シーンは現在の私に何らかの刺激、契機を与えるものとしてはたらくのがふつうである。しかしこの作品では、現在の「私」にこの回想がどのような心理的影響を与えたかはわからない。二つの回想をする現在の「私」が描かれていないからである。むしろここで読み取るべきなのは、回想によって引き起こされた現在の「私」の心理的変化などではなく、回想が作品全体を覆いつくしていることからくる不確かさのほうであり、さらにはその不確かさをどう表現しているかという点だろう。回想とは記憶の産物であるから、回想が全体を占めることの不確かさが作品全体を包み込み、「あれは何だったのか」「本当にあったことだろうか」という自問自答を呼び込む。「私」の少年時代の記憶は、「船」という輪郭を伴って「私」の脳裏から遠い航海に旅立っていったのである。

【作者解説】

「自分の書きたい文章を自分の好きなペースで書いていきて、いつのまにか作家といわれるようになってしまった」と語る堀江敏幸は、高校生の頃に古典に興味を持ち、早稲田大学第一文学部へ進学する。在学中にフランス語と出会い、東京大学大学院へ進んだのち、休学してパリへ留学。帰国後、語学雑誌にパリ郊外の生活を描いた小説を紹介した文章を載せる。これが『郊外へ』という最初の作品集となるのだが、よく知られるパリの華やかな側面ではなく、パリ周辺や移民たちの生活や文化を描いた作品の書評やエッセイが中心となっている。一九九九年、その多くをパリ留学時代に材を採った十五の作品を集めた『おぱらばん』で三島由紀夫賞を受賞。本作はこの中に収められている。

　小説かエッセイかという議論がたびたびなされるほど微妙な空間にたたずむ作品が多く、エッセイにしては巧みな仕掛けが明らかで、小説にしてはドラマ性が希薄である。のちに堀江は「『何を書くか』ではなく『いかに書くか』ということを主眼に置いている」という趣旨の発言をしている。したがって小説らしさが前面に出ることに対する危惧《きぐ》と、作品の細部に宿る本質に迫ろうとする作者の意識を読み取ることが重要となる。表現のもつ牽引《けんいん》力に身をゆだねて読むことにより、作者の「いかに書くか」の内実に迫ることができるだろう。

【脚問】

問1 建物に残された金目のものや価値のありそうなものを盗み出すこと。

問2 建物の三階にあるバルコニーに上ってみること。

問3 吹雪に見舞われて一刻の猶予もないデルスとアルセニエフの状況が、Nと「私」が見つからないようにマッチの塚をこしらえて火をともすという、うしろめたく余裕のない当時の状況と重なって思い出されたから。

問4 現実にはなかった夢のような出来事も、長い時間を経て自分に都合のよい脚色が施されて、それが事実であったかのように実感されるということ。

▼解説 デルスのいう朝鮮人参の畑は彼の若い頃に手に入れたものであり、十五年前にも確かに存在したものだというが、その存在を客

観的に証明するすべはなく、むしろ夢のような出来事が時間の経過とともに現実のことのように感じられるのである。

問5 船を燃やすことにためらいを感じていた「私」だったが、その行為のもつ魅力に抗うことができず、知らず知らずのうちにNの作業の手伝いをしていたということ。

▼解説 瓶の中の船に火をつけるなどという、不可能に思えることを可能にする行為の甘美さと、同時に誰にも触れられないはずの瓶の中の船に火をつけるという残酷さ。「私」はそこにえもいわれぬ興味をかきたてられたのである。

【読解】

1 記憶とは恣意的なものであり、時に自分の都合のいいように加工されるものであるから、Nと「私」が建物の中で火をともした出来事も、「私」が作り上げた記憶であったかもしれないということ。

▼解説 建物に侵入し大量のマッチに火をともしたNと「私」だけが共有する秘密の行為。直前の「遠い日の一場」とはその秘事をさしている。しかしデルスの朝鮮人参の畑が幻であったとしたら、かつての二人の秘事もまた幻でなかったとは言い切れないのである。

2 少年時代の密かな思い出を遠い夢想の出来事にしてしまったということ。

▼解説 共犯者ともいえるNが死んでしまった以上、「私」は一人では背負いきれない秘密の記憶を抱えており、その記憶を封印することによって、永遠に現実のこととして蘇ることはない。吹くはずのない風が立ち、「シーツの帆をはためかせ」たことからわかるように、夢想の中の幻として「私」自身の中で消化されたのである。

3 **【描写】**「その建物の甲板」（一三七・11）、「積み荷をすべて下ろして坂の上にぽつんと係留され」（一三八・3）、「上々の船出を果たした」（同・12）など。

【効果】 水上を移動する乗り物である船のイメージが作品全体を覆っていることは、作品上に描かれた世界もまた遠い別な世界へ移りゆくものであることをほのめかす装置としてはたらいている。

▼解説 一度ならず二度までも建物の持ち主が変わり、どこか他の土地へ移り住んでいったのは、建物全体のかもし出す船のイメージと持ち主が残していった「ボトルシップ」が、この建物とそれにまつわる出来事をどこか遠くの世界へ運んでいく展開を暗示させている。作品の最後で描かれる「ボトルシップ」を「燃やす」行為は、それをいっそう象徴的に物語っているといえるだろう。

【読書案内】

・『熊の敷石』（講談社文庫）
芥川賞受賞作。人と人との間にある微妙なズレやあたたかみを確かめるように緻密な文章で描く短編集。

・『雪沼とその周辺』（新潮文庫）
谷崎潤一郎賞受賞作。雪沼という仮想の土地での生活者の日常を、静謐《せいひつ》な筆致で描く連作短編集。川端康成文学賞受賞作「スタンス・ドット」を収録するほか、本書所収の「送り火」は二〇〇七年度センター本試験に出題された。

・『なずな』（集英社）
伊藤整文学賞受賞作。弟夫婦の赤ん坊「なずな」を育てることになった独身主人公の子育ての日々。赤ん坊をつうじて人と人とのつながりや変化を丁寧に描く。

【大塚明彦】

歩行

尾崎　翠（本文150ページ）

【鑑賞のポイント】

①冒頭と末尾の二か所に同じ詩が置かれていることに留意し、この小説の時間的な構成と詩の内容との関係を考察する。

②祖母と「私」の関係を、言動や地の文の表現に注意しながら捉える。

③幸田当八氏は、「私」にとって恋の対象であったのか考察する。

④土田九作氏が、「私」の悲しい気持ちを察し、詩を教えたのはなぜか考察する。

【注目する表現】

・**「私は縁さきで哀愁の頭を振り」**（一五一・下15）

他に「哀愁を増した」（一五六・下10）という表現もあるように、本作品の中で「哀愁」は、幸田氏に対する「私」の感情表現を象徴するキーワードである。「恋」とも言えない、「あこがれ」だと遠すぎる。そうした微妙な「私」の感情を的確に表現している。

・**「祖母は夏の簡単服を新居に移すことは不賛成で、もはや秋だから、夏の服は洗濯して蔵いなされと注意した」**（一五四・下8）

祖母と「私」の関係を知る上で大事な箇所である。季節の移り変わりを知らせることで、部屋に籠もることなく活動的に生活してほしいと、孫を気遣う愛情から出た注意である。

・**「私は餅取り粉の表面に書いた。『ああ、フモール様、あなたはもう行っておしまいになりました。』」**（一五七・上6）

幸田氏と言い交わしたせりふを餅取り粉の表面に書いた「私」の心情を感じ取りたい。実るはずのない恋であるが、幸田氏との思い出をいつまでも再現し、浸っていたいという乙女心であろう。

【作品解説】

「歩行」は、三十枚ほどの短編であるが、その完成度はきわめて高く、代表作「第七官界彷徨」と比べてみても、「歩行」の方が上回っているように思われる。計算されつくした構成といい、意識した表現といい、「天才」と後に評された才能が遺憾なく発揮されている。

主人公である「私」は、自室に閉じこもり、外に出ることがほとんどない少女である。そんな孫のようすを心配し、祖母はあれこれと計画を練る。この小説は、そうした祖母の計画がなければ成立しないのであり、部屋から孫を連れだし、その心と身体の健康を保つための作戦が決行される。松木夫人のところへおはぎを届けさせるのである。歩行によって運動不足も解消できるという一石二鳥を狙ったのである。ところが、持たせたおはぎをごちそうになれば、精神的に満足し、歩行によって「私」の心を占めているのは、屋根部屋で幸田氏とせりふを言い交わした思い出であり、歩行中も頭から離れない。雲や風も幸田氏を忘れる風物にはならず、かえって忘れがたいものになってしまう。歩行はするものの、おはぎを届けるという任務を思い出すこともなく、家に帰り着く。

さて、「歩行」は、何を表現した小説であろうか。第一に、冒頭と末尾の詩について考察したい。冒頭に掲げられている詩は、おつかいの最後に松木氏の弟である土田九作という詩人が「私」に教えてくれた詩である。時系列から言えば、冒頭には配置されるべきではないが、この詩で小説の本文を挟むことによって、全体を統一している。その点で考察すると、この小説で訴えたいことは、「おもかげ」を忘れたいと思えば思うほど忘れがたいものだということである。ただ、後半に土田九作氏の特異な生活習慣や行動によって、「ついにしばらくのあいだ幸田当八氏のことを忘れ」る。しかし、間もなくおたまじゃくしを眺めているうちに、再び幸田氏のことを思い出してしまう。結局、「おもかげ」は忘れがたいものなのである。

　次に、祖母と「私」との関係について考えてみたい。祖母は「私」が部屋に籠もっている理由をよくわかっていないようだ。その意味では「遠い」存在である。しかし、孫娘のことを心配して、前述の作戦を考えたり、屋根部屋へ夏物を移したことを注意するなど、実に細やかである。ある意味で的外れな祖母の孫娘への気配りだが、「私」はそれに対する拒否感はなく、余裕をもって受け流し、「歩行」の命令も受け入れている。「私」はきちんと受け止め、理解しているという点で、距離的に「近い」関係と捉えることができる。祖母と孫の関係は、自然な距離感であり、この家族愛は見逃してはならない。

　第三に、情景描写に注目したい。登場人物の動作を描写するだけでは、登場人物の心情をリアルに表現することはできないだろう。「歩行」では、至る所にいわゆる叙情的ではない情景描写が織り込まれている。古ぼけたおしめの乾籠、罎の中のおたまじゃくし、木犀が咲いているブルドッグのいる家、火葬場の煙突、烏を白いと表現する詩人などの表現は実に個性的である。「おもかげ」に浸る叙情とは一見無縁なようだが、実は見事に溶け込み、リアルな存在に昇華しているのだ。このような表現は天才尾崎翠の持ち味と言えるだろう。

　翠は「悲しみを求める心」という随筆を書いているが、その一節に、「死を悲しむ後に見出《い》だす生のかがやき。それを得ようと私は一歩ごとの歩みをつづけて行かなければならない。」とある。本作品からも翠の人生に対する思いや決意を読み取ることができよう。

【作者解説】

　一八九六（明治二九）年、鳥取県岩井村に生まれる。父は教員、母は寺の娘であった。経済的にも安定していた尾崎家であったが、翠が十三歳の時に父が突然事故死する。この窮状を母まさは気丈に支えた。翠は七人兄弟の真ん中で、長兄篤郎は海軍士官、次兄哲郎は僧侶、三兄史郎は東大卒の農学者という優秀な兄たちの背中を見て成長した翠も三人の兄以上に優秀であった。日本女子大学国文科に学ぶが、「無風帯から」という小説を発表したことが原因で退学になる。その後も随筆や映画の台本などを手がけながら作家活動を続けていく。ところが二十代後半、作家活動がこれから本格的に始まるという、一九二九年頃から鎮静剤ミグレニンの服用によるものとされる耳鳴りや幻覚に悩まされるようになる。そうした中で、代表作である「第七官界彷徨」と「歩行」を三一年に発表するが、翌年には翠の病状の深刻さを悟った兄に強制的に郷里に連れ戻される。その後終生、翠は鳥取に暮らし、ほとんど作家活動に戻ることなく七十四歳で亡くなる。翠がもし人生の後半も筆を絶つことがなかったならば、どんなにすばらしい作品を書き続けたかわからない。しかし、遺された作品には佳作・絶品が多く、再評価がなされつつある。

【脚問】

問1 忘れることができず

▼解説 「かね」は、文語の補助動詞で、動詞の連用形に付き、「〜（する）ことができない」と訳す。「つつ」は、文語の接続助詞で、一般的に動作の継続・反復を表す。

問2 幸田氏のおもかげ

問3 幸田氏の研究である分裂心理研究にふさわしいモデルを提供してくれること。

問4 柿を食べながらの朗読のため、幸田氏の発音が疲れたようになり、戯曲の内容に見合った悲しい雰囲気が醸し出されたから。

▼解説 ここでの「哀愁」は、「別離の戯曲」ゆえに醸し出された雰

囲気を表現したもの。柿を食べながらであったために、言葉に力がなく気力も萎えている別離の雰囲気が自然に表現されたのである。

問5 松木氏は動物学者であることから、実物を忠実に模写した実証的で現実的な詩が優れていると考えている。

問6 土田九作氏の生活が住居中心で、さまざまな薬に頼りながら詩を作っていることがあまりにも奇妙であり、その強烈な印象が頭の中を支配したから。

▼**解説** 家を出てからずっと幸田氏のことだけを考えていたが、それよりもインパクトの強い土田氏に一時的に関心が移ったのである。

【読解】

1 背中を吹く風は、うらぶれた気持ちをひとしお深めるものであり、忘れようとする人のおもかげをいやがうえにも想起させるから。

▼**解説** 祖母が孫のことを心配して気晴らしと運動不足を解消するために「歩行」させる計画を立てたが、背中から吹く風は、人を感傷的な気分にさせ、忘れようとする人のことを自然に思い出してしまう結果となったのである。

2 幸田氏と過ごした時間を再現し、思い出に浸りたいという気持ち。

▼**解説** 幸田氏への思いというよりも、恋のせりふをやりとりしたあの時間に戻り、思い出に浸りたかったのである。そのせりふを見た時に、あの場面を追想できるという思いから書いたのである。

3 活発でない動きのおたまじゃくしと自分を重ね合わせ、自分の悲しみは幸田氏との恋が実らないことだと改めて気がついたから。

▼**解説** 「歩行」は、実に皮肉な小説であり、歩行によって忘れようとすればするほどかえって思いは募るのである。ようやく個性的な土田氏によって一時的に忘れていた幸田氏のことを、おたまじゃくしの緩慢な動きを見ることで思い出してしまったのである。

【読書案内】

・『第七官界彷徨』（河出文庫ほか）

三男史郎が住む貸家に世話になっていた頃の生活をモチーフとした尾崎翠の代表作。小野小町を連想させる小野町子という赤い縮れっ毛の娘（作者本人と思われる）と長兄の精神分析医の一助、肥料を研究している二助（三兄史郎がモデルか）と従兄の三五郎という音大志望の浪人生とが共に生活する日常を、ユーモアを交えて描く。

・「こおろぎ嬢」（『尾崎翠集成（上）』ちくま文庫）

太宰治が激賞したという作品。「第七官界彷徨」の町子が主人公で、「歩行」に登場する幸田当八という心理研究者も登場する。「歩行」を深く鑑賞するためには必読の小説であろう。「第七官界彷徨」「歩行」と合わせて、三部作とされる。

・「初恋」（前掲書）

郷里の岩井温泉辺りの夏の夜の盆踊りを舞台に、そこで仮装して踊る若い男女の間に起こるドンデン返しの愛がテーマである。読者を引き込むストーリーのおもしろさはもちろん、踊る男女のディテールが見事である。また、作品全体にユーモアがあり、尾崎翠の資質を垣間見ることができる。

【工藤広幸】

第四章　飛翔する言葉

ブラックボックス

津村記久子（本文164ページ）

【鑑賞のポイント】

①「私」や田上さんの仕事の内容と、職場の環境について押さえる。

②田上さんの人物像を整理し、社内の人々と「私」がそれぞれ田上さんをどのように見ているかを押さえる。

③河谷君の一件を通して「私」がどのようなことを感じたかを押さえる。

【注目する表現】

・「それは難しいですねえー、という田上さんの声が聞こえてきたので、私は振り返って彼女を見る。」（一六四・1）

セリフの内容・口調に田上さんの人物像が端的に表れている。そんな田上さんに「私」が強い関心を持っていることも同時にうかがえる。

・「つくづく誰もが普通の人で、……面白くないけど、良くないことでもないのかもしれない。」（一七一・18）

「悪魔じみた」田上さんによるスリリングな展開を予想した、「私」の期待が覆される。拍子抜けともいえる場面を通して、かえって人間や人間同士の関係とはどのようなものか、強く印象づけられる。

【作品解説】

事務職として会社に勤める「私」は、田上さんの、男性社員たちから軽んじられながらも不平を言うことなく、自分の決めたペースを崩さずに精度の高い仕事をこなす人柄に好意を抱きつつ、自分だけが田上さんの本質を知っているという思いのもと、常に彼女の言動に注目している。女性社員の仕事を誰でも簡単にすぐできるものと侮っている男たちから「ゴミ箱にゴミを捨てるように」「書類をシュレッダーにかける時のように」、続々と仕事を投げ与えられる立場を田上さんと同じくする「私」は、田上さんが鷹揚な言動の陰で、「人間的な部分での成績表」をもとに依頼された仕事の仕上げ時刻を決め、気に入らない相手の依頼ほど時間の中抜きをして苛立たせ、容赦なく男性社員たちを裁いていることに、ひそかに痛快さを覚えている。

そんなある日、「何年ぶりかの新入社員である河谷君」が、作法をわきまえずに大量の書類を田上さんに丸投げしてしまう。この出来事によって「私」はこれまでにない二つのことを目にする。一つは、いつもなら頼まれた仕事を実際には仕上げてから、「用意できている」ことを隠蔽するために黒い箱に予定の時刻まで書類をしまう田上さんが、手つかずのまま書類をしまったことであり、そのことから「私」は、田上さんの最高潮の怒りと、それによって裁かれる哀れな河谷君の様子を想像し、「卑しい悦び」にひたる。ところが、河谷君が田上さんのところに先ほどの非礼を詫びに戻ってくるという、いつもとは違うもう一つの事柄によって、事態は予想外の展開を見せる。表には見せない田上さんの思考の象徴である黒い箱が河谷君の目の前で開けられ、裁く者と裁かれる者という、田上さんと男性社員との緊張感に満ちた通常の関係が、協力して仕事にあたる同僚という、ごく当たり前の関係へと変貌する。「人間的な部分での成績表」では低評価の男性社員たちが田上さんに裁かれるさまを観察することで、仕事のストレスを解消していた「私」は、そのことを「面白くない」と感じるが、一方で「良くないことでもないのかもしれない」と、会社の中で日々接している人々やその関係に対する認識を改める。田上さんが新しい仕事にかかる時に必ず参照する「例のノート」の中身が、実は社内の人間の「成績表」ではなかったということも象徴的だ。人間は、「人間的な部分」において、良い、悪いなどと単純に分類できるものではない。「例のノート」に書かれた田上さんの言葉は、労働環境の厳しさが目立つ現代において、流されることなく仕事と向き合う秘訣《ひけつ》なのかもしれない。

河谷君が「何年ぶりかの新入社員である」ことから、新卒の社員を毎年雇う余裕のない会社の事情がうかがえるが、余裕のない中で人間関係がぎすぎすしがちな現代の職場の一面を描きながら、それでも働くことの意味をポジティブに捉え直そうとする作者の認識が、小説の最後における「私」の認識と重なる。田上さん本人に語らせるのではなく、田上さんの観察者である「私」を語り手に設定する、作者の客観的な眼差しにも注目したい。

作品の前半部分では田上さんに共感する「私」の思いに注意して、「私」が置かれている職場のありようを押さえ、後半部分では、河谷君のエピソードを通して変化する「私」の意識の流れを捉えたい。

余談だが、作品の終盤で明かされる、「私」の「地図を見てその場所の来歴の解説文を作ったり」するという仕事は、現代を代表する作家、村上春樹の『ノルウェイの森』のヒロイン、緑のアルバイトと同じである。男性的な価値観のなかで一方的に評価されることを嫌悪する緑と、この作品における「私」とを関連づけて考えてみるのも面白いかもしれない。

【作者解説】

一九七八年生まれの作者は、九一年のバブル崩壊に始まる「失われた十年」に学生生活を送り、いわゆる「就職氷河期」に就職活動を経験した「ロスト・ジェネレーション」と呼ばれる世代にあたる。大学卒業と同時に会社員として就職するが、上司のパワー・ハラスメントなどにより、わずか一年で転職する。そうした経験を活かして、本作と同様に会社を舞台とした小説を多く発表しており、「ロスト・ジェネレーション」「派遣世代」を代表する作家として評価されている。

決して恵まれているとはいえない労働環境のなかで、理不尽な扱いを受けたり、虚《むな》しい思いを抱いていたりする人々を描いているが、その作風は、人間性を抑圧する労働の苛酷さを厳しく糾弾するといったものではなく、環境と自己のありようの双方を客観的に捉えながら、生きづらさに対して諦めにも似た思いを抱きつつ、日常のなかにささやかな楽しみや刺激を求めている人々が、他者との関わりを通して何かに気づいていくといったものである。一見ネガティブに見える人間の日常を描きながら、ポジティブな余韻を残す作家として、働くこと、生きることの意味を考えさせてくれる。

【脚問】

問1 書類の処理に要する時間を、他の場合より長めに確保しようとすること。

問2 自分の仕事を簡単なものとして侮らせないために、実際には短時間で正確に仕事を仕上げる能力があるのに、時間をかけないと仕事がこなせないように装うということ。

▼解説 田上さんの能力とは何かを押さえ、それを「低く見積もらせる」ことが「仕事の格を守る」ことにどのようにつながるのかが分かるようにまとめる。

問3 「私」と違って、田上さんはこき使われることの不満を表情に出すことなく、かつ相手に確実に報復できる方法で示しているから。

▼解説 「こき使われることの不満」を「仕事の出来上がりの遅い早

いで示す」ことがどのような点において「上手」といえるのかを考える。

問4 自分とは直接関係のない他人が不作法をして不幸な目に遭うのを、自分の楽しみとする点。

▼**解説** ストレスの多い職場とはいえ、他人の不幸を傍から見ることを職場での自分の悦びとしているから「卑しい」のである。

問5 河谷君には相手を一切気遣うことなく一方的に要求をおしつける役割を期待し、田上さんにはそんな相手に一切容赦することのない仕打ちで報復する役割を期待すること。

▼**解説** 「私」が河谷君と田上さんに期待した「ダーティな役割」をそれぞれ押さえる。

【読解】

1 出しゃばることなく、仕事は正確にこなし、周囲からの評価に踊らされずに鷹揚に構えていて、他者への当然の敬意を払わずに接してくる相手に対しては自分の誇りを曲げない、という田上さんの人間性に「私」は惹かれながらも、自分より立場が上の相手の態度に全く怯まず、書類の仕上げ時刻で淡々と相手を裁く冷徹さには恐ろしさも感じるということ。

▼**解説** 田上さんに対する「悪魔じみている」という評価は「冷徹」（二七一・18）さに基づく。「私」が田上さんの人物像をどのように見ているかということを丁寧に押さえる。

2 いつも以上に雑な依頼をされて、書類に手をつけずにいたが、相手の謙虚な態度を目にして、自分の容赦ない応対を後ろめたく思うと共に、不誠実さに不誠実さで応えることが日常化していたことを改めて悲しいことだと感じる一方、久しぶりに敬意を払ってくれた相手のために全力で仕事ができることを嬉しく思っているから。

▼**解説** 戻ってきた河谷君の態度に注目する。「悲しそう」とあるので、単に河谷君にすまない、といった感情ではないと考える。

3 予想外の展開を目の当たりにしてあ然としているうちに、河谷君と田上さんはそれぞれができることを懸命にやるという協力関係のなかで仕事に向かい、男性社員と女性社員の対立関係を期待していた自分の見方が見当違いのものになったと感じる気分。

▼**解説** 目の前で展開していることと「私」のそれまでのものの見方との間に大きな隔たりがあることを感じているのである。

【読書案内】

・『ポトスライムの舟』（講談社文庫）

芥川賞受賞作。二十九歳、工場勤務のナガセは、自分の年収と世界一周旅行の費用が同じだと気づき、その費用を貯めてみようとする。

・『ミュージック・ブレス・ユー!!』（角川文庫）

野間文芸新人賞受賞作。器用に生きられない高校三年生のアザミは、将来のことよりも音楽について考えるほうが大事としながら、日々を過ごす。

・『ワーカーズ・ダイジェスト』（集英社）

織田作之助賞受賞作。偶然出会った重信と奈加子。年齢も、苗字も、誕生日も同じ二人は、さまざまな災難がふりかかる三十二歳の一年間を生きていく。

【三輪周秀】

新釈諸国噺　裸川

太宰 治（本文173ページ）

【鑑賞のポイント】

①滑川を舞台にした青砥藤綱の逸話が、本来の教訓としての働きからどのように逸脱しているかを読み取る。
②登場人物の言動に関して、批評的な言葉を投げかける語りの手法やその効果に注目する。
③随所に見られる滑稽な描写の面白さを読み味わう。

【注目する表現】

・「川を渡る時には、いかなる用があろうとも……子々孫々に伝えて家憲にしようと思った。」（一七四・12）
表面上は青砥の「どうにも諦め切れぬ」思いを強調する効果をもたらしてはいるが、その一方で、「質素倹約、清廉潔白」という一般的な青砥藤綱像に揺さぶりをかける戯画化が始まっている。この後も語り手は、青砥の大げさな言動や過度の思い込みのおかしさに着目する。

・「障子の切り張りを教えられて育っただけの事はあって、……なかなか、しまつのいいひとであった」（一七六・4）
ここでの「障子」や「味噌」をめぐるエピソードはいずれも『徒然草』（第一八四段・第二一五段）の記述をふまえたものである。しかし、原典の文脈は意図的に曲解され、登場人物の通俗化が図られている。青砥藤綱の逸話についても同様の矮小化《わいしょうか》が見られる。

・「浅田は何といっても一座の花形である。兄貴のおかげで今宵の極楽、と言われて……口をまげてせせら笑った。」（一八〇・17）
「裸川」の語り手は饒舌《じょうぜつ》である。事実を淡々と伝えるだけではなく、「よせばよいのに」というような批評を時折差しはさむ。「青砥だって馬鹿ではない」などという高みからの物言いも含め、奔放そのものの語りが小説世界を先導する。

【作品解説】

1　翻案という方法をめぐって

この作品は、井原西鶴の『武家義理物語』巻一「我が物ゆゑに裸川」に材を採った翻案小説である。滑川を舞台としたこの話材は、「国土の重宝」を守り、生かすために、落とした銭よりも多くの出費を厭《いと》わず川中の銭を捜させた、青砥藤綱の見識の高さを表す逸話として、『太平記』の記事以降、広く知られていた。

「我が物ゆゑに裸川」のなかで西鶴は、この逸話の教訓性を保持しつつ、青砥藤綱を欺いた「ひとりの人足」を新たに登場させ、それとの対比で、「ひとりの人足」の悪知恵を糾弾し、後に北条時頼に召し抱えられる「千馬孫九郎」の誠実さを褒め讃える。対して「裸川」では、「ひとりの人足」に「浅田小五郎」という名が与えられる一方で、「千馬孫九郎」は「小さい男」と書き換えられた。太宰治は、武家の心ばえの見事さから、「智慧の浅瀬を渡る下々の心」の浅ましさへと描写の中心を移したのである。

原典である『武家義理物語』や参照した可能性がある『太平記』『徒然草』の記述と「裸川」の表現とを比較すると、太宰治が先行する言説から何を受け取り、切り捨て、書き換えたのかがわかる。そのような古典作品の叙述をふまえて「裸川」の構成や語り口を見つめ直すことも、小説の楽しさを味わうきっかけとなるに違いない。

「裸川」における青砥藤綱は、教訓話の主人公に特有の、破綻のない人格者という性質から逸脱して、きわめて不完全で、それゆえに人間的な言動や感情をとおして描かれる。作中、浅田の「無智な小細工」に怒りをあらわにした「小さい男」を除けば、青砥の考えや行動に共感を覚える者はいない。その「小さい男」ですら、興奮のあまりにわかに親孝行の美徳を説きはじめ、「議論は意外のところまで発展して」

と語り手に揶揄《やゆ》される始末であった。教化・感化の不成立を語る「裸川」は、滑川の逸話を下敷きにして反転させた、教訓を与えることの失敗をめぐる滑稽小説であると考えられる。

2　時代との関わりについて

「裸川」が発表された昭和十九（一九四四）年は、当時の呼称でいう「大東亜戦争」のただ中にあり、国民は節約を強いられていた。「国のために質素倹約を率先躬行していた」と書かれる青砥はまさに、戦時下の徳目を体現する理想人物であった。「裸川」は同時代の国策文学と同様、時局に沿い、戦時体制に協力する小説となり得る要素を秘めていたといえよう。

ところが、この作品で太宰は、井原西鶴というプリズムを通して屈曲した滑川の逸話をさらに変形させ、「青砥の深慮」を理解できない「小人」の代表である浅田小五郎に大きな存在感を与える。「いつの世も小人はあさましく、救いがたいものである」と一応はそつなく批評する語り手は、浅田の「狡智」を楽しむかのように、「妙な腰つきをして、川底の砂利を踏みにじ」り、「大喜びで松明片手に舞いをはじめた」人足たちを生き生きと描き出してもいた。また、小説の終わりに置かれた青砥と浅田とのやりとりも、あらためて九文の銭を捜させることが、結果として「ひかれ者」の反省を引き出せなかったという意味では、青砥による裁きの失策と解釈される余地は残る。そもそも青砥藤綱は近世以降、文芸・演芸の世界では、「名奉行」の誉れ高い高潔の人物として理想化されていたのだった。

戦争遂行を後押しする理念が絶対化されていた時代にあって、「裸川」は一筋縄ではいかない語りの多義性を随所に示していた。こうして、「質素倹約、清廉潔白」という時代に寄り添う理念の裏側が、笑いやパロディーの手法によって、さりげなく照らし出される。戦時下の太宰作品に見られる反時代性は、「裸川」という翻案小説においても際立っているのである。

【作者解説】

太宰治は二十世紀前半を駆け抜けるように生き、数多くの小説を書いた。没後半世紀以上を経た今も、太宰治の表現は古びることはなく、むしろ常に新たな読者を得て、〈更新〉を続けているかのようだ。「言葉が新しい」ということは、その表現が一時代の流行に囚《とら》われるものではなく、時代を超えて再生可能な素材と形式とを備えていることを表すのだろう。

文壇にデビューした頃の太宰は、傷つきやすい内面を持てあまし気味に見つめる、冷笑的で陰鬱な語り口を特徴とする作家だった。伝説化したさまざまな私生活上の逸脱行為を含め、〈背徳者〉を演じる自己への甘えが私小説を装った創作にも溢《あふ》れていた。

しかし、山梨県御坂峠の天下茶屋での二か月ほどにわたる滞在が、〈中期〉太宰治の出発点となる。主に女性の語り手による独白体小説、古典作品の翻案、笑いをもたらす表現の追求など、創作の可能性を広げる試みが重ねられた。戦争の時代、太宰治の小説はなぜか明るい。「自分だけに語ってくれている」ように感じられる語り口の魅力を、太宰作品に味わう読者は多い。深い憂いを湛《たた》えた戦後の作品にも、読むことの歓《よろこ》びを誘い出す仕掛けが細部にわたって施されていた。作家にとっての〈真実〉によりかかるリアリズム文学とは正反対の方法で、太宰治は〈虚構〉の楽しさを読者に贈り続けているのである。

【脚問】

問1　滑川を渡る途中、火打ち袋から過って小銭を十文ばかり落としてしまったことを深く後悔していたから。

▼解説　青砥藤綱は、「決して卑しい守銭奴ではない」ものの、金銭

へのこだわりを強く持つ「真面目な人」であるがゆえに、「国土の重宝」を失うかもしれないことへの畏れが深い自責の念を呼び起こすのである。

問2 手間賃を受け取ることになっているとはいえ、冷たい川の流れに手足を浸し、松明の明かりを頼りに川底の銭を捜すという困難な作業の過程で、凍え死にそうになるほどの苦痛を味わっていること。

▼解説 「難儀」という語は、「容易ではないこと」をも指し、西鶴の「我が物ゆゑに裸川」ではその意味で用いられている（表記は「難義」）が、ここでは、苛酷な作業内容にこそ苦しみ悩む人足たちの不平の原因があるとする。従来の逸話にあっては後景に追いやられていた人足たちの苦痛に焦点を当てることで、浅田小五郎の「狡智」が頭をもたげるきっかけを鮮やかに描き出している。

問3 妙な腰つきで川底の砂利を踏みにじりはじめた人足たちのしぐさが、真剣に銭を捜しているようには見えなかったから。

▼解説 足の指先で川底を探り、「大喜びで松明片手に舞いをはじめた」人足たちの姿を見て、青砥は「浮かぬ気持ち」になる。目的遂行のための手段だと説明されたところで、「真面目な人」にはどこか違和感が残るのである。原典にはない、人足たちのおどけたしぐさの描写が青砥の複雑な思いを引き出すことに成功している。

問4 十一文の銭を捜すために、合計で四両の金を使った青砥藤綱のことを、わずかな金を取り戻すことにこだわるあまり、それよりも多額の損失を被った愚か者だと、人足たちは考えたから。

▼解説 「青砥の深慮」に、「智慧の浅瀬を渡る下々の心」が感応することはなかった。「ひらりと馬に乗り、戛々と立ち去った」青砥の得意も、作中においては「小さい男」のほかに理解者を得られず、「女房子供」には「ただあいまいに首肯」されるばかりであった。偉人として語られてきた青砥藤綱が潜在的に抱えていたかもしれない悲哀に「裸川」は光を当てる。

問5 青砥を欺いた浅田の卑劣さを非難することから逸脱して、人間にとって親孝行がいかに重要なことであるかにまで言及していること。

▼解説 「小さい男」の真っ当な主張に異を唱えることは難しいが、突然親孝行に目覚めたかのような思考の移り行きを、語り手は無批判に受け入れはしない。

問6 浅田小五郎。

▼解説 浅田の「狡智」への疑いが生じると、青砥が抱く印象は「発明らしき」から「のっぺりした」へと豹変する。

【読解】

1 わずかな金額とはいえ、滑川に落とした銭は国土の重宝であり、それよりも多額の金をかけてでも銭を捜させることはたしかに、青砥にとっては損失となるが、結果的に全ての金を世の中に流通させ、生かすことができるので、国全体にとっては利益になるという考え。

▼解説 川中に落とした銭を惜しむあまり、かえって損失を拡大してしまったと考える「浅慮」との対比で考えることができる。「青砥の深慮」こそ、滑川の逸話から導き出される教訓として語り継がれてきたものであった。「裸川」はその「深慮」に対する周囲の無理解という状況に青砥藤綱を置き直す試みであったともいえよう。

2 娘の言葉から川に落としたのは九文であることに気づかされ、浅田の悪知恵によって騙されたのではないかという疑いを抱いた青砥は、四両の金を使ってまで国土の重宝である十一文の銭を捜させたことを家人に語り、教訓を与えようとしていたことの意義が損なわれてしまったと感じたから。

▼**解説**　「得意満面」で語ってきた教訓が自分の失念によって価値を下げてしまいかねない事態に青砥は苦り切る。もっとも、人足たちに銭十一文を捜すよう命じたのはほかならぬ青砥なのであって、「すこぶる面白くない気持ち」は自らが招いてしまった不愉快さでもある。激しい感情の起伏を見せるこの主人公には、〈偉人〉の枠に収まらない人間味が与えられている。

3　滑川には、青砥に命じられたとおり丸裸となって九文の銭を捜す浅田の姿が連日見られたから。

▼**解説**　秋から冬へと季節を変える滑川の情景描写から、「九十七日」間にわたる浅田への仕置きの苛酷さが浮き彫りになる。掘り起こされる「割れ鍋、古釘、欠け茶碗」というリズミカルな列挙や、「六、七十年」前に落としたという「かんざし」の話を持ち出して「下役人」に叱られる「心得顔した婆」の滑稽談の挿入も、「鎌倉名物の一つに数え上げられるようにな」る過程を諧謔《かいぎゃく》的に演出している。

【読書案内】

・「富嶽百景」（『富嶽百景・走れメロス　他八篇《へん》』岩波文庫）

御坂峠に滞在し、小説を書くことの中で再生を図る「私」は、さまざまな姿を見せる富士や健気に生きる人々の温かさにふれ、穏やかな明るさに向けて心を開いていく。

・『お伽草紙』（新潮文庫）

「浦島さん」「カチカチ山」など、古典文学や民話の世界で広く知られる素材を取り上げ、「物語を創作するというまことに奇異なる術」（「前書き」）でそれらを書き換えた作品集。定型化した筋立てや人物像は見事に変貌を遂げ、現代人の屈折した心理が描き出される。

・『人間失格』（新潮文庫）

「私」は知人から、「恥の多い生涯を送って来ました」と書き出された三冊の手記と三葉の写真を預かる。手記には写真で見た不思議な表情をした男が語る「自分」の半生が綴られていた。

【舘下徹志】

海と夕焼

三島由紀夫（本文185ページ）

【鑑賞のポイント】

①安里が「少年」に自らの過去を語るのはなぜか、理解する。

②安里がキリストのお告げを聞いてから日本にたどり着くまでの経緯を整理する。

③安里にとって、海が分かれなかったという事実はいかなる意味を持ったのか、理解する。

【注目する表現】

・「寺男は独り言を言うのも同じである。」（一八七・5）

寺男（安里）は少年に語りかけるが、この少年は「唖で聾」であり、両者の間で言葉によるコミュニケーションは成立しない。しかし、この少年の聡い目に促され、寺男は自らの過去を語り始める。それは当然モノローグ（独白）となっていく。

・「私たちは何日も空しく待った。海は分かれなかった。」（一九二・5）

安里はキリストや八歳の預言者のお告げを受け、マルセイユに赴き、海が二つに分かれるのを待ち続けた。しかし、奇蹟は起こらなかった。安里はこのとき信仰を失い、挫折感を味わったのであった。

【作品解説】

「海と夕焼」は寺男の安里が少年に自分の来歴を語る小説である。少年は聾唖《ろうあ》者であり、周囲から仲間外れにされていた。それを憐れんだ安里が少年を勝上ヶ岳の頂に連れて行き、夕陽が沈む海を眺めながら少年にフランス語で語りかけるという設定になっている。

安里はもともとフランスのセヴェンヌの羊飼いだった。その彼が日本に移り住んで二十数年が経過している。日頃日本語を達者に操る安里がフランス語で語りかける相手は、この聾唖の少年しかいなかったのである。両者の間に言葉を介してのコミュニケーションは成立せず、安里の言葉はモノローグ（独白）にならざるをえなかった。

安里が故郷を離れるきっかけとなったのは、キリストのお告げだった。キリストは安里に聖地エルサレムを奪い返すためマルセイユに赴くよう伝える。そこで地中海の水が二つに分かれることもキリストは予言したのである。安里は少年たちを伴い、マルセイユで奇蹟を待ったが何日たっても海は分かれなかった。安里はこのとき「いくら祈っても分かれなかった夕映えの海の不思議」を体験した。彼はこれをきっかけに信仰を失い、挫折感を味わった。また彼は騙《だま》されてエジプトのアレキサンドリアで奴隷として売られる。そしてインドで大覚禅師と出会い、自由の身となることができた。その御恩返しとして、安里は師に従い日本へ渡ったのである。

今の安里の心には安らいがあり、日本の土に骨を埋める覚悟もできている。「いたずらに来世をねがったり、まだ見ぬ国に憧れたりすることはない。」との一文から、安里はキリスト教の世界から離れ仏教的無常観に包まれていることがうかがえる。彼は波乱の人生に翻弄されながらも、現在の自分を肯定的に捉えられる位置に立っている。

ただ今でも夕焼けに染まった海を眺めるとき、安里にはマルセイユで奇蹟を待ちながら夕陽のさす海を眺めていたかつての記憶が甦《よみがえ》ってくる。奇蹟は起きなかった。安里には何も起きなかったという「不可解なその事実」がキリストなどの「奇蹟の幻影」よりも重く受け止められたのである。その「不思議」が何を意味しているのか、今の安里にも明確な答えはない。しかし、それが「不思議」として存在し続ける限り、安里はこれからもあの場面を幾度となく想起し、その意味を問い続けるだろう。

しかし、そもそも人生において明確な答えというものはあるのだろうか。それがないからこそ、人生は「不思議」でもあり、魅力に富むのだ、とも言えよう。我々人間はその生き方こそさまざまではあるけれども、大なり小なり安里のようなターニング・ポイントに遭遇している。大切なのはそれらをどう受け止め、乗り越えていけるかであろう。安里の生涯も平坦ではなかったが、今の彼はそのことを後悔しているわけではない。安らいがある現在の彼に読者は注目すべきだろう。

夕焼けが終わり、寺へかえろうとしてふり向いたとき、安里は少年の眠っている姿をそこに見いだす。モノローグ（独白）のなか、安里は過去の記憶を語りそこに沈潜していた。眠っている少年の姿は、安里を再び現在へ連れ返す働きがあったと言える。安里は再び建長寺で働く寺男として、日本語を操りながら日々の仕事に励んでいくだろう。

この作品が書かれた翌年には『金閣寺』が発表されている。金閣の美と心中することを願って放火する主人公・溝口の姿は、安里と極めて対照的な生き方を浮き彫りにしている。

【作者解説】

一九二五（大正一四）年、東京生まれ。本名・平岡公威《ひらおかきみたけ》。生後間もなく祖母の病床近くで育てられ、活発な遊びを禁じられた。この辺の事情は『仮面の告白』に詳しい。学習院初等科、中等科、高等科を経て東京大学法学部卒業。卒業後は大蔵省に入省。戦前から「花ざかりの森」を発表して才能を発揮していたが、四九年に発表した『仮面の告白』で脚光を浴び、大蔵省を辞職して作家活動に専念する。
三島にとって敗戦は解放ではなく、戦後はまさに虚無として捉えられた。そのことは『仮面の告白』や『金閣寺』に見てとることができる。また、二・二六事件をモデルとした「憂国」は磯田光一が言うところの「殉教の美学」の象徴でもあった。彼の作品の多くは海外にも翻訳され、ノーベル文学賞の候補として取り沙汰されるなど、話題にも事欠かなかった。自衛隊体験入隊、楯《たて》の会結成など次第に国粋主義的行動を顕著にするようになり、七〇（昭和四五）年、『豊饒《ほうじょう》の海』脱稿後、楯の会を率いて陸上自衛隊市ケ《いちが》谷《や》駐屯地にて憲法改正を訴えるも受け入れられず、割腹自殺。享年四十五。

【脚問】

問1 少年は唖で聾であり、安里の言葉に答えることができないから。

問2 異教徒のトルコ人たちから聖地を奪い返すため、少年たちの同志を集めてマルセイユへ行くよう告げられたこと。

問3 神のお告げにしたがって、異教徒から聖地を救うために行動しようとしているのに、両親がそれを止めようとしたから。

問4 安里の聖地奪還の夢は果たせず、ついには奴隷にもなった。しかし、大覚禅師によって自由の身にしてもらい、生涯仕えたいと思って日本に来た。そのことにまったく後悔はないから。

問5 いくら祈っても夕映えの海が分かれなかったという不思議な事実。

問6 山腹の鐘楼から聞こえる深い梵鐘の響き。

【読解】

1　少年の澄んだ目がいかにも聡く、安里の言葉をではなく、安里の言おうとするところを、安里の目から自分の目へ直に映し出すことができそうに思われたから。

▼**解説**　安里と少年は言葉で会話を交わすことはできない。しかし、安里が語るとき少年は彼の顔をじっと見上げている。安里が語る言葉は日頃使っている日本語ではなく、母語のフランス語である。だが少年の澄んだ目は聡く、安里は自分の言葉がそのまま受け止められ、信じてもらえることを確信しているのだ。安里が経験した過去は波乱に満ちており、そのことを語ったとしても本当にしてくれる人はこの少年と大覚禅師を除いて他に誰もいないのである。

2　いくら祈っても夕映えの海が分かれなかったことが奇蹟の幻影よりいっそう不可解な事実として受け取られ、信仰の挫折のきっかけとなった。

▼**解説**　安里が故郷を後にしてマルセイユへ向かったのは、地中海の水が二つに分かれるというキリストのお告げがあったからである。彼は多くの同志を連れてマルセイユに赴き奇蹟を待ったが、海は分かれることがなかった。その後安里は奴隷として売られてインドに渡り、そこで大覚禅師によって自由の身にしてもらい、彼について日本へやって来た。日本で暮らす今も海が分かれなかった不思議を安里は思い起こしている。安里にとってその不思議を体験したのは人生を大きく左右するターニング・ポイントであったと言えよう。

3　（解答例）それまで過去の回想に執着していた安里を相対化する効果。

▼**解説**　安里は、「少年」がかたわらの石に腰掛けて彼の顔をじっと見上げる姿に促され、自らの過去を語り始める。安里は夕焼の海を眺めながら過去の回想に浸っていたのであり、作品の結末で安里が目にする眠った少年の姿は、安里を再び現在へ連れ戻す働きがあったと言えよう。

【読書案内】

・『仮面の告白』（新潮文庫）
同性愛という素顔を隠し、仮面をつけて生きざるをえなかった主人公の一人称の語りによる小説。

・『金閣寺』（新潮文庫）
実際に起こった金閣放火事件をモデルとして、その放火犯が犯行に至るまでのプロセスを語った小説。

・『豊饒の海』（新潮文庫）
「春の雪」「奔馬」「暁の寺」「天人五衰」の全四巻からなる。輪廻《りんね》転生を扱い、三島の最後の作品となった大作。

【小田島本有】

どんなご縁で

耕　治人（本文196ページ）

【鑑賞のポイント】

①「私」と妻、それぞれの言動を通して、老年夫婦の互いを思いやる愛情を読み取る。

②「どんなご縁で、あなたにこんなことを。」（二〇二・6）という妻の言葉が作品全体に及ぼしている影響を考え、二人の縁について読み味わう。

③物語全体の読解を通じて、社会問題となっている「老老介護」の現実について考察する。

【注目する表現】

・「小水が清い小川のように映った。」（二〇一・16）
五十年もの間、夫である自分のために身を粉にして尽くしてくれた妻のことを思うと、小水も清らかなものに思えるという、夫婦愛の清浄さが、見事に表現されている。

・「どんなご縁で、あなたにこんなことを。」（二〇二・6）
正気を取り戻した妻の悲哀の呟きであり、作品のテーマを象徴する言葉。「どんなご縁で」と問い掛けられれば、夫婦となった縁に他ならないからだが、その夫婦の縁とは何かを考えさせられる言葉である。

【作品解説】

今回収録したのは「どんなご縁で」の中盤部分（第七〜十節）である。

耕治人が本作品を執筆した一九八七年、既にバブル景気が始まっていた。団塊の世代は、三十代後半から四十代にかけての働き盛り。街は、団塊ジュニア（第二次ベビーブーム世代）の若者たちであふれ、活気があった。世の中全体が好景気に浮かれ、皆、輝く日本の未来を信じて疑わなかった。

しかし、その明るい光の裏では、「老人介護」の問題が、暗い影を落とし始めていた。その問題は、その後「認知症」（当時は「痴呆《ちほう》症」と呼ばれたが、差別的であるという理由で現呼称に改められた。）とは、切っても切り離せない関係の中で、深刻化の一途をたどっていく。

それから二十余年、団塊の世代は還暦を過ぎ、少子高齢化に拍車がかかった。そして、年老いた子が親を、そして耕治人が直面したように、年老いた夫（妻）が妻（夫）を介護するという、「老老介護」の問題が、深刻なものとなっている。「介護疲れ」等の理由により、被介護者を殺害するという悲しい事件が、日々多発している現状である。

そのような世相を背景として、献身的に妻の介護に努める夫と、「あなたにこんなことをさせて、すみません」と夫に対するやるせなさを吐露する妻。その年老いた夫婦二人のお互いを気遣う愛情は、強く読者の心を打つ。

しかし一方で、「老老介護」問題の現実は、私たち、とりわけ高校生にとって「現実」ではなく、「情報」に過ぎないことを忘れてはならない。確かに、介護保険法の施行以来、財政的な問題を抱えながらも、種々の老人福祉施設は、身近なものになった。社会福祉教育の充実が図られ、ボランティア活動として、高校生が老人福祉施設を訪問し、お年寄りと触れ合う機会も多い。さらに、インターンシップの一環で、実際に老人介護を体験する高校生もいる。

だがそれだけでは、自身も老いに悩み苦しみながら、年老いた妻や親を介護する「老老介護」の過酷な現実は、決して理解できない。本作品から「老老介護」の悲哀と愛情が、感涙とともに伝わってくるのは、五十年以上も連れ添い、自分のために苦労をかけた妻に対する感謝と謝罪の思いが、正直に語られているからに他ならない。大人であれ高校生であれ、家族への愛情というものは、人間の本質であり、真実なのである。

また、「あたしは傷んだシーツや古くなったTシャツなどは捨てないで、おむつに使えるようにしています」という妻の言葉から、物を大切にしてきた昔の人の感覚にも着目したい。「もう洗濯は出来ない」と呟いた妻の洗濯とは、「手洗い」の洗濯である。妻はその言葉を口にするまで、洗濯機を買うことを承諾しなかったことが、採録箇所より前の部分で触れられている。物を大切にする姿勢は、人を大切にする心につながる。それは、夫である耕治人も同様であり、最後まで妻を「老人ホーム」に入所させることをためらった。「古くなったから捨てる」「面倒を見られないから特別養護老人ホームへ」という現代人にありがちな感覚とは、異なる気質がうかがえる。

耕治人は、自身が直面した「老老介護」の過酷な現実を、平易な言葉で、まるで日記のように描写している。しかし、「どんなご縁で、あなたにこんなことを」という妻の一言には、自身と社会との問題が凝縮され、作品世界が象徴されている。それは、彼が詩人でもある証《あかし》であるが、作家としての技巧ではなく、人としての本質がそこにはある。それゆえに、私たち読者は、本作品に共感し、涙せずにはいられないのである。

【作者解説】

一九〇六年、熊本県八代《やつしろ》市に生まれる。七歳で生母を、十五歳で父、次兄、長兄を次々と肺結核で亡くしている。将来は画家を志すものの詩作に目覚め、千家《せんげ》元麿《もとまろ》に師事して三十年、仕事で多忙を極める中、『耕治人詩集』を刊行した。これは、その年の夏に肋膜《ろくまく》を患い、肺結核の家系から「自分の生涯もこれでおわりのように思われ」てのことであった。

三三年、同じ職場「主婦之《の》友」で働く、腰山ヨシと結婚し、生涯の伴侶を得た。その後、戦前には、思想犯として逮捕され、戦後は主に私小説を書き始めるが、長く不遇の時代が続く。仕事も辞めて作家活動に専念していた耕治人を、物心両面から支え続けたのは、夫人のヨシであった。

耕治人が脚光を浴び始めるのは、六九年、作品集『一条の光』が、読売文学賞を受賞した頃からである。続いて、七二年には、『この世に招かれてきた客』で、平林たい子賞を受賞する。

「天井から降る哀しい音」「どんなご縁で」「そうかもしれない」は、耕治人が命を賭し、八十歳をまたいで書き上げた。本多《ほんだ》秋五《しゅうご》によって「命終三部作」と名付けられているこれら三作は、没後まもなく多くの人々の共感を呼んだ。そして、老人介護問題が顕著となった今日、より考えるところの多い感動作として評価されている。

【脚問】

問1 夫が寝たきりになっても、傷んだ浴衣やシーツ、着古したTシャツなどをおむつにして、高い紙おむつを購入しなくてもすむようにしておくため。

問2 大便を漏らした自分のため、体拭きや掃除、着替えを夫にさせてしまうこと。

問3 自分の用を足すため、一晩に三、四度とトイレへ連れて行ってもらい、夫に迷惑をかけてしまうこと。

問4 妻との馴《な》れ初めや求婚、自分のために尽くしてくれたことなど、妻との縁について。

問5 かつて死に場所を求めて旅立った「私」だが、妻のお蔭で現在まで生き延びることができ、妻への感謝や愛おしさが込み上げてきたから。

【読解】

1 既に亡くなっている兄や母の名を呼ぶことはあっても、「私」に迷惑を掛けまいと、「私」の名を呼ぶことはない妻に、申し訳なさと愛おしさとを感じているから。

▼**解説** 「あなたにこんなことをさせて、すみません。」（一九八・7）、「私の名は呼ばない。」（同・17）から妻の隠れた心理を読み取り、それに対する夫である「私」の心情をまとめる。悔しさや情けなさではないことに注意したい。

2 妻の認知症については、これまでの妻の言動から充分に理解していたが、病名を告げられて、改めてその現実を突き付けられたから。

▼**解説** 直前の「署名、捺印された」に着目。これにより、認知症は公的なものとなり、改めてその現実を突き付けられたこととなった。

3 五十年もの間、夫のために働き、夫の介護をすることまでを想定していたが、反対に自分が介護される身となったことを自覚し、申し訳なく寂しく思う気持ち。

▼**解説** 「そのころ家内は……夢にも思わなかった。」（一九七・10）や、「これも五十年、ひたすら私のため働いた結果だ」（二〇一・16）など、妻は夫を支え続けることの「縁」を想定し、夫に介護されることは考えもしていなかったのである。

【読書案内】

・「一条の光」（『一条の光・天井から降る哀しい音』講談社文芸文庫）
第二一回読売文学賞受賞作。部屋に残る一つのゴミを見て、一条の光が自らの心の闇を走ったとする。その作風と創作態度が、井《い》伏《ぶせ》鱒《ます》二《じ》に高く評価された。

・「天井から降る哀しい音」（前掲書）
耕治人が、亡くなる二年前、認知症を患う妻をテーマに書き上げた「どんなご縁で」の前章と言える作品。認知症の妻が火を扱うことの危険防止から取り付けられた警報機。その音は、老いの哀しみとして、読者の心に哀しく鳴り響く。

・「そうかもしれない」（前掲書）
「どんなご縁で」の終章と言える作品。「ご主人ですよ」と何度も言われた妻が、「そうかもしれない」と低く答える場面は、認知症の現実と悲哀を切に感じさせる。

【内藤智芳】

一言主の神

町田　康（本文204ページ）

【鑑賞のポイント】

①登場人物たちが関西弁で話していることの効果を考える。

②一言主の神の言葉とそれが引き起こす現象は、幼武尊にどのような影響を与えたか、考察する。

③幼武尊と一言主の神の言葉と行動からその性格を理解する。

【注目する表現】

・「この国に自分以外に君主はないはずだが、いま君主であるかのようにしてそこを行くのは誰であるか。」（二〇九・上13）

幼武尊の天皇としての矜持を表している。そこには、かつての勇猛な皇子から脱皮した日本全土の王としての鷹揚《おうよう》さが感じられる。

・「吾が聞かれたんだからまず吾から名乗ろう。……よろしくお願いします。」（二一〇・上6）

大神としての悠揚迫らざる態度である。言離の神の表明をしたここから、一言主の「言葉」の力が作品に広がり出していく。

・「いや。山にいるときはそんなことはしない。……どうしても言離をやってしまうんだよね。」（二一五・上7）

完全な神の領域・葛城山と不完全な人間の国との対照である。不完全な世界であるからこそ、一言主はその世界を分節することができるのである。一言主は、幼武尊の敷く秩序を無化する存在である。

【作品解説】

「一言主の神」は、実に不思議な作品である。舞台は、『古事記』に描かれた五世紀半ばの倭の国。主人公は、のちに雄略天皇となる幼武尊であり、彼の治める国に八百万《やおよろず》の神の一人である一言主の神が登場し、加えて、その一言主が「言離」によってワープさせた現代の人物や物が参入する。そのような世界と出来事を、平成の「私」が物語るのである。その世界は、一つには神話として読め、一つには歴史物語として読め、更には変形されたSF小説としても読めるのである。

作品世界は、三つの位相に分けることができる。一つは、幼武尊を中心とした人間だけが活動する世界（作品前半）。一つは、人間と神が同居する世界（作品後半）。そして、それらを繋ぎ、あるいは、反転させる境界としての神の世界（葛城山）である。前半では、歴史物語としての政治的事件が、残酷かつユーモラスに描かれる。そこで幼武尊は、一人の「暴君」として、ナルシシズムそのものとも言える行動を展開している。その行動原理は、「むかつく」かどうかの感情と、自分の支配・秩序意識が侵害されるかどうかの判断に基づいている。そのような原理で統治された、疑問の余地のない「幸福」な世界（幼武尊にとって）が、作品前半の倭の国である。その世界に、幼武尊以上の人間はなく、楯《たて》突く者は容赦なく殺害される。その人間像は、あたかも現代の若者を鏡に映したかのようである。その幼武尊の世界に「異人」が登場するのが、葛城山への行幸《みゆき》である。反対側の尾根に幼武尊のドッペルゲンガー（二重身）のようないでたちと言葉で一言主の神が出現するのである。一見すると一言主と幼武尊は、全く異質な対照的な存在と捉えられがちだが、実は非常に似通っている。一言主は、「悪事も一言、善事も一言」で「断定」するのであるが、幼武尊もまた、「一言」のもとに「現実」を生み出してしまう。彼が「むかつく。燃やせ。」と言えば、臣下は燃やしに行くのであり、両者は本質的に似通っているのである。幼武尊は、自身の意思と言葉がそのまま現実を生み出す全能の「地上」の王であり、一言主は、「そのままでまったき状態にある」葛城山という「天上」に本来まします全能の存在である。そのような類似の存在である幼武尊の今後を、一言主は見抜いていただろう。幼武尊が、秩序を「狼藉」した一言主を殺せなかったのは、単に「神を畏れる気持ちがあ」ったからではないのである。幼武尊は、一言主の中に自身の同類を見たのであり、それゆえ近親憎悪のごとき感情を起こし、彼を流刑にしたのである。むろん一言主も、そのような「未来」を予知していたであろう。しかし、「地上」に下りてきた彼は、全一にはその能力を発揮できなかった。その意思の行使は、あくまで「言葉」を発することによってしかできないのである。その最後の行使が、「ボンベイサファイア」の「一言」である。それは、一言主から幼武尊への置き土産であったと言えるだろう。一言主は、幼武尊がある日ボンベイサファイアの存在を再発見し、怒りと用心と好奇心をもって、それを飲むことを知悉《ちしつ》していただろう。そして、そのアルコール度四十七度のジン、ボンベイサファイアを百二十四歳の老帝が飲めばどうなるかということも。そうして、「喉を潰」された当の一言主が、果たして流刑先の土佐にそのままいるのか、はたまた逃げおおせたのか、それは読者である私たちには分からない。しかし、ただ一つ言えることは、「神」である一言主が、「人間」である幼武尊のように、百二十四歳ぐらいで死ぬことはないであろうということである。

【作者解説】

高校時代から町田町蔵の名で音楽活動を始め、八一年にパンクバンド「INU」を結成、『メシ喰《く》うな!』でレコードデビュー。詩集『供花』や『土間の四十八滝』を刊行。パンクロック歌手、詩人、更に俳優としての顔も持つ。そのような強靭《きょうじん》な多面性を持つ作者の小説は、闊達《かったつ》きわまりない言葉遣い、あふれる無意味、倦怠《けんたい》と同時に笑いの爆発。各文学賞を総なめにし、これまでの日本文学になかった自在な作品世界を切り開いて見せた。と同時に、無頼形の私小説にも通じる正統性を持っている。しかし、作者はそうした型に収まることなく、実感と知性の融合した大胆かつ飄逸《ひょういつ》な作品世界を創造し続けている。

【脚問】

問1 天皇という最高位の人間であり、なおかつ同母兄である穴穂尊に対する幼武尊の崇敬と親愛の気持ち。

問2 以前にも幼武尊の宮殿に類似した屋敷のゆえ大王の逆鱗に触れた志幾の大縣主の例があったから。

問3 天皇である自分と同じ扮装と言葉で、たじろぐ様子もなく応答した相手に対して、驚き呆れると同時に、その度胸のよさを認め、改めて向かい合おうとする気持ち。

問4 一言主に自分たちに役立つものを出してもらったらどうかというアイデアを思いついたから。

問5 宮殿内が一言主の出した物品で溢れ返り処理できかねる状態である上に、異様な風体の男女まで徘徊し、秩序もモラルも地に堕ちた状況であったから。

【読解】

1 擬音語や擬態語。また、比喩表現や俗語、関西弁の使用が効果をあげている。例えば、「くほほ」は幼武尊の鷹揚さと満足感をうまく表しているし、「ぎゃらぎゃら」は貴人一行のきらびやかで豪華な感じを、「目玉ぼーん」は即物的な効果をあげている。「『やめてください。やめてください。』と、ヤンキーにカツアゲされたパンクみたいな情けない声を上げていた」は、現代に見られる状況をユーモラスかつリアルに表現しえている。「むかつく」「やべーよ」などは、現代の若者の俗語を効果的に使用し、感覚的な理解を容易にしている。「あ、そうなん?」は、貴族のおっとりとした気のなさを言いえて妙である。

▼**解説**　擬音語や擬態語は、読者の感覚に訴えて直截《ちょくせつ》的、即物的な効果をあげている。それは、漫画の吹き出し表現などとよくなじみ、視覚的な連想もしやすくしている。比喩表現は、直感的な理解を容易にしている。俗語表現は、現代の若者の言葉と直結させ、『古事記』の世界を身近なものにしている。関西弁の使用は、『古事記』の畿内と現代の関西を容易に結び付け、登場人物への親近感を湧かせる効果をあげている。

2　一言主の神が登場する以前は幼武尊の独擅場であり、彼の皇子・天皇としての独断的権威が何者にも拘束されることなく発揮されている。一言主の神の登場によって、その幼武尊の秩序世界は崩され、彼の生活は安泰から遠ざかり、不穏な予感にさらされることになる。地上の帝王は、全能性を失うことになるのである。

▼**解説**　幼武尊の支配・秩序に対して、一言主の「気儘」「狼藉」の対置という構図が出現するのである。幼武尊は、感情と直感に根ざした行動によって勇猛に世界を支配し秩序付けていたのであるが、そこに上位概念の「神」が登場することによって全能性を奪われることになるのである。ただし、幼武尊にも「気儘」な「狼藉」の要素はあり、単なる対立構図ではないのである。

3　相違点＝幼武尊の支配・秩序志向に対する、一言主の気儘を基礎とした非支配志向。幼武尊の暴君的な態度と一言主の飄逸な態度。類似点＝幼武尊の「一言」による命令性・現実決定性と、一言主の「一言」による断定性と創造性。幼武尊の感情的・直感的な性格や行動と、一言主の気儘な性格。

▼**解説**　幼武尊は、人間世界で人為と意志による統一を果たしたが、一言主はそこに「言離」の業によって時空を超えた事物を発生させたと言ってよい。ただし、地上にあっては一言主も拘束を免れず、「言葉」の使用によってしか能力を発揮しえない。その不完全さが、最後には自身の拘束という事態を生むのである。幼武尊は、一貫して恣意的な言動をしており、その点は、一言主の「気儘」に通じるところがある。

【読書案内】

・『くっすん大黒』（文春文庫）
働くのが嫌になった「自分」は、毎日酒を飲んでぶらぶらしていたところ、妻は家を出て行った。部屋には金属の大黒が。かつての作者の実生活を描いた処女作。第一九回野間文芸新人賞受賞作。

・『きれぎれ』（文春文庫）
パブ通いが趣味の「俺」は絵描き。高校を中退し、教養はあるものの働くことは大嫌い。パブでなじみのサトエと結ばれるが、夢見がちな性格は生活を成り立たせない。大衆とは相容れない没落者の徹底的に「きれぎれ」な生き様。第一二三回芥川賞受賞作。

・『パンク侍、斬られて候』（角川文庫）
江戸時代のある藩に発生した「腹ふり党」なる邪教と藩士との抗争。それは単なる時代劇ではなく、主人公・掛十之進の名のごとく江戸の言葉と現代のそれを掛けて、独自の言語的地平を切り開く。

【真杉秀樹】

「解答編」執筆者一覧（五十音順）

新井通郎　：東京都立墨田川高等学校
大島貴史　：函館ラ・サール中学校・高等学校
大塚明彦　：北海高等学校
大橋浩二　：愛知工業大学名電高等学校
小田島本有：釧路工業高等専門学校
工藤広幸　：青森県立青森中央高等学校
小泉道子　：元・埼玉県立高等学校教諭
坂上卓男　：湘南白百合学園中学高等学校
武井秀行　：市川中学校・高等学校
竹内瑞穂　：愛知淑徳大学
舘下徹志　：釧路工業高等専門学校
内藤智芳　：元・山口県立高等学校教諭
細矢瑞紀　：群馬県立中央中等教育学校
真杉秀樹　：元・愛知県立高等学校教諭
松代周平　：元・函館工業高等専門学校教諭
三輪周秀　：桐朋中学校・高等学校